가공법

架空犯
〈KAKUHAN〉

Copyright © Keigo Higashino 2024

First published in Japan in 2024 by Gentosha, Inc.

Korean translation rights arranged with Gentosha, Inc.

through JM Contents Agency Co.

Korean edition copyright © 2025 by KYOBO BOOK CENTRE

이 책의 한국어판 저작권은 JMCA를 통한 저작권사와의 독점 계약으로 교보문고에 있습니다.
저작권법에 의하여 한국 내에서 보호를 받는 저작물이므로 무단전재와 무단복제를 금합니다.

가공범 架空犯

히가시노 게이고

김선영 옮김

1

 잿빛 하늘을 배경으로 헬리콥터의 검은 실루엣이 보였다. 저 높은 데서 대체 뭘 찍으려는 걸까. 저런 걸 보고 싶어 하는 시청자는 얼마나 될까. 분명 수요는 있겠지. 남의 불행은 언제나 돈벌이가 된다.
 그 집은 멀찍이서 보면 전혀 특이할 게 없었다. 진회색 벽도 그대로고 지붕도 남아 있다. 하지만 집 전체가 보이는 위치까지 다가가면 멀쩡한 상태가 아님을 알 수 있었다. 여기저기 검게 탄 흔적 때문인데, 한발 먼저 이변을 알려 주는 정보는 냄새였다. 화재가 난 지 꼬박 하루 이상 지났는데도 여전히 자재가 탈 때 나오는 검댕 특유의 냄새가 풍겼다.
 이곳저곳에 구경꾼으로 보이는 사람들이 있었다. 저택 주변에 놓인 붉은 안전 고깔과 출입금지 테이프만 봐도 자못 심각한 분위기였다. 그 너머에서는 소방과 감식 유니폼을 입은 사람들이 묵묵히 돌아다니고 있었다.
 도로 옆에는 방송국 직원으로 보이는 남녀 몇 명이 어슬렁댔다. 옆으로 치워 둔 촬영 장비를 보니 와이드쇼에 내보낼 영상은 다 찍었다는 뜻일까?

그 무리에 있던 여성이 종종걸음으로 다가왔다. 분위기로 경찰 관계자임을 눈치챘을지도 모른다. 예상대로 실례합니다, 하고 말을 걸어왔다. "경찰 소속인가요?"

고다이 쓰토무는 여성 쪽은 쳐다보지도 않고 걸어가면서 말없이 손을 저었다.

"수사본부를 설치한다던데, 역시 단순 화재는 아니라는 뜻입니까?"

젊은 여성이 물으면 대답해 줄지도 모른다고 생각하는 모양이다. 내가 그렇게 경박해 보이나, 한숨을 쉬면서 걸음을 서둘렀다. 여성은 금세 포기한 것 같았다.

출입금지 테이프 밑을 지나 철제 대문으로 다가가자 그 앞에 서 있던 젊은 경찰의 표정이 조금 굳었다. 경찰이 무슨 용건이냐고 묻기 전에 고다이는 웃옷 안주머니에서 경찰수첩을 슬쩍 내비쳤다. 경찰은 상황을 파악했다는 듯 경례를 했다.

다시 제대로 저택을 올려다보았다. 2층 창문이 열려 있었지만 창틀 안쪽은 어두워서 아무것도 보이지 않는다. 단순히 어두운 게 아니라 불에 타서 시커먼 것이리라. 외벽은 타지 않았지만 내부는 전소 상태에 가깝다고 들었다.

현장에 오기 전에 건물에 대한 대략적인 자료는 미리 확인했다. 고급 주택지 한복판, 더군다나 큰길을 접한 동남쪽 모퉁이라는 최고 입지에 대지면적은 약 100평이다. 2층짜리 서양식 건물로 현관은 동쪽, 남쪽에는 정원이 있어 생울 타리가 도로 쪽 시야를 가려 준다. 호화 저택이라고 할 수는 없지만 주변 집들과 비교하면 눈에 띄는 존재다. 이 참상은 이웃들에게도 큰 충격을 주었을 게 분명했다.

대문에서 현관까지는 10미터쯤 되는 오솔길로 이어져 있었다. 지금은 파란 비닐 시트로 가려져 있다. 그 틈새로 소방대원과 감식과 직원들이 쉴 새 없이 드나들고 있었다.

그들의 모습을 멍하니 바라보고 있자니 양복을 입은 남자가 나왔다. 고다이도 잘 아는 사람이었다. 바지 주머니에 두 손을 찔러 넣고 몸을 휘적거리며 걸어 나온다. 같은 팀의 쓰쓰이 경부보였다. 상대방도 고다이를 알아보고 쓴웃음을 지으며 다가왔다.

"자네도 살펴보러 왔나?"

"어떤 상태인지 미리 봐 두려고요. 쓰쓰이 씨, 용케 안에 들어갔네요."

"살짝 들여다본 것뿐이야. 뭐, 이런 상태야." 쓰쓰이는 스마트폰을 조작하더니 고다이 쪽으로 화면을 돌렸다.

무참하게 불타 버린 실내의 모습이 찍혀 있었다. 집 안의 모든 게 시커먼 검댕에 뒤덮인 탓에 뭐가 뭔지 알 수가 없다. 한가운데 떡하니 놓여 있는 건 대리석 테이블일까? 그 옆, 소파였을 물체 위에 하얀 끈이 사람 형상으로 놓여 있었다. 누워 있는 자세다.

"여기에 도도 씨의 시신이?"

쓰쓰이는 아랫입술을 비죽 내밀며 끄덕였다.

"발견 당시에 확인할 수 있었던 건 성별이 고작이었다는 군. 손상이 상당히 심해서, 시커먼 숯덩어리였대."

쓰쓰이의 말을 들은 고다이는 암담했다. 시체는 수도 없이 보았고, 불에 탄 시체에도 익숙하다. 하지만 그 사진을 앞으로도 질리도록 들여다봐야 한다고 생각하니 우울해졌다.

"이 상태라면 현장 검증도 쉽지 않겠네요."

"그렇겠지. 감식반이 과학수사연구소와 협력해서 수집한 자료를 기초로 불에 타기 전에는 어떤 상태였는지 3D로 재현해 준다는군. 범행 내용이나 현장 상황 같은 본격적인 검증은 그 이후가 될 거야."

고다이는 말없이 고개를 끄덕이고 문을 바라보았다. 문패에는 '도도'라고 새겨져 있었다.

1가에 있는 도도 씨 집에 불이 났다고 119로 신고가 들어온 것은 10월 15일, 그러니까 어제 새벽 2시가 넘어서였다. 즉시 지역 소방서가 출동해 소화 작업을 벌였지만 불길이 거세서, 3시간 넘게 걸려 겨우 불을 다 껐을 때는 이미 날이 밝았다.

화재 현장에서 두 구의 시체가 발견되었다. 세대주 도도 야스유키, 에리코 부부와 연락이 되지 않아 그 두 사람의 시체로 짐작되었지만 더 중요한 점이 있었다. 둘 다 사인이 화재가 아닐 가능성이 높았던 것이다.

"교살이라고 들었습니다만."

고다이의 말에 쓰쓰이는 턱을 살짝 위아래로 흔들었다.

"소파에서 발견된 시체의 목에 불에 탄 헝겊 같은 게 붙어 있었다나 봐. 원형은 찾아볼 수 없지만 원래는 끈 모양의 물체였을 거라는군. 그게 흉기겠지."

"또 하나의 시신은 어디서 발견되었습니까?"

"욕실이다."

"욕실이라고요? 그럼 거기서……."

쓰쓰이는 얼굴을 찌푸리며 코밑을 문질렀다. "목을 매달았어."

"그게 도도 씨의 부인이었다?"

그래, 하고 쓰쓰이가 끄덕였다.

"욕실에는 불길이 닿지 않아 시체에도 영향이 없었어. 건조대 끝에 로프를 걸고 스스로 목을 맨 모양이야."

"정확히는 스스로 맨 게 아니라, 누군가가 그런 거겠죠?"

쓰쓰이는 눈앞에서 집게손가락을 흔들었다.

"아직 정식 견해는 나오지 않았어. 말조심해."

"그렇지 않았다면 왜 우리를 부르겠습니까."

"설령 그렇다 해도 굳이 입 밖에 낼 필요는 없다고 말하는 거야. 어디서 누가 듣고 있을지 알아? 소방대원이나 말단 경찰들 중에는 아무것도 모르는 사람도 있어."

쓰쓰이는 성실한 구석이 있다. 고다이는 어깨를 움츠리고 일단은 "알겠습니다"라고 대답했다.

소방서의 연락을 받고 두 구의 시체를 확인한 관할서 형사과는 사고가 아니라 인위적인 화재로 보았다. 아내가 거실에서 남편을 살해한 뒤, 집에 불을 지르고 욕실에서 자살했다는 것이다. 소식을 듣고 사태를 심각하게 본 서장은 경시청 수사1과에 지원을 요청했다.

상황은 서장이 각오했던 것보다 훨씬 심각해졌다.

현장에 도착한 검시관은 욕실에서 목을 매단 상태로 발견된 여성의 시체를 보고 바로 사건성을 감지했다. 색조흔으로 보아 여성이 스스로 목을 매단 게 아니라 누군가 그녀를 교살한 다음 자살로 위장해 매달았을 가능성이 지극히 높다고 판단한 것이다.

강제 동반자살인 줄 알았는데 단숨에 살인사건으로 탈바꿈한 것이다.

수사본부 설치가 결정된 것은 어제저녁이다. 그리고 오늘 고다이가 소속된 팀에 출동 명령이 떨어졌다. 오후에는 제1회 수사회의도 열릴 예정이라 그 전에 현장을 봐 두려고 찾아온 것이었다.

"도도 야스유키의 이력은 파악했어?" 쓰쓰이가 물었다.

"인터넷 뉴스로 봤습니다." 고다이는 왼쪽 가슴을 두드렸다. 안주머니에 스마트폰을 넣어 두었다. "정치인 집안 출신

같더군요. 본인도 구의원을 15년 역임한 뒤에 도의원에 당선되어 5기째였다고요."

"나이는 65세, 정치인으로 한창 물이 올라 있었어. 그쪽 사람들에게 더없이 귀중한 재산이 바로 풍부한 인맥이야. 다양한 조직이나 단체와 연줄이 있어. 특히 선거 때에는 강력한 아군이 되어 주지. 다만 자기들끼리 갈등도 많아서 겉으로 드러내고 싶지 않은 악연도 전혀 없지는 않겠지."

"아군도 많지만 적도 많다는 뜻인가요?"

"그런 셈이야. 까다로운 사건이 될 거라고 각오해 두는 게 나을지도 몰라."

쓰쓰이의 말투는 예상이라기보다 확신처럼 들렸다.

"세간의 주목도 엄청날 테니까요. 알고 계십니까? 에리코 부인이 원래 배우였다는 사실."

"그래, 그런 얘기가 있더군. 난 잘 모르는 일이지만."

"저도 몰랐습니다. 하지만 무명이었던 것도 아니고, 활발히 활동한 시기도 있었던가 봐요. 30년도 더 옛날 일이랍니다만. 후타바 에리코라는 이름이었다는군요."

"후타바 에리코라. 들어 본 것도 같은데, 아무것도 기억 안 나." 쓰쓰이는 별 관심이 없어 보였다.

제1회 수사회의는 관할서 대강당에서 열렸다. 수사1과장과 이사관은 물론, 형사부장까지 상석에 나란히 앉은 대대적인 회의였다.

 관할서 서장이 인사말을 하고, 같은 관할서 형사과장이 사건에 대해 설명한 다음 초동수사에 참여한 수사원과 감식반이 지금까지 알아낸 사실을 보고했다.

 화재 신고를 한 것은 도도 저택 오른편에 사는 이웃으로, 연기 냄새를 수상하게 여긴 가족 중 한 명이 창밖을 내다보았다가 이웃집에서 불길이 솟아오르고 있는 걸 알았다. 화재 발생 시점은 모른다고 한다. 다른 이웃 주민들은 소방차 사이렌 소리를 들을 때까지 화재를 전혀 알아차리지 못한 듯했다. 풍향 탓도 있겠지만 한밤중이라 자고 있던 사람들이 많았기 때문으로 보였다.

 사법 해부 결과도 나왔다. 둘 다 결혼반지를 끼고 있었고, 혈액형과 치과 치료 흔적으로 세대주 도도 야스유키와 에리코 부부로 판명되었다. 도도 에리코는 지문도 일치했고 유족을 통해 얼굴도 확인했다. 이후 DNA 감정도 할 예정이지만 아마 번복될 일은 없을 것이다.

 부부의 사인은 둘 다 질식사였다. 호흡기관에서 연기 입자가 검출되지 않아 화재가 발생했을 때는 이미 사망한 것으로 보였다. 도도 야스유키의 목에는 흉기로 사용된 끈 모양의 잔여물이 남아 있었다. 또한 도도 에리코의 목에는 두 종류의 색조흔이 있어, 범인이 등 뒤에서 교살한 뒤에 자살로 위장하기 위해 로프를 목에 걸어 매단 것으로 추정되었다.

이상의 사실로 이번 사건은 동반자살로 위장한 제삼자의 범행이 확실해졌다. 또 두 사람의 혈액에서 소량의 알코올이 검출되었지만 수면제 같은 약물은 나오지 않았다.

유력한 목격 정보는 아직 없다. 도도 야스유키의 저택에는 방범 카메라가 설치되어 있었지만 화재 때문에 시스템 전체가 손상되어 복구는 불가능했다. 다만 이웃에도 현관 앞에 방범 카메라를 설치해 놓은 집이 몇 채 있어 경찰에서 이미 영상 수집과 분석을 시작했다.

화재 원인은 범인의 방화로 보아도 무방할 것이다. 거실 바닥에 등유를 뿌린 뒤에 불을 지른 것으로 보였다. 등유를 범인이 가져왔는지 원래 집에 있었는지 현재로서는 알 수 없다.

10월 14일 밤 부부의 행적도 대략 밝혀졌다. 도도 야스유키는 도내에서 열린 파티에 참석한 뒤, 소속 정당 관계자들과 긴자의 클럽에 갔다가 오후 11시 이후 가게에서 나왔다. 택시 승강장까지 배웅한 사람들의 증언에 따르면 평소와 다른 점은 딱히 없었다고 한다.

도도 에리코도 그날 밤은 회식에 참석했다. 이쪽도 오후 10시경에 혼자 귀가했다. 그 후 다른 스케줄이 있었다는 말은 아무도 듣지 못했다.

도도 저택에서 무슨 일이 있었는지는 모른다. 두 사람의 스마트폰은 불탄 상태로 발견되었다. 데이터를 복구하려 노력 중이지만 어려울 것이라는 게 감식반 견해였다.

사건 개요에 대한 설명이 끝나자 이어서 수사방침이 시달되었다. 고다이의 직속 상사인 사쿠라카와가 현장 주변 탐문과 방범 카메라 영상을 통한 정보 수집, 유류품을 중심으로 한 증거품 해석, 피해자의 인간관계 조사 등을 지시했다.

마무리 발언을 위해 일어선 것은 수사1과장이었다.

"동반자살로 위장한 점에서 범인은 경찰 수사를 회피하려 했다고 생각해 볼 수 있다. 반대로 말하면 평소대로 착실하게 수사해 나가면 범인을 찾을 수 있다는 뜻이다. 자의적 해석이나 선입견은 버리고 피해자 두 사람의 주변을 철저히 조사하도록. 현역 도의원과 전직 배우인 부인이 살해당했기 때문에 사회적 파장이 크다. 조기 해결을 목표로 최선을 다해 주길 바란다."

자그마한 몸집에 어울리지 않는 굵은 목소리에 이어 예! 하고 기합이 들어간 대답이 대강당의 공기를 뒤흔들었다.

수사회의가 끝나자 수사반끼리 나뉘어 회의했다. 고다이는 피해자의 인간관계를 담당하는 참고인 조사반에 포함되었다. 참고인 조사반의 지휘자로는 쓰쓰이가 임명되었다.

참고인 조사는 경시청 본부와 관할서 수사원이 2인 1조가 되어 움직이는 게 기본이다. 조합은 이미 나와 있고, 고다이의 상대는 야마오라는 생활안전과 경부보였다.

특별수사본부가 설치되면 형사과가 아닌 곳에서 인원이 동원되는 일도 드물지 않다. 규모가 작은 경찰서의 경우 교통과 순경이 동원되기도 한다. 그에 비하면 지역 치안에 정통한 생활안전과 직원이 특별수사본부에 참여하는 것은 합리적이라고 할 수 있었다. 하지만 경부보라는 계급은 눈여겨보아야 한다.

"이번에는 상당한 베테랑이 파트너네요." 고다이가 작은 목소리로 쓰쓰이에게 말했다. 고다이는 순사부장이니 상대의 계급이 더 높은 셈이다.

"상대의 계급이 높다고 해서 자네가 주눅 들 사람인가? 다른 부서 경부보까지 동원할 정도로 관할서는 의욕적이라는 뜻이야. 조금 불편할지도 모르지만 적당히 맞춰."

"알고 있습니다."

고다이는 야마오를 만나 본 적이 없어 얼굴을 몰랐다. 어디 있는지 물어보려고 관할서 직원에게 말을 걸려는데 마른 남성이 천천히 다가왔다.

"수사1과 고다이 씨죠? 생활안전과 야마오입니다."

"아…… 당신이." 고다이는 허둥지둥 허리를 폈다. "고다이입니다. 잘 부탁합니다."

그 자리에서 연락처를 교환하면서 고다이는 몰래 상대를 관찰했다. 쉰은 넘었으리라. 홀쭉한 뺨과 움푹 파인 눈구멍이 인상적이었지만 표정이 거의 없었다.

그 후 참고인 조사반끼리 회의를 했고, 고다이와 야마오는 피해자 유족 대응을 담당하게 되었다. 살해당한 도도 부부에게는 외동딸이 있는데 기혼자였다. 이름은 에나미 가오리, 사는 곳은 모토요요기에 있었다. 연락처로 남편 에나미 겐토의 휴대전화 번호가 적혀 있었다.

"의료법인 교육재단을 운영하는 에나미 그룹 후계자로, 에나미 종합병원 부원장이야. 전형적인 상류사회 커플이로군. 어차피 유명 사립학교 동창생이나 그런 사이겠지." 쓰쓰이가 비아냥거리듯 말했다.

"가오리 씨 본인 전화번호는 모르는 겁니까?"

고다이가 묻자 쓰쓰이는 입가를 조금 일그러뜨렸다.

"남편이 요구하길, 용건이 있더라도 일단 자기에게 연락해 달라더군. 실은 몹시 미묘한 시기인 모양이야."

"무슨 뜻인지?"

쓰쓰이는 주위를 살피더니 작은 목소리로 말했다. "가오리 씨는 임신 중이야. 더군다나 아직 안정기가 아니야."

"아하……. 그러니까 정신적으로도 불안정하다?"

"그런 뜻이지. 어제 시신도 남편 혼자 확인했고, 가오리 씨에게는 보여 주지 않았다더군."

"그렇군요."

고다이는 자기가 남편이었더라도 똑같은 판단을 했으리

라 생각했다.

"사정청취 때 모쪼록 그 점을 유념해."

"알겠습니다. 충분히 주의하겠습니다."

고다이는 쓰쓰이 앞을 떠나 야마오 곁으로 돌아갔다.

"이제부터 피해자의 따님을 만나러 가려는데, 어떻게 생각하십니까?"

"고다이 형사님께 맡기겠습니다." 야마오는 억양 없는 목소리로 대답했다.

그럼, 하고 고다이가 스마트폰을 꺼냈다.

에나미 겐토의 휴대전화로 연락하자 상대가 바로 받았다. 고다이가 경찰이라고 신원을 밝혀도 당황하는 기색은 없었다.

"아내가 있어야 합니까?" 용건을 꺼내기 전에 에나미가 먼저 물었다.

"그렇습니다. 꼭 말씀을 듣고 싶어서. 아직 마음을 추스르지 못하셨겠지만……."

"잠시 기다려 주세요."

가오리가 바로 옆에 있는 것 같았다. 에나미도 역시 오늘은 병원에 나가지 않은 모양이다.

오래 기다리셨지요, 하고 에나미가 말했다.

"아내에게 물어보니 괜찮다고 하네요."

"그러십니까. 고맙습니다."

"가능하면 집으로 와 주신다면 고맙겠습니다만."

"당연히 저희가 찾아뵈어야지요. 지금 찾아가도 괜찮으십니까?"

"물론입니다. 다만 저도 동석하고 싶은데요."

"알겠습니다. 문제없습니다."

그럼 나중에, 그렇게 마무리하고 전화를 끊었다.

모토요요기에 가려면 전철이 가장 빠를 것 같았다. 고다이는 경찰서에서 나와 야마오와 나란히 역으로 향했다.

"고다이 형사님은 상당히 유능한 분이라 들었습니다." 몇 걸음 뗐을 때 야마오가 말했다. "세상이 떠들썩했던 기요스바시 사건에서 크게 활약했다면서요."

고다이는 얼굴을 찌푸렸다. "누가 그런 말을 합니까?"

"수사1과가 나선다고 하면 사람들도 말이 많아집니다. 그나저나 대단해요. 어느 바닥이나 처음부터 축복받은 사람이 있다는 걸 새삼스레 느낍니다. 단순히 실력만 있는 게 아니라 타고난 운도 다르죠. 그러니 똑같이 형사 일을 하고 있어도 맡게 되는 사건의 크기가 달라요."

"확실히 이번 일은 작은 사건은 아니네요. 그렇게 따지면 야마오 씨도 운이 강한 셈 아닙니까?"

"전 아닙니다. 그냥 일손만 거들 뿐인걸요."

"그렇지 않습니다. 관할 사건이잖아요. 함께 노력해야죠."

야마오는 잠시 침묵한 뒤에 예, 하고 짤막하게 답했다. 기운 넘치는 목소리는 아니었지만 비굴하게 들리지도 않아서 고다이는 조금 안심했다. 관할서와 함께 일할 때 묘하게 겸손하게 구는 상대일수록 불편하기 때문이다.

2

에나미 부부가 사는 곳은 아파트 10층이었다. 로비 입구의 컨시어지에 여성 안내원이 있었다.

고다이가 공용 현관에서 인터폰을 누르자 예, 라는 남성의 목소리가 들렸다.

"아까 전화드렸던 고다이입니다."

안내원이 엿들을 리는 없겠지만 이런 곳에서 경찰이나 경시청이라는 말을 흘릴 수는 없다.

들어오세요, 라는 말과 함께 유리문 자동잠금장치가 열렸다.

분수가 있는 널찍한 로비를 지나 엘리베이터를 탔다. 10층으로 올라가 집 호수를 찾아 카펫이 깔린 내부 복도를 지났다. 벽지도 고급스러운 것이 구석구석 고급 호텔 같은 인테리어였다.

1005호에 'ENAMI'라고 새겨진 금색 문패가 걸려 있었다. 고다이가 초인종을 눌렀다. 금방 안쪽에서 인기척이 나더니 문 여는 소리가 들렸다.

문이 열리고 남자가 고개를 내밀었다. 30대 중반쯤 될까? 단정한 이목구비에 짧은 머리카락을 깔끔하게 스타일링했다.

"경시청의 고다이입니다."

"에나미입니다. 오래 기다리셨지요."

고다이는 실례합니다, 하고 집 안에 들어섰다. 야마오도 잠자코 따라왔다.

에나미는 현관 홀 끝에 있는 문을 열고 두 사람을 맞이했다. 널찍한 거실이었다. 대형 모니터가 벽에 걸려 있고, 그 앞에 L자형으로 배치한 소파와 테이블이 놓여 있었다.

그리고 한 남성이 소파 옆에 서 있었다. 약간 통통하고 안경을 꼈다. 나이는 예순 안팎일까. 고다이와 야마오를 보더니 고개를 숙였다.

"소개하겠습니다." 에나미가 말했다. "장인어른 비서이신…… 이제 전직이라고 해야 하나. 모치즈키 씨입니다."

통통한 남자가 다가와 모치즈키입니다, 하면서 명함을 내밀었다. 하지만 고다이와 야마오 중 어느 쪽에 건네야 할지 모르겠는지 두 사람을 번갈아 바라보았다. 누가 봐도 야마오가 연상으로 보이기 때문이리라.

야마오가 말없이 뒤로 물러났다. 그 행동으로 눈치챘는지 받아 주십시오, 하고 모치즈키는 고다이에게 명함을 내밀었다.

고다이는 고개를 숙이며 명함을 받았다. 명함에는 '도의회 의원 도도 야스유키 제1비서 모치즈키 소타로'라고 적혀 있었다.

"긴한 말씀 중이셨던 건 아닌지?"

고다이가 묻자 모치즈키가 아니라며 손사래를 쳤다.

"걱정되어 살펴보러 들렀을 뿐입니다. 그보다 형사님, 수사는 어떻게 되고 있습니까? 짐작 가는 범인은 있습니까?"

어지간히 성급한 질문이다. 하지만 그들 입장에서는 사건 소식을 들은 지 24시간 이상 지났으니 뭔가 진전을 기대할 법도 하다.

"특별수사본부를 설치하고 경시청이 총력을 기울여 수사하고 있습니다. 반드시 범인을 잡아 진상을 밝히겠습니다." 고다이는 전형적인 답변을 했다. "아마 모치즈키 씨에게도 말씀을 듣기 위해 수사원이 연락할 겁니다. 바쁘시겠지만 부디 협조해 주십시오."

"알다마다요. 이미 사무소에서 전화를 받은 것 같더군요. 당연히 저희가 할 수 있는 일이라면 뭐든 돕겠습니다. 제발 하루빨리 사건을 해결해 주십시오." 모치즈키가 고개를 깊숙이 숙였다. "정말이지 악몽이라는 말밖에는 못 하겠습니다. 지금도 믿기지 않아요. 어째서 이런 일이 벌어졌는지……." 그러고는 주머니에서 손수건을 꺼내 관자놀이 부근을 몇 번 누르더니 흠칫 놀란 기색으로 고개를 들었다.

"아아, 죄송합니다. 중요한 말씀을 나누셔야죠. 저는 실례하겠습니다. 그럼 겐토 씨, 장례식 문제는 나중에 또."

"예, 가오리와 의논해 보겠습니다."

"잘 부탁드립니다. 그럼 실례하겠습니다. 아아, 나오실 필요 없습니다."

모치즈키는 서류 가방을 옆구리에 끼고 서둘러 현관으로 갔다.

비서의 뒷모습을 배웅한 후에 에나미가 두 사람에게 소파를 가리켰다.

"자, 앉으시지요. 아내를 불러오겠습니다."

"예, 부탁드립니다."

고다이는 에나미가 거실에서 나가는 모습을 지켜보고 소파에 앉았다.

"훌륭한 집이군요." 야마오가 옆에 앉으며 말했다. "역시 에나미 그룹 후계자로군."

고다이도 실내를 둘러보았다. 서로 맞닿아 있는 거실과 주방만도 15평은 됨직했다. 특별히 화려하지는 않아도 눈에 보이지 않는 곳에 돈을 아끼지 않은 분위기가 넘쳐 났다.

벽에는 자그마한 액자가 걸려 있었다. 고다이는 일어서서 액자로 다가갔다. 그림이 아니라 자수였다. 하얀 천에 나비와 꽃이 화려하게 춤추고 있다. 금색과 은색 비즈가 쓰인 것이 장식품 같았다. 구석에는 'ERIKO'라고 적혀 있었다.

"뭐 문제라도?" 야마오가 물었다.

"참 예뻐서요. 유명 작가의 작품인 줄 알았는데 도도 에리코 씨가 직접 만든 것 같습니다. 이름이 수놓여 있네요. 딸과 사위에게 선물한 거겠지요." 고다이는 제자리로 돌아왔다. "야마오 씨, 배우 시절의 에리코 부인을 아십니까? 아마 같은 세대죠?"

으음, 하고 야마오는 시선을 멀리 던졌다.

"어디서 본 기억은 납니다. 영화였나, 드라마였나……."

"제법 인기 있었다면서요?"

"그랬을지도 모르는데. 죄송합니다, 그쪽 방면에는 어두워서."

"그런가요. 아니, 그냥 물어봤을 뿐입니다."

문이 열리고 에나미가 돌아왔다. 뒤따라 들어온 여성이 가오리이리라. 날씬해서 임신한 티가 나지 않았다. 얼굴은 자그마하고, 굳이 따지자면 전형적인 일본 여성의 생김새였다. 안색을 좋게 보이려 연하게 화장한 듯했지만 그다지 효과는 없었다. 그렇지만 틀림없이 미인으로 꼽힐 얼굴이다.

남편이 권하자 가오리는 고다이와 야마오의 맞은편 소파 끝자리에 앉았다. 고개를 숙인 채로 두 사람에게는 시선을 주지 않고 들고 있던 스마트폰을 옆에 내려놓았다.

고다이는 경찰수첩을 보이며 정식으로 인사한 뒤 야마오도 소개했다. 부부의 반응은 떨떠름했다. 형사의 직함이나 이름은 아무래도 상관없는 것이리라.

"컨디션은 좀 어떠십니까?" 고다이가 가오리에게 물었다. "만약 힘들어지면 주저 말고 말씀해 주세요. 질문을 중단하고 저희는 바로 물러나겠습니다."

괜찮아요, 하고 가오리가 고개를 살짝 들었다.

에나미가 아내 옆에서 입을 열었다.

"하지만 가급적 짧게 끝내 주시면 고맙겠습니다."

"알고 있습니다. 그러도록 노력하겠습니다." 고다이는 필기도구를 꺼냈다. "그럼 바로 질문을 드리겠습니다. 먼저 사모님이 사건 소식을 알게 된 건 언제입니까?"

"어제 아침이에요. 6시가 지나서였을 겁니다." 가오리가 가느다란 목소리로 대답했다. "경찰이 전화해서 부모님 집에 불이 났다는 걸 알았어요. 그 후 도도 내외분과 연락이 되지 않는데, 혹시 두 분이 여행으로 집을 비울 예정이 있었느냐고 묻더군요. 그런 말은 듣지 못해서 없다고 대답했더니 상대방이 굉장히 거북해하는 목소리로 사실은 화재 현장에서 시신 두 구를 발견했다고 했습니다. 그 말을 들은 순간 현기증이 나서……." 말을 끊고 눈을 감는 것으로는 모자랐는지 가오리는 오른손으로 관자놀이를 눌렀다. 계속 말하기가 힘들어 보였다.

에나미가 아내의 어깨에 손을 얹고 고다이와 야마오를 쳐다보았다.

"지금 한 말 그대로입니다. 저도 바로 옆에서 대화를 들었습니다."

고다이는 고개를 끄덕였다. 사전 정보와 다른 점은 없었다. 가오리에게 전화한 사람은 파출소 경찰관이다. 도도 가의 순찰 연락망에 비상 연락처로 에나미 가오리의 번호가 적혀 있었기 때문이다.

"다시금 진심으로 위로의 말씀을 드립니다." 고다이는 고개를 숙였다. "최대한 시간을 단축하기 위해 단도직입적으로 묻겠습니다. 이미 들으셨을지도 모르지만 도도 야스유키 씨와 에리코 씨는 화재 발생 이전에 누군가에게 살해당했을 가능성이 높아, 이번 사건은 살인사건으로 수사하게 되었습니다. 많이 힘드시겠지만 수사에 협조를 부탁드립니다."

살해, 살인사건이라는 말이 나와서인지 가오리의 안색이 한층 창백해 보였다.

"물론 협조하겠지만 무슨 이야기를 해야 할까요?"

"어떤 것이든 상관없습니다. 최근 부모님과 관련하여 마음에 걸리는 일은 없었습니까? 트러블에 휘말렸다거나 난처한 문제가 생겼다거나."

가오리는 당혹스러운 표정으로 눈길을 떨어뜨렸다. 트러블, 이라고 중얼거리는 것을 입 모양으로 알 수 있었다.

"부모님께 무슨 얘기 좀 들었어? 못 들었지?" 에나미가 가오리에게 물었다. 가오리는 말없이 고개를 갸웃거렸다.

"짐작 가는 구석은 없나 봅니다." 에나미가 고다이와 야마오에게 말했다. "게다가 만약 장인 장모께 무슨 고민거리가 있었더라도 그걸 가오리에게 말하진 않았을 겁니다. 괜한 걱정을 끼치기 싫었을 테니까요. 특히 지금 시기에는."

냉정하고 타당한 의견이었다. 고다이도 수긍할 수밖에 없었다.

"그 말씀으로 보건대 에나미 씨에게도 뭔가 의논한 적은 없는 것 같군요."

"맞습니다. 임신 사실을 안 이후로 저희와 만날 때 장인 장모님은 항상 웃고 계셨어요. 두 분이 심각한 표정을 짓는 건 본 적이 없습니다."

"마지막으로 언제 만나셨습니까?"

에나미는 가오리 쪽을 보고 언제였지, 하고 물었다.

"그때 아니야? NIPT 때문에……."

아아, 하고 에나미는 고개를 끄덕이고 두 형사 쪽으로 얼굴을 돌렸다.

"지난주 토요일입니다. NIPT 결과가 나와서 알리러 갔어요."

"실례지만 NIPT라는 게 뭡니까?"

"산전 검사의 일종입니다. 전부 음성이라고 해서 말씀드리러 갔지요. 아내 나이가 서른이라 조금 걱정하셨던지 마음이 놓인다며 두 분 다 몹시 기뻐하셨습니다. 샴페인으로 축배를 들자는 말씀까지 하셨을 정도예요."

행복한 광경이 눈에 선한 에피소드였다. 살해당할 이유가 떠오르지 않는 것도 당연하리라.

그렇다고 여기서 물러날 수도 없다.

"도의원이라는 도도 야스유키 씨 입장으로 미루어 볼 때 평소 민원이나 항의도 적잖이 받으셨을 것 같은데요. 그중에 혹시 야스유키 씨에 대한 원망으로 번지는 경우도 있지 않았을까요? 그런 이야기는 듣지 못했습니까? 꼭 최근이 아니라 오래된 일이라도 상관없습니다."

가오리는 미간을 찌푸렸다.

"그런 이야기는 듣지 못했어요. 어쩌면 들었을지도 모르지만 기억에 없습니다."

"그런 문제라면 저희가 아니라 사무소나 후원회에 있는 분들께 물어보는 게 나을 겁니다. 의원으로서의 장인어른은 그들이 가장 잘 파악하고 있을 테니까요." 에나미가 아내의 말을 보충했다.

"모치즈키 씨는 별말씀 안 하셨습니까?"

에나미는 고개를 가로저었다.

"사건에 대해서는 아무 말도. 장인어른이 돌아가신 지금 그 사람 머릿속에는 장례식하고 제 아내 생각밖에 없는 것 같습니다."

다른 뜻이 있는 듯한 표현에 고다이는 위화감을 느꼈다.

"의원님이 돌아가셨으니 비서가 장례식 걱정을 하는 건 당연하겠지만 사모님 생각이라는 건?"

에나미가 불쾌한 표정으로 한숨을 내쉬었다.

"모치즈키 씨는 다음 구의원 선거에 가오리를 후보로 내세우고 싶어 합니다."

"사모님을?" 고다이는 고개를 숙이고 있는 가오리에게 시선을 돌렸다.

"전부터 장인어른과 의논해 그러기로 했다더군요. 장인어른도 본인이 건재할 때 후계자를 만들어 놓고 싶었던 모양이라."

"후계자라. 아니, 하지만." 고다이는 가오리에게 시선을 돌렸다. "사모님은 당분간 그럴 경황이……."

"출산과 육아를 앞두고 있어 염려하시는 거라면 장인어른 의견은 완전히 반대였습니다. 육아는 선거에서 결코 나쁜 소재가 아니다, 오히려 강한 무기가 된다는 게 장인어른과 모치즈키 씨의 주장이었어요. 사회에 진출하는 여성들을 대표하기에 적합하다, 여성들 표는 떼 놓은 당상이라는 말씀을 하셨습니다."

에나미의 말을 들은 고다이는 그런 사고방식도 있겠구나 싶었다. 그러고 보니 무엇이든 무기로 삼는 게 정치인이라는 말을 들은 적이 있다.

고다이는 다시 가오리 쪽을 돌아보았다. "사모님은 그 의견에 어떻게 답하셨습니까? 입후보할 생각이셨습니까?"

가오리는 고개를 설레설레 저었다.

"솔직히 말해 별로 내키지 않았어요. 의원 일이 제게 맞을 것 같지도 않고. 그렇지만 명확하게 싫다고 대답하지도 않았습니다. 할아버지와 아버지가 닦아 온 길을 지켜야겠다는 마음도 있고……. 어쨌거나 이 아이가 아무 탈 없이 태어나고, 육아에도 익숙해지면 고민해 보려 했죠."

자기 배를 쓰다듬는 가오리를 보며 고다이는 고개를 살짝 끄덕였다. 정치인 집안에서 태어나는 것은 사람들이 생각하듯 편하기만 한 일은 아닐 것이다. 연약해 보이지만 의외로 심지가 굳은 여성일지도 모른다.

"그런데 이번 사건 때문에 그렇게 느긋한 소리도 하지 못하게 되었습니다. 장인어른을 지지하는 사람들 입장에서는 한시라도 빨리 후계자를 뽑아야 하니까요."

"그래서 모치즈키 씨도 가오리 씨의 출마를 원하는 거군요."

"그분은 자칫 직업을 잃을 수도 있으니까요. 가오리가 의원이 되면 아내의 비서로 일할 작정일 겁니다." 에나미는 입가를 살짝 일그러뜨렸다. 모치즈키를 그다지 좋게 보지 않는 듯했다.

"사모님이 의원이 되는 것을 반대하십니까?"

고다이가 묻자 에나미가 나직하게 신음했다.

"솔직히 말해 찬성하진 않습니다. 힘든 일인 걸 아니까요. 하지만 출마한다면 응원할 생각입니다. 장인어른 집안이 정치인 혈통이라는 건 알고 있습니다. 그런 가문의 외동딸과 결혼하기로 결심했을 때부터 각오는 하고 있었습니다."

"그렇군요."

형사님, 하고 에나미가 진지한 목소리로 말했다.

"이 이야기가 사건과 관련 있을 가능성은 낮아요……. 아니, 제로에 가깝습니다. 가오리의 출마를 곱게 보지 않는 사람이 있다 해도 장인 장모님을 살해할 이유가 되지는 않습니다."

"그건 저희로서는 뭐라 말씀드리기가……. 귀중한 정보로 담아 두겠습니다."

"모쪼록 비밀은 지켜 주십시오."

"물론입니다. 절대 외부에 흘리지 않겠습니다. 도도 야스유키 씨에 관해서는 사무소나 후원회의 분들을 만나 보겠습니다만, 사모님 쪽은 어떠신지요? 최근 에리코 씨 이야기를 들으려면 어느 분께 물어보는 게 좋은지 조언해 주시면 고맙겠습니다만."

에나미가 가오리 쪽을 돌아보며 누가 좋을까, 하고 물었다.

"혼조 씨가 적임자예요." 가오리가 주저 없이 대답했다.

"어떤 분입니까?"

"어머니와는 오랜 친구인데 젊었을 때는 연예계에도 있

었다고 해요. 어머니와 같은 소속사였다고 들었어요. 함께 식사도 자주 하고 쇼핑도 했어요. 어머니가 공적인 일부터 자잘한 프라이버시까지, 전부 의논할 수 있는 사이라고 하셨어요."

"그분은 이번 소식을······."

"오늘 아침에 알렸어요." 가오리는 괴롭다는 듯 눈썹을 찌푸렸다. "무척 놀라서 장난이지? 거짓말이지? 하고 몇 번이나 물으셔서······. 나중에는 목소리도 제대로 나오지 않으시더군요."

"혼조 씨라고 하셨죠. 연락처를 알려 주실 수 있습니까?"

가오리는 옆에 내려놓았던 스마트폰에서 연락처를 찾아 고다이 쪽으로 내밀었다. "이분이에요."

화면에는 '혼조 마사미'라는 이름과 휴대전화 번호가 떠 있었다. 고다이는 서둘러 메모했다.

"거주지는 어디입니까?"

"히로오예요. 다만 지금은 남편분 사업 때문에 시애틀에 계세요. 하지만 장례식에 참석하려고 가급적 일찍 귀국하시겠다고 했어요."

그렇다면 그 이후에야 이야기할 수 있으려나. 애는 탔지만 시애틀이라니 먼저 찾아갈 수도 없다. 기다리는 수밖에.

"혼조 씨 귀국일을 알게 되면 연락 주시면 고맙겠습니다. 연락처는 나중에 알려드리겠습니다."

"알겠습니다." 가오리가 굳은 표정으로 고개를 끄덕였다.

"혼조 씨 외에 에리코 씨가 친하게 지낸 분은 안 계십니까?"

"몇 명은 있었을 텐데……." 가오리가 뺨을 짚으며 생각에 잠겼다가 이윽고 손을 내렸다. "그것도 혼조 씨에게 물어보는 게 제일 좋을 거예요. 어머니의 최근 교우 관계는 저도 전부 파악하고 있지 않아서."

"그러십니까."

고다이는 수첩을 덮고 옆쪽을 보았다. 멍한 표정의 야마오와 시선이 마주쳐 무슨 문제라도 있는지 물었다. 중년의 경부보는 조금 놀란 표정으로 아니요, 하고 고개를 저었다. 그런 질문을 받을 줄 몰랐던 모양이다.

고다이는 부부 쪽으로 시선을 돌렸다.

"그 외에 저희에게 말씀하고 싶은 건 없으신지요? 뭐든 좋습니다."

두 사람이 마주 보았다. 가오리가 고개를 젓자 에나미가 두 형사를 쳐다보았다. "지금은 딱히 떠오르지 않네요."

"알겠습니다. 아무리 사소한 일이라도 괜찮으니 뭐든 생각나면 연락해 주십시오." 고다이는 명함을 내밀었다. "문자로 주셔도 됩니다."

에나미는 받은 명함을 쳐다보며 침묵했다.

"경찰은 면식범의 범행이라고 보고 있는 겁니까? 강도나 방화범의 소행일 가능성은 없습니까?"

"면식범인지는 모르겠지만 어떤 식으로든 관계가 있는 인물의 범행일 가능성이 높다고 보고 있습니다."

"그렇게 생각하는 근거는요?"

"범인이 위장 공작을 했기 때문입니다." 고다이는 즉각 답했다. "수사 기밀이라 자세한 말씀은 드릴 수 없지만 강제 동반자살로 꾸미려 한 흔적이 확인되었습니다."

"동반자살?" 에나미가 눈을 휘둥그레 떴다. 옆에서 가오리도 숨을 삼켰다.

"에리코 부인이 야스유키 씨를 살해한 뒤에 집에 불을 지르고 자살한 것처럼 꾸몄습니다."

"그럴 리가, 설마……." 가오리가 말을 더듬었다. "절대로 그럴 리 없어요. 어머니가 아버지를 죽이다니."

"압니다. 범인이 꾸민 트릭이라는 건 이미 판명되었습니다. 제가 드리고 싶은 말씀은 금품을 노린 강도라면 그런 짓을 할 이유가 없다는 겁니다. 방화범도 마찬가지죠. 범인은 살인사건임을 감추려고 그런 조작을 했을 겁니다."

설명에 납득했는지 에나미가 고개를 끄덕이고는 고민에 빠진 표정으로 두 형사에게 진지한 시선을 보냈다.

"장인어른의 사회적 입지로 볼 때 경찰이 이래저래 적이 많지 않았을까 추측하는 건 자연스러운 일입니다. 실제로 장인어른의 방식에 불만을 가진 사람도 적지 않았겠지요.

언제였더라, 인터넷에 악담밖에 없다고 장인어른이 한탄하신 적도 있습니다. 하지만 개인적인 원한을 살 일은 없었을 겁니다. 제 주변에도 정치인 도도 야스유키는 좋아할 수 없지만 인물만 보면 매력적이라고 하는 사람이 많았습니다. 이렇게 말하는 저도 그렇고요. 독불장군 같은 수법에는 찬성할 수 없는 면이 있었어도 두터운 인정에는 늘 감탄했습니다. 훌륭한 인격자셨습니다. 그러니까 다시 말해……." 에나미는 아내를 힐끗 쳐다보고는 말을 이었다. "장인어른을 죽이고 싶어 할 정도로 원망하거나 증오한 사람이 있었다니 도저히 믿을 수 없습니다. 아내의 심정을 대변하는 게 아니라 제 솔직한 마음이기도 합니다."

가오리가 강한 어조로 설명하는 남편의 옆모습을 믿음직하다는 듯 바라보며 고마워, 라고 중얼거렸다. 에나미는 응, 하고 힘 있게 고개를 끄덕였다.

고다이는 부부를 번갈아 보다가 참고하겠습니다, 라고 대답했다.

"마지막으로 한 가지만 더 묻겠습니다. 14일 밤부터 15일 아침까지, 두 분이 이 아파트에 계셨다는 걸 증명할 수 있는 자료가 있을까요? 어떤 것이든 상관없습니다."

이 질문에 방금까지 온화한 표정을 짓고 있던 부부의 얼굴이 찬물을 뒤집어쓴 것처럼 굳었다. 설마 그들의 알리바이를 물을 줄은 생각도 못 했으리라.

에나미 부부의 아파트에서 나오자 해가 기울어 가고 있었다. 고다이는 쓰쓰이에게 전화를 걸어 부부의 사정청취가 끝났다고 보고했다.

"유익한 정보는 있었어?" 쓰쓰이가 직접적으로 물었다.

"유감이지만 기뻐하실 만한 선물은 없습니다."

흥, 하는 콧방귀 소리가 들렸다.

"뭐, 그렇겠지. 이제 막 시작됐으니 서두를 필요 없어. 그보다 도도 야스유키 씨가 참석했던 파티장을 알아냈다. 미안하지만 좀 가 줘야겠어."

"알겠습니다. 야스유키 씨의 동향을 궁금히 여긴 수상한 인물이 있었는지 직원에게 확인하면 되지요?"

계획적 범행이라면 그 시점에서 범인이 야스유키를 감시했을 가능성이 있다.

"그리고 마지막에 들른 긴자의 클럽도 부탁해. 동석한 호스티스들에게 야스유키 씨 일행이 어떤 이야기를 나누었는지 알아내. 잡담 안에 단서가 숨어 있을지도 모르니까."

"파티장과 긴자 클럽이란 말이죠. 아이구야, 몇 시에 복귀할 수 있을지."

"빨리 복귀하고 싶으면 하나라도 선물을 찾아와." 각각의 주소와 가게 이름을 말하고 쓰쓰이는 전화를 끊었다.

고다이는 스마트폰을 주머니에 넣고 고개를 들었다. 아파트 정면 현관을 바라보고 있던 야마오가 뒤를 돌아보았다. "보고는 마쳤습니까?"

"다음 미션을 받았습니다."

내용을 들은 야마오가 슬그머니 웃었다.

"파티장과 긴자의 클럽이라. 박봉인 저와는 인연이 없는 곳뿐이로군요."

"저 혼자서도 갈 수 있습니다. 야마오 씨는 그만 돌아가셔도 됩니다."

야마오가 설레설레 손사래를 쳤다.

"같이 가겠습니다. 고급 클럽의 미인 호스티스도 만나 보고 싶고."

"호스티스도 천차만별인걸요. 그보다 미인이라고 하니 말인데……." 고다이는 걸음을 떼며 아파트를 올려다보았다. "에나미 가오리 씨, 역시 미인이더군요."

"피는 못 속인다는 말도 있잖습니까." 야마오도 동의하는 것 같았다. "눈가가 어머니의 젊은 시절을 쏙 빼닮았던데."

고다이는 걸음을 멈추었다. 그런 그를 보고 야마오도 멈춰 섰다. "왜 그럽니까?"

"아니, 아무것도 아닙니다."

다시 걸음을 떼며 고다이는 속으로 고개를 갸웃거렸다. 어머니의 젊은 시절을 쏙 빼닮았다니, 무슨 뜻일까? 배우 시절의 후타바 에리코는 잘 모른다고 하지 않았나?

하지만 고다이는 의문을 가슴속에 담아 두었다. 의도가

있어서가 아니라 단순히 맞장구를 쳐 준 것이리라. 모순을 지적해 불쾌하게 만들면 괜히 귀찮아진다. 어쨌거나 상대는 당분간 함께 행동해야 할 파트너니까.

3

17일 아침, 사쿠라카와는 현장의 3D 복원 이미지가 완성되었다는 소식을 받았다. 수사회의에서 발표하기 전에 볼 수 있다고 해서 고다이를 비롯한 사쿠라카와의 부하들은 경시청 본부 청사로 향했다.

회의실에는 대형 모니터가 준비되어 있었다. 사쿠라카와와 고다이, 형사들이 지켜보는 가운데 히로세라는 안경 쓴 남성 감식과 직원이 컴퓨터를 이용해 모니터에 이미지를 띄웠다.

오오, 하고 몇 사람이 작게 감탄한 것은 상상보다 이미지가 정밀했기 때문이리라. 저택 전체를 외부에서 바라본 모습은 마치 사진처럼 현실적이었다.

사쿠라카와가 대단하다고 감탄했다.

"주택 설계와 건축을 담당했던 회사에 도면과 건축 자재, 인테리어 디자인의 상세 자료가 남아 있어 큰 도움이 되었습니다. 23년 전에 지어 세월에 따른 노후는 있겠지만 10년 전에 외벽을 보수해서 실제 외관은 이 이미지와 거의 비슷했을 겁니다."

 히로세가 약간 자랑하듯 설명한 뒤 키보드를 두드렸다. 현관문이 열리고 카메라가 실내로 들어가는 이미지였다. 천장이 뚫린 널찍한 현관 로비가 있고 복도가 안쪽으로 이어졌다.

 복도로 조금 들어가자 왼쪽에 문이 있었다.

 "이 문 안쪽이 거실입니다."

 히로세가 화면을 실내 이미지로 바꾸었다. 화재 이전을 재현해서 가구와 창호도 새것처럼 깨끗했다. 벽 쪽에 놓인 업라이트 피아노도 반짝거렸다.

 사쿠라카와가 또다시 훌륭하다고 칭찬했다.

 "불에 타 버린 현장 사진만으로는 영 감이 오지 않았는데 이런 걸 준비해 주니 상황을 그려 보기가 쉽군."

 히로세가 과찬이라며 고개를 숙였다.

 "현관에서 거실로 들어가는 중간에 밖에서 침입할 수 있는 창문은 없었나?"

 "현관 로비 상부에 인테리어용 창문이 있습니다. 하지만 여닫을 수도 없고, 누가 부순 흔적도 없습니다."

 "알겠어. 계속하도록."

 히로세가 화면 쪽을 돌아보았다.

 "거실 면적은 20평입니다. 보다시피 거의 정사각형에 가깝고, 옆에 붙어 있는 주방과는 미닫이문으로 구분되긴 하나 평소에는 열어 두었을 가능성이 높습니다. 화재 진압 후 검증했을 때도 미닫이문은 열려 있는 상태였습니다. 소방대원이 소화 작업을 하면서 열지 않았다는 건 확인했습니다. 거실에는 중앙에 대리석 테이블을 에워싸고 3인용, 2인용 소파가 L자로 배치되어 있었고, 그 밖에 1인용 회전식 소파가 두 개 있었습니다. 바닥에는 카펫이 깔려 있었습니다. 피해자 중 한 명인 도도 야스유키 씨가 쓰러져 있던 곳은 3인용 소파입니다. 이 소파를 중심으로 등유를 뿌렸을 가능성이 높은 것이, 불에 탄 흔적이 가장 심합니다. 불타기 전에는 아마 이런 상태였을 겁니다."

소파는 검은 가죽제로 고급스러운 광택까지 재현되어 있었다. 거기에 시체를 나타내는 회색 인형이 쓰러져 있었다. 목에는 끈처럼 생긴 물체가 휘감겨 있다.

"의류는 완전히 연소되어 상세한 옷차림은 추측하기 어렵습니다. 흉기의 재질은 분석 결과 면으로 밝혀졌습니다. 끈인지, 수건이나 스카프 같은 천을 가늘게 꼰 것인지는 알 수 없습니다. 목에 어떻게 감겨 있었는지도 불확실하지만 두 바퀴 이상 감겨 있었던 건 틀림없습니다. 소파 옆에는 한 쌍의 슬리퍼가 있었습니다. 또 점화봉點火棒이 하나 발견되었습니다. 이건 롱 라이터라는 상품명이 더 익숙할지도 모르겠습니다. 범인이 불을 붙일 때 사용한 것으로 보입니다."

점화봉이라, 고다이는 설명을 들으며 한자를 떠올렸다.

"그거, 지문은 나왔나?" 사쿠라카와가 물었다.

"나왔습니다. 도도 에리코 씨의 오른손 지문과 일치했습니다."

"흥, 범인이 조작했군." 사쿠라카와가 괘씸하다는 듯이 말했다. "그 밖에 발견된 건?"

"불에 타고 남은 플라스틱 통이 바닥에 떨어져 있었습니다. 등유가 들어 있었을 겁니다. 또 테이블에는 두 대의 스마트폰이 놓여 있었습니다. 이미 보고한 것처럼 둘 다 완전히 불타서 복구는 불가능합니다. 기종은 도도 야스유키 씨와 에리코 부인이 쓰던 것과 일치합니다. 야스유키 씨 시신 주변 상황은 이상입니다." 히로세는 질문이 있는지 묻는 듯 회의실을 쓱 둘러보았다.

"외부에서의 출입 상황은 어땠나?" 사쿠라카와가 물었다.

히로세가 이미지를 띄웠다.

"이렇게 거실 남쪽에 정원이 있어 유리문을 열면 출입이 가능했습니다. 다만 화재 발생 당시 전부 잠겨 있었다는 게 확인되었습니다."

"현관과 뒷문도 잠겨 있었단 말이지?"

"소방서 보고에 따르면 그렇습니다."

"범인이 집 열쇠를 가져가 현관 혹은 뒷문으로 나간 뒤 문을 잠갔다는 뜻인가. 동반자살로 꾸미고 싶었을 테니 당연한가······." 혼잣말처럼 중얼거리면서도 사쿠라카와는 석연치 않은 표정이었다.

고다이는 상사의 심경을 헤아릴 수 있었다. 고다이 역시 상황은 이해할 수 있었지만 왠지 덜컥 믿을 수가 없었다. 그렇다고 무엇이 마음에 걸리는지 제대로 설명할 수도 없다.

뭐, 됐어, 하고 사쿠라카와가 떨쳐 내듯 말했다. "계속해."

예, 하고 히로세가 키보드를 두드렸다. 이어서 화면에 비친 것은 거실과 인접한 주방 같았다. 여덟 명쯤 앉을 수 있는 긴 테이블이 있고 의자가 놓여 있다. 조리 공간과는 카운터로 나뉘어 있는 것 같았다.

"거실과 마찬가지로 건축 회사가 제출한 자료를 토대로 재현했습니다. 식탁 위에는 아무것도 없었고, 바닥에 떨어진 물건도 없습니다. 안쪽에는 컵 보드가 있었지만 선반은 화재 피해가 적어 수납되어 있던 식기도 거의 그대로였습니다."

모니터에 비친 이미지는 컵 보드도 충실하게 재현해 냈을 뿐만 아니라 식기 하나하나까지 꼼꼼하게 표현하고 있었다. 실제 현장도 이와 같았으리라. 과학수사연구소나 감식반의 섬세한 일 처리에는 늘 감탄한다.

"다음은 조리 공간입니다. 조리대 위에는 아무것도 없었고, 싱크대 안에 유리잔이 하나 놓여 있는 게 전부입니다. 가스레인지에는 프라이팬과 냄비가 있었지만 둘 다 비어 있었습니다. 식기세척기 안에는 식기가 몇 개 있었습니다. 전기밥솥에는 씻은 쌀과 물이 담겨 있었습니다. 아마 취사 예약 상태였을 겁니다."

고다이는 히로세의 설명을 들으며 쌀을 씻는 도도 에리코를 상상했다. 이튿날 아침 식사를 위해 준비했으리라.

"흠잡을 데 없이 깔끔한 집이로군. 우리 집과는 완전히 딴판이야. 가사도우미는 있었나?" 사쿠라카와가 누구에게랄 것 없이 물었다.

"확인해 보겠지만 그런 정보는 없습니다." 쓰쓰이가 대답했다. "따님이 출가한 뒤로는 부부 두 사람 살림이라 가사도우미를 고용할 필요가 없었을 겁니다."

"그러니까 단순히 부인의 살림 솜씨가 뛰어났다는 뜻인가." 사쿠라카와가 다리를 꼬았다. "계속해. 다음 공간은 어디지?"

죄송합니다, 하고 히로세가 사과했다.

"현재 재현한 거주 공간은 여기까지입니다. 다음은 욕실입니다."

"욕실을 볼 수 있으면 충분해. 보여 줘."

예, 하고 히로세가 키보드 쪽으로 몸을 돌렸다.

"욕실은 1층, 복도 안쪽에 있었습니다. 화재 영향을 크게 받지 않은 이유는 불연재라 그런 것으로 보입니다. 그래도 매연으로 실내는 상당히 검게 그을었습니다. 그렇게 되기 전의 상태를 재현한 게 이 이미지입니다."

모니터에 비친 이미지를 보고 고다이는 숨을 멈췄다. 시신 자체는 간략하게 표시되어 있었지만 힘없이 축 매달린 광경은 생생한 충격을 주었다.

"범인은 어디서 부인을 살해했지?" 사쿠라카와가 중얼거렸다. "이 욕실은 아니겠지. 어딘가 다른 장소에서 살해해 여기까지 옮겼다. 그렇게 생각하는 쪽이 타당할 텐데."

도도 야스유키와 마찬가지로 거실에서 살해하지 않았겠냐고 말하는 이가 있었다. 몇 명이 수긍했다.

"한자리에서 두 사람을 교살했다? 그런 일이 가능할까? 한쪽이 살해당하고 있는 걸 다른 사람이 얌전히 보고만 있었다는 말인가? 만취 상태였을 가능성도 낮고, 수면제를 강제로 먹인 흔적도 없잖나."

사쿠라카와 계장이 제기한 의문에 부하들은 아무도 답하지 못했다.

"애초에 어째서 욕실일까요?" 쓰쓰이가 말했다. "목을 매달아 자살한 것으로 위장한다 해도 욕실에서 그럴 필요는 없지 않습니까?"

"그 점은 답해드릴 수 있을지도 모릅니다." 그렇게 말한 건 히로세였다. "다른 장소라면 불타 버릴 우려가 있어서 아닐까요? 애써 위장해도 전부 재가 되면 의미가 없습니다. 그런 면에서 욕실이라면 아까도 말씀드린 바와 같이 화재의 영향에서 벗어날 가능성이 있었습니다."

"아아…… 그런 속셈인가." 쓰쓰이는 설명을 받아들인 것 같았다.

사쿠라카와는 심각한 표정으로 화면을 노려보았지만 괜히 시간을 허비할 수는 없다고 생각했는지 체념한 표정으로 히로세에게 계속하라고 했다.

히로세가 화면 일부를 가리켰다.

"시체를 매달 때 사용한 물건은 빨랫줄입니다. 약 1미터 길이로 잘려 있었습니다. 같은 물건이 옆쪽 세탁 공간에서 발견되었고 절단면도 일치한다는 점에서 범인이 잘라서 가져다 쓴 것으로 보입니다. 부인의 지문이 몇 개 나왔지만 위장된 지문일 가능성이 있습니다."

마지막에 히로세가 '가져다 썼다'고 말한 것을 들은 순간, 고다이는 자신이 품고 있던 위화감의 정체를 알아차렸다. 얼른 잠깐만요, 하고 손을 들었다.

사쿠라카와가 왜 그러느냐고 물었다.

"그렇다면 범인은 시체를 매달 끈을 미리 준비하지 않았다는 뜻입니다. 빨랫줄이 없었다면 어쩔 작정이었을까요?"

사쿠라카와는 팔짱을 끼고 날카로운 눈빛으로 고다이를 쳐다보았다. "무슨 말이 하고 싶어?"

"범인의 위장 공작이 어중간합니다. 롱 라이터나 빨랫줄에 부인의 지문을 묻히거나 현관과 뒷문을 잠그는 등 용의주도한 면도 있는 반면에 전기밥솥의 예약 상태를 몰랐다는 덤벙거리는 면도 있습니다. 알았더라면 쌀을 버리고 예약을 해제했을 텐데요. 동반자살하려는 사람이 이튿날 아침 식사를 준비한다는 건 부자연스러우니까요. 빨랫줄을 사용한 것도 그렇습니다. 시체를 매달 거였다면 미리 튼튼한 끈을 준비하지 않았을까요? 다시 말해 이번 범행은 계획적인 것 같지만 지극히 우발적으로도 보입니다. 무엇보다 의문점은……" 고다이는 모니터에 비친 시체 모양 인형의 목을 가리켰다. "범인은 교살 시체를 목매달아 자살한 것처럼 꾸밀 수 있다고 진심으로 믿은 걸까요? 검시관이 대번에 꿰뚫어 본 것처럼 요즘에는 삼류 미스터리 드라마에서도 통하지 않을 트릭 같은데요."

사쿠라카와가 입가를 일그러뜨렸다. "세상 사람들이 모두 미스터리 마니아는 아니야."

"그건 그렇지만……."

"알겠다. 지금 고다이의 의문에 합리적으로 답할 수 있는 사람이 있나?" 사쿠라카와는 부하들을 둘러보았다. "있다면 대답해. 쓰쓰이, 자네는 어때?"

갑자기 지목당한 쓰쓰이가 얼굴을 찌푸렸다.

"범인은 고다이 생각만큼 똑똑한 사람이 아니라거나……."

아하하, 사쿠라카와가 웃는 시늉을 했다.

"그래, 그럴 가능성도 제로는 아니군. 그렇다면 범인 체포도 시간문제일 거야. 여기저기서 꼬리를 밟힐 테니까. 하지만 우리는 낙관적인 생각만 하고 있을 수는 없어. 범인은 어째서 간단히 간파당할 걸 알면서도 위장 공작을 했는가. 각자 고다이가 제시한 수수께끼를 머릿속 어딘가에 담아 두도록."

말이 끝날 때쯤 지휘관의 얼굴에서 거짓 웃음은 이미 사라지고 없었다.

4

화면에 비친 영상은 화질이 거칠었다. 비디오테이프에 녹화된 것을 DVD로 옮겼으니 어쩌면 당연하다.

"역시 앞으로는 청년들이 지역에 활력을 불어넣어야 합니다. 지금은 경기가 좋아서 주식이나 부동산으로 편히 돈 버는 사람이 많지만 그런 건 절대 오래가지 않아요. 조만간 하강 곡선을 탈 겁니다. 그때를 대비해 모든 업계가 지금 미리, 눈앞의 이익에 현혹되지 말고 탄탄한 경제 기반을 만들어야 합니다. 그 중심이 청년들입니다. 그런 생각을 지역 의회에서 적극적으로 알리고 싶습니다."

열변을 토하고 있는 남성은 전형적인 축제 참가자 스타일로 배배 꼰 밧줄 머리끈에 덧옷을 입고 있었다. 날씬하지만 햇볕에 잘 그을어 늠름해 보였다. 나이는 30대 초반일까. 뒤쪽에서는 청년들이 메고 있는 가마가 요란하게 들썩거리고, 주위를 에워싼 구경꾼들이 흥을 돋우고 있다.

가키우치 다쓰오가 검버섯이 잔뜩 핀 손을 리모컨으로 뻗고는 스위치를 눌러 영상을 잠시 멈췄다. 그러고는 화면을 보며 실실 웃었다.

"젊죠? 어쨌거나 30년도 더 됐으니까요. 거품 경제가 한창이라 나라가 온통 들떠 있었을 무렵입니다. 그런데도 야스는 이대로는 안 된다, 브로커만 가득해서는 안 된다, 확실하게 플레이어를 키워야 한다는 말을 자주 했습니다."

"플레이어라 함은?" 고다이가 물었다.

"농업이나 공업, 어업 같은 분야를 실제로 지탱하는 사람들이라고 할 수 있죠. 물론 오락업이나 스포츠, 예술 종사자들도 포함됩니다. 그에 반해 증권사나 종합상사 직원처럼 실체가 없는 물건으로 장사하거나, 중개로 돈을 버는 사람들을 야스는 브로커라고 불렀습니다. 광고대리점도 마찬가지라고 했어요. 브로커는 산업 발전에는 거의 공헌하지 않고 중개료를 가로챌 뿐이니, 그런 사람들만 잔뜩 늘어 봤자 나라는 조금도 발전하지 않는다는 게 야스의 주장이었습니다. 확실히 당시 일본에는 착실한 노력을 경시하는 풍조가 있었습니다. 열심히 무언가를 만들어 내는 사람보다 단순히 돈을 굴리거나 광고로 벌어들이는 사람을 더 떠받드는, 참으로 이상한 시대였어요."

도도 야스유키 후원회 회장의 눈빛이 아련해졌다. 도도

와 동갑이라고 했으니 예순다섯일 텐데 고다이 눈에는 조금 더 늙어 보였다. 체격은 탄탄하지만 얼굴에 주름이 많은 탓이리라. 자외선을 너무 쐰 듯했다. 고다이는 골프로 탄 피부라고 짐작했다. 오른쪽과 왼쪽 손등의 색이 달랐다.

가키우치는 도쿄에서 세 군데의 마트를 경영하고 있다. 본사는 니혼바시 바쿠로초에 있는 4층짜리 건물로, 고다이는 야마오와 함께 3층 사장실에 있었다.

"'3K'라는 표현을 압니까? 거품 경제 시절에 유행했는데."

가키우치의 질문에 고다이가 고개를 끄덕였다.

"들어 본 적이 있습니다. 고수입, 고학력, 고신장……이었던가요."

하하하, 가키우치가 웃었다.

"여자가 이상형으로 꼽는 남자로군요. 그건 3K가 아니라 3고高라고 해야죠. 확실히 그것도 유행하긴 했어요. 그 시절 여자들은 다들 여왕 행세를 했으니까. 넌더리가 납니다. 대리기사니 단골식당이니 하며 아쉬울 때만 찾는 남자도 있었는데……. 아니, 이 얘기가 아니지, 참. 3고가 아니라 3K 얘기였죠. 젊으니 모르려나. 외국에서는 3D라고 하는데."

"힘들고, 더럽고, 위험하다는 뜻이지요." 옆에서 야마오가 조심스럽게 말했다.

맞아요, 맞아, 하고 가키우치가 흐뭇하게 웃었다.

"제조 현장이나 기술 직종을 싫어한달까, 우습게 여겼어요. 종합상사나 영업, 더 스마트하고 멋지고, 회삿돈으로 놀 수 있는 일이 얼마든지 있는데 어째서 굳이 볼품없는 직장을 선택하느냐는 거지요. 세상에 잔뜩 바람이 든 결과, 그때까지 일본을 지탱했던 제조업은 경시당하고 젊은 사람들도 완전히 등을 돌리게 되었습니다. 야스는 그런 상황에 위기감을 느꼈고 그 생각이 이 인터뷰 연설에 나온 거지요." 가키우치는 화면을 가리켰다.

가키우치가 말하는 '야스'는 도도 야스유키다. 초등학교 때부터 소꿉친구에다 집도 가까워, 도도가 구의회 의원 입후보를 결심했을 때 자발적으로 후원회장을 맡았다고 한다. 옛날이야기가 거기까지 흘러왔을 때 "형사님들께 꼭 보여드릴 게 있다"며 꺼낸 것이 지금 보고 있는 DVD였다. 도도가 구의원 선거에 처음 당선된 직후 텔레비전에 출연했을 때의 영상이라고 했다.

"도의원이 된 후에도 야스의 신조는 이때와 조금도 변하지 않았어요. 견실한 경제력을 키운다, 착실하게 일한다 등의 일관된 주장이었죠. IT도 좋다, SNS도 아주 좋다, AI도 대환영, 하지만 마지막에 믿을 수 있는 건 결국 사람이다, 사람을 키워야 한다고 자주 말했습니다. 저도 그 녀석이 하는 말이 맞다고 생각하고요. 녀석이 죽어 버린 지금도 마찬가지입니다." 그렇게 말하며 가키우치는 눈을 몇 번 껌뻑거렸다. 열변을 토하는 사이 자기가 한 말에 눈물샘을 자극받았는지도 모른다.

"도도 씨는 최근 어떤 방면에 역점을 두셨습니까?" 고다이가 물었다.

"그야 고령자 대책이었죠." 가키우치의 대답은 빨랐다.

"요양 보호 문제요?"

"요양 보호에도 관심이 많았지만 그 이상으로 중요시한 게 고령자의 사회 참여 방안이었습니다. 야스는 독자적인 아이디어가 있어서, 55세부터 75세까지를 골든 시니어라고 불렀어요. 줄여서 GS. 이 GS를 노동력으로 활용할 생각을 하고 있었죠. 그 나이에는 아직 사고능력이 멀쩡하고 체력적으로도 충분히 일할 수 있는 사람들이 많아요. 택시기사가 좋은 예죠. 현역 세대를 보조하는 역할이 아니라 주력으로 일해야 한다는 것입니다. 그러려면 새로운 기술을 가르쳐야 하는데, 55세 이후부터도 늦지 않다, 지자체가 선도해서 시스템을 구축해야 한다는 말을 자주 했어요."

"시니어 재취업을 위한 리스킬링 교육이로군요." 다시 야마오가 입을 열었다.

가키우치가 끄덕였다.

"그렇습니다. 잘 알고 계시는군요. 야스는 시니어 대상 전문학교를 설립하려 했어요. 문제는 재원이라고 골머리를 앓고 있었는데, 몇몇 학교 법인을 자주 만나고 다녔다고 들었습니다."

"그런 활동에 반발하는 사람은 없었습니까?"

고다이의 질문에 가키우치는 노골적으로 표정을 흐렸다.

"정치인은 뭐만 하려고 하면 반드시 반대하는 사람이 나오는 법입니다. 행동력 있는 타입일수록 적이 많아요. 적을 만들기 싫으면 아무것도 안 하면 되죠. 하지만 그런 정치인이 무슨 쓸모가 있습니까? 반대파가 누군지 알고 싶다면 알려드릴 수 있지만 형사님, 설마 그 사람들이 사건을 저질렀다고 말씀하시려는 건가요?"

"아닙니다, 절대 그런 게 아닙니다. 참고삼아 파악해 두려는 것뿐입니다."

"야스의 적이라면 모치즈키 씨에게 물어보세요. 그 사람이라면 전부 알고 있을 겁니다."

"알겠습니다. 그러겠습니다." 고다이는 물러났다.

도도 야스유키 사무소에는 다른 수사원들이 탐문하러 갔고, 모치즈키의 사정청취도 이미 끝났다. 정적政敵 정보도 파악했지만 이번 사건과 연관되었을 가능성은 낮다는 판단이었다.

"정말 믿을 수가 없어요." 가키우치는 얼굴을 찌푸리며 고개를 저었다. "어느 누가 그런 끔찍한 짓을 했는지……. 형사님, 단순 강도의 소행이 아닌 겁니까?"

에나미 겐토와 똑같은 질문이다. 누구나 소중한 사람이

주변 사람에게 살해당했다고 생각하기는 싫을 것이다.

"강도라면 집에 불을 지르지는 않았을 겁니다. 목적을 달성했으면 냉큼 줄행랑칠 테니까요."

고다이의 설명에 고통스러운 표정을 지으면서도 그도 그렇다며 납득하는 듯했다.

"어떤 식으로 살해당한 겁니까? 칼에 찔리기라도 했습니까?"

가키우치가 물었지만 고다이는 고개를 작게 가로저었다.

"죄송합니다. 자세한 이야기는 말씀드릴 수 없습니다."

범인이 아니면 모르는 사실이다. 용의자가 자백할 때 언급한다면 범인만 아는 비밀을 폭로한 셈이니 재판 증거로 작용한다. 섣불리 떠들 수는 없다.

"그렇습니까. 어쨌거나 잠들었을 때 당했겠지요."

"그렇게 생각하시는 이유가?"

"야스가 깨어 있었다면 그리 간단히 살해당할 리 없으니까요. 중학교와 고등학교 때 유도부였고, 대학 때부터는 등산이 취미였습니다. 힘 하나는 좋았단 말이죠."

도도 야스유키의 시신은 손상이 심각해서 교살이라는 것만 겨우 알아냈고 내출혈 등의 신체적 정보는 확인하지 못했다. 그러므로 저항 여부도 알 수 없었다.

"가키우치 씨는 정치 외에도 도도 씨와 교류가 깊었지요?"

"오히려 정치 이외의 교류가 깊었을 정도입니다. 골프에 마작, 함께 여행도 갔죠. 초등학생 때부터 알고 지냈으니 60년 가까운 세월입니다. 중학교도 함께였고, 고등학교와 대학교는 달랐지만 해마다 몇 번은 만났죠. 소원해진 건 대학교 졸업 후 10년 정도였을까. 서로 취직하고, 야스가 고향으로 돌아올 때까지는 만날 기회가 별로 없었어요."

"도도 씨가 취직한 회사가?"

"회사가 아니라 교사가 되었습니다. 고등학교 교사."

"선생님이었습니까?"

"그래요, 사회 교사였지. 어렸을 때부터 역사를 좋아해서 고등학교에서도 세계사를 가르쳤을 겁니다."

"어느 고등학교였습니까?"

"어디라고 했더라. 사립이 아니라 공립이었으니 한 학교에 쭉 있지는 않았을지도 모릅니다. 죄송해요, 기억이 안 나네요. 교사였다고 해도 그리 오래 일했던 건 아닙니다. 교사는 서른 살이 되기 전에 그만두지 않았으려나. 미국에 갔으니까요."

"미국에? 그건 또 어째서입니까?"

"유학이죠. 정치인이 되기 위한 준비였던 것 같습니다. 당시 국내 정치계는 그런 허례가 잘 먹혔거든요. 국회의원 중에는 유학 경험자가 많다고 하니까요."

"그런가요." 고다이는 일단 메모했다. 도도 야스유키의 경력은 수사 자료에 있었던 것 같지만 젊은 시절의 기록은 제대로 보지 않았다.

가키우치의 이야기를 듣고 있자니 확실히 공과 사 전반에서 도도 야스유키와 친밀한 관계였음을 알 수 있었다. 그렇다고 해도 이번 사건과 연관된 정보는 하나도 나올 것 같지 않았다. 뭔가를 숨기고 있는 것처럼 보이지도 않았다.

"가키우치 씨는 에리코 부인과도 친분이 있었습니까?"

고다이의 질문에 가키우치는 고개를 한 번 쏙 끄덕였다.

"그야, 친한 친구의 아내이니까요. 그럭저럭 알고 지냈죠. 결혼식에도 초대받았고요. 음, 언제였더라."

고다이는 수첩을 펼쳤다.

"두 분이 결혼한 건 1992년이군요."

"그렇게 오래되었나요. 아아, 그렇겠군요. 피로연이 화려했어요. 어쨌거나 신부가 배우였으니. 보통 미인이 아니었죠. 하객은 300명쯤 왔는데 모두 압도되었습니다."

배우 후타바 에리코의 전성기 시절 사진은 지금도 인터넷으로 볼 수 있다. 고다이도 몇 번 확인했는데 확실히 미인이었다. 가키우치의 말은 과장이 아닐 것이다.

"그래요. 생각났습니다." 가키우치가 오른손으로 왼쪽 손바닥을 탁 쳤다. "야스가 근무했던 고등학교 말인데, 에리코 씨가 다녔던 학교일 겁니다. 두 사람이 처음 만난 장소가 고등학교였어요. 에리코 씨가 졸업하고 몇 년 후에 다시 만나 교제를 시작했다던가. 피로연에서도 그런 이야기가 나왔어요. 나이 탓인가, 완전히 잊고 있었네요."

고다이는 스마트폰을 꺼냈다. "어느 고등학교였는지 지금 잠시 찾아봐도 되겠습니까?"

"그러세요. 저도 궁금하군요."

고다이는 재빨리 '후타바 에리코'로 검색했다. 몇 번 검색해 봐서 금방 나왔다.

"도립 아키시마 고등학교를 졸업했다고 나오는군요."

"맞아요! 잠깐 아키시마에 살았더랬죠. 그 무렵 딱 한 번 만난 적이 있습니다. 야스는 이미 교사를 그만둘 결심을 하고 미국 유학을 준비하는 것 같았어요. 사춘기 청소년들을 가르치는 건 역시 힘든 일이라는 소리도 했지요. 그 녀석 나름대로 여러모로 고충이 있었을 거예요."

가키우치는 거기까지 말하고 나서 "그래, 그러고 보니" 하고 뭔가 생각난 투로 말을 이었다.

"그때 야스가 왼팔에 붕대를 감고 있었어요. 왜 그런 거냐고 물으니 학생들 다툼에 휘말렸다고 했나. 하지만 어쩐지 거짓말 같았죠. 그러냐고 흘려들으면서 졸업생이 달려들기라도 했나 상상했던 게 기억납니다. 4월인가 5월인가, 졸업 시즌이라 아무래도."

"그건 또 흉흉한 이야기네요."

"뭐, 제 상상이지만요." 가키우치는 뺨을 실룩거리며 웃었다.

"당시 일을 잘 아는 분이 계실까요?"

"아키시마 시절 말입니까? 글쎄요, 누가 있었나."

"동료 교사라거나."

"첫 선거 때 누구 도움을 받았다는 말을 했어요. 아니, 그래도 이름까지는 모르겠습니다. 들었을지도 모르지만 기억이 안 나는군요. 오래된 일이라."

"도도 씨는 교사 시절 이야기는 잘 하지 않으셨습니까?"

"그랬나…… 그랬네요. 물어보면 대답하는 정도였던 것 같습니다. 지금 말씀드린 것처럼 별로 좋은 추억이 아니었을지도 모르죠."

고다이는 수첩에 '교사 시절?'이라고 메모했다. 물음표를 붙인 이유는 상세한 내용은 불명이라는 뜻이다.

"부인 이야기로 돌아가 보죠." 고다이가 고개를 들었다. "최근 에리코 부인 주변에서 트러블이 있었다는 이야기는 듣지 못했습니까? 아무리 사소한 정보라도 상관없습니다."

어땠더라, 하고 가키우치가 팔짱을 꼈다.

"최근에 에리코 씨하고 나눈 이야기는 가오리 씨 임신 소식뿐이라서요. '하루노미 학원'에서 무슨 일이 있었다는 얘기도 못 들었고……."

"하루노미 학원이라면 에리코 부인이 후원하는 아동복지 시설 말씀이죠? 구체적으로 어떤 후원을?"

"다방면으로 후원한다고 들었습니다. 배우 시절 인맥을

살려서 극단을 데리고 오거나, 비교적 유명한 가수에게 부탁해 자선 콘서트를 열거나……. 아실지 모르겠는데 그분은 어렸을 때 부모를 여의어서 사랑받지 못하는 아이들에 대해 각별한 마음이 있었던 것 같아요."

그런 경력은 고다이도 인터넷 정보로 파악하고 있었다.

몇 가지 질문을 더 하고 나서 고다이와 야마오는 물러났다. 전부 형식적인 질문뿐이고 이렇다 할 수확은 없었다. 가키우치의 알리바이도 확인했지만 집에서 가족과 자고 있었다고 했다. 거짓말은 아닐 것이다.

"뭔가 마음에 걸리는 점은 없었습니까?" 고다이는 건물 밖으로 나와 야마오에게 물었다.

"딱히 없네요. 죄송합니다, 도움이 되지 않아서."

"그렇지 않습니다. 저도 위에 뭐라고 보고할지 고민되네요. 후원회장은 사건에 대해 짐작 가는 바가 없는 것 같다고 솔직하게 말할 수밖에 없겠지만."

둘이서 나란히 역으로 걸어갔다. 니혼바시에 있는 바쿠로초는 전국에서도 굴지의 도매시장이다. 좁은 일방통행 도로를 따라 크고 작은 다양한 도매상점이 줄지어 있었다. '도쿄 도매상 연맹'이라는 간판도 눈에 들어왔다.

고다이 형사는, 하고 야마오가 입을 열었다. "도도 야스유키 씨의 교사 시절이 신경 쓰입니까?"

뜻밖의 질문에 고다이는 당혹스러웠다.

"딱히 그런 건······. 왜 그런 질문을?"

"아니, 상당히 깊게 물어보길래."

"이야기 흐름상 그렇게 되었을 뿐입니다. 별다른 뜻은 없습니다."

"그랬나요. 실례했습니다."

"다만 에리코 부인이 제자였다는 정보는 흥미롭군요. 3년 동안 같은 학교에 있었으니 당시 이야기를 듣고 싶긴 합니다. 그보다 야마오 씨, 시니어 리스킬링 교육이라고 했던가요. 도도 의원이 그런 걸 추진했다는 걸 마침 잘 알고 계셨네요."

"우연히 신문으로 봐서 알고 있었을 뿐입니다. 저도 도도 야스유키 씨가 말하는 골든 시니어 세대에 들어갔으니 남의 일이 아니거든요."

"그러신가요. 그런 나이로는 보이지 않는데."

"빈말은 됐습니다. 쉰일곱입니다. 슬슬 노후를 생각해야 할 나이니 그런 기사에도 눈이 간 거지요."

"야마오 씨, 가족은?"

"유감이라고 해야 할까, 다행이라고 해야 할까, 독신입니다. 그러니 뭐, 어디서 비명횡사해도 누구에게도 폐는 끼치지 않겠지만요."

대답할 말이 없어 고다이는 잠자코 쓴웃음만 지었다.

두 사람은 바쿠로요코야마역에서 지하철을 탔다. 그리 혼잡하지는 않았지만 빈자리도 없었다. 고다이는 문 옆에

서서 수첩을 펼치고는 가키우치와 나눈 대화를 반추하며 직접 적은 메모에 시선을 떨어뜨렸다.

별 내용은 없지만 한 가지 마음에 걸리는 게 있었다. '교사 시절?'이라는 메모다.

방금 야마오가 한 말을 떠올렸다. 어쩌면 야마오는 고다이의 메모를 보고 그런 질문을 했던 게 아닐까? 그렇다면 그다지 기분 좋은 일은 아니다. 메모를 엿보는 사람을 파트너로 삼고 싶지는 않다.

고다이는 야마오를 쳐다보았다. 쉰일곱 살이라는 관할서 형사는 손잡이를 쥔 채로 눈을 감고 있었다. 조는 것 같기도 했지만 골똘히 생각에 잠겨 있는 듯도 했다.

5

간선도로에서 옆길로 빠지자 가파른 비탈이 이어지고 목적지는 중간쯤에 있었다. 야마오가 걸음을 멈추고 올려다보더니 허, 하고 감탄했다. "여긴가요······."

"훌륭한 집이네요."

실로 저택이라는 표현이 어울리는 건물이었다. 특히 눈길을 끄는 건 다면체를 조립한 듯한 기발한 디자인이다. 도저히 민가로 보이지 않았다.

"음, 현관이 어디지." 야마오가 셔터가 닫힌 차고 부근을 어슬렁거렸다. 고다이도 주위를 둘러보았지만 입구는 보이지 않았다.

알고 보니 현관은 차고 뒤편에 있었다. 심지어 큰길에서 보이지 않도록 높은 담으로 가려 놓았다. 'HONJOH'라고 조각된 작은 문패를 발견하지 못했다면 그냥 지나쳤을 것이다. 우편물이나 택배 배달원이 고생하지 않을까 궁금했다.

담에 가려진 계단식 입구를 지나 고다이가 인터폰 버튼을 눌렀다.

예, 하고 여성이 대답했다.

"오늘 아침 연락드렸던 고다이입니다." 그렇게 말하며 경찰수첩을 꺼내 인터폰에 붙어 있는 카메라 쪽으로 보여 주었다.

잠시 기다리세요, 하고 여성이 말했다.

조금 지나 자물쇠가 열리는 소리가 들리더니 문이 열렸다. 모습을 드러낸 것은 짙은 남색 정장을 입은 여성이었다. 나이는 30대 후반일까. 더 나이 많은 여성이 나올 줄 알았던 고다이는 살짝 말문이 막혔다.

"어, 그러니까 혼조 마사미 씨는……."

"계십니다. 안으로 들어오세요."

문을 활짝 열어 주기에 고다이는 고맙습니다, 하고 다시금 고개를 숙였다.

여성이 안내한 곳은 널찍한 거실이었다. 높은 천장에 바짝 붙은 창문으로 비쳐드는 햇빛이 아이보리색 바닥을 비추고 있었다.

한 여성이 노란 가죽 소파에 걸터앉아 스마트폰으로 전화를 하고 있었다. 품이 넉넉한 바지에 회색 스웨터 차림이다. 아무래도 이쪽이 혼조 본인인 것 같았지만 고다이의 예상보다 훨씬 젊어 보였다.

여성은 스마트폰을 귀에 댄 채로 고다이와 야마오를 보았다.

"미안해, 그 얘기는 다음에 다시 하자. 지금 중요한 약속이 있어서.……그래, 그쪽 용건보다 훨씬 급한 일이야.……뭐, 그렇지. 그럼 잘 부탁해." 허스키하고 자신감 넘치는 목소리가 인상적이다.

전화를 마친 여성이 일어나서 고다이와 야마오 쪽을 돌아보며 생긋 미소를 지었다. "실례했어요."

고다이는 고개를 숙이고 "혼조 씨이시죠?"라고 물었다.

여성이 살짝 콧대를 치켜들었다. "그래요, 제가 혼조 마사미입니다."

고다이가 경찰수첩을 내밀었다.

"피곤하실 텐데 죄송합니다. 경시청의 고다이입니다. 오늘 아침에 전화로도 부탁드렸습니다만 도도 내외분에 대해 말씀해 주시면 큰 도움이 되겠습니다."

혼조 마사미는 싸늘한 눈빛으로 경찰수첩을 보고는 뒤에

있는 야마오에게 시선을 던지고, 다시 고다이를 쳐다보더니 손바닥을 펼쳐 소파를 가리켰다. "편히 앉으세요."

"실례하겠습니다." 고다이는 인사하고 소파로 다가갔다.

"미사키 씨, 홍차를 내줘요." 혼조 마사미가 두 사람을 안내한 여성에게 말했다. "아, 형사님들은 홍차보다 커피가 나으려나요?"

뒷말은 자신들에게 던지는 질문이었음을 깨달은 고다이가 소파로 다가가던 발길을 멈추고 손을 살짝 저었다. "저희는 신경 쓰지 마십시오."

혼조 마사미는 희미하게 미소를 지었다.

"그럴 수는 없죠. 제 체면을 살려 주세요. 홍차와 커피, 어느 게 좋은지 말씀하세요."

고다이는 야마오와 얼굴을 마주 보았다. 중년 형사도 당혹스러운 눈치다.

그럼 커피를. 고다이가 혼조 마사미에게 말했다.

그녀는 만족스러운 듯 고개를 끄덕였다.

"미사키 씨, 커피 두 잔. 난 재스민차로 부탁해."

"알겠습니다." 미사키라는 여성이 옆쪽 주방으로 사라졌다.

혼조 마사미가 다시 앉으라고 권했다. 실례합니다, 하고 고다이는 야마오와 나란히 앉았다.

"일본에는 그저께 돌아오셨다고 들었습니다만." 고다이가 수첩을 내밀며 물었다.

혼조 마사미는 두 형사가 앉은 소파와 대각선 맞은편에 있는 1인용 의자에 앉았다.

"좀 더 빨리 돌아오고 싶었지만 직접 처리할 일이 많아서 결국 그저께 도착했어요. 그래도 어제 장례식에는 참석할 수 있어 다행이에요."

"다녀오셨군요."

"네. 두 사람 얼굴만이라도 보고 싶었으니까요. 하지만……." 혼조 마사미는 눈썹을 살짝 찌푸렸다. "야스유키 씨의 관은 끝까지 닫혀 있어서 마지막 모습도 못 봤어요. 돌아가셨을 때 어떤 상황이었는지 짐작이 가서 슬퍼졌어요."

"그랬겠지요. 정말 안타까운 일입니다."

도도 야스유키의 관이 닫혀 있었던 이유는 장례 책임자가 조문객에게 시커멓게 탄 시신을 보여 줄 수 없다고 판단했기 때문이리라.

도도 부부의 합동 장례식은 어제, 도도 가문을 대대로 모신 사찰에서 치렀다. 많은 조문객이 몰려들 것으로 예상해 지역 경찰이 경비를 맡았지만 특수수사본부에서도 수사원을 몇 명 보냈다. 물론 목적은 경비가 아니라 수상한 사람이 없는지 확인하기 위함이다. 고다이도 동원되었지만 혼조 마사미를 알아보지는 못했다. 얼굴도 몰랐고, 500명이 넘는 조문객 이름을 전부 파악하기란 불가능에 가까웠다. 그녀가 있었다는 사실은 장례식이 끝나고 방명록을 확인했을 때 알았다. 그래서 에나미 가오리에게 문의해 하루 전에 귀국했다는 소식을 들었다.

"혼자 귀국하셨습니까?"

"네. 남편도 어떻게든 조정하려 했는데 업무상 도저히 빠져나올 수 없다고 해서."

"실례지만 남편분께서는 어떤 일을?"

"건축가예요. 지금은 시애틀에서 미술관 건축에 참여하고 있습니다."

"그러셨군요." 고다이는 고개를 끄덕였다. 이 집의 참신한 디자인도 이해가 갔다.

주방에서 전동 커피 그라인더가 돌아가는 소리가 들려왔다. 제대로 된 커피를 대접해 주려는 모양이다.

"본론으로 들어가겠습니다." 고다이는 자세를 가다듬고 말했다. "도도 내외분이 사건에 휘말렸다는 사실은 어떻게 알게 되었습니까?"

"가오리가 불쑥 전화했어요. 우는 것 같아서 깜짝 놀랐는데, 사건 이야기를 듣고 더 충격받았죠. 도저히 믿을 수 없어서 장난이지? 거짓말이지? 하고 몇 번이나 물었어요."

이는 에나미 가오리의 진술 내용과 일치했다.

"심경은 이해합니다." 고다이가 짤막하게 답했다.

혼조 마사미가 조금 충혈된 눈으로 말했다.

"두 사람이 그런 끔찍한 일을 당하다니 세상이 잘못됐어요. 대체 무슨 일이 있었는지 저야말로 알고 싶군요."

"사건에 관해 짐작 가는 바는 없다는 말씀이군요."

"전혀요." 강한 어조로 단언했다. "그 두 사람이 원한이나 증오를 사다니, 절대 있을 수 없는 일이에요."

"분명 수법은 잔인하지만 그렇다고 해서 동기가 꼭 원한이라고 할 수는 없습니다. 어떠한 복잡한 이해관계가 원인일 가능성도 충분히 있습니다. 혼조 씨께서는 그런 부분도 포함해 고민해 주셨으면 합니다만."

"복잡한 이해관계라." 혼조 마사미가 팔짱을 꼈다. "야스유키 씨의 정치 활동에 대해서는 아무것도 몰라요. 후원회에도 가입하지 않았고 선거 운동을 도운 적도 없습니다. 정치인이니 어떤 이권에 얽혀 있었을지도 모르지만 에리코 씨가 이야기한 적은 없어요."

"후원회 가입을 권유받은 적은?"

"없어요. 오히려 에리코 씨는 그런 화제를 피했어요. 남편의 정치 활동에 친구를 끌어들이기 싫었겠지요. 그런 완고한 면이 있었어요." 이야기하는 사이 친구의 얼굴이 떠올랐는지 혼조 마사미는 허공을 뚫어져라 쳐다보았다.

"야스유키 씨와는 별개로 에리코 부인께서는 독자적으로 사회 활동을 하셨던 것 같은데, 혹시 모르십니까?"

"하루노미 학원을 말씀하시는 건가요?" 혼조 마사미는 고개를 살짝 갸웃거렸다.

"그렇습니다. 니시도쿄에 있는 아동복지시설이라고 들었습니다만."

혼조 마사미는 고개를 끄덕였다.

"그곳 이야기는 에리코 씨에게 자주 들었어요. 꽤 젊었을 때부터 인연이 있어서 후원하게 된 것 같더군요. 자기가 좋은 환경에서 자라지 못해서인지 의지할 데 없는 아이들을 위해 뭔가 해 줘야 한다고 생각했던 것 같아요."

가키우치 다쓰오에게 들은 이야기와 크게 다르지 않았다. 주변 사람들은 다 아는 사실인 듯했다.

"에리코 부인이 시설 후원으로 의논을 청한 적은 없었습니까?"

"후원 때문에요……?" 혼조 마사미는 잠시 생각하는 시늉을 했지만 금방 고개를 저었다. "지원금이 적어서 힘든 것 같다는 말은 자주 했지만 뭔가 의논하거나 부탁한 적은 없어요. 에리코 씨도 그 시설에 대해서는 선의의 제삼자로서 지켜봤을 뿐이지, 영리 문제에는 관여하지 않았을 거예요. 물론 제가 모르는 곳에서 어떤 일을 했는지는 알 수 없지만."

자기한테는 도도 부부의 이해관계를 아무리 물어봐도 소용없다는 선언으로 들렸다.

"도도 내외분의 최근 상황이나 인간관계는 어땠습니까?"

"어떤 걸 말하는 거죠?"

"혼조 씨는 에리코 부인과 상당히 가까운 사이셨다고요.

연예계에 몸담았던 시절부터 알고 지냈다고 에나미 가오리 씨에게 들었습니다. 같은 소속사였다고요."

"1년쯤 함께 살았어요. 니시아자부에 사무실 기숙사가 있었거든요. 정말 좁은 집이라 욕실도 없고 화장실도 공동으로 썼어요. 그 집에서 함께 레슨을 받으러 다녔죠. 에리…… 에리코 씨는 금방 인기를 끌었지만, 저는 통 반응이 없었어요. 일찌감치 현실을 직시하고 회사에 취직했죠. 그래서 에리…… 에리코 씨는…….." 혼조 마사미는 쓴웃음을 지었다. "미안해요. 늘 에리라고 불러서인지 자꾸 그렇게 부르게 되네요."

"개의치 마세요. 편하게 부르셔도 됩니다."

"그러면 에리라고 부를게요. 에리는 제 몫까지 오래 활동하길 바랐어요. 독특한 매력이 있었고, 무엇보다 연기 재능이 뛰어났으니까요. 그랬던 만큼 도도 씨와 결혼한다는 소식을 들었을 때는 깜짝 놀랐어요. 교제 사실은 알고 있었지만 상대는 정치인이니까 결혼하면 연예계 일은 계속하기 어렵죠. 에리는 배우의 길을 선택할 줄 알았는데."

"연예계에는 그리 미련이 없었다는 뜻입니까?"

"그럴지도 모르지만 그 이상으로 가정을 꾸리고 싶었을지도요. 아까도 말씀드렸지만 에리는 별로 좋은 유년 시절을 보내지 못해서."

"어렸을 때 부모님을 여의었다고 들었습니다."

"항공기 사고로 돌아가셨다더군요. 못 들어 봤나요? 여객기와 항공자위대 전투기가 공중에서 충돌한 사고요. 분명 이와테 어디였던 것 같은데."

고다이의 기억에는 없어서 고개를 갸웃거렸다. 그러자 옆에 있던 야마오가 끼어들었다. "시즈쿠이시 말씀이군요. 이와테현 시즈쿠이시에서 있었던 사고입니다."

혼조 마사미가 눈을 크게 떴다. "맞아요. 기억하시나요?"

아니요, 하고 야마오는 손을 저었다. "50년은 더 된 일이니 제 눈으로 뉴스를 본 건 아닙니다. 비행기 사고가 날 때마다 텔레비전에서 과거의 대표적 대형 사고로 소개해서 기억에 남아 있어요. 최근에는 거의 없지만 1990년대까지는 다수의 사망자가 나오는 비행기 사고가 가끔 있었으니까요."

"그래요. 일본항공 사고도 그렇고, 중화항공 사고도 그렇고. 그래서 그 무렵에는 아직 비행기를 탈 때 조금 긴장하곤 했죠." 혼조 마사미는 고개를 끄덕거렸다.

"저도 그랬습니다." 야마오도 동의했다.

고다이는 괜히 거북했다. 중화항공 사고라면 가까스로 기억이 있지만 일본항공 사고는 거의 역사 속 사고나 다름없었다. 그런데 평소 과묵한 야마오가 옛날이야기가 나오니 말이 많아졌다.

고다이는 얼른 화제를 돌리기로 했다.

"그래서 부모님을 잃은 뒤에 에리코 부인은 생활을 어떻게?"

"다행히 외가 쪽 친척, 작은외삼촌 부부에게 아이가 없어 양녀로 들어갔다고 했어요. 두 분 다 다정해서 에리는 중학교에 올라갈 때까지 친부모인 줄 알았다고 해요. 어쩌다 자기가 양녀라는 걸 알았고, 그 후로는 어쩐지 사이가 어색해졌다고 했어요. 대학교에 진학하지 않은 건 그 이상 신세를 질 수 없었기 때문이라던가. 그래서 길거리에서 캐스팅되었을 때는 겨우 자립할 수 있겠다고 생각했다더군요."

"그런 사정이."

인터넷에 검색하면 후타바 에리코라는 배우의 경력은 바로 나오지만 이렇게까지 상세한 내력은 적혀 있지 않았다.

"어머나, 나도 참. 옛날이야기를 끝도 없이 늘어놓았네." 혼조 마사미가 손으로 뺨을 짚었다. "이런 이야기는 수사에 도움이 안 되죠?"

"그렇지 않습니다. 에리코 부인의 인품을 파악하는 데 참고가 됩니다. 그런데 도도 야스유키 씨가 에리코 부인이 다니던 고등학교에서 근무했다는 건 알고 계십니까?"

"물론 알고 있지요. 그 인연으로 결혼한걸요."

"두 사람이 재회했을 때의 이야기는 들으셨습니까?"

"무슨 행사에서 우연히 마주쳤다고 했어요. 도도 씨는 에리가 배우로 활약하는 걸 이미 알고 있어서, 그쪽에서 먼저 말을 걸었다고 하더군요."

당시에 이미 후타바 에리코로 텔레비전에 나왔다고 하니 도도 야스유키가 옛 제자를 알아보았어도 이상한 구석은 없다.

"고등학교 때부터 서로를 의식했던 걸까요?"

혼조 마사미는 고개를 갸웃거렸다. "글쎄요, 그건 어떨지. 에리는 야스유키 씨가 말을 걸었을 때 상대가 누구인지 바로 기억나지 않았다고 했어요. 고등학교 때는 교사에게 관심이 없었다는 말도."

고다이는 자기 경험을 떠올리며 당연한 일이라고 생각했다.

"에리코 씨가 고등학교 때 이야기를 자주 했습니까?"

"아니요, 거의 안 했어요. 아까도 말씀드렸지만 키워 준 부모와 관계가 어색해져서, 한때 비뚤어진 적도 있어 고등학교 때는 좋은 추억이 거의 없다고 했어요. 그래서 저도 묻기 어려웠고요."

"비뚤어졌다? 예를 들면 어떤 식으로?"

혼조 마사미가 쓴웃음을 지었다.

"그러니까 그런 이야기는 못 들었다고요."

"아아, 알겠습니다……."

고다이는 수첩을 펼친 채로 아직 아무 메모도 하지 않았다. 이 이야기를 계속해도 수확은 없을 것 같다는 판단이 들었다.

"최근의 도도 내외분에 대해 인상에 남은 일은 없습니까? 걱정거리가 있었다거나, 낯선 이름을 언급했다거나."

글쎄요, 하고 혼조 마사미가 생각에 잠긴 표정을 지었다.

"도도 씨는 모르겠지만 에리의 걱정거리라고 하면 역시 가오리가 아닐까요. 무척 중요한 시기였고."

"뱃속 아이를 말씀하시는 거로군요."

"맞아요. 마지막으로 에리와 나눈 이야기도 그거였어요."

"마지막이라고 하면 언제를 말씀하시는 건가요?"

잠깐만요, 하고 혼조 마사미가 스마트폰을 들었다.

"10월 14일, 이른 아침이에요. 궁금한 게 있어 아침 식사 전에 전화했거든요."

"궁금한 점?"

"가오리의 검사 결과요. NIPT 검사를 받았다고 해서 어떻게 되었는지 물었죠."

두 형사가 NIPT라는 말을 들은 건 이번이 처음이 아니었다.

"산전 검사 말씀이군요. 그거라면 가오리 씨에게도 직접 들었습니다."

"가오리는 태어났을 때부터 지켜봐서 제게도 딸이나 다름없어요. 그래서 계속 신경 쓰였죠. 뱃속 아이의 상태는 어떤가 하고요. 그래서 에리에게 전화했더니 음성이라고 해서 한시름 놓았어요."

메모한 뒤에 고다이가 고개를 들었다.

"그 전화를 건 게 14일 이른 아침이라고 하셨죠. 시애틀에서 거셨습니까?"

"그래요. 묵고 있던 호텔에서 걸었어요."

"몇 시쯤이었는지 기억하십니까?"

"아침 식사 전이니 오전 7시쯤이었을 거예요."

"7시……. 어, 시애틀과 시차는 몇 시간이죠?"

"16시간일 거예요."

"그렇다면 일본에서는 14일 오후 11시……." 고다이는 침을 꿀꺽 삼켰다.

"왜 그러시죠?" 혼조 마사미가 고개를 갸웃거렸다.

"죄송하지만 전화를 건 정확한 시간을 알려 주시면 고맙겠습니다."

"정확한 시간이요? 그건 괜찮은데……." 혼조 마사미는 스마트폰을 다시 만졌다. "오전 7시 8분이네요."

일본 시간으로는 14일 오후 11시 8분인 셈이다. 아직 사건 발생 전이다.

"전화했을 때 에리코 부인에게 이상한 낌새는 없었습니까? 목소리가 평소와 달랐다거나."

"아뇨, 딱히 이상한 건 없었는데요."

"산전 검사 외에는 어떤 대화를 나누셨습니까?"

"별 이야기는 하지 않았어요. 제 쪽은 아침이지만 일본은 한밤중이라는 걸 알고 있었으니 검사 결과가 음성이라는 말을 듣고 일찌감치 통화를 끝냈어요."

"통화 시간은 10분 정도입니까?"

"그 정도도 안 됐어요. 5, 6분 정도였을까."

혼조 마사미는 의아한 표정이었다. 범행 시각을 모르니 어째서 형사가 이런 질문을 하는지 이해가 가지 않는 것이다.

문을 열어 주었던 여성이 쟁반을 들고 다가와서는 두 형사 앞에 받침에 얹은 커피잔과 크림이 든 그릇을 내려놓았다. 받침에는 티스푼과 스틱 설탕이 함께 놓여 있었다.

고맙습니다, 하고 고다이는 고개를 숙였다.

혼조 마사미가 아아, 그렇지 하며 뭔가 생각났다는 표정으로 여성을 쳐다보았다.

"에리가 최근에 어땠는지는 이 사람한테 물어보는 게 좋을지도 몰라요."

고다이는 깜짝 놀라 여성을 찬찬히 살펴보았다.

"도토 백화점에서 셀러로 일하는 이마니시 씨예요."

혼조 마사미가 소개하자 여성이 이마니시입니다, 하고 명함을 내밀었다. 고다이가 명함을 받아 확인했다. 풀네임은 이마니시 미사키인 것 같았다. 혼조 마사미가 미사키 씨라고 불렀던 건 성이 아니라 이름이었던 셈이다.

"백화점에서……. 그만 혼조 씨 비서인 줄 알았습니다."

고다이의 말에 혼조 마사미가 슬그머니 쓴웃음을 지었다.

"무슨 부탁이든 다 들어주니 자꾸 의지하게 되네요. 오늘도 시애틀로 돌아갈 준비를 도와 달라고 불렀는데."

"그러셨습니까." 고다이는 새삼스레 이마니시 미사키를 살펴보았다. 단정한 이목구비로 미인이라 할 수 있는데도 굳이 조역을 고수하는 게 느껴지는 화장이었다.

백화점에 셀러가 있다는 건 고다이도 알고 있지만 이용 실태를 접할 기회는 거의 없었다.

"에리에게 미사키 씨 얘기를 했더니 그렇게 유능한 분이라면 자기도 담당해 줬으면 좋겠다고 해서, 에리에게 미사키 씨를 소개했어요. 그래서 에리의 사생활은 저보다 잘 파악하고 있을 거예요. 그렇지?"

하지만 이마니시 미사키는 약간 굳은 표정으로 고개를 살짝 저었다. "그렇지 않습니다. 전 아직 미숙해서."

"형사님이 에리에게 최근 평소와 다른 점이 없었는지 물어본 참이었어. 미사키 씨, 짐작 가는 거 없어?"

"평소와 다른 점 말인가요······." 이마니시 미사키가 중얼거렸다. 눈빛이 진지했다.

"가령 최근 에리코 부인은 어떤 것을 쇼핑하셨습니까?" 고다이가 물었다.

이마니시 미사키가 손가락 끝으로 턱을 매만졌다.

"그런 거라면······. 가격대가 있는 걸로는 자동차에 대해 의논하셨어요."

"자동차?"

"오랫동안 아우디를 타셨는데 다른 차종을 알아보고 싶다고 하셨어요. 그래서 몇몇 브랜드 딜러와 연결해드렸죠."

고다이는 눈을 껌뻑거렸다. "자동차까지 팝니까?"

"무엇이든 도와드립니다." 이마니시 미사키는 태연하게 말했다. "다만 그때는 아직 결정을 내리지 못해 계약까지 가진 않았어요. 그래서 다음에 뵐 때는 벤틀리 중고차도 포함해서 제안드릴 생각이었어요."

"중고차요……." 고다이는 저도 모르게 탄식했다. 정말 셀러는 무엇이든 파는 모양이다. "그 밖에 다른 건 의논하지 않았습니까?"

"그 외에는……." 이마니시 미사키는 기억을 더듬는 표정으로 말했다. "태블릿 전용 가방을 찾아 달라고 하셨어요."

"태블릿? 에리코 씨가 사용할 물건이었습니까?"

"아뇨, 의원님께서 쓸 거라고 했어요. 지금 쓰는 게 낡아서 새 가방이 필요하다고. 숄더백처럼 대각선으로 멜 수 있는 가방을 원하셨는데, 좀처럼 이거다 싶은 물건을 찾지 못해서 고민하고 있었어요."

고다이는 기억을 총동원했다. 태블릿, 그런 키워드가 수사회의 때 나온 적이 있었던가?

"어떤 태블릿입니까? 기종은 알고 계십니까?"

"압니다."

잠시 기다려 달라며 이마니시 미사키가 스마트폰을 꺼냈

다. 몇 번 조작하더니 기종을 말했다. 액정 크기가 10인치짜리 기기였다.

"잠시 실례하겠습니다." 옆에 있던 야마오가 일어나서 문 쪽으로 향하더니 복도로 나가면서 스마트폰을 꺼냈다.

야마오가 왜 그러는지는 고다이도 알 수 있었다. 지금 대화에 나온 태블릿이 화재 흔적에서 발견되었는지, 특수수사본부에 확인하기 위함이리라.

"도도 씨는 그 태블릿을 늘 가지고 다니셨습니까?" 고다이가 이마니시 미사키에게 물었다.

"그것까진 모르겠지만 비교적 자주 사용했을 거예요. 휴대용 가방이 낡았을 정도니까요."

"태블릿을 주로 어떤 용도로 썼는지 들으셨습니까?"

"아뇨, 거기까지는······." 셀러가 면목 없다는 듯한 표정을 지었다.

모르는 게 당연한가. 고다이는 생각을 바꿨다. 스마트폰을 어디에 쓰는지 남에게 들키고 싶지 않기는 자신 역시 마찬가지니까.

문이 열리더니 야마오가 돌아왔다. 그는 고다이를 쳐다보며 작게 고개를 가로저었다. 아무래도 화재 흔적에서 태블릿은 발견되지 않은 모양이다.

고다이는 이마니시 미사키 쪽을 돌아보았다.

"그 밖에 에리코 부인에게 부탁받은 일은 없었습니까?"

이마니시 미사키의 검은 눈동자가 허공을 향했다.

"자동차하고 태블릿 가방하고……. 그게 다였을 거예요. 그보다 더 전에는 자수 재료를 마련해드렸어요."

"자수?"

"오트쿠튀르 자수 말이구나." 혼조 마사미가 관심을 보였다. "에리 취미였지."

"어떤 겁니까?"

"비즈나 스팽글을 아낌없이 쓰는 프랑스 전통 자수예요."

"에리의 실력은 프로급이라 친한 사람들에게 작품을 선물하곤 했어요." 혼조 마사미가 옆에서 거들었다. "저도 브로치를 몇 개 받았는데……. 아아, 안타까워, 시애틀에 가져가 버렸네. 형사님께 보여드리고 싶었는데." 그러다가 뭔가 생각났다는 표정으로 말했다. "미사키 씨도 하나 갖고 있지? 전에 보여 줬잖아. 에리에게 받은 선물이라고. 지금 갖고 있어? 항상 부적 대신 가방에 넣어 다닌다고 했잖아."

"있습니다."

이마니시 미사키가 주방으로 사라지더니 가방을 가지고 돌아왔다. 거기서 꺼낸 물건을 이거예요, 하고 보여 주었다.

고다이는 저도 모르게 탄식을 내뱉었다.

별 모양 장식이었다. 반짝거리는 비즈를 조합한 듯했다. 정밀하고 섬세한 완성도를 보니 수제라는 게 이해가 갔다.

"훌륭하군요. 이건 브로치인가요?"

"아뇨, 반지예요."

"반지?"

이마니시 미사키가 별 모양 장식을 뒤집으니 작은 고리가 달려 있었다. 그 고리를 왼손 가운뎃손가락에 끼더니 고다이 쪽으로 내밀었다.

"아하. 멋지네요."

"그렇죠. 장식이 조금 커서 평소에는 낄 수 없어요. 그래서 가방에 넣어 다닌답니다." 그렇게 말하며 이마니시 미사키는 반지를 뺐다. "행운의 부적이기도 하고, 보물이에요."

"에리는 같은 디자인은 다시 만들지 않는 주의였어요." 혼조 마사미가 말했다. "전부 이 세상에 하나뿐인 물건이니 저도 선물받은 브로치를 소중히 해야겠어요……." 아련한 말투에는 죽은 친구를 그리는 마음이 담겨 있는 듯했다.

고다이는 이마니시 미사키에게로 시선을 돌렸다. "자수 재료를 조달해 달라고 부탁받은 건 언제쯤이었습니까?"

"반년쯤 전으로 기억해요. 따님 내외분의 새집에 장식할 작품을 만들 예정이라고 하셨던가."

그 작품인가. 고다이는 에나미 집 거실에서 보았던 액자를 떠올렸다.

고다이는 거의 아무것도 적지 않은 수첩에 시선을 떨어뜨렸다가 고개를 들었다.

"마지막으로 한 가지만 더, 이마니시 씨에게 질문하겠습니다. 10월 14일 밤에 어디에 계셨습니까?"

"저…… 말인가요?" 이마니시 미사키는 눈을 휘둥그레 뜨더니 손으로 가슴께를 짚었다.

"예. 10월 14일 밤입니다."

혼조 마사미가 매서운 표정으로 고다이를 노려보았다. 알리바이 확인이라는 걸 알았으리라. 자기가 소개한 정보 제공자까지 의심할 셈이냐고 따지고 싶은 눈치다.

고다이는 일단 사과했다.

"죄송합니다. 당연히 불쾌하시겠지만 모든 분께 드리는 질문입니다."

이마니시 미사키는 숨을 푹 내쉬었다.

"밤에는 가족과 집에 있었어요."

"가족이라면?"

"중학생 딸과 둘이서 살고 있습니다."

싱글 맘인 것 같았다. 그렇다면 셀러라는 직업은 목숨줄이다. 고객의 비위를 맞추는 건 아무것도 아니리라. 충실한 업무 자세의 이유를 알 것도 같았다.

고다이는 알겠다고 대답하며 수첩을 덮었다.

"시간 내주셔서 감사했습니다. 그런데 혼조 씨는 언제 시애틀로 돌아가십니까?"

"내일 밤에요."

"그러십니까. 만약 뭐든 생각나면 연락 주시겠습니까?"

고다이는 명함을 꺼내 혼조 마사미에게 건넸다. "시차는 개의치 않으셔도 됩니다."

"최대한 기억을 더듬어 볼게요." 혼조 마사미가 말했다. "범인이 잡히길 바다 건너에서 기도하겠어요."

"최선을 다하겠습니다."

고다이는 이마니시 미사키에게도 명함을 건네고 야마오와 함께 물러났다.

"유류품 담당자에게 확인했는데 현장에서 태블릿 종류는 발견되지 않은 모양입니다." 야마오가 비탈길을 내려가면서 말했다. "소방서와도 정보를 공유하고 있다고 하니 틀림없을 겁니다."

"의원 사무소를 찾아간 형사들도 도도 의원이 그런 태블릿을 가지고 있었다는 이야기는 하지 않았습니다. 굉장히 마음에 걸리는군요."

"화재 흔적에서 발견되지 않은 이유는 뭘까, 그런 뜻이지요?"

"그렇습니다."

만약 범인이 가져갔다면 중대한 정보가 들어 있었을 가능성이 크다. 그것이 무엇인지 알면 사건 해결로 이어지는 돌파구가 될지도 모른다.

사건 발생으로부터 열흘이 다 되어 가는데 수사는 진전이 없는 상황이었다. 목격 정보는 절망적이고, 믿고 있던 방범 카메라 영상에서도 아직 이렇다 할 단서를 찾지 못했다.

고다이를 비롯한 참고인 조사반의 성과도 변변치 않았다. 부부의 대내외 생활에 대해 다양한 방향에서 인간관계를 조사한 결과 둘 다 어느 정도 작은 트러블은 있었던 것으로 판명되었지만 그 무엇도 살인까지 연결될 것 같지는 않았다.

어느새 번화가까지 나왔다. 터줏대감 같은 생선 가게나 문방구가 있나 하면 세련된 디저트 가게와 레스토랑도 즐비했다. 오가는 사람들도 각양각색이고 외국인도 많이 보였다.

그런가, 여기가 그 유명한 히로오 상점가인가. 그런 생각을 하는데 양복 안주머니에서 스마트폰이 진동했다. 쓰쓰이였다.

"예, 고다이입니다."

"쓰쓰이다. 지금 통화할 수 있어?"

"괜찮습니다."

"도도 의원 태블릿에 대해 지금 막 들었다. 추가 정보는 있어?"

"아뇨, 딱히 없습니다. 용도도 아직 불명입니다."

"그래. 그렇다면 일단 됐어. 사실 중요한 안건이 생겼어. 당장 본부 청사로 가. 조사할 게 남아 있다면 야마오 경부보에게 맡겨."

"본부 청사? 특수수사본부가 아니라고요?"

"일단 우리 팀만 따로 회의한다. 계장님이 수사회의에 올리기 전에 조정하고 싶다고 말씀하셨어. 나도 이동하는 중이야."

"알겠습니다. 그런데 대체 무슨 일입니까? 힌트만이라도 주실 수 없어요?"

"일부러 골탕 먹이려는 게 아니야. 전화로는 설명하기 어려워. 한마디로 말하자면 범인이 접촉해 왔어."

"예? 접촉이요?"

"야마오 경부보한테는 아직 말하지 마." 쓰쓰이는 목소리를 낮추어 말을 이었다. "도도 야스유키 사무소에 편지가 왔다. 범행 성명문이."

6

회의실에 설치된 대형 모니터에 문서가 표시되었다.

도도 야스유키 사무소 귀중
나는 도도 부부 살해사건의 범인이다.
동기는 단순 명쾌하다. 세상을 속이고, 인간으로서 용서받지 못할 행위를 계속해 온 두 사람에게 제재를 가했다. 제재를 천벌이라 바꿔 말해도 좋다.

다만 이 문서의 목적은 단순한 범행 성명이 아니다.

나에게는 그들의 비인도적 행위를 증명할 자료가 있다.

이 증거품을 매수해 주길 바란다. 희망 금액은 3억 엔이다.

가격 흥정에는 응하지 않겠다. 도도 부부의 무도한 행위를 어둠 속에 묻는 대가로는 결코 얼토당토않은 금액이라 할 수 없다.

전달 방법은 다시 지시하겠다.

거래에 응할 의향이 있다면 사무소 공식 사이트의 '공지 사항'에 다음 문장을 게시하라.

"전국에서 보내 주신 조화에 깊은 감사를 드립니다. 답례품을 준비했으니 보내드리겠습니다. 모쪼록 받아 주시길 바랍니다. 도도 야스유키 사무소."

회신 기한은 10월 마지막 날이다. 그때까지 회신이 없다면 거래는 성립되지 않은 것으로 보고 앞서 말한 증거를 마땅한 시기에 인터넷에 공표하겠다. 경찰 개입이 확인되었을 경우도 마찬가지다.

이 서류가 장난이 아니라는 증거로 도도 야스유키 살해 현장의 배치도를 첨부하겠다. 또 다른 현장인 욕실에 대해서는 생략한다.

여러분의 현명한 판단을 기대하겠다.

- 제재자로부터

사쿠라카와가 일어나서 모니터 옆에 섰다.

"오늘 아침, 이 편지가 의원 사무소에 도착했다." 그리고 부하들을 쭉 둘러보더니 굵은 목소리로 말했다. "도도 씨 개인이 아니라 사무소 앞으로 와서, 사무직원이 별생각 없이 개봉했다고 한다. 편지를 읽은 직원은 깜짝 놀라 바로 비서 모치즈키 씨에게 연락했다. 그는 에나미 부부와 먼저 의논한 뒤에 우리에게 알렸다. 봉투 사진을 띄워 주게."

옆에 있던 젊은 수사원이 키보드를 두드렸다. 화면이 바뀌어 봉투 앞면과 뒷면이 표시되었다. 흔한 누런색 서류봉투로, 앞면에는 '도도 야스유키 사무소 귀중'이라고만 인쇄되어 있고 뒷면에 있어야 할 발신자 정보는 없었다.

"먼저 소인을 보도록." 사쿠라카와가 말했다.

우표를 붙이는 부분이 확대 표시되었다. 그것을 본 몇몇 형사가 신음했다. 소인은 '나라니시' 같았다. 날짜는 사흘 전이다.

"조사해 보니 나라니시 우체국 소인과 일치했다. 말할 필요도 없겠지만 나라현에 있는 우체국이야. 이미 나라현경에 연락해 협조를 요청했다. 경우에 따라서는 누가 직접 가야 할지도 모르니 다들 각오하고 있도록."

지휘관의 말을 들은 부하들의 반응은 떨떠름했다. 편지를 넣은 우체통 위치 파악, 목격 증언 수집, 방범 카메라 영상 확인. 지역 경찰의 협조 없이는 진행할 수 없는 일들뿐이다. 그만한 노력을 들여서 과연 범인 체포의 단서를 찾을 수 있느냐 하면 물음표를 떠올릴 수밖에 없다. 분명 모두 제발 자기가 걸리지 않기만 바라고 있을 것이다.

"편지와 봉투는 감식반이 지문을 분석하고 있다. 편지는 인쇄한 것이니 잉크를 분석해 프린터 기종을 알아낼 수 있을지도 모르고, 폰트 종류로 사용한 프로그램을 찾을 가능성도 있다고 한다. 좋은 결과가 나오길 기대해 보지. 그럼 편지 내용으로 넘어가겠다. 배치도를 띄워 주게."

화면에 손으로 그린 약도가 표시되었다. 도도 저택의 거실을 그린 것 같았다. 테이블과 소파, 그리고 거기에 누워 있는 사람의 모습이 간단한 선으로 표현되어 있다. 잘 그린 그림은 아니나 사람 목에 끈이 감겨 있는 모습은 상당히 생생했다. 소파에서 이어진 화살표 끝에 '검은 가죽 소파'라는 설명이 적혀 있었다. 그리고 바닥에 떨어져 있는 막대기 같은 물체를 향한 화살표에는 '점화봉'이라고 적혀 있었다.

"편지에 첨부되어 있던 게 이 지도다. 이걸 본 느낌을 솔직하게 말해 봐. 쓰쓰이, 자네는 어떤가?"

이럴 때 가장 먼저 지목당하는 것도 주임의 역할이다. 쓰쓰이는 천천히 팔짱을 풀었다.

"상당히 정확하군요. 적어도 아무것도 모르는 사람이 상상만으로 그렸을 가능성은 낮지 않을까요?"

"좋아. 두세 사람 더, 의견을 들어 볼까?"

사쿠라카와는 베테랑과 중견, 젊은 형사를 지목해 같은 질문을 던졌다. 그들의 의견도 배치도에 그려진 내용이 관계자가 아니면 알 수 없는 정보라는 점에서 쓰쓰이와 일치했다.

"고다이, 자네 의견도 같나?" 사쿠라카와가 물었다.

"기본적으로는 동감입니다." 고다이는 대답했다. "편지는 또 하나의 시체가 욕실에 있었음도 시사하고 있습니다. 이것도 아직 보도되지 않은 정보입니다. 제삼자의 장난이 아니라고 단언해도 되지 않을까요? 다만 정말 범인이 보낸 편지라면 석연치 않은 점이 있습니다."

"뭐지?"

"현장 상황은 여러모로 어설픈 구석이 있었지만 분명 동반자살을 위장한 것이었습니다. 한데 이렇게 범행성명을 낼 작정이었다면 굳이 위장 공작을 할 필요가 있었을까요?"

사쿠라카와의 날카로운 눈이 음험하게 빛났다. 그 시선이 다시 부하들에게로 향했다.

"실로 타당한 의견이군. 반론할 사람은 있나?"

회의실이 쥐 죽은 듯 고요해졌다. 불편한 공기가 가득 찼다.

그때 예, 하고 손을 든 사람이 있었다. 쓰쓰이였다. 사쿠라카와가 뭐냐고 물었다.

"범인은 처음부터 이중으로 대비했던 게 아닐까요?"

"이중으로?"

"위장이 성공해서 동반자살로 처리되면 베스트. 그 경우 범인은 움직일 뜻이 없었던 거지요. 그런데 언론에서 살인 사건일 가능성이 높다고 보도했습니다. 위장 공작이 실패했다고 판단한 범인이 차선책을 짜낸 거지요."

"그게 이번 범행 성명문이다?"

"그렇습니다. 앞서 고다이가 위장 공작이 어설프다고 했는데, 그 점도 설명이 됩니다. 밑져야 본전, 범인도 그걸로 경찰의 눈을 속일 수 있다는 기대는 하지 않았던 거지요."

"그렇군." 사쿠라카와는 작게 끄덕이더니 다시 고다이를 돌아보았다. "순순히 받아들이는 표정이 아니군. 불만 있나?"

"불만이라고 할 것까진 아니지만……."

"하고 싶은 말이 있으면 눈치 보지 말고 해."

고다이는 길게 심호흡하고 입을 열었다.

"어차피 속일 수 없다는 걸 아는데 굳이 서툰 위장 공작을 할 필요가 있었을까요? 시체를 욕실로 옮기고, 빨랫줄로 묶어 목을 매달아 자살한 것으로 위장하는 건 그리 쉬운 일이 아닌데요."

"그건 자네 생각이고." 쓰쓰이가 말했다. "범인이 자네와 같은 가치관을 가졌다는 보장은 없어. 오히려 다른 게 정상이지."

"그렇게 말씀하시면 대답할 말이 없지만……."

"알겠다. 이 문제는 이쯤에서 접어 두지." 사쿠라카와가 한 손을 들었다. "어쨌거나 발신자가 사건과 무관한 제삼자가 아니라는 건 고다이도 인정했으니까. 그럼 내용을 고찰해 보도록 하지. '세상을 속이고, 인간으로서 용서받지 못할 행위를 계속해 온 두 사람에게 제재를 가했다'라고 되어 있어. 또 '그들의 비인도적 행위를 증명할 자료가 있다'고도 적혀 있다. 하지만 의원 사무소의 모치즈키 비서에 따르면 무슨 소린지 도통 모르겠다, 전혀 짐작 가는 바가 없다고 한다."

"그런 말을 어떻게 믿습니까?" 베테랑 형사가 대꾸했다. "비서니까 그렇게 말할 수밖에 없겠죠. 의원이 부정행위를 저지른 걸 알았더라도 입이 찢어져도 함구하는 게 그들의 철칙 아닙니까. 게다가 모치즈키 본인이 부정에 가담했을 가능성도 무시할 수 없습니다."

"비서가 정직하게 전부 털어놓지는 않는다는 의견에는 나도 동감하네만……." 사쿠라카와가 다시 쓰쓰이를 보았다. "이미 도도 야스유키 사무소에 몇 번 조사하러 간 참고인 조사반이 이번 사건과 연관성이 있는 안건은 없다는 결론에 다다랐지. 편지에 적힌 비인도적 행위라는 걸 어떻게 해석하겠나?"

"모치즈키 비서를 비롯한 사무소 사람들이 저희에게 사실을 숨겼을 가능성이 제로냐고 물으신다면, 그렇다고 단언하기는 어렵다고 대답할 수밖에 없습니다." 참고인 조사반 리더인 쓰쓰이의 표현은 신중했다. "의원 사무소 사람들이 뭔가를 숨겼다면 보통 그건 의원을 지키기 위한 행동이 겠지요. 문제가 살인사건이고 피해자가 다름 아닌 의원과 그 부인인데 사건 해결보다 부정 은폐를 우선할 것 같지는 않습니다."

"그렇다면 비인도적 행위가 무엇을 의미할까?"

"잘 모르겠지만 사무소까지 가담한 부정일 가능성은 낮지 않을까요? 그런 게 있다면 도의원 부부의 개인적인 문제일 듯합니다. 모치즈키 비서는 혹 알고 있었을지도 모르지만, 만약 가담했다면 입을 열게 하긴 어렵겠죠."

"모치즈키의 행동을 확인해야겠군. 부정에 가담했다면 뭔가 움직임이 있을지도 몰라. 당장 감시를 붙이도록. 인선은 맡기겠네."

알겠습니다, 하고 쓰쓰이가 대답했다.

"그 밖에 도도 부부의 부정행위를 알고 있었거나 눈치챘을 가능성이 있는 사람은 없나?"

쓰쓰이가 고다이 쪽을 돌아보았다. "후원회장은 어때? 가키우치라고 했지?"

고다이는 신음했다.

"확실히 교우도 깊고, 정치 이외의 도도 의원의 활동도 잘 알고 있는 눈치였습니다. 하지만 그 사람은 도의원의 인간성에 반한 것처럼 보였고, 연기 같지는 않았습니다. 가능성은 낮지 않을까요?"

그 말에 상사들의 표정이 어두워졌다. 고다이의 사람 보는 눈이 정확하다는 걸 알기에 나오는 반응이었다.

다른 형사가 손을 들었다.

"사무소 쪽은 어떻게 대응하겠답니까? 설마 3억 엔을 내놓을 생각은 아니겠지요?"

"문제는 그거야." 사쿠라카와가 질문한 형사를 손가락으로 가리켰다. "뭐가 문제인가 하면, 답을 내줄 사람이 없다는 점이다. 도도 야스유키 사무소라고 해도 정작 도의원은 사망했고 직원들은 대부분 해고, 남은 사람들끼리 나머지 일들을 정리하고 있는 상황이야. 지시를 내리는 건 모치즈키 비서지만 책임자는 아니지. 의원의 의향을 대변할 수 있는 부인도 살해당했어. 남은 사람은 외동딸 에나미 가오리 씨인데, 후계자 후보라고는 해도 아직 정치에 몸담지 않았지. 그런 사람에게 어떻게 할지 묻는 자체가 어불성설이다. 일단 도도 가문끼리 의논해 보는 수밖에 없는데, 도저히 뚜렷한 방침이 나올 것 같지 않아. 편지에서 말하는 '비인도적 행위'가 무엇인지 모르는 이상, 세상에 공표되면 자신들에게 얼마나 큰 타격이 될지 예측할 수 없으니까. 무슨 일이 생기면 자기가 책임지겠다는 대범한 인물이 나온다면야 좋겠지만 기대해도 소용없겠지. 그렇기에 내버려두면 아무도 답을 내놓지 못한 채 발신자가 말한 기한이 도래하고 만다. 그래서야 도도 가문도 곤란할 테니 경찰에 대응을 일임한다고 봐야 할 거야."

"그럼 경찰은 어떻게 해야 합니까?" 베테랑 형사가 물었다.

사쿠라카와는 가식적인 헛기침을 한 번 하고 입을 열었다.

"1과장, 관리관과 의논했다. 두 가지 방법이 있다. 하나는 사무소에 거래에 응하도록 진언하는 것. 범인이 돈을 어떻게 받을지 전달 방법을 지시하면 그에 따라 대책을 마련한다. 유괴 사건의 몸값 거래라고 여기면 된다. 실제로 현금을 준비할지, 만약 준비하게 된다면 어디에서 조달할지는 나중에 생각하지. 다른 방법은 거래에 응하지 않고 적이 어떻게 나올지 살피는 것이다. 거래가 성립 안 될 경우 부부가 저질렀다는 비인도적 행위의 증거를 인터넷으로 공표하겠다고는 했지만 다짜고짜 그런 짓을 할 리는 없어. 정보의 일부를 공개해 거래에 응하도록 부추기지 않겠느냐는 게 1과장과 관리관의 공통된 견해다. 그 반응을 보고 범인이 쥐고 있는 정보가 뭔지 파악해 역으로 용의자를 좁혀 나간다. 이상 두 방법 중 어느 것을 채택하더라도 사무소 쪽의 동의와 협조가 필요하다. 하지만 거듭 말하듯 그쪽에는 주도할 인물이 없어. 필연적으로 우리가 주도권을 쥐게 된다. 사무소를 현지 대책본부로 삼고 수사원을 몇 사람 붙이겠다."

"발신자는 경찰의 개입이 확인될 경우 거래가 불발된 것으로 보겠다고 했는데요." 한 형사가 말했다.

"상관없어, 그 점은 무시해. 사무소가 경찰에 의논할 거라는 건 범인도 이미 예상하고 있다." 사쿠라카와가 여유로운 표정으로 단언했다. "아까 봉투를 봤겠지? 나라현 소인이었다. 그걸 보고 범인의 거점이 나라현이라고 생각한 사람이 있다면, 나쁜 말은 안 할 테니 당장 사표를 내는 게 나을 거야. 범인은 수사에 혼선을 주고자 일부러 나라현까지 가서 편지를 보냈다고 봐야 한다. 즉 경찰 개입을 예상했다는 뜻이야. 이 추론에 이의 있는 사람 있나?"

손을 드는 사람은 없었고 회의실은 고요했다. 사쿠라카와가 만족스럽다는 듯 끄덕였다.

"그런데 편지에 적혀 있는 '그들의 비인도적 행위를 증명할 자료' 말인데 유력한 정보가 들어왔다." 사쿠라카와가 고다이를 힐끔 쳐다보았다. "도도 의원이 애용하던 태블릿이 있었다고 한다. 하지만 감식반과 소방서에 따르면 화재 흔적에서는 발견되지 않았다. 쓰쓰이, 모치즈키 비서에게 확인했나?"

"방금 확인했습니다. 분명 도도 의원은 태블릿을 가지고 있었다고 합니다. 스마트폰 백업으로 사용했다고. 다만 집무 중에는 가지고 다니지 않아서 그도 거의 본 적이 없다고 했습니다."

"백업이라면 스마트폰과 똑같은 데이터가 들어 있다는

뜻이겠지. 그게 현장에서 사라졌다……." 사쿠라카와가 중얼거렸다. "확실해. 범인은 그 태블릿을 손에 넣은 거야. 그렇다면 단순한 허세나 엄포로 단정하는 건 위험하다. '그들의 비인도적 행위를 증명할 자료'가 정말로 존재하는지 여부는 차치하고, 범인이 도도 의원의 프라이버시를 쥐고 있는 건 확실하다고 생각해야 해. 자, 여기서 다시 향후 대응책으로 돌아가지. 아까도 말했듯이 두 가지 방법이 있다. 범인의 거래에 응하거나 무시하거나. 다들 어떻게 생각하지? 거래에 응해야 한다는 사람은 손 들어 봐."

고다이는 주위를 둘러보았다. 몇 명이 손을 들었다.

사쿠라카와가 한 젊은 형사를 가리켰다. "의견을 들어 볼까, 이유는?"

젊은 형사가 긴장한 표정으로 일어섰다.

"돈을 전달할 때가 범인을 체포할 유력한 기회이기 때문입니다. 물론 경찰 개입을 예상하고 있는 이상, 본인이 전달 장소에 나타날 리는 없습니다. 아마 어떠한 방법…… 불법 아르바이트라도 고용할 요량이겠지요. 그래도 범인을 알아내는 데 도움이 될 단서 확보를 기대할 수 있습니다."

"그래. 다른 사람은 어떻지?"

사쿠라카와는 다른 형사의 의견을 물었지만 젊은 형사의 주장과 거의 비슷했다.

"그럼 거래를 무시해야 한다고 생각하는 사람은?"

사쿠라카와의 질문에 나머지 사람들이 손을 들었다. 고다이도 그중 하나였다.

사쿠라카와가 고다이에게 이유를 물었다.

"범인을 초조하게 만들기 위해서입니다." 고다이가 답했다. "아까 계장님도 말씀하셨지만 지시를 따르지 않는다고 해서 범인이 당장 거래를 중단할 것 같지는 않습니다. 돈이 목적이라면 반드시 어떠한 행동을 취하겠지요. 다시 말해 범인과 교섭할 기회는 남아 있다는 뜻이니 서두를 필요가 없습니다. 오히려 상대의 애를 태워서 최대한 많은 정보를 끌어내는 게 유효하다고 봅니다."

"범인이 아무 반응도 하지 않으면 어쩌려고?" 베테랑 형사가 옆에서 의문을 제기했다.

"그럴 리 없습니다. 범인은 상당한 각오로 편지를 보냈을 겁니다. 거래가 불발될 경우 비인도적 행위의 증거를 공표하겠다고 썼지만, 그런 짓을 해 봤자 범인에게는 아무 이득도 없습니다. 큰 도박에 나선 이상 그리 간단히 물러설 리는 없습니다." 고다이는 사쿠라카와의 눈을 쳐다보며 말했다.

그 후 사쿠라카와는 몇몇 형사의 의견을 물었지만 고다이에게 동의하는 사람이 많았다. 범인과 거래할 기회가 한 번으로 끝나지는 않을 거라는 설명에 돈을 주고받을 때가 체포할 기회라고 주장하던 형사들도 차츰 수긍하는 표정을 보이기 시작했다.

"좋다, 어느 정도 방향이 정해진 것 같으니 이쯤에서 결론을 내리도록 하지." 사쿠라카와가 목청껏 말했다. "먼저 거래에 응하지 않겠다는 방침을 윗선에 보고하겠다. 1과장이나 관리관도 이의는 없겠지. 관할서 서장에게도 내가 설명하겠다. 각 반은 이 방침을 바탕으로 다음 수사회의 때까지 수사 계획을 세워 두도록."

계장의 말에 부하들은 의욕 넘치는 목소리로 대답했다.

7

단체 사진에는 스무 명이 넘는 사람이 찍혀 있었다. 7:3 정도의 비율로 여성이 많았다. 게다가 그중 절반 가까이가 20, 30대로 다들 옷차림이 화려했다. 그래도 고다이의 눈에 가장 먼저 들어온 건 가운데 쪽에 서 있는, 아마도 촬영 당시에는 40대 중반이 넘었을 도도 에리코였다. 특별히 눈에 띄는 옷을 입은 것도 아니고 자연스러운 미소를 머금고 있을 뿐인데도 말이다. 화사한 외모라는 게 바로 이런 거구나. 논리로는 설명할 수 없었다.

에리코 옆에는 정치인에게서 흔히 볼 수 있는 형식적인 미소를 띤 도도 야스유키가 있었다. 탄탄한 체형에 고급 양복을 멋지게 소화해 관록은 충분했다. 하지만 적어도 이 사진에서는 아내의 들러리로 보였다.

고다이는 야마오와 함께 아동복지시설 하루노미 학원에 와 있었다. 사무실 앞에 손님맞이 공간이 있고 벽에 그림과 사진이 전시되어 있었다. 시설 원아들이 그린 듯했다.

"창립 30주년 기념 때 찍은 사진이에요." 고다이가 한참 사진을 들여다보는데 옆에서 목소리가 들렸다.

마른 체형의 노부인이 천천히 다가오는 참이었다. 화장기가 없고 테가 가느다란 안경을 꼈다.

"직원들끼리 소소하게 파티를 열었죠. 도도 내외분께서는 게스트로 참가하셨습니다. 벌써 10년 가까이 지났네요."

고다이는 자세를 가다듬어 그쪽을 돌아보았다. "히라쓰카 씨이십니까?"

노부인이 고개를 살짝 숙였다. "예, 원장 히라쓰카입니다."

고다이는 경찰수첩을 내밀며 자기소개를 했다. 아이들의 그림을 구경하던 야마오도 재빨리 다가와 이름을 밝혔다.

"얼마 전에도 형사님이 오셨어요. 도도 에리코 씨에 대한 이야기라면 이미 설명드렸는데." 말투는 정중했지만 목소리에는 날이 서 있었다.

"알고 있습니다. 협조해 주셔서 고맙습니다. 안타깝게도 사건이 해결되지 않아 여전히 단서가 부족한 상황입니다. 바쁘실 텐데 정말 죄송하지만 한 번 더 말씀을 듣고자." 고다이는 고개를 숙였다. 굽신거리며 말하는 데에는 익숙하다.

히라쓰카 원장은 한숨을 쉬었다.

"도도 내외분께는 무척 큰 은혜를 입었어요. 진심으로 한시라도 빨리 범인이 체포되길 바랍니다. 조금이라도 도움이 된다면 기꺼이 협조하겠어요. 다만 전에 오신 형사님께도 말씀드렸는데, 정말 짐작 가는 바가 하나도 없습니다."

"그래도 상관없습니다. 30분만 시간을 내주시겠습니까?"

고다이가 끈질기게 부탁하자 히라쓰카 원장은 손목시계를 힐끔 보더니 고개를 살짝 끄덕였다. "알겠어요. 그럼 딱 30분만."

고맙습니다, 하고 고다이는 다시 한번 고개 숙였다.

5평 남짓한 원장실로 안내받아 들어가니 창가에 책상과 캐비닛이, 앞에는 간소한 응접 세트가 있었다. 목제 테이블을 사이에 두고 고다이와 야마오가 정식으로 히라쓰카 원장을 마주했다.

"바로 본론으로 들어가서, 도도 에리코 씨가 이 시설을 후원하게 된 계기를 말씀해 주시겠습니까?"

고다이가 묻자 히라쓰카 원장은 노골적으로 얼굴을 찌푸렸다.

"또 거기서부터 말해야 하나요? 전에 온 형사님께도 얘기했는데요."

"귀찮으시겠지만 죄송합니다. 부탁드립니다."

고다이 옆에서 야마오도 고개를 깊숙이 숙였다.

"벌써 30년도 더 되었을 거예요. 도쿄에서 열린 뮤지컬에 저희 시설에 있던 아이들이 초대받았어요. 아시려나요, 보육원에서 자란 여자아이가 씩씩하고 밝게 살아가는 모습을 그린 이야기인데."

제목을 듣고 고다이는 고개를 크게 끄덕였다. 유명한 뮤지컬이다. 연기자를 꿈꾸는 소녀라면 모두가 주인공 역할을 동경한다고 들은 적 있다.

"공연이 끝나고 주최자의 배려로 대기실에 가서 출연자들에게 인사할 기회가 있었어요. 다들 굉장히 정중하게 대해 주셨는데, 특히나 환영해 주신 분이 에리코 씨였어요. 그분도 뮤지컬에 출연했거든요. 당시 예명은 후타바 에리코였어요. 에리코 씨는 본인도 어렸을 때 부모님을 여의어서 시설 아이들이 도저히 남 같지 않다, 언젠가 놀러 가도 되겠느냐고 물었어요. 당연히 괜찮다고 했지만 빈말이겠거니 했죠. 그런데 얼마 후에 정말 연락이 왔지 뭐예요. 그때는 놀랐죠." 당시 일이 떠올랐는지 히라쓰카 원장의 눈이 커졌다.

"도도…… 아니, 후타바 에리코 씨가 이곳에 오셨던 거군요."

고다이의 질문에 원장은 고개를 끄덕였다.

"아이들에게 줄 선물을 잔뜩 준비해서 오셨어요. 그걸 계기로 후원해 주시게 되었죠. 이윽고 에리코 씨는 결혼해 연예계를 은퇴했지만 후원은 변함없이 계속되었어요. 남편이

신 도도 의원님도 공감해 주셔서 에리코 씨를 뒷받침해 주는 형태로 여러모로 힘이 되어 주셨죠. 저희도 재정적으로 여유가 있다고 할 수는 없어서, 정말 고마웠어요."

"이번 사건 소식을 들었을 때는 많이 놀라셨겠군요."

히라쓰카 원장은 눈을 감고 고개를 뒤로 젖히더니 한숨과 함께 다시 정면을 바라보았다.

"뭔가 착각한 거라고 믿고 싶었어요. 에리코 씨는 늘 아이들에게 생명의 소중함을 이야기하셨어요. 생명은 낳는 것뿐만이 아니라 키우는 게 중요하다고. 그런 분이 살해당하다니 도저히 믿을 수 없었어요. 더군다나 몹시 잔인하게 살해당했다고……."

"정말 유감입니다."

괴로운 마음이 가시지 않는 듯 눈썹을 찌푸리고 있던 히라쓰카 원장이 돌연 뭔가 생각난 것처럼 고다이의 얼굴을 쳐다보았다.

"방금 단서가 적다고 하셨죠. 그렇게 끔찍한 짓을 저질렀는데 범인을 잡을 가망이 없는 건가요?"

"범인 체포를 위해 온 힘을 다해 임하고 있습니다. 저를 비롯해 수사원들 누구 하나 포기하지 않았습니다. 그래서 오늘도 이렇게 찾아뵌 거고요." 고다이는 상투적인 답변을 했다.

"그렇겠지요. 하지만 죄송하게도 이곳을 찾아와도 수확

은 없을 거예요. 짐작 가는 구석이 하나도 없으니."

"그것 말씀인데, 짐작 가는 구석이라는 건 도도 내외분이 살해당할 정도로 커다란 원한이나 미움을 산 일이 떠오르지 않는다는 뜻이지요?"

원장이 오른쪽 눈썹을 씰룩거렸다. "그렇긴 한데……."

고다이가 슬그머니 몸을 내밀었다.

"몇 년 전, 전직 총리가 연설 중 총에 맞아 사망하는 사건이 있었습니다. 하지만 범인이 정말 증오했던 건 어머니가 속해 있던 종교 단체였고, 복수하고 싶었던 상대는 그 교단의 교주였지요. 교주를 노리기가 어려우니 단체와 관계가 깊은 전직 총리를 노렸다고 진술했습니다. 전직 총리에게 개인적 원한은 없었다는 말도요. 즉 살인사건이 일어났다고 해서 반드시 범인과 피해자 사이에 직접적인 관계가 있다고 할 수는 없습니다."

히라쓰카 원장은 침통한 표정으로 고다이가 한 말의 의미를 곱씹는 듯하더니 이윽고 자글자글한 주름으로 감싸인 눈을 부릅떴다.

"누군가 저희 시설에 원한을 품고 있다는 뜻인가요? 그리고 그 사람이 증오의 화살을 도도 내외분께 돌렸다고 말씀하고 싶은 건가요?"

"불쾌하게 생각하시는 건 당연합니다. 다만 사람은 엉뚱한 원한을 품기도 합니다. 이곳의 활동이 아무리 건전하고 훌륭하다 해도 좋게 보지 않는 사람이 전혀 없다고 단언할 수는 없을 겁니다. 그런 걸 염두에 두고 다시 한번 고민해 주시면 고맙겠습니다만."

"이유도 없이 원한을 사지 않았는지 고민해 보라고요?"

"창립 이후 수십 년 동안 트러블이 전혀 없었던 건 아닐 텐데요."

그러자 원장의 얼굴에 떠올랐던 의심의 빛이 살짝 누그러졌다.

"그건 맞아요. 오히려 항상 문제가 있었다고 할 수 있죠. 셀 수도 없을 정도예요."

"가령 어떤 문제를?"

"아무래도 아이를 둘러싼 트러블이 많죠."

"트러블의 상대는?"

"물론 아이 부모예요."

"부모요?" 고다이는 눈썹을 찌푸렸다.

그 의문을 알아차린 듯 히라쓰카 원장의 입술에 희미한 미소가 감돌았다.

"기묘하게 여기실지도 모르겠군요. 부모가 있는데 어째서 아이가 시설에 있는지. 실제로 저희 시설에 있는 아이들 가운데 부모와 사별한 아이는 소수예요. 9할 이상은 어머니나 아버지 둘 다, 혹은 어느 한쪽이 있습니다. 한부모인 경우에는 대부분이 어머니, 흔히 말하는 싱글 맘이에요. 시설에 들어오는 이유는 다양하지만 대개 부모의 육아 포기나 학대입니다. 정작 부모에게 그런 자각이 없는 경우도 많아서 문제가 복잡해지죠. 어째서 아이가 시설에서 자기 곁으로 돌아오지 않는지 이해하지 못하는 거예요. 시설에서 부모 곁으로 돌아갈지 말지는 아이가 직접 결정합니다. 저희는 절대 참견하지 않는데도 아이가 저희 꾐에 속아서 돌아오지 않는다고 믿는 사람도 있어요."

원장이 하려는 말을 고다이도 이해할 수 있었다.

"다시 말해 그런 부모라면 이쪽 시설을 좋게 보지 않을 가능성도 있다는 말씀인지?"

원장은 쓸쓸한 표정으로 살짝 고개를 끄덕였다. "유감이지만 부정할 수 없군요."

"그런 부모가 몇 명은 있다는 거군요."

"예, 뭐…… 그렇죠." 떨떠름한 태도였지만 수긍했다.

"이름을 알려 주실 수는 없습니까?"

히라쓰카 원장은 고다이 쪽으로 두 손바닥을 세우며 요구를 단호히 거절했다.

"그건 어렵습니다. 개인정보에 관련된 문제라."

"그건 알지만 부디 수사에 협조 부탁드립니다."

"안 됩니다. 그런 정보를 흘렸다는 게 밝혀지면 신뢰 관계가 무너지고 말아요."

"여기서 들었다는 말은 하지 않겠습니다. 약속드립니다."

"누구에게 들었는지 물으면 어떻게 대답하려고요? 아무렇게나 둘러댔다가 거짓말인 게 탄로 나면 일이 더 복잡해져요. 두 분 일이 힘들다는 건 압니다. 저도 범인이 빨리 체포되길 바라고 있어요. 하지만 도와드릴 수 있는 일과 없는 일이 있습니다. 저희 사명은 아이와 부모를 연결하는 생명 줄이 되는 거예요. 이해 부탁드립니다." 냉랭한 말투는 단호한 의지를 보여 주기에 충분했다.

고다이는 설득하기 어렵겠다고 포기했다.

"알겠습니다. 아무래도 여러분의 이념을 제대로 이해하지 못했던 것 같습니다. 생명 줄인 이상 거짓말은 용납되지 않겠지요. 큰 실례를 범했습니다. 더는 무리한 말씀을 드리지 않겠습니다. 앞으로도 그 이념을 바탕으로 훌륭한 활동을 이어 나가길 기원합니다. 다른 뜻이 있어 하는 말이 아닙니다. 진심으로 존경합니다."

고다이는 히라쓰카 원장의 얼굴을 바라보며 그렇게 말하고 그만 떠나자고 야마오를 재촉하며 일어섰다.

"수사에 참고가 될지는 모르지만 한 가지만 말씀드릴게요." 히라쓰카 원장이 일어서면서 말했다. "방금도 말했지만, 별 부모가 다 있어요. 저희 시설을 곱게 보지 않는 사람도 있겠지요. 그런 사람도 도도 에리코 씨만큼은 미워하지 않았을 거라 단언하겠습니다."

"근거는?"

"피해가 자기에게 돌아올 테니까요." 원장은 간결하게 말했다. "아이를 거둘 수 없는 부모의 대다수가 경제적 문제를 안고 있어요. 에리코 씨는 그런 문제를 해결하기 위한 후원 활동도 펼쳤습니다. 요컨대 금전적 원조죠. 부모들도 알고 있어요. 그분을 잃는 건 자기들의 생활고로 이어집니다. 어느 누가 그런 어리석은 행동을 하겠어요?"

담담하게 말하는 내용은 의외로 정신론이 아니라 물질주의적인 이유였다. 하지만 그만큼 강한 설득력이 있었다.

"꼭 참고하겠습니다. 수사에 협조해 주셔서 고맙습니다." 고다이는 정중하게 고개를 숙였다.

두 사람은 히라쓰카 원장을 남겨 두고 원장실을 나왔다. 운동장을 보니 초등학생으로 보이는 아이들 몇 명이 사육장 앞에 모여 있었다. 사육장 안에 있는 건 토끼 같았다.

생명은 낳는 것뿐만이 아니라 키우는 게 중요하다……. 히라쓰카 원장이 해 준 말이 고다이의 귓가에 되살아났다.

시설에서 가까운 역까지 가려면 버스를 타야 했다. 고다이는 정류장에서 버스를 기다리며 스마트폰 문자를 확인했으나 딱히 중요한 연락은 없었다.

"고다이 씨가 보기엔 어떻습니까?" 야마오가 물었다. "하루노미 학원이 사건과 연관 있을까요?"

글쎄요, 하고 고개를 갸웃거리는 게 고작이었다.

"입장상 원장은 저렇게 말할 수밖에 없겠지요. 시설에 억

하심정을 가진 사람이 있었더라도 도도 부부에게 화살을 돌리지는 않았을 거라고. 그 말에 거짓은 없을지도 모릅니다."

야마오가 끄덕였다.

"동감입니다. 저 히라쓰카라는 사람은 거짓말을 못 하는 분이에요. 재정적으로 여유가 없다는 것도 사실이겠지요. 원장실 책상에 있던 낙서를 보았습니까?"

"낙서? 창가에 책상이 있었던 건 기억합니다만……."

"책상 다리에 조각칼로 이름을 새겨 두었더군요. 아이들 장난이라고 해도 원장실에 몰래 들어가서 팠을 리는 없습니다. 어디서 책상을 가져와 사용하는 거겠지요. 이름은 처음부터 새겨져 있었고요. 보통은 원장용 책상으로 그런 걸 쓰지는 않지요. 근검절약의 일환일 겁니다."

"미처 몰랐습니다……."

"그분 손을 보아도 허울뿐인 원장이 아닌 건 분명합니다. 손도 거칠고 손톱도 짧았어요. 솔선해서 걸레질이나 잡일을 하는 손이었습니다."

고다이는 관할서 형사의 얼굴을 바라보았다. 관찰안에 놀란 것이다.

시선의 의미를 깨달았는지 야마오가 민망하다는 듯 손을 저었다.

"버릇입니다. 저도 뭔가 질문을 해야 할 것 같아서 이것저

것 살펴보는 거지요. 단서를 찾는 거예요. 대개 별 도움이 안 되지만요."

"아니요, 시설의 상황이나 원장의 인품이 보이는 발견입니다."

"그렇게 말씀해 주시니 동행한 보람이 있군요."

"다만 사람 마음속은 알 수 없으니까요. 자기도 모르는 곳에서 엉뚱한 원한을 사고, 아무 상관이 없는 사람에게 미움을 사도 이상할 게 없습니다. 시설에 악감정을 품고 있던 사람이 없진 않을 듯하고."

"원아들 부모 중에 성명문을 보낸 사람이 있을지도 모른다는 겁니까?"

"가능성이 사라졌다고 할 수는 없잖습니까. 경우에 따라서는 원아들 부모를 전부 조사해야 할지도 모릅니다."

야마오의 표정이 어두워졌다. "그건…… 고되겠군요."

"특수수사본부에 이 소식을 가져가면 분명 주임님이 얼굴을 잔뜩 찌푸리겠지요."

도착한 버스에 올라탔다. 차 안은 붐벼서 빈자리가 없었다. 고다이는 손잡이를 붙잡고 차창 밖으로 시선을 돌렸다. 경치를 보는 건 아니었다. 범행 성명문을 생각하고 있었다.

오늘은 11월 1일이다. 범행 성명문에 적혀 있던, 거래에 응할지 말지 회신해야 하는 기한은 이미 지났다. 물론 회신은 하지 않았다. 사쿠라카와가 에나미 가오리에게 그렇게 제안하자 경찰에 전부 맡기겠다며 지시를 따랐다고 한다.

아직까지 범인에게서 반응은 없었다. 하지만 고다이는 아침부터 불안했다. 범인은 이제 어떻게 나올까?

버스가 역 앞에 도착했다. 우르르 내리는 승객들을 따라 고다이와 야마오도 차에서 내렸다.

역으로 걸어가는데 스마트폰이 울렸다. 쓰쓰이였다. 별안간 가슴이 술렁거렸다.

"예, 고다이입니다."

"쓰쓰이다. 지금 어디야?"

"니시도쿄 근방입니다. 하루노미 학원 탐문을 막 마치고 나왔습니다."

"성과는 있었나?"

"글쎄요, 딱히 뭐라 하기가······." 말을 흐렸다.

"뭐, 됐어. 바로 모토요요기로 이동해."

"모토요요기라면······."

"에나미 부부가 사는 아파트 말이야. 계장님은 이미 출발했다."

"계장님이?"

긴장의 끈이 팽팽해졌다. 사쿠라카와가 몸소 찾아갔다니, 심각한 사태다.

"무슨 일이라도 있었습니까?"

"큰일이 있었지. 에나미 가오리 씨 스마트폰에 범인이 메일을 보냈다."

"메일을!"

심장이 펄떡 뛰었다. 범인이 에나미 가오리에게 직접 메일을……. 전혀 예상하지 못한 일이었다.

"무슨 내용입니까?"

"나도 자세한 건 보지 못했어. 그쪽에 가서 직접 확인해. 메일에 사진이 첨부되어 있었다는군."

"사진? 무슨 사진이요?"

"아이 사진이다."

"아이?"

어느 아이지? 누구 아이란 말인가? 고다이는 열심히 머리를 쥐어짰지만 정답은 보이지 않았다.

8

모토요요기의 아파트에 도착해 공용 현관에서 인터폰을 눌렀다. 그러자 대답도 없이 자동으로 현관문이 열렸다.

엘리베이터로 10층에 올라가 1005호 초인종을 눌렀다. 또 대답 없이 문이 열렸다. 문을 연 사람은 젊은 후배 형사였다. 사쿠라카와의 동행으로 온 것 같았다. 심각한 표정이다.

"계장님은?"

"거실에서 에나미 부부와 말씀 중입니다."

고다이는 신발을 벗고 실내로 들어갔다. 야마오도 뒤따라왔다.

거실 문을 열자 소파에 앉아 있는 사쿠라카와와 에나미 부부가 보였다. 아이자와라는 관할서 형사과장도 있었다.

사쿠라카와가 고다이 쪽을 돌아보고는 손짓하면서 테이블 위에 놓인 노트북 화면을 돌렸다. "이걸 봐."

고다이는 에나미 부부에게 고개 숙여 인사하고 테이블로 다가가 노트북을 들여다보았다. 흑백 이미지가 떠 있었다. 몸속을 촬영한 초음파 사진임을 금세 알 수 있었다. 검은 동그라미 안에 찍혀 있는 회색 그림자의 정체도 짐작이 갔다. 고다이와는 인연이 없지만 비슷한 사진을 몇 번 본 적 있다.

"이건 사모님의……." 그렇게 중얼거리며 에나미 부부를 바라보았다.

가오리는 말없이 고개를 숙이고 있었다. 남편이 대신 입을 열었다.

"뱃속 아이입니다. 아내 말로는 10주 때 사진이라고 합니다."

그런 거였군. 고다이는 그제야 이해했다. 쓰쓰이가 말한 아이 사진이란 이것이었다. 분명 아이는 아이다.

사쿠라카와가 노트북 키보드를 두드렸다. 화면에 텍스트가 표시되었다. 이런 문장이었다.

에나미 가오리 귀하

이 메일은 도도 야스유키의 태블릿으로 보내고 있다. 장난이 아니라는 건 메일 주소를 확인하면 알 수 있을 것이다.

연락한 이유는 다름이 아니다. 당신에게 이 태블릿을 팔고 싶다.

금액은 3천만 엔이다. 당신 남편의 재력을 고려하면 비싼 값은 아니겠지.

지불할 의향이 있다면 오늘 오후 6시까지 답장을 보내라. 그 시간이 지나도 회신이 없을 경우 계약은 성립되지 않은 것으로 보고 앞으로 일절 연락하지 않겠다. 이 태블릿에 든 데이터가 유출되어 당신들이 어떤 피해를 보더라도 자업자득이다.

데이터의 존재를 보여 주기 위해 흥미로운 사진을 첨부하겠다. 기왕 NIPT 결과도 음성으로 나온 김에 아이의 앞날을 위해서도 내 요구를 받아들이길 권한다.

고다이는 가오리를 힐끔 쳐다보고 사쿠라카와 쪽을 돌아보았다. "이 메일이 사모님 앞으로?"

사쿠라카와가 끄덕였다.

"오늘 오후 2시 넘어서 들어왔다는군. 바로 에나미 씨에게 의논했고, 에나미 씨가 경찰서에 연락했다."

고다이는 손목시계를 보았다. 곧 오후 3시 반이다.

"범인의 정체는 알 수 없지만 상당히 교활한 놈이야." 사쿠라카와가 미워 죽겠다는 듯이 말했다. "하필 이런 사진을 첨부하다니. 두 분에게 심리적 압박을 가하려는 거겠지."

"이 사진이 도도 의원님 태블릿에 있었던 건 확실하지요?"

"병원에서 촬영한 당일에 가오리 씨가 에리코 부인에게 보냈다고 해. 그걸 에리코 부인이 도도 야스유키 씨에게 보낸 것 같다. NIPT라는 건 산전 검사의 일종이라는군."

"NIPT가 뭔지는 들었습니다. 음, 그래서……." 고다이는 다시 에나미 부부를 보았다가 사쿠라카와에게로 고개를 돌렸다. "두 분께서는 어떻게 하시겠다고?"

"우리 지시를 따르겠다고 말씀하시는군. 범인만 체포할 수 있다면 거래금을 준비할 수도 있다고."

"3천만 엔을?"

그래, 하고 사쿠라카와가 대답했다.

아무래도 범인의 지적은 적중한 모양이다. 에나미 부부에게 3천만 엔은 바로 마련할 수 있는 금액이리라.

에나미가 입을 열었다.

"사실 아내는 주고 싶지 않다고 했습니다. 제게 부담을 주기 싫은 마음도 있는 것 같지만 그 이상으로 살인범이 하는 말에 휘둘리고 싶지 않다고."

옆에 있던 가오리가 고개를 들어 진지한 눈빛으로 형사

들을 바라보았다.

"아버지 태블릿에 어떤 게 들어 있었는지는 모릅니다. 어쩌면 저희 사생활이 얽힌 정보도 있을지도요. 그런 게 인터넷에 유출된다고 생각하면 기분이 좋지는 않습니다. 솔직히 무서워요. 하지만 아버지를 살해한 인간에게 돈을 줄 정도라면 참을 수 있어요. 유출되어 문제가 될 만한 비밀은 아무것도 없다고 믿고 있고요. 다만 여기서 거래를 거절하면 범인과 접점이 사라지는 거죠? 그렇다면 범인을 체포하기 위해 돈을 내놓는 것도 어쩔 수 없다고 생각했어요." 가오리는 떨리는 목소리로 말했다. 눈에서 강인한 각오가 느껴졌다.

고다이는 사쿠라카와와 아이자와를 번갈아 보았다. "계장님들 판단은?"

"범인에게 뭐든 응답은 해야 할 거라고 아이자와 씨하고 얘기하던 참이었어." 사쿠라카와가 대답했다. "가오리 씨 말씀대로 범인과의 접점을 끊고 싶지는 않다. 특히 지난번과 달리 이번에는 메일이라는 쌍방향 연락 수단이 있어. 빈번하게 연락을 주고받다 보면 범인이 허점을 드러낼지도 몰라."

"그렇군요."

사쿠라카와가 손목시계에 시선을 떨어뜨렸다.

"다만 상층부가 어떻게 판단할지 모르겠군. 말이 거래지, 결국 협박이야. 협박에 굴복해 돈을 내주는 방침은 경찰로서는 선택하기 어려워. 지금 관리관이 수사1과장, 형사부장과 의논 중이다."

지금은 답을 기다리는 상황인 듯했다.

"고다이, 자네 생각은 어떤가?" 사쿠라카와가 물었다. "지금까지 범인이 한 행동에 석연치 않은 구석이 많지? 도도 의원 사무소에 범행 성명문을 보내는가 하면 이번에는 이런 메일을. 마음에 걸리는 점은 없나?"

"마음에 걸리는 점······."

고다이가 노트북 화면을 다시 노려보았다.

"제일 마음에 걸리는 건 도도 야스유키 씨 태블릿으로 연락한 점이겠지요. 비밀번호를 어떻게 풀었는지······. 그리고 메일을 보낸 이상 경찰이 발신지를 알아낼 우려가 있습니다. 범인은 그런 위험은 고려하지 않았던 걸까요?"

"야스유키 씨 태블릿을 가지고 있다는 사실을 알리려면 그것이 가장 유효한 방법이라고 생각했던 것 아닐까? 게다가 지금은 무료 와이파이를 쓸 수 있는 장소도 사방에 있어. 발신지 정도는 들켜도 별일 아니라고 여겼겠지."

"야스유키 씨 태블릿은 셀룰러 모델입니까? 만약 그렇다면······."

고다이의 말을 막듯 사쿠라카와가 오른손을 펼쳐 들었다.

"무슨 말을 하고 싶은지는 알아. 셀룰러 모델이라고 한다. 즉 휴대전화 회신을 사용한 통신이 가능하지. 따라서 전원을 켜면 기지국 정보를 파악할 수 있어. 다만 통신사 정보에 따르면 지난 24시간 동안 태블릿은 전파를 발신하지 않았다는군. 범인은 와이파이로 메일을 보낸 것 같다."

고다이는 한숨을 쉬었다. "그랬군요."

역시 사쿠라카와다. 부하가 생각해 낼 만한 의문점은 이미 다 확인했다는 뜻이다.

"그 밖에 생각나는 건 없나?"

고다이는 다시 모니터를 바라보았다.

"다음으로 마음에 걸리는 건 금액을 바꾼 점일까요. 사무소에 도착한 범행 성명문에서 요구한 건 3억 엔이었죠. 그게 이번에는 3천만 엔이라니……."

"단숨에 너무 깎았지. 이유가 뭘까?"

고다이는 고개를 갸웃거리며 머리를 쥐어짰다.

"범인은 애초에 사무소와 거래가 성사되지 않을 줄 예상했던 게 아닐까요? 책임자가 없는 상태니까요. 그래서 금액은 아무래도 상관없었던 거죠. 하지만 이번에는 에나미 부부가 상대입니다. 사생활 폭로를 우려한 두 분이 거래에 응할 가능성이 크다고 판단하고 타당한 금액으로 내렸다고 보는 건 어떨까요?"

"흥, 태블릿 한 대에 3억 엔은 너무 비싸단 말인가? 의외로 그런 이유일지도 모르겠군." 사쿠라카와는 무뚝뚝한 얼굴로 끄덕거렸다. "그렇다면 처음부터 에나미 부부를 상대로 거래하면 됐잖아. 편지를 보낼 필요가 없었어. 요행이라도 바랐던 걸까?"

"그럴 수도 있지만 범인은 훨씬 만만치 않아 보입니다. 사무소에 보낸 편지에는 다른 목적이 있었던 게 아닐까요?"

"다른 목적이라니?"

"단적으로 말해 수사 방해지요. 그 편지로 누가 영향을 받았을까요, 저희 수사진입니다. 거기에 적힌 도도 부부의 비인도적 행위라는 문구 때문에 그게 무엇을 뜻하는지 알아내기 위해 며칠째 사방으로 탐문을 다녔어요. 오늘도 저와 야마오 경부보는 하루노미 학원에 다녀왔습니다. 안타깝지만 성과는 없었습니다. 에리코 부인이 시설 사람들에게 두터운 신망을 얻고 있었다는 걸 확인했을 뿐입니다. 솔직히 방향이 빗나갔다 싶었죠. 그래서 이런 생각이 들었습니다. 저희는 단순히 범인에게 휘둘리고 있는 게 아닐까."

사쿠라카와가 뒷말을 받았다.

"그러니까 도도 부부의 비인도적 행위라는 건 처음부터 존재하지 않았다, 그렇게 말하고 싶은 건가?"

고다이가 대답했다.

"예, 만약 존재한다면 태블릿에 증거가 있었다고 썼을 겁니다. 초음파 사진을 첨부하는 편보다 훨씬 협박 효과가 뛰어나니까요."

사쿠라카와가 눈썹을 찌푸렸다.

"말조심해. 임신 중인 여성이 갑자기 자기 초음파 사진을 받으면 얼마나 충격받을지 상상이 안 되나?"

앗, 하고 고다이는 부부에게 고개를 숙였다. "결례를 저질렀습니다."

"고다이가 하는 말도 타당합니다." 형사과장 아이자와가 중재하듯 나섰다. "편지 때문에 시간과 인력을 제법 썼어요. 수사 방해가 목적이라면 감쪽같이 걸려든 셈입니다."

"확실히 그렇긴 해……."

중얼거리는 사쿠라카와의 얼굴이 별안간 매서워졌다. 안주머니에서 스마트폰을 꺼내더니 귀에 대고 일어나서 문 쪽으로 걸어가 거실에서 나갔다. 복도에서 통화하는 것 같은데 목소리는 전혀 들리지 않았다. 상대는 관리관 같았다.

잠시 후, 사쿠라카와가 복도에서 고개를 내밀고 아이자와 씨, 하고 형사과장을 불렀다. "잠깐만요."

형사과장도 자리에서 일어나 복도로 나갔다. 의논할 일이 생긴 모양이다.

야마오와 후배 형사는 벽 쪽에 붙어서 불편한 기색으로 서 있었다. 고다이도 가만히 있으려니 거북했다.

문득 벽에 걸린 액자로 눈이 갔다. 오트쿠튀르 자수 작품이다. 완성하는 데 기술과 노력이 얼마나 필요한지 모르겠지만 도도 에리코가 딸과 사위의 행복을 기원하며 작업했을 거라고 상상하니 먹먹해졌다.

이윽고 문이 열리더니 사쿠라카와와 아이자와가 돌아왔다.

"경시청 방침이 정해졌습니다." 사쿠라카와가 에나미 부부를 향해 말했다. "범인에게 답장을 보내 주십시오."

"거래에 응하겠다고 하면 될까요?" 에나미가 물었다.

"아니요. 먼저 이쪽 요구를 제시해 주셨으면 합니다."

"요구…… 무슨 뜻인지?"

"태블릿 데이터를 앞으로도 일절 유출하지 말라는 다짐입니다. 태블릿이 돌아와도 범인이 안에 든 데이터를 복사했을 가능성이 있으니까요. 말만으로는 신용할 수 없으니 담보가 필요하다고 써 주십시오."

에나미는 의아한 표정으로 사쿠라카와를 쳐다보았다.

"그런 요구에 응할까요? 제가 범인이라도 담보할 방법은 떠오르지 않는데요."

"요구를 거부할 공산은 큽니다. 그렇게 되면 거래는 불가능하다, 돈은 줄 수 없다고 대답하는 겁니다."

"그런 짓을 하면 당장 태블릿 정보를 인터넷에 뿌리겠다고 하지 않을까요?" 에나미의 얼굴이 어두워졌다.

"그렇게 되면 시간을 벌어 주십시오. 생각할 시간이 필요하다고 하는 겁니다. 여기까지가 1단계입니다. 가급적 많은 대화를 주고받아 메일 발신 위치에 대한 정보를 수집하는 겁니다. 아까도 말씀드렸지만 범인은 불특정 다수가 이용하는 와이파이를 쓸 테니 한 번의 발신으로 단서를 잡기는 어렵습니다. 하지만 횟수가 늘어나고 시간과 장소 데이터가 갖춰지면 범인의 행동 패턴이 보일지도 모릅니다. 그 장소 부근의 방범 카메라 영상을 해석하면 범인을 알아낼 가능성도 있습니다."

사쿠라카와가 설명하자 마침내 에나미도 알아들은 듯했다.

"그렇군요. 그럼 그다음은?"

"그다음은……." 사쿠라카와가 입술을 축이고 말했다. "거래에 응하겠다고 대답하십시오."

에나미가 심호흡했다.

"혹시 몰라 묻습니다만, 3천만 엔을 지불하라는 뜻이지요?"

"일단 그렇게 대답만 하는 겁니다. 그러면 범인은 돈을 전달할 방법을 연락해 올 겁니다. 어떤 지시를 내리는지 확인하고 나서 대응 방법을 검토하겠습니다."

"그래서 돈을 준비하라는 겁니까, 말라는 겁니까?" 에나미가 짜증을 드러냈다.

"범인의 행동에 달렸습니다. 전달할 때 범인을 체포할 가능성이 있다면 준비를 부탁드릴 겁니다. 가능성이 제로일 경우 거래에 응하는 의미가 없습니다. 어떤 방법을 요구하는지에 달려 있습니다."

사쿠라카와의 차분한 말투에 에나미도 마음이 가라앉은 것 같았다. 알겠습니다, 하고 나지막하게 답했다.

가오리가 조심스레 입을 열었다. "저, 메일은 언제 보내면 되나요?"

사쿠라카와가 대답했다. "시한 직전까지 기다려 봅시다. 범인도 초조할 겁니다. 시한이 다가오면 뭔가 행동을 보일지도 모릅니다. 재촉하는 메일이라도 보내온다면 수확이 있는 거죠. 다만 문구는 미리 작성해 둡시다. 지금 써 주실 수 있습니까?"

가오리가 알겠다며 스마트폰을 들었다. "뭐라고 쓸까요?"

"태블릿 데이터를 일절 유출하지 않겠다고 맹세한다면 거래에 응하겠다고 쓰십시오. 말로만 약속할 게 아니라 담보가 필요하다는 것도."

가오리는 스마트폰에 문자를 입력하기 시작했다. 가녀린 손가락을 바삐 움직이는 표정은 더없이 진지했다.

"이거면 될까요?"

가오리가 내민 스마트폰을 사쿠라카와가 실례하겠습니다, 하고 받아들었다.

고다이도 옆에서 화면을 들여다보았다. 이렇게 적혀 있었다.

메일을 받고 요구 사항을 이해했습니다.
도도 야스유키의 태블릿 데이터를 앞으로도 절대 유출하

지 않겠다고 약속해 주신다면 거래에 응하겠습니다. 약속을 어기지 않겠다는 증거도 필요합니다. 회신을 기다리겠습니다.

사쿠라카와는 아이자와와 얼굴을 마주 보고 고개를 끄덕인 뒤 가오리에게 스마트폰을 돌려주었다. "문제없습니다. 훌륭합니다."

"이걸 오후 6시 직전에 보내면 되는 거죠?"

"그렇습니다. 그때까지 수사원 두 명을 이곳에 배치해도 되겠습니까? 송신을 완료했는지 확인하고 싶어서."

에나미는 상관없다고 했다.

고다이와 야마오가 남게 되었다. 다만 대기 장소는 집 안이 아니라 1층 로비였다. 임신한 가오리에게 심리적 부담을 주지 않으려는 배려였다.

"그럼 잘 부탁하네." 공용 현관에서 나가기 전에 사쿠라카와가 말했다.

"특수수사본부로 돌아가면 메일 발신 위치 조사를?"

고다이의 질문에 사쿠라카와는 탐탁지 않은 표정으로 끄덕였다.

"이번에 사용된 메일 주소는 고인의 것이라 유족 허가를 받았어. 평소에는 사생활 보호에 까다로운 통신사도 협조해 주겠지. 얼마나 많이 알아낼 수 있을지 모르겠지만 할 수 있는 일은 해야지."

"그러게요."

"무슨 일이 있으면 연락해." 사쿠라카와는 그 말을 남기고 아이자와 일행과 떠났다.

고급 아파트라 현관 로비에는 훌륭한 소파가 있었다. 고다이는 야마오와 함께 소파에 앉았다.

"예상 못 한 전개네요." 고다이가 한숨 섞인 목소리로 말했다.

"놀랐습니다."

"설마 야스유키 씨 태블릿으로 메일을 보내다니. 범인도 참 대담한 짓을 하는군요. 게다가 3천만 엔이라니."

"고다이 씨는 지난번 협박은 단순한 허세라고 보시는군요."

고다이는 관할서 형사의 얼굴을 보았다. "동의하기 어렵습니까?"

야마오는 고개를 절레절레 저었다.

"아니요, 오히려 정말 그런 것 같다고 생각했습니다. 저도 고다이 씨와 마찬가지로 도도 부부의 악행을 수사하는 데 피로감을 느끼기 시작했으니까요. 그나저나 이번에는 범인도 진심으로 돈을 빼앗으려는 걸까요?"

"그렇지 않을까요? 3천만 엔이라는 금액은 현실적으로 들립니다."

"실제로 에나미 부부는 쉽게 마련할 수 있다는 듯 말했지요. 사는 세상이 다른 사람들이라는 거겠죠. 뭐, 살인사건만 아니라면 그들도 고작 태블릿에 큰돈을 내놓지는 않겠지만."

"고작 태블릿……, 그렇죠."

"예. 무슨 문제라도?"

"화재 현장에서는 도도 부부의 스마트폰이 발견되었죠. 어째서 범인은 그 두 개를 남겨 두고 갔을까요? 태블릿과 함께 가져갈 수도 있었을 텐데요. 스마트폰 안에는 태블릿 이상으로 중요한 데이터가 있었을 가능성도 높습니다."

"잠겨 있었던 것 아닐까요? 비밀번호를 풀지 못하면 가져가도 의미가 없으니까요."

"그건 태블릿도 마찬가지인데요. 스마트폰 백업으로 사용했을 정도니 비밀번호를 설정하지 않았을 리 없습니다. 범인은 어떻게 비밀번호를 풀었을까요……."

"IT 기기에 해박해 해제할 수 있는 특수한 기술을 가지고 있었다거나?"

"그거라면 도도 부부의 스마트폰도 가져갔을 겁니다. 태블릿 비밀번호를 풀 수 있다면 스마트폰도 가능했겠죠."

"맞는 말입니다. 그렇다면 가능성은 하나뿐이군요. 범인은 처음부터 비밀번호를 알고 있었다."

"그런 뜻이 됩니다. 그런데 어떻게 알고 있었을까요?"

"본인이 남에게 알려 줄 리는 없으니, 조작하는 모습을 훔쳐본 걸까요?"

"그렇다면 그런 짓을 할 수 있는 사람은 몇 안 됩니다."

"야스유키 씨와 아주 가까운 인물이라는 뜻이겠지요. 가령 모치즈키라는 비서는 어떻습니까? 훔쳐볼 기회가 있지 않았을까요?"

"가능성은 충분하지만 알리바이가 있었습니다. 게다가 동기가 없어요. 오히려 야스유키 씨 사망으로 앞날이 불안해진 사람들 중 한 명입니다."

"확실히 그렇긴 하죠."

야마오는 눈썹을 찌푸리고 잠시 고민하는 듯하더니 이윽고 쓴웃음을 지었다.

"미안합니다. 저는 도통 모르겠네요. 도움이 되지 않아 면목 없습니다."

"아닙니다, 야마오 씨가 사과하는 건 이상하죠. 그러지 마세요." 고다이는 손을 저었다. 이 관할서 베테랑 형사는 너무 저자세로 나와 불편할 때가 있다.

"사실 한 가지 더 마음에 걸리는 일이 있습니다."

"뭡니까?"

"지난번에 범인은 도도 의원 사무소에 우편으로 협박장을 보냈습니다. 일부러 나라현까지 가서 발송했죠. 어째서 이번처럼 메일로 보내지 않았던 걸까요?"

"듣고 보니 그렇군요. 아까 고다이 씨가 말한 가설과 똑같은 이유는 아닐까요? 수사를 방해하려는 거죠. 덕분에 수사원 두 명을 나라현에 파견했으니까요. 아니나 다를까 아무 성과도 없었던 모양입니다만."

"수사 방해라……."

그 가능성은 부정할 수 없다. 하지만 고다이는 석연치 않았다. 위치를 추적하지 못하도록 우편물을 무연고지에서 보내는 건 흔한 수법이지만 방범 카메라나 목격 정보와 같은 위험을 감수해야 하는 것도 사실이다. 다소 수사를 방해할 수는 있겠지만 그만한 가치가 있을까?

오후 5시 반이 지나서 고다이는 사쿠라카와에게 전화를 걸었다.

"이상은 없나?"

"에나미 부부에게는 아무 연락 없습니다. 상황에 변화는 없는 것 같습니다."

"알겠다. 메일을 보내라고 해."

알겠습니다, 하고 전화를 끊었다.

에나미 부부의 집을 찾아가 메일 발송을 부탁했다.

가오리는 다시 스마트폰 화면을 두 형사에게 보여 주었다. "이 내용으로 보낼게요."

잘 부탁드립니다, 하고 고다이가 고개를 숙였다.

가오리는 진지한 표정으로 스마트폰을 만지작거리더니

보냈다고 했다.

고다이는 다시 사쿠라카와에게 전화해 메일을 무사히 발송했다고 보고했다.

"좋다. 당장이라도 범인이 응답할지도 몰라. 자네들은 양해를 구하고 당분간 거기서 대기하도록."

"알겠습니다."

고다이는 전화를 끊고 에나미 부부에게 사쿠라카와의 지시를 전했다. 두 사람은 물론 있어도 된다고 답했다.

"그런데 사모님께 여쭤볼 게 있습니다. 야스유키 씨의 태블릿 말입니다만, 비밀번호를 알고 계십니까?"

고다이가 가오리를 보며 묻자 그녀는 생각도 못 했다는 표정으로 가슴에 손을 얹었다.

"제가요? 아뇨, 모릅니다."

"에리코 부인께서는 어땠을까요? 알고 계셨을까요?"

"어머니 말인가요. 글쎄요…… 어쩌면 아셨을지도 모르지만 그런 이야기를 한 적은 없어요."

"알고 있을 만한 인물은 있을까요?"

가오리는 창백한 얼굴로 고개를 저었다.

"없습니다. 애초에 요즘 아버지와는 느긋하게 대화할 기회도 없었고."

"그러신가요……."

그런가, 하고 에나미가 중얼거렸다.

"태블릿은 잠겨 있었을 테니 범인이 어떻게 비밀번호를 해제했는지, 그 점이 문제로군요."

"그렇습니다. 비밀번호를 풀지 못하면 메일도 보낼 수 없고, 초음파 사진도 찾지 못했을 겁니다."

고다이의 말에 에나미가 말없이 끄덕였다.

그때 가오리가 망설이는 기색으로 입을 열었다.

"저, 받은 메일에서 한 가지 마음에 걸리는 점이 있는데."

"뭔가요?"

"NIPT 결과를 언급하고 있었죠. 모처럼 음성으로 나왔으니 이 아이를 위해서도 요구를 받아들이라고. 범인은 어떻게 제가 NIPT 검사를 받았다는 걸 알고 있었을까요……."

"태블릿에 보존된 메일이나 뭔가를 본 것 아닐까요?"

"아버지에게는 산전 검사라고만 설명했어요. NIPT라고 말해 봤자 뭔지 모를 테니까요. 어머니도 마찬가지였을 거라, 아버지에게는 그렇게 말씀하지 않았을 거예요. 그러니까 그 단어가 메일에 남아 있을 리 없어요."

"……그렇습니까."

가오리의 말은 타당해 보였다. 분명 가족끼리 이야기할 때 알파벳으로 된 전문용어보다는 산전 검사라고 말하는 쪽이 전달이 빠르다. 상대가 임신에 관한 지식이 부족한 남성이라면 더욱 그럴 것이다.

"NIPT 검사를 가족 말고 다른 분께 말씀하신 적은 있습니까? 친구분이나."

가오리의 대답은 단호했다.

"아뇨, 없어요. 산전 검사는 찬반 논란이 있잖아요. 강한 거부감을 드러내는 사람도 적지 않아요. 남한테는 얘기하지 않았어요. 당신한테도 그렇게 부탁했지?" 남편을 돌아보며 물었다.

"알다마다. 그래서 아무한테도 말하지 않았어."

"하지만 혼조 마사미 씨는 알고 계셨습니다. 에리코 부인께서 말씀하신 것 같았는데."

"혼조 씨는 특별하니까요. 저를 친딸처럼 여기세요. 어머니도 혼조 씨 말고 다른 사람에게는 이야기하지 않았을 거예요." 가오리는 확신에 찬 말투로 단언했다.

고다이는 생각에 잠겼다. 그렇다면 범인은 어떻게 NIPT를 알고 있었을까? 가오리의 이야기를 듣다 보니 사소한 의문으로 치부할 수 없다는 생각이 들었다.

한참 무거운 침묵이 이어진 뒤 스마트폰이 울렸다. 사쿠라카와였다.

"범인의 반응은 있었나?"

"아니요, 아직 없습니다."

"그래. 그쪽에 수사원을 보낼 테니 교대하고 돌아와."

"알겠습니다."

약 30분 뒤, 두 명의 형사가 도착했다. 고다이와 야마오는 그들에게 뒷일을 맡기고 특수수사본부가 있는 경찰서로 돌아왔다.

특수수사본부에서는 사쿠라카와와 쓰쓰이가 심각한 표정으로 대화를 나누고 있었다. 사쿠라카와가 고다이를 보고 손짓으로 불렀다.

"수고했어. 보고할 게 있나?"

"한 가지, 가오리 씨가 의문을 제기했습니다."

고다이는 범인이 메일에 NIPT를 언급한 것에 관해 설명했다.

"무슨 뜻인지는 알겠는데 의문이라고 할 것까지 있나?" 쓰쓰이가 말했다. "아무에게도 이야기하지 않았다고 생각해도 저도 모르게 입에 담는 경우는 흔해. 에리코 부인이 야스유키 씨에게 산전 검사에 대해 자세하게 설명하면서 말했을지도 모르지."

"가오리 씨는 그럴 리 없다고 말씀하셨는데……."

"그런 건 모르는 일이야." 쓰쓰이가 어깨를 으쓱 움츠렸다.

"그 밖에는? 다른 건 없나?" 사쿠라카와가 물었다.

"개인적으로는 태블릿 비밀번호가 마음에 걸립니다."

"어떻게 해제했는지가 궁금하단 말이지? 그건 이쪽에서도 이미 검토했어. 가능성은 네 가지다. 첫 번째, 처음부터 비밀번호가 없었을 경우인데 그 가능성은 희박하지. 두 번째는 범인이 현장에서 태블릿을 발견했을 때 우연히 비밀번호가 풀려 있는 상태였다. 이것도 가능성은 낮아. 일정 시간 동안 방치하면 타이머가 작동해 잠겼을 테니까. 세 번째는 어떠한 방법으로 비밀번호를 풀었을 가능성인데, 아마 추어가 하면 보통 데이터가 삭제될 테니 의미가 없어. 거기서 생각해 볼 수 있는 게 전문업자에게 가져갔을 가능성이다. 내일부터 수사원들을 동원해 업자들을 찾아간다. 다만 감식반에 확인해 보니 야스유키 씨 태블릿은 기종으로 볼 때 보안 기능이 철저해서 데이터를 지우지 않고 비밀번호를 해제하기란 업자도 어려울 거라더군. 남은 가능성은 하나야."

"범인은 비밀번호를 알고 있었다."

"그거겠지." 사쿠라카와가 집게손가락을 세웠다. "야스유키 씨가 어디서, 혹은 어떤 상황에서 태블릿을 사용했는지 철저하게 조사한다. 범인이 비밀번호를 훔쳐보았다면 그때 가까이 있었을 테니까."

"알겠습니다. 내일부터 수사할 때 그 점도 염두에 두겠습니다."

자리에서 일어나려는데 책상에 놓인 한 장의 서류가 고다이의 시선을 끌었다. '접속 시간 14:13:28 데이토 그랜드 호텔'이라고 인쇄되어 있었다.

"이건 혹시……."

"범인이 메일을 보낸 장소다. 숙박객이라면 누구나 사용할 수 있는 무료 와이파이를 쓴 것 같아. 그렇다고 해서 범인이 숙박했다는 보장은 없어. '데이토 그랜드 호텔'에서는 최근 몇 년 동안 와이파이 비밀번호를 바꾸지 않았어. 과거에 이용했을 때 입수한 비밀번호로 접속했을 가능성도 있다. 객실용이 아니라 레스토랑이나 카페에서도 와이파이는 사용할 수 있다고 하니까."

"데이토 그랜드 호텔인가요……."

고다이는 한숨을 쉬었다. 도내에서도 최대급 호텔이다. 방범 카메라 영상으로 범인을 찾기란 불가능에 가까우리라.

"한 가지 더, 정보가 있어." 쓰쓰이가 다른 서류를 집어 들었다. "이쪽이 그나마 가능성이 있다. 휴대전화 회사에서 제출한 정보야. 야스유키 씨 태블릿 전원이 끊긴 일시를 알아냈다. 10월 15일 오전 0시 47분이야."

"사건 당일 밤이군요."

"그래. 위치 정보가 남는 걸 막으려고 전원을 끊었겠지. 기지국으로 볼 때 도도 저택 안에 있을 때 끈 것 같아. 흥미로운 건 여기서부터다. 사건 이틀 후인 17일 오전 10시가 넘어서 태블릿 전원이 켜졌다. 그때 범인은 처음으로 뭔가 기기를 조작했어."

"위치는 알아냈습니까?"

"기지국은 알아냈다. 그게 글쎄……." 쓰쓰이는 왼쪽 손가락으로 허공에 원을 그렸다. "이 근방이라는군."

순간 고다이는 숨을 삼켰다. "범인이 이 근방에 있었다는 말씀입니까?"

"그런 뜻이야. 기지국은 여기에서 약 300미터 떨어진 곳에 있다. 그 기지국과 전파를 주고받았다는 거지."

"이 근방에……." 고다이는 중얼거리며 사쿠라카와를 보았다. "대체 이게 무슨 뜻입니까?"

"글쎄. 쓰쓰이는 범인의 도발 아니겠냐고 하는데."

"도발?"

"위치를 들키기 싫으면 전파가 닿지 않는 곳에서 전원을 켜면 돼. SIM 카드를 빼는 방법도 있지. 굳이 위치 정보를 남겼으니 도발 이외의 다른 목적은 생각하기 어려워."

쓰쓰이의 설명을 듣고 보니 그런 것 같아 수긍했다.

그때 사쿠라카와가 스마트폰을 꺼냈다. 전화가 온 건지 귀에 기계를 댔다.

"사쿠라카와다. ……그래. 일단 나하고 쓰쓰이에게 전송해. ……아아, 부탁하네." 전화를 끊은 사쿠라카와가 심각한 표정으로 두 사람을 쳐다보았다. "범인이 보낸 메일이 도착했다는군. 바로 포워딩해 줄 거야."

그 직후 사쿠라카와와 쓰쓰이의 스마트폰이 거의 동시에 반응했다. 두 사람은 똑같이 화면을 터치하기 시작했다. 고다이는 쓰쓰이 옆에서 화면을 들여다보았다.

내용은 다음과 같았다.

요구 금액을 내놓는다면 데이터를 유출할 생각은 없다. 그 말을 믿을지 말지는 그쪽 자유다.

오해하는 것 같아 미리 경고하겠다.

그쪽은 거래에 조건을 달 입장이 아니다. 다시 어떤 조건을 건다면 그 시점에서 거래는 종료, 이후 연락을 완전히 끊겠다.

대답을 기다리겠다. 다음 기한은 오늘 자정이다.

9

이제 곧 오전 9시다. 고다이가 다소 작은 회의실에서 사쿠라카와와 대기하고 있자니 차례로 간부들이 들어왔다. 경시청 본부에서는 수사1과장과 관리관이, 경찰서 쪽에서는 서장과 부서장, 그리고 형사과장 아이자와가 참석한 것 같았다.

모두 자리에 앉았는지 확인한 사쿠라카와가 일어섰다.

"이미 들으셨겠지만 어제 '도의원 부부 살해 및 방화 사건'의 범인으로 추정되는 인물이 도도 부부의 외동딸인 에나미 가오리 씨에게 메일을 보냈습니다. 도도 야스유키 씨 태블릿의 대가로 3천만 엔을 지불하라는 내용이었습니다. 회신 기한이 오후 6시였기 때문에 시간을 벌기 위해 가오리 씨를 통해 데이터를 유출하지 않겠다고 보장해 준다면 거래에 응하겠다는 내용의 메일을 송신했습니다. 곧이어 범인에게서 응답이 왔지만 타협을 표하는 게 아니라 자정이라는 최종 기한을 알리는 내용이었습니다. 그래서 가오리 씨에게 거래에 응하겠다는 회신을 보내 달라고 했습니다. 그러자 오늘 오전 7시 20분, 범인이 가오리 씨에게 메일을 보냈습니다."

사쿠라카와의 말이 끝나기를 기다려 고다이는 가까이 있던 키보드를 두드렸다.

대형 화면에 텍스트가 표시되었다.

거래에 응하겠다는 답변은 접수했다. 현명한 판단이다.
오늘 정오까지 3천만 엔을 다음 계좌로 입금해라.
산케이도요 은행 아사히카와 지점 일반계좌 6589741 요코야마 가즈토시.
전액 인출하고 나서 태블릿을 돌려주겠다. 인출을 마치기 전에 계좌가 동결되거나 인출한 사람이 체포되면 계약 위반으로 간주해 태블릿은 반환하지 않겠다.

사쿠라카와가 다시 입을 열었다.
"에나미 부부에게 확인한 바로는 정오까지 3천만 엔을 준비할 수 있다고 합니다. 인터넷뱅킹을 이용할 경우 일일 이용 한도액은 1천만 엔이지만 부부는 세 개 이상의 계좌를 가지고 있어 각각의 계좌에서 1천만 엔씩 이체할 수 있다고 합니다. 저희는 어떻게 대응할지 여러분의 의견을 듣고 싶습니다."

서장이 조심스레 손을 들었다. "저게 어떤 계좌인지는 확인했나?"

사쿠라카와가 고다이 쪽을 돌아보며 눈짓했다.

고다이는 작게 헛기침했다.

"은행에 문의해 봤는데 8년 전에 개설된 계좌였습니다. 개설 절차에 딱히 문제는 없었고 개설 후 2년 정도는 평범하게 이용되었습니다. 하지만 그 후 부자연스러운 입금과 출금이 있었고 최근 3년 정도는 방치 상태였습니다. 현재 요코야마 가즈토시라는 명의인에게 연락할 수단은 없는 것 같습니다. 주민등록은 홋카이도 아사히카와 시내지만 거기에 있던 아파트는 철거되었고 본인의 행방도 알 길이 없습니다. 이 계좌는 명의인이 타인에게 판매한 것으로, 과거의 부자연스러운 입출금은 보이스피싱에 사용된 흔적 같습니다."

"이번 범인이 과거에 보이스피싱을 저질렀단 뜻인가?" 서장이 물었다.

"아뇨, 꼭 그렇다고 할 수는 없습니다." 사쿠라카와가 대답했다. "오히려 상관이 없을 겁니다. 과거에 보이스피싱에 사용된 계좌가 돌고 돌아 범인의 손에 넘어갔다고 보는 게 타당하겠지요."

그렇군, 하고 서장은 이해했다는 듯이 끄덕였다. "그 계좌로 범인을 찾아내기란 불가능하겠군."

"현시점에서는 불가능하다고 봅니다." 사쿠라카와가 단언했다.

"'인출한 사람이 체포되면'이라고 적혀 있군……." 무테안경을 쓴 관리관이 느릿하게 말했다. "다시 말해 범인은 이 계좌에서 돈을 어디로 옮기는 게 아니라 직접 인출할 셈이라는 뜻일까?"

"그렇지 않을까 싶습니다. 해당 계좌를 조사했는데 암호 자산 거래에 쓸 수 있는 상태는 아니었습니다. 인터넷뱅킹 계약도 되어 있지 않았습니다. 그렇지만 범인이 직접 은행 창구에서 돈을 찾을 리는 없습니다." 사쿠라카와가 다시 고다이를 돌아보았다. 나머지는 네가 설명하라는 뜻이다.

"은행 계좌를 매매할 때 대부분 현금카드도 세트로 팝니다. 이번 범인도 카드를 지니고 있고, 그걸 사용해 ATM으로 돈을 인출할 계획으로 보입니다. 물론 범인이 직접 찾는 게 아니라 인터넷으로 고용한 아르바이트를 쓸 가능성이 높습니다. 보이스피싱에서 인출책이라고 부르는 불법 아르바이트입니다."

"메일 내용은 아르바이트를 체포하지 말라고 경고하는 거로군." 관리관이 물었다.

"그런 것 같습니다." 고다이가 답했다. "ATM으로는 하루 인출 가능 금액에 한도가 있는데 산케이도요 은행의 경우 50만 엔입니다. 3천만 엔을 전부 출금하려면 최소 두 달이 필요합니다. 현금카드는 한 장밖에 없고, 인출책 아르바이트를 여럿 고용하기는 어려우니 한 사람이 반복해서 ATM을 쓰게 될 겁니다. 당연히 방범 카메라 영상에 남을 테고 체포할 기회도 생깁니다."

"그러니 3천만 엔을 전부 출금할 때까지 손대지 말라는 건가." 관리관은 일그러진 미소를 띠었다. "경찰로서는 그런 아르바이트를 체포해 봤자 의미가 없어. 어차피 범인에 대한 정보는 없을 테니까."

"어떻게 할까요?" 사쿠라카와가 살짝 몸을 내밀어 수사원들의 얼굴을 둘러보았다. "에나미 부부에게 돈을 입금하라고 연락할까요?"

수사1과장이 나지막한 목소리로 계장을 불렀다. "자네 생각은?"

사쿠라카와는 고다이 쪽을 힐끔 쳐다보고서 다시 수사1과장의 얼굴을 보았다. 회의에 들어오기 전에 어떻게 할지 쓰쓰이와 셋이서 미리 의논했다.

"입금해야 한다고 생각합니다." 사쿠라카와가 대답했다.

"이유는?"

"범인의 동향을 살피기 위해서입니다. 돈이 입금되면 먼저 불법 아르바이트로 고용한 인출책이 움직일 겁니다. 고다이가 설명했듯 몇 번에 나눠 인출할 테니 신원을 알아내기란 어렵지 않을 겁니다. 알아내면 바로 신병을 구속하겠습니다. 관리관께서 지적하셨듯 그자를 통해 범인을 알아내기는 어려울지도 모르지만 뭐든 단서를 얻을 수 있을 가능성이 제로는 아닐 겁니다. 물론 그렇게 되면 범인은 태블릿 반환을 거부하겠지만 큰 문제는 아닙니다. 애초에 범인이 약속을 지킨다는 보장이 없기 때문입니다. 범인이 보복 행위에 나설 수는 있겠지만 에나미 부부는 태블릿 데이터가 유출되는 건 수용하겠다고 했습니다. 오히려 그 보복 내용으로 범인의 특징을 알아낼 수 있을지도 모릅니다. 그에 반해 입금하지 않으면 범인은 접촉을 끊고 향후 일절 연락하지 않을 가능성이 큽니다. 이상의 이유로 일단은 입금해야 한다고 생각했습니다."

사쿠라카와의 설명을 들은 수사1과장은 나직하게 신음하며 관리관의 의견을 구했다.

관리관은 조금 고민하는 표정을 짓더니 "도의원이 살해당한 큰 사건이니 미제로 끝나는 것만큼은 어떻게든 피하고 싶습니다"라고 했다. "사쿠라카와의 말처럼 범인과의 접점은 유지하고 싶군요."

"범인에게 그대로 돈을 강탈당할 우려도 있잖나."

"3천만 엔을 전부 빼앗길 가능성은 낮습니다." 사쿠라카와가 대답했다. "인출책이 서너 번 움직였을 때 신원을 파악할 수 있으리라 봅니다. 신병 구속과 동시에 계좌도 동결시키겠습니다."

"하루 한도액이 50만 엔이라고 했지." 수사1과장이 중얼거렸다. "50 곱하기 4면 200만 엔인가. 언론에 새어 나가도 비난당할 금액은 아니군……."

고다이는 수사1과장의 고민하는 표정을 보았지만 사소한 문제를 걱정하는 상사에게 실망하지는 않았다. 경찰은 다양한 저항 세력이 있다. 그런 사람들이 쏟아 내는 추궁의 화살받이가 되는 것도 상층부의 커다란 역할이다.

"그쪽 생각은 어떻습니까?" 관리관이 지역 경찰서장들에게 물었다.

서장이 부서장과 형사과장 아이자와 쪽으로 몸을 돌렸다. "저는 지금 말씀한 방침에 이견은 없지만……."

부서장이 끄덕였다. "저도 같은 의견입니다."

"자네는 어떤가?" 서장이 물었다.

"그렇게 하면 될 것 같습니다만……." 아이자와가 사쿠라카와 쪽을 쳐다보았다. "불법 아르바이트 인출책이 도쿄에 산다는 보장이 없습니다. 지방일 경우 저희는 대응하기 어렵습니다."

"그 경우에는 저희가 담당하겠습니다." 관리관이 즉각 대답했다. "각 지방 현경에 협력을 요청할 준비는 저희에게 맡겨 주십시오. 사쿠라카와, 그럼 되겠지?"

맡겨 주십시오, 하고 사쿠라카와가 고개를 숙였다.

10

안내 데스크에 용건을 전하자 금방 어디서 양복 차림의 남성이 나타났다. 나이는 서른 중반쯤일까.

"어, 경찰이시라고……." 그가 고다이와 야마오를 번갈아 보면서 물었다.

예, 하고 고다이가 답했다. "요시무라 씨 맞습니까?"

"예, 제가 요시무라입니다."

"고다이라고 합니다. 아까는 전화로 실례했습니다. 바쁘실 텐데 죄송합니다."

"천만에요. 어, 지금 안내해드리면 될까요?"

"물론입니다. 부탁드리겠습니다."

아, 그렇지, 하고 요시무라가 들고 있던 클리어파일에서 서류 한 장을 꺼냈다.

"이게 면회인 명단입니다. 전화로도 말씀드렸지만 관리에 주의해 주세요."

"명심하고 있습니다. 고맙습니다." 고다이는 고개를 숙이고 서류를 받았다.

그럼 이쪽으로, 라면서 요시무라가 걸음을 뗐다.

고다이와 야마오는 미나미아오야마에 있는 종합병원에 와 있었다. 약 1년 전에 도도 야스유키가 허혈성 장염으로 열흘 정도 입원한 적이 있다는 정보를 입수했기 때문이다. 입원 중에 도도는 빈번히 태블릿을 사용했다고 한다.

도도 야스유키가 입원했던 곳은 최상층에 있는 VIP용 1인실이었다. 해당 층까지 엘리베이터로 올라가려면 특별한 ID카드가 필요하다. 엘리베이터에 올라타니 요시무라가 ID카드를 조작판 센서에 대고 층수 버튼을 눌렀다.

고다이는 방금 받은 서류를 훑어보았다. 면회인은 안내 데스크에서 이름과 연락처를 적어야 하는 게 이 병원의 규칙이다. VIP층으로 가는 사람들의 정보는 특히나 엄격하게 관리하며 기록은 반영구적으로 남는다고 했다.

서류에 따르면 도도 야스유키가 입원해 있는 동안 거의 매일 문병객들이 찾아온 것 같았다. 압도적으로 빈도가 높은 인물은 당연히 비서인 모치즈키다. 아내 에리코도 잦았다. 에나미 부부의 이름도 있었다. 도도의 후원회장인 가키우치 다쓰오도 찾아왔다. 그 밖에 수사회의에서도 보지 못한 이름이 잔뜩 적혀 있었다. 정치인은 병으로 입원해서도 침대에 느긋하게 누워 있을 수 없다고 생각하니 도도 야스유키에게 동정심이 일었다.

금방 최상층에 도착했다. 바로 눈앞에 간호사 대기실이 있었다. 몇 명의 간호사가 있었는데 요시무라는 그중 한 사람에게 뭐라 말한 뒤 두 형사 쪽으로 돌아왔다.

"저쪽에 휴게실이 있으니 거기서 기다려 달라는군요."

요시무라가 가리킨 방향에 소파가 있는 공간이 보였다.

"알겠습니다. 고맙습니다."

VIP들이 이용하는 곳인 만큼 휴게실도 호화로웠다. 소파도 고급스러워 보였다. 창문 아래로는 고급 주택지가 보여서 이곳이 병원이라는 사실을 잊어버릴 것만 같다.

이윽고 세 명의 간호사가 다가왔다. 가장 나이가 많아 보이는 왜소한 여성이 수간호사 이노우에입니다, 라고 인사했다. 세 사람 다 가슴에 이름표를 달고 있었다.

"경시청의 고다이입니다. 바쁘실 텐데 수사에 협조해 주셔서 고맙습니다."

"도도 의원님께서 입원하셨을 때 담당했던 간호사 중 오늘 출근한 사람은 이 둘입니다." 이노우에가 옆에 있는 두 여성을 보았다. "요코노, 오키타라고 합니다."

이노우에가 소개한 두 사람 모두 긴장한 표정이었다. 요코노는 키가 크고 긴 머리카락을 뒤로 묶었다. 오키타는 안경을 쓰고 있었다.

"몇 가지 여쭤볼 게 있습니다. 도도 씨가 입원했을 때 태블릿을 사용했다는 걸 알고 계십니까?"

요코노와 오키타는 얼굴을 마주 보더니 작게 끄덕이며 고다이를 쳐다보았다.

"자주 사용하셨어요." 오키타가 말했다.

"어떤 용도로 사용하셨습니까?"

"동영상을 자주 보셨어요. 그렇지?"

오키타가 동의를 구하자 요코노가 말없이 끄덕였다.

"어떤 동영상이었지요?"

글쎄요, 그건, 하고 오키타가 쓴웃음을 지었다. "영화였을 텐데 자세한 건 모릅니다. 이어폰을 사용하셨고."

요코노도 거들 듯이 옆에서 끄덕거렸다.

"동영상 시청 외에는 어땠습니까? 업무로 사용하지는 않았습니까?"

두 사람은 나란히 고개를 갸웃거렸다.

"잘 모르겠어요." 오키타가 대답했다. "환자가 스마트폰이나 컴퓨터를 쓸 때 화면을 들여다보지는 않으니까요. 게다가 저희가 병실에 들어가는 건 해야 할 일이 있을 때예요. 용무가 끝나면 바로 나옵니다." 성실한 성격을 엿볼 수 있는 딱딱한 말투였다.

"그렇다면 태블릿을 사용할 때 비밀번호를 입력하는 모습은 본 적 있습니까?"

비밀번호, 하고 생각도 못 했다는 듯 중얼거리더니 오키타가 먼저 고개를 저었다. "못 본 것 같아요."

"저도 못 봤습니다." 요코노가 대답했다.

"그러십니까." 고다이는 어깨가 축 처지려는 것을 꾹 참고 두 사람에게 미소를 지었다. "도도 씨가 태블릿을 사용할 때 인상적인 일은 없었습니까? 화면을 보다가 갑자기 기분이 언짢아졌다거나, 초조해했다거나."

질문의 의도는 태블릿이 도도 야스유키에게 얼마나 중요한 존재였는지 알아내려는 데 있다. 도의원 생명에 관계되는 정보를 주고받았다면 화면을 바라볼 때 태도나 표정에 드러나지 않았을 리 없다.

두 간호사는 또다시 얼굴을 마주 보더니 동시에 고개를 가로저었다.

"제가 담당했을 때는 없었어요."

오키타의 말에 요코노가 동조했다. "제가 담당했을 때도요, 오히려 즐거워하실 때가 많았어요."

"즐거워했다?" 고다이는 요코노의 희고 갸름한 얼굴을 쳐다보았다. "어떤 식으로요?"

"어떤 식으로……. 정확히 표현하기는 어렵지만 아마 게임을 하시지 않았나 싶어요."

"게임 말입니까?" 뜻밖의 정보에 고다이는 조금 당황했다. "어떤 게임이었는지 기억하십니까?"

"그것까지는……. 화면을 본 건 아니니까요. 다만 이런 말씀을 하셨어요. 요즘은 전철 안에서 책을 읽는 사람이 거의 없고, 게임을 하는 사람만 많은데 그 기분을 알 것 같다고요."

"게임이라······."

생각도 못 한 일이었다. 도의원과 게임이라니, 연결 지어 본 적이 없었다.

"저, 형사님." 지금까지 옆에서 잠자코 있던 수간호사 이노우에가 조심스레 말했다. "그만 가 봐도 될까요? 두 사람은 할 일이 있어서."

"죄송합니다. 마지막으로 한 가지만. 도도 씨가 입원했을 때 많은 분이 문병 온 것 같던데 인상에 남는 일은 없었습니까? 인상적인 사람이라도 상관없습니다."

고다이의 질문에 수간호사를 포함한 세 사람이 서로의 얼굴을 살폈다. 모두 당혹스러워하는 표정이었다.

"없었던 것 같아요." 이노우에가 대표로 답했다. "애초에 문병객이 계시면 간호사는 기본적으로 병실에 들어가지 않습니다. 그러니 무슨 일이 있었다 해도 환자분이 말씀하시지 않는 한 알 길이 없어요. 만약 무슨 문제가 있었다면 저희에게 보고가 들어올 텐데 그런 일은 기억에 없습니다."

"그렇습니까······."

간호사들의 표정으로 볼 때 사실을 말하는 것 같았다.

"알겠습니다. 질문은 이상입니다. 고맙습니다."

고다이가 인사하자 간호사들도 고개 숙여 답례하고 걸음을 돌렸다. 간호사들을 휴게실 입구까지 배웅하려는데 고다이의 스마트폰이 울렸다. 쓰쓰이였다.

"지금 잠깐 괜찮나?" 쓰쓰이가 물었다.

"마침 간호사들과 이야기를 마친 참입니다."

"그래, 수고했어. 그쪽이 정리되면 되도록 빨리 본부로 돌아와."

"무슨 일이 있었습니까?"

"하네다 공항 방범 카메라 영상이 도착했다. 분담해서 확인하고 있는데 영상이 너무 많아서 지금 있는 인력만으로는 도저히 처리할 수 없는 상태야. 집중력을 유지하기 위해 정기적으로 교대할 필요도 있고."

"알겠습니다. 이쪽 일이 끝나면 바로 돌아가겠습니다."

전화를 마치고 입구 쪽을 보니 야마오가 한 간호사와 이야기를 나누고 있었다. 요코노였다. 고다이가 다가가기 전에 요코노는 휴게실에서 떠났다.

"저 간호사와 무슨 이야기를?"

야마오가 쓴웃음을 지으며 어깨를 움츠렸다.

"범인을 아직 못 잡았냐고 묻더군요. 담당한 환자는 친척처럼 느껴진다고요. 열심히 수사하고 있다고 상투적인 대답을 했지요."

"그랬습니까."

난항에 빠졌다고 솔직하게 대답할 수는 없다. 마음이 무겁다.

야마오에게 쓰쓰이의 용건을 말하자 관할서 베테랑 형사

는 탄식했다.

"또 방범 카메라 영상과 눈씨름을 해야 하나요? 늙은이에게는 고된 작업인데, 어쩔 수 없네요."

지금까지 범인은 태블릿으로 에나미 가오리에게 세 번 메일을 보냈다. 처음에는 데이토 그랜드 호텔 무료 와이파이를 이용했다. 밤에 두 번째 메일이 도착했는데 그때 사용한 것은 도쿄역 구내의 무료 와이파이였다. 돈의 입금처를 지정한 마지막 메일은 하네다 공항의 무료 와이파이를 이용해 보냈다.

각각의 이용 시각은 알아냈다. 그래서 세 장소에 설치된 방범 카메라 영상을 입수해 똑같은 인물이 찍혀 있는지 확인하기로 했다. 데이토 그랜드 호텔과 도쿄역 구내 영상은 어젯밤부터 확인 작업을 시작했지만 아직 의심스러운 인물은 찾아내지 못했다. 그런데 또 하네다 공항 영상이 추가된 것이다. 쓰쓰이도 말했지만 영상 수가 어마어마할 것이다. 실로 사막에서 모래알을 찾는 격이다. 고다이는 상상만 해도 속이 메슥거렸다.

그저께 오전 11시가 조금 넘었을 때 범인이 지정한 은행 계좌에 3천만 엔을 입금했다. 그 후로 꼬박 이틀이 지났지만 범인 쪽에 별다른 동향은 없었다. 계좌에서는 아직 한 푼도 인출되지 않았다.

범인의 목적은 대체 뭘까? 고다이는 계속 고심했지만 이렇다 할 답을 찾지 못하고 있었다.

특수수사본부로 돌아가니 기묘한 광경이 기다리고 있었다. 크고 작은 다양한 모니터에 영상이 떠 있고, 그 앞에 수사원들이 앉아 있었다.

고다이는 그들 집단에서 조금 떨어진 자리에 있는 쓰쓰이에게 다가가 병원에서 얻은 성과를 보고했다.

"흥, 도의원이 게임이라. 그야 도의원도 사람이니 태블릿으로 놀고 싶을 때도 있겠지만 조금 더 관록이 있으면 좋겠군." 쓰쓰이는 그렇게 말하며 문병객 명단을 집어 들었다. "이건 또 상당한 숫자네."

"하루 평균 세 팀의 문병객이 찾아온 것 같습니다."

"세 팀? 그것참. 다망하다고 해도 과언이 아니군. 환자에게 그렇게 일을 시켜도 되는 거야? 허혈성 장염은 어떤 질환이지? 수술을 받아야 했던 건 아닌가?"

"아뇨, 수술은 받지 않은 모양입니다. 다만 기본적으로 금식 치료를 했다고."

"금식?" 쓰쓰이가 눈을 휘둥그레 떴다. "안 먹는 건가?"

"영양 보충은 수액으로 한다고 합니다."

이 이야기는 오늘 아침 요시무라에게 전화했을 때 들었다.

"금식하고 수액을 맞으며 하루 세 팀의 문병객을 상대하다니……." 쓰쓰이는 고개를 가로저었다. "아까 한 말을 정정해야겠어. 게임으로라도 스트레스를 풀어야지. 정치인은 역시 고되군."

"문병객 조사는 어떻게 할까요?"

"안 할 수는 없겠지. 하지만 우선은 도도 야스유키 씨와의 관계를 조사해 보자고. 그건 이쪽에서 할 테니 일단 자네들은 저쪽을 도와줘." 쓰쓰이는 모니터를 바라보고 있는 형사들을 가리켰다. "SSBC에서도 지원 나왔는데, 항상 하는 릴레이 방식으로는 안 돼. 관계자 중에 범인이 있다면 참고인 조사를 맡고 있는 자네들이 찾아낼 가능성이 높아."

"알겠습니다."

SSBC는 경시청 형사부 소속 부서로 정식 명칭은 수사 서포트 분석 센터다. 주로 방범 카메라 영상 해석을 담당하는 전문 부서다. 릴레이 방식이란 사건 현장 주변의 방범 카메라 영상으로 범인의 발자취를 추적하는 수법으로 지금은 수사의 기본 기술로 확립되었다.

다만 이번에는 범인의 외모 정보가 없다. 호텔, 도쿄역, 공항, 세 군데의 영상을 확인해 공통으로 찍힌 인물 혹은 사건 관계자를 찾아야 한다. 영상 해석 전문팀에게도 어려운 일임은 틀림없어, 쓰쓰이가 말했듯 참고인 조사반에게 희망을 거는 것도 이해가 갔다.

하지만 영상을 본 고다이는 정신이 아득해졌다. 장소는 세 군데지만 각각 수십 대의 카메라가 설치되어 있다. 고작 30분간 화면을 봤을 뿐인데 머리가 지끈지끈 아팠다.

아무 성과도 없이 2시간쯤 지났을 때 스마트폰이 울렸다. 병원 직원 요시무라였다.

"고다이입니다. 낮에는 고마웠습니다."

"아니요, 도움이 되었다면 다행입니다. 이노우에 수간호사가 오늘 야근하는 간호사 중에 도도 의원님을 담당했던 사람이 있다고 해서요. 오늘 밤은 비교적 시간 여유가 있어서 이야기를 나누고 싶다면 오셔도 된다고 하는데 어떻게 하시겠습니까?"

"그거 고마운 말씀이군요. 꼭 좀 부탁드립니다. 지금 찾아뵈어도 될까요?"

"괜찮습니다. 그럼 7시쯤 아까 그 장소에서 뵐까요?"

"좋습니다. 잘 부탁드립니다."

전화를 끊고 살았다 싶은 생각에 씨익 웃었다. 대수로운 이야기는 나오지 않겠지만 모니터와 눈씨름하는 것보다는 덜 피곤할 것이다.

눈으로 야마오를 찾았지만 바로 보이지 않았다. 고다이는 웃옷을 들고 일어섰다. 간호사 한 명에게 이야기를 듣는 거니 굳이 관할서 베테랑 형사와 동행할 필요는 없다고 판단했다.

택시를 타고 병원으로 갔다. 6시 50분쯤 도착했는데 안내 데스크로 가니 요시무라가 이미 나와 있었다.

"기다리게 해서 죄송합니다." 고다이가 사과했다.

"아니요, 이것도 일이니까요." 요시무라가 진지한 표정으로 말했다. "한시라도 빨리 범인이 체포되길 바라는 마음은 저희도 마찬가지입니다. 도도 의원님께서 목숨을 잃다니, 정말 끔찍한 세상입니다."

"도도 의원님과는 뭔가 관계가?"

"관계라고 할 정도는 아니고 건강검진을 도와드렸습니다. 작년에 입원하셨을 때도 제가 수속을 맡았습니다. 퇴원하실 때 일부러 사무실까지 인사하러 와 주셔서 얼마나 감격했는지 모릅니다."

"그랬습니까. 퇴원했을 때……."

갑갑한 입원 생활에서 겨우 해방되었으니 보통은 조금이라도 빨리 집으로 돌아가고 싶은 게 정상이다. 도도 야스유키의 진실한 인간미를 상징하는 에피소드 같았다.

낮에 왔을 때와 같은 방법으로 최상층으로 가니 간호사 대기실 앞에서 한 여성이 기다리고 있었다. 남색 유니폼이 야근조라는 뜻인 듯했다.

간호사가 오구라라고 이름을 밝혔다. 이름표에도 그렇게 적혀 있다.

고다이는 요시무라에게 인사하고 오구라와 둘이서 휴게실로 이동했다.

휴게실 소파에 앉아 요코노와 오키타에게 했던 질문을 반복했다. 즉 도도 야스유키가 태블릿을 사용했던 걸 아는지, 그때 도도의 태도는 어땠는지 물어보았다. 오구라가 자신 있게 대답했다.

"똑똑히 기억합니다. 스마트폰은 화면이 작아서 병실에서 쓰기에는 태블릿이 좋다고 말씀하셨어요."

"어떤 용도로 사용하셨습니까?"

"전화 말고는 전부 태블릿을 쓰셨을 거예요. 전화로 통화하면서 태블릿으로 작업하는 식이었어요."

"작업 내용은……."

"거기까지는 잘." 오구라가 쓴웃음을 지으며 고개를 저었다. "요코노에게 들으셨겠지만 게임도 제법 하셨어요."

"그렇다고 들었습니다. 뜻밖이었어요."

"입원 중에는 이동할 수 없어서 심심하다고 말씀하셨던 걸 기억합니다."

"이동할 수 없다?" 고다이는 고개를 갸웃거렸다. "그건 무슨 뜻입니까?"

"'이노 메모리즈' 이야기인데……."

"이노? 죄송합니다. 뭔지 모르겠어서요. 설명해 주실 수 있을까요?"

"게임 앱 이름이에요. 일본 전국을 여행하며 역과 버스 정류장을 연결해 다른 게임 참가자와 경쟁하는 게임이에요. 도도 의원님은 그 게임에 빠져 계셨던 것 같아요. '이노'는 일본 지도를 처음 만든 사람의 이름에서 따왔다고 들었어요."

 이노 다다타카를 말하는 것 같았다. 이야기를 듣고 있던 고다이의 머리에 번뜩 스치는 게 있었다.

 "그 게임 말인데, 위치 정보를 사용하지 않습니까?"

 "그럴 거예요."

 "도도 의원님은 태블릿으로 게임을 하셨던 거죠?"

 "그렇습니다."

 고다이는 몸이 후끈 달아오르는 걸 느꼈다. 오구라의 말이 사실이라면 엄청나게 중대한 정보다.

 저기, 하고 오구라가 시선을 들어 고다이를 살폈다. "이 이야기는 낮에 요코노도 했을 텐데요."

 "요코노 씨가?" 고다이는 키 큰 간호사의 얼굴을 떠올렸다.

 "도도 의원님이 어떤 게임을 하셨는지 형사님이 물어봐서 그때는 바로 대답하지 못했는데, 나중에 이노 메모리즈가 생각나서 다른 형사님께 말씀드렸다고 하던데……."

 그때인가? 짐작 가는 바가 있었다. 고다이가 쓰쓰이와 통화할 때 야마오는 요코노와 이야기를 나누고 있었다. 하지만 단순히 수사 진척 상황을 물었을 뿐이라고 했는데.

 "제가 이상한 소리를 했나요?" 오구라가 불안한 기색으로 물었다.

 "천만의 말씀입니다. 크게 참고가 되었습니다. 고맙습니다." 고다이는 빠르게 감사를 표하고 엘리베이터로 갔다. 태평하게 있을 수 없었다.

특수수사본부로 돌아가 쓰쓰이를 찾았다. 마침 사쿠라카와와 둘이서 이야기를 나누고 있기에 종종걸음으로 다가갔다. "잠깐 괜찮으십니까?"

"무슨 일이야?" 사쿠라카와의 눈빛이 날카로워졌다. 부하가 먹잇감을 낚아 온 것을 감지한 모양이다.

고다이가 오구라 간호사에게 들은 정보를 이야기하자 둘 다 숨을 삼켰다.

"도도 의원이 위치 정보 기반 게임을? 사실이라면 큰 수확입니다." 쓰쓰이가 흥분한 목소리로 사쿠라카와에게 말했다.

"어느 게임 회사지? 정보 공유 제휴를 맺은 곳이라면 일이 쉬워져."

"지금 확인해 보겠습니다." 쓰쓰이가 자리를 떠났다.

많이 알려지지는 않았지만 경시청은 스마트폰을 이용한 위치 정보 기반 게임을 운영하는 회사 몇 군데와 제휴를 맺고 있다. 대형 통신사에 정보 제공을 요청할 때는 영장이 필요하지만 제휴사라면 없어도 된다. 그런 회사는 개인의 위치 정보를 과거 몇 개월분까지 보관하는 경우가 많고, 또한 GPS 데이터라 기지국 정보보다 훨씬 정밀하게 위치를 파악할 수 있다는 이점이 있었다.

다만 이 수사 수법은 떳떳하게 공개할 수 없다. 말할 것도 없이 개인정보보호에 저촉될 우려 때문이다. 다만 아직은 이런 정보 취급에 대한 명확한 기준이 없고 법적 정비도 이루어지지 않았다. 그런 움직임도 없다. 괜히 긁어 부스럼 만들지 말라는 게 경찰의 입장이다.

그나저나. 고다이는 본부 안을 훑어보았다. 야마오를 찾았지만 보이지 않았다.

야마오는 어째서 이 정도로 중요한 정보를 입수했으면서도 고다이에게 알리지 않았을까? 잊어버렸을 리는 없다. 위치 정보의 중요성을 모르는 형사는 없다.

그때 야마오가 입구에서 불쑥 나타났다. 고다이를 알아보더니 살갑게 웃으며 다가왔다.

"고다이 씨, 어디 다녀오셨습니까?"

"개인 용무가 있어서요. 허기도 채울 겸." 고다이는 그렇게 대답하면서 수사회의에서 야근 간호사를 만나고 왔다고 보고하기는 어려워졌다고 생각했다.

11

고다이의 스마트폰에 쓰쓰이의 연락이 들어온 것은 야마오와 택시로 이동하고 있을 때였다. 오늘은 온종일 도도 야스유키를 찾아왔던 문병객들을 만나 이야기를 들을 계획이다. 벌써 세 사람을 만났지만 수확이라 할 만한 건 하나도 없었다.

고다이가 전화를 받자 쓰쓰이가 작은 목소리로 물었다.

"지금 어디야?"

"택시로 다음 참고인 집으로 가고 있는 참입니다."

"야마오 경부보와 함께 있지?"

"예."

"그럼 뒷일은 야마오 씨에게 맡기고 자네는 본부 청사로 가. 경무부에서 불렀다고 둘러대. 회의 장소는 나중에 문자로 보내지."

"알겠습니다."

전화를 끊고 쓰쓰이가 지시한 대로 야마오에게 설명했다.

"경무부에서? 무슨 일일까요." 야마오가 의아한 표정으로 물었다.

"어차피 뭔가 트집이나 잡겠지요. 참고인 조사 때 태도가 위압적이라고 민원이 들어왔다거나."

"그런 민원이 들어온 적 있습니까?"

"있지요. 요즘은 대화를 녹음하는 사람도 많으니까요."

"고역이네요."

태연한 얼굴로 대꾸하고 있지만 사쿠라카와 팀끼리만 만날 속셈이라는 건 야마오도 알고 있을 터였다. 경시청 본부와 관할서가 서로 텃세를 부린다는 건 텔레비전 드라마에나 나오는 공상에 지나지 않지만 조직마다 생각이 다른 건 당연한 일이라, 그런 문제를 일일이 신경 쓰면 끝이 없다.

고다이는 교차점 신호가 빨간불로 바뀌었을 때 택시에서 내려 도로 반대편으로 건너갔다. 경시청 본부가 반대 방향이기 때문이다. 운 좋게 빈 차가 다가와 손을 들어 세웠다.

본부 청사에 도착해 문자로 연락받은 회의실로 향했다. 가 보니 이미 절반 이상의 멤버가 와 있었다. 쓰쓰이의 얼굴도 보인다. 평소보다 더 긴장한 것처럼 보였다.

잠시 후 사쿠라카와가 들어와 실내를 둘러보았다. "모두 모였나?"

예, 하고 쓰쓰이가 대답했다.

사쿠라카와는 고개를 끄덕이고 쓰쓰이에게 말했다. "설명하게."

쓰쓰이가 형사들 쪽으로 고개를 돌렸다.

"어제 고다이가 귀중한 정보를 입수했습니다. 도도 야스유키 씨가 이노 메모리즈라는 위치 정보 기반 게임을 했다는 정보입니다. 이 게임을 아는 사람이 있습니까?"

젊은 형사 몇 명이 고개를 끄덕였고, 들어 본 적은 있다고 답하는 사람도 있었다.

"이미 보고받았겠지만 도도 야스유키 씨의 태블릿 전원이 꺼진 건 10월 15일 오전 0시 47분입니다. 사건 당일 밤인데 범인이 끈 것으로 보입니다. 다시 전원이 켜진 것은 사건 이틀 후인 17일 오전 10시 13분입니다. 이 두 번에 대해 게

임사에 수사 관계 사항 조회를 요청해 상세한 위치 정보를 제공받았습니다. 태블릿 전원이 꺼진 곳은 역시 도도 저택 안이었습니다. 그리고 17일에 전원이 켜진 장소도 판명되었습니다. 주소를 조사하는 것보다 지도를 보는 게 이해하기 쉬우니 모니터에 띄우겠습니다." 그렇게 말하며 쓰쓰이가 옆에 있던 노트북을 조작하더니 화면을 빙글 돌렸다. "여깁니다."

모두 몸을 내밀어 화면을 바라보았다. 다음 순간 거의 모든 형사가 놀라서 외쳤다.

"이건…… 경찰서 아닙니까!"

"방금까지 있었던 곳인데, 어떻게 된 일이야?"

고다이는 할 말을 잃었다. 화면에 표시된 곳은 바로 특수수사본부가 설치된 경찰서였다.

"일단 진정하고 자리에 앉아." 사쿠라카와가 무거운 목소리로 말했다. "쓰쓰이, 계속 설명해."

예, 하고 쓰쓰이가 대답했다.

"통신사 정보로 태블릿 전원이 켜졌을 때 경찰서 인근 기지국이 전파를 수신했다는 건 이미 아는 사실입니다. 이유는 알 수 없었지만 이것으로 확실해졌습니다. 전원을 켠 인물은 태블릿이 셀룰러 타입인지 몰랐을 가능성이 높습니다. 또한 위치 정보 게임 앱이 깔려 있어 항시 GPS 정보를 발신한다는 사실도 몰랐던 듯합니다. 그 후에는 SIM 카드를 빼서 휴대전화 전파를 차단한 것 같지만 이때의 기록이 게임사 데이터에 남아 있었던 겁니다."

"자, 여기서 문제다." 사쿠라카와가 말했다. "태블릿 전원을 켠 인물은 누구일까?"

지휘관은 부하들의 얼굴을 둘러보았지만 발언하는 사람은 없었다. 물론 의견이 없는 것이 아니라 오히려 모두 똑같은 생각을 하는 게 분명했다. 다만 너무 심각한 문제라 섣불리 입에 담지 못하는 것이다.

"당연한 소리 같겠지만." 침묵을 깬 것은 베테랑 형사였다. "그때 경찰서에 있었던 인물⋯⋯이겠지요."

"그렇겠지." 사쿠라카와가 한쪽 뺨을 실룩거리며 웃었다. "외부인이 일부러 경찰서에 침입해 전원을 켰을까?"

아무도 대답하지 않았다. 그럴 리가 없다고 모두의 얼굴에 쓰여 있었다.

"질질 끌지 않겠다." 사쿠라카와가 작게 손을 저었다. "태블릿을 조작한 건 경찰 내부 인물이겠지. 그런데 전원이 켜진 17일 오전 10시 13분, 그날 우리는 어디서 무엇을 하고 있었을까?"

고다이는 기억을 더듬다가 화들짝 놀랐다. "그날 오전에도 저희는 여기에 있었습니다."

"맞아." 사쿠라카와가 만족스럽게 끄덕였다. "과학수사연구소와 감식반이 만들어 준 3D 현장 이미지를 확인하려고 우리 팀만 이쪽에 와 있었다. 즉 여기 있는 사람들은 알리바이가 있어. 바꿔 말하면 다른 사람들은 알리바이가 없다."

"관할서 직원이 범인이란 말씀입니까?" 베테랑 형사가 물었다.

"범인인지 아닌지는 모른다. 하지만 태블릿을 조작했다는 사실은 의심할 여지가 없어."

실내 분위기가 대번에 무거워졌다. 어째서 오늘 그들만 소집했는지 고다이도 이해했다.

지금 이 자리에 없는 사람은 전부 의심하라. 지휘관은 그렇게 말하고 있다.

"여기까지 듣고 뭔가 의견이 있는 사람은 있나? 반론도 괜찮다."

한 형사가 손을 번쩍 들었다.

"이 정보는 관할서에는 전혀 공유하지 않을 겁니까? 서장이나 부서장에게도 숨기실 건지요?"

"그게 고민이야. 간부니까 의심하지 않는다는 것도 이상하고. 일단 서장의 스케줄을 조사했는데 17일은 아침부터 외출했더군. 결백하겠지. 부서장의 스케줄은 확인 중이다. 경찰서 안에 있었더라도 회의에 참석했다면 태블릿을 조작하기는 불가능하지. 혐의가 풀리면 정보를 공유한다. 그쪽 협조가 꼭 필요하니까."

다른 형사가 손을 들었다.

"경찰 내부인이라고 해도 꼭 특수수사본부에 참가한 경찰이라는 법은 없지 않습니까? 참가하지 않은 경찰관도 많고 경찰서 안에는 일반 직원도 많은데요."

"동감이다." 사쿠라카와가 고개를 끄덕이며 다른 형사들을 보았다. "그 점에 대해 의견이 있는 사람은?"

고다이가 입을 열었다.

"단정할 수는 없지만 특수수사본부에 참가한 인물일 가능성이 높다고 생각합니다."

"근거는?"

"도도 의원 사무소에 도착한 편지 때문입니다. 현장 배치도가 첨부되어 있었는데 수사회의 자료와 몹시 유사했습니다. 발신자는 그것을 참고한 게 아닐까요?"

"편지 발신자가 도도 부부 살인범이라면 지도를 그릴 수 있는 건 당연해. 그리 복잡한 그림도 아니었고, 비슷한 건 우연일 수 있지 않나?"

"용어까지 일치하는 건 부자연스럽다고 생각합니다만."

"용어?"

"점화봉 말입니다." 고다이가 말했다. "바닥에 떨어진 막대기 같은 물체를 화살표로 그어 '점화봉'이라고 적어 두었습니다. 그 도구는 흔히 상품명으로 불러서 점화봉이라는 명칭은 저도 이번에 처음 알았습니다. 그런 특수한 용어를 사용한 것은 수사회의 내용을 들은 영향이 아닐까요?"

이 의견에는 찬동하는 사람이 많아, 다른 형사들도 고개를 끄덕거렸다.

"좋은 지적이다. 단정하기는 위험하지만 참고 의견으로 귀담아들어 두지. 다른 의견은 없나?" 사쿠라카와가 회의실을 둘러보았다. "없으면 일단 해산한다. 이 이야기는 비밀에 부치도록. 관할서 직원을 의심해서 거부감이 들겠지만 사태가 심각해 느긋한 소리를 하고 있을 때가 아니다. 뭐라도 알아내면 즉각 보고해. 아무리 사소한 일이라도 상관없다. 놓치지 말도록."

마무리 발언에 부하들은 입을 모아 힘차게 대답했다.

문이 열리고 형사들이 회의실을 나갔다. 고다이는 남아서 사쿠라카와와 쓰쓰이에게 "잠시 드릴 말씀이"라고 했다.

"아직 뭐가 남았어?" 사쿠라카와가 날카로운 시선으로 쳐다보았다.

"일단은 두 분께만 말씀드리려고."

사쿠라카와가 작게 끄덕였다. "쓰쓰이, 문 닫아."

쓰쓰이가 출입구 쪽으로 가서 바깥을 살피더니 문을 닫고 돌아왔다. "괜찮습니다."

사쿠라카와가 말하라는 듯이 턱짓을 했다.

"다름이 아니라 야마오 경부보 일로."

"자네와 한 조로 움직이고 있는 형사지. 그 사람이 왜?"

"수상한 점이 몇 가지 있습니다."

"예를 들어?"

"그 이노 메모리즈 말씀인데 야마오 경부보가 의도적으로 정보를 숨겼을 가능성이 있습니다."

고다이는 어제 낮에 야마오가 이미 요코노 간호사에게 정보를 들었다는 걸 이야기했다.

"그건…… 수상하군요." 쓰쓰이의 표정이 심각해졌다.

"그 밖에는?"

"이건 수사 초기부터 느꼈던 건데 야마오 경부보는 전부터 도도 부부를 상당히 잘 알고 있는 것 같습니다. 도도 의원의 활동 내용도 자세히 알고 있었고, 에리코 부인의 배우 시절도 많이 기억하고 있었습니다. 그런데 이를 숨기는 낌새가 있습니다."

"자네 기분 탓이 아니고?"

"에리코 부인의 배우 시절을 모른다고 했는데 한참 후에 가오리 씨가 젊은 시절의 어머니를 쏙 빼닮았다고 했습니다."

"그건…… 분명 수상쩍군."

"한 가지 더 있습니다. 전에도 말씀드렸지만 가오리 씨 앞으로 온 메일에서 범인이 NIPT 검사를 언급한 게 아무래도 마음에 걸립니다. 어떻게 알고 있었을까요? 가오리 씨가 마지막으로 에리코 부인과 대화했을 때 화제에 올랐다는 정보는 제가 수사회의 때 보고했습니다. 다만 그때도 저는

NIPT라는 표현은 쓰지 않았습니다. 산전 검사라고만 했습니다. 회의록도 확인했으니 확실합니다. 다시 말해 가령 범인이 그때 수사회의에 참석했다 해도 그 용어는 몰랐을 겁니다. 그걸 들은 건 저를 제외하면 한 명뿐입니다."

"야마오 경부보라고 말하고 싶은 거로군."

"바로 그렇습니다."

사쿠라카와는 눈썹을 찌푸리고 턱을 매만지다가 손길을 멈추더니 쓰쓰이를 보았다. "야마오 경부보를 참고인 조사반에 넣은 이유는?"

"아이자와 형사과장이 제안했습니다. 딱히 이유는 듣지 못했습니다."

"그래……." 사쿠라카와는 또 잠시 생각에 잠겼다가 두 사람 쪽으로 고개를 돌렸다. "야마오 경부보의 경력을 조사해 보는 게 좋겠군. 일단 수사1과장하고 의논해 보겠다. 어쨌거나 사건에 경찰관이 관여했다면 경무부가 개입하는 것도 시간문제야. 손을 쓰려면 서두르는 편이 낫지. 다만 방침이 정해지기 전까지는 이거다." 그러면서 집게손가락을 입술에 댔다. "우리 팀 사람들에게도 함구해."

알겠습니다, 고다이는 그렇게 대답했다.

사쿠라카와를 경시청 본부에 남겨 두고 고다이는 쓰쓰이와 함께 특수수사본부로 돌아가기로 했다. 택시를 탔지만 운전사의 귀가 있어 차 안에서는 침묵했다.

고다이는 우울했다. 야마오와 얼굴을 마주하면 어떤 태도를 취해야 하나. 물론 의심하고 있다는 걸 들켜서는 안 된다. 경찰관 생활도 20년이 다 되어 가지만 이런 경험은 처음이다.

특수수사본부로 돌아가니 어제와 똑같은 광경이 펼쳐졌다. 많은 수사원이 모니터를 노려보고 있었다. 다른 사람들은 책상 앞에 앉아 보고서를 쓰고 있다. 다들 표정이 밝지 않았다. 피로감과 초조함이 묻어 나왔다.

야마오는 보이지 않았다. 혼자 문병객들을 조사하러 갔는지도 모른다. 그 베테랑 형사가 사건에 연루되어 있다면 무슨 생각으로 수사에 참가하고 있는 걸까? 속마음을 도통 헤아릴 수 없어 고다이는 오싹해졌다.

고다이, 하고 쓰쓰이가 스마트폰을 한 손에 들고 불렀다. "계장님이 그 인물의 이력서를 바로 보내 주셨다. 채용 센터에 있는 자료 같아."

'그 인물'이란 야마오이리라. 고다이는 쓰쓰이가 내민 스마트폰 화면을 보았다. 경찰학교에 입학하기 전 야마오의 경력이 적혀 있었다.

가슴이 철렁한 것은 졸업한 고등학교 이름을 보았을 때였다. 저도 모르게 쓰쓰이의 손에서 스마트폰을 낚아챌 뻔했다.

"어이, 뭐야. 왜 그래?" 쓰쓰이가 입술을 비죽거렸다.

"죄송합니다, 그만……." 고다이는 자기 스마트폰을 꺼냈다. 마음이 급해서 손가락이 자꾸 엇나갔다.

겨우 찾는 페이지가 나왔다. 인터넷으로 '후타바 에리코'를 검색했던 것이다.

"역시 그랬어……."

"뭘 검색한 거야?"

고다이는 스마트폰 화면을 쓰쓰이에게 보여 주었다.

"야마오 경부보와 에리코 부인은 같은 고등학교를 졸업했습니다. 도립 아키시마 고등학교입니다. 게다가 졸업 연도도 같아요. 두 사람은 동창이었던 겁니다."

12

오전 10시 정각, 고다이는 신주쿠역에서 '아즈사 13호'를 탔다. 25분 후에 도착한 다치카와역에서 JR 오우메선으로 갈아탔고, 다시 10분 뒤에 아키시마역 플랫폼에 내려섰다.

역에는 북쪽 출구와 남쪽 출구가 있었다. 개찰구로 나가 스마트폰으로 주변 지도를 확인하고 남쪽 출구라고 표시된 쪽으로 향했다.

계단을 내려가니 교차로에 접한 널찍한 인도 옆에 초록색 기둥이 있고 그 위에 물 요괴 갓파 동상이 보였다. 뭘까 싶어 다가가 보니 급수기였다. 물통이나 컵에 무료로 물을 담아 갈 수 있는 것 같았다. 시에서 제공하는 서비스인 모양이다. 마셔 보고 싶었지만 도구가 없어 포기했다.

치과와 약국, 부동산이 즐비한 거리를 걸었다. 택시 승강장이 있지만 목적지까지는 600미터라 걸어가도 10분밖에 걸리지 않는다.

곧 에도 가도라 불리는 간선도로로 나왔다. 간간이 은행과 소매점이 보였는데 커다란 상업 시설은 없고 높은 건물이라고는 아파트뿐이었다. 5분쯤 더 가니 상점은 완전히 사라졌다. 주유소와 주차장이 있는 패밀리 레스토랑이 눈에 띄는 것으로 보아 자동차는 생활필수품 같았다.

그 길에서 옆으로 들어가 좀 더 걸어가니 학교 같은 건물이 보였다. 고다이는 보폭을 조금 키웠다.

도립 아키시마 고등학교의 교문은 벽돌 기둥이었다. 정문은 닫혀 있지만 옆의 보조 출입구가 열려 있었다. 고다이는 그 문을 지나 학교 부지 안으로 들어갔다.

왼쪽 경비실에서 유니폼을 입은 남성이 창문 너머로 고다이를 쳐다보았다. 다가가자 경비원이 창문을 열었다.

"고다이라고 합니다. 경영기획실 야스오카 씨를 찾아뵙기로 약속했는데."

중년 경비원은 컴퓨터 화면을 확인하고는 작은 종이를 꺼냈다. '방문증'이라고 적혀 있다. "이걸 작성해 주십시오."

이름, 직업, 연락처를 쓰는 칸이 있었다. 고다이는 직업란에 '지방공무원'이라고 적고 경비원에게 내밀었다.

방문증 대신 받은 출입 카드를 목에 걸고 경비실을 뒤로했다. 경비원에 따르면 경영기획실은 본관 1층에 있는 것 같았다.

운동장에서는 체육복을 입은 남학생들이 농구 연습을 하고 있었다. 체육 시간이리라. 공학인데 여학생의 모습이 보이지 않는 건 체육관 안에 있기 때문일지도 모른다.

지금으로부터 약 40년 전, 두 남녀가 이 학교를 다녔다. 도도 에리코와 야마오 요스케. 전자는 도의원 부부 살해 및 방화 사건의 피해자이고 후자는 그 사건을 수사하는 경찰관이다.

단순한 우연일까?

고다이는 그럴 리 없다고 단언할 수 있다. 야마오가 아무 말도 하지 않는 것은 분명 이상하다. 도도 에리코가 아키시마 고등학교 졸업생이라는 정보는 가키우치 다쓰오와 대화할 때도 나왔다. 의도적으로 숨겼다고밖에 볼 수 없다.

야마오에게는 그 밖에도 수상한 점이 많았다. 경찰서 안에서 도도 야스유키의 태블릿을 켠 것도 그일 것이다.

하지만 일단 다른 수사원들은 모르는 사실이다. 현직 경찰관, 더군다나 수사에 참여한 경부보가 피의자라고 하면 세상이 크게 떠들썩해질 게 틀림없다. 결정적인 증거가 나오기 전에는 체포는 물론 조사도 신중히 진행하라는 게 상층부의 지시였다. 정보가 외부로 새어 나가는 게 가장 위험한 일이라 극히 한정된 인원으로 수사를 진행해야 했다.

그런 사정으로 고다이는 야마오의 고등학교 시절 인간관계, 특히 도도 부부와의 접점을 조사하라는 명령을 받았다. 물론 그 사실을 아는 건 상사인 사쿠라카와와 쓰쓰이뿐이고 동료 형사들에게도 숨겼다. 오늘부터 고다이는 독감에 걸려서 특수수사본부에 나가지 않는 것으로 되어 있다.

크림색 건물로 들어가자 정면에 창구가 있고 안쪽에서 한 여성이 뭔가 작업 중이었다. 뒤에도 직원이 몇 명 있었는데 다들 책상에 앉아 있었다.

고다이가 다가가자 안내 데스크 여성이 고개를 들었다.

"고다이라고 합니다. 야스오카 씨 계실까요?"

목소리를 들었는지 바로 옆에 있던 남성이 뒤를 돌아보며 자리에서 일어섰다. "접니다."

그가 문을 열고 복도로 나왔다. 나이는 마흔쯤 됐을까. 안경을 쓰고 와이셔츠 소매를 팔꿈치까지 걷어붙이고 있었다.

고다이는 경찰수첩을 보여 주며 명함을 내밀었다. "아까는 불쑥 실례했습니다."

"전화로도 말씀드렸지만 쓸 만한 자료는 없습니다." 야스오카는 받아 든 명함을 손에 들고 신중하게 답했다.

"예, 잘 압니다. 바쁘신데 죄송합니다." 고다이는 고개를 숙였다.

수사에 도움받고 싶은 일이 있어 지금 찾아가도 되겠냐고 미리 전화로 문의했다. 처음 전화를 받은 사람은 여성이었지만 고다이의 설명을 듣더니 잠시 기다리라며 야스오카를 바꿔 주었다.

야스오카는 구체적인 용건이 무엇인지 물었다. 아무것도 대답하지 않으면 협조를 얻을 수 없을 것 같아 최근 발생한 사건의 피해자가 아키시마 고등학교의 전직 교사와 졸업생이라고 털어놓았다. 이름을 묻기에 도도 야스유키, 에리코 부부라고 대답했다.

그러자 야스오카의 반응에 변화가 있었다. 어떤 사건인지 알아차린 것 같았다. 와이드쇼에서 대대적으로 다루었고 부인이 전직 배우인 후타바 에리코라는 사실도 보도되었으니 모교에서 화제가 되었어도 이상할 것은 없다.

학교로 찾아와도 되지만 두 사람이 다녔던 시기가 워낙 오래전이라 쓸 만한 자료는 없다는 말은 그때 이미 들었다.

야스오카가 안내한 곳은 자료실이라는 공간이었다. 벽쪽 책장에는 파일과 서류가 빼곡하게 꽂혀 있었다. 자료실 중앙에 작은 회의 테이블이 있고 그 위에 큼직한 책자가 놓여 있었다.

"도도 에리코 씨의 결혼 전 성은 '후카미즈'지요?" 야스오카가 확인하듯 물었다.

"그럴 겁니다."

야스오카는 고개를 끄덕이더니 책상에 있던 책자를 들었다. "후카미즈 에리코 씨 학년의 졸업 앨범입니다."

살펴보라며 고다이 쪽으로 내밀었다. 표지에는 '추억 제36기 졸업생'이라고 인쇄되어 있다. 미리 찾아 둔 것 같았다.

"실례하겠습니다."

고다이는 졸업 앨범을 받아 페이지를 펼쳤다.

"교직원 명단이 5페이지에 있고 거기에 도도 선생님 사진도 있습니다. 후카미즈 에리코 씨는 3학년 2반이었습니다."

야스오카가 사무적인 말투로 설명했다. 미리 조사해 놓은 모양이지만 배려라기보다 경찰에게 보여도 될지 미리 확인한 것이리라.

5페이지를 펼치니 야스오카 말대로 교사들의 얼굴 사진이 나왔다. 젊고 늠름한 얼굴의 도도 야스유키가 환하게 웃고 있었다. '사회과 담당 3학년 1반 부담임'이라고 적혀 있다. 그 외의 정보는 보이지 않았다.

고다이는 3학년 2반 페이지를 펼쳤다. 단체 사진이 나오고 이어서 개인별 얼굴 사진이 이름 순서로 실려 있었다. 남자 교복은 스탠드칼라, 여자는 세일러칼라였다.

후카미즈 에리코의 이름은 가장 아랫단 오른쪽 두 번째에 있었다. 어딘지 모르게 나른한 표정으로 정면을 바라보는 눈빛에는 울적한 그늘이 있었다. 화장은 하지 않았지만 어른스러운 분위기가 감돌았다. 이목구비가 뛰어나 길거리에서 캐스팅됐다는 것도 이해가 갔다. 호의를 품은 남학생들도 적지 않았을 것 같다.

고다이는 에나미 가오리의 얼굴을 떠올렸다. 야마오도 말했지만 확실히 많이 닮았다.

그렇게 말한 야마오의 사진은 2반에서는 보이지 않았다. 고다이는 페이지를 다시 뒤로 넘겨 1반을 확인했다. 거기에도 야마오의 이름은 없었다. 그렇다면…… 3반 페이지를 펼치려는데 뚫어져라 쳐다보는 야스오카의 시선이 느껴졌다.

고다이는 왜 그러느냐고 물었다.

"뭘 조사하시나 싶어서요." 야스오카가 무표정하게 말했다. "도도 선생님과 후카미즈 에리코 씨 사진을 확인하셨는데, 아직 더 볼 게 있습니까?"

"아니, 실은 자세한 사항은 말씀드릴 수 없지만 이번 사건에 두 사람이 이곳에 다닐 때 있었던 일이 얽혀 있을 가능성이 나왔습니다. 그래서 이렇게 찾아뵙게 된 겁니다. 모처럼 졸업 앨범을 보여 주셨으니 혹시나 이 안에 사건 관계자가 있을지도 몰라서 일단 확인해 두려는 겁니다."

야스오카의 눈빛에 경계심이 서렸다. "당시 재학생이나 교직원 중에 범인이 있다는 말씀입니까?"

천만에요, 하고 고다이는 웃음을 지었다.

"어디까지나 확인차입니다. 현재로서는 말씀하신 것과 같은 의혹은 전혀 없습니다."

"그렇습니까. 확인차란 말씀이지요…….." 야스오카는 두루뭉술하게 맞장구쳤지만 완전히 수긍한 표정은 아니었다.

고다이는 졸업 앨범에 시선을 떨어뜨렸지만 자꾸 야스오카의 시선이 신경 쓰였다.

"지금 말씀드린 사유로 시간이 조금 더 걸릴 것 같습니다. 하시던 일을 방해하면 죄송하니 본 업무로 돌아가셔도 됩니다."

야스오카는 작게 고개를 저었다.

"규칙상 관계자가 아닌 분을 이곳에 혼자 둘 수는 없습니다. 개인정보로 가득하니까요. 이것도 일이니 개의치 마세요."

자기가 인정한 자료 외에는 멋대로 보지 못하게 하겠다는 의지가 느껴졌다. 예상보다 공무원 기질이 강한 것 같았다. 생각해 보니 공립 고등학교 직원은 지방공무원이었다.

"그러십니까. 알겠습니다."

고다이는 포기하고 졸업 앨범으로 시선을 돌렸다.

3학년 3반 페이지를 살펴보다가 흠칫 놀랐다. 야마오 요스케라는 글자를 발견했기 때문이다.

짧은 머리에 눈매가 날카로운 청년이 이쪽을 쳐다보고 있었다. 굳게 다문 입술에 강한 정의감이 감도는 것처럼 보이는 건 훗날 경찰관이 된다는 사실을 알고 있기 때문일까?

고다이는 페이지를 넘겼다. 동아리 활동 기록을 담은 페이지에는 부원들의 기념사진이 있었다. 고다이는 문화부와 운동부를 꼼꼼히 들여다보았다. 후카미즈 에리코와 야마오가 같은 동아리에 속해 있었을 가능성도 있지 않을까 싶었다.

산악부 동아리 기록을 살펴보다가 젊은 시절의 야마오를 발견했다. 사진 속에서 그는 배낭을 메고 다른 부원들과 함께 있었다. 소개 글에 따르면 말은 산악부지만 일본 알프스처럼 험준한 산을 오르는 게 아니라 당일치기로 근교의 산에 다녀오는 동아리 같았다.

고다이는 쭉 펼쳐져 있는 활동 기록 사진을 노려보았다. 하지만 후카미즈 에리코의 모습은 찾을 수 없었다. 부원이 아니었던 모양이다.

예상이 빗나갔나, 포기하려던 순간 부원 명단 구석에 눈길이 멎었다. 거기에는 '지도교사 도도 야스유키'라고 적혀 있었다.

운동부 지도교사와 부원…….

도도 야스유키와 야마오 사이에 새로운 접점이 나왔다고 할 수 있다. 이렇게 되면 도도 야스유키와 면식이 없다거나 모교의 교사인 줄 몰랐다는 변명은 통하지 않는다. 그 관할서 경부보는 분명 거짓말을 하고 있다. 적어도 본인과 도도 부부의 관계를 의도적으로 감춘 것은 분명했다.

고다이는 스마트폰을 꺼내 카메라를 켰다. 렌즈를 산악부 부원 명단으로 돌리기 전에 야스오카 쪽을 돌아보았다.

"이 부분을 촬영해도 될까요?"

야스오카가 의아하다는 듯 졸업 앨범을 들여다보았다. "왜 그런 것을?"

"도도 야스유키 씨가 산악부 지도교사라서요. 당시 부원이었던 학생들에게도 이야기를 듣고 싶어서."

"거기에는 이름밖에 없는데요. 개인 연락처를 알려 달라고 하셔도 저희는 요청에 응할 수 없습니다만."

"기록이 없다는 뜻입니까?"

"졸업명부는 보관해 두었으니 그걸 보면 알 수 있을지도 모르지만 규칙상 섣불리 외부에 공개할 수는 없습니다. 정 필요하다면 합당한 절차를 밟으셔야."

영장을 가져오라는 뜻이다.

"알겠습니다. 연락처는 됐으니 부원 명단만 촬영하게 해 주십시오."

야스오카는 콧구멍을 벌름거리며 천천히 숨을 토하더니 "뭐, 괜찮겠지요"라고 대답했다.

고다이가 명단을 찍는 동안에도 야스오카는 눈을 떼지 않았다. 다른 부분을 촬영할까 봐 경계하는 것 같았다.

그 후 고다이는 다시 졸업 앨범을 첫 페이지부터 펼쳐서 후카미즈 에리코와 야마오 요스케, 그리고 도도 야스유키에 관한 정보를 얻으려 했다. 하지만 세 사람을 연결하는 새로운 정보는 찾을 수 없었다. 깊은 한숨을 쉬며 졸업 앨범을 덮었다.

"끝났습니까?" 야스오카가 물었다.

"도도 야스유키 씨가 이 학교에서 교편을 잡았던 시기에 대해 알고 싶습니다만."

야스오카의 눈가가 어두워졌다.

"구체적으로 어떤 걸 말씀하시는 건지?"

"어떤 이야기라도 상관없습니다. 근무 실적 기록…… 그런 표현이 맞는지 모르겠지만 교사 시절의 근무 내용을 기록한 자료가 있다면 꼭 좀 보고 싶습니다."

"여기 남아 있는 거라면 몇 년도에 몇 시간 수업을 했다거나 담임이었다거나 부담임이었다거나, 동아리 지도교사를 맡았다거나, 혹은 무슨 직무를 맡았다거나, 그 정도 정보뿐인데요."

"그거면 충분합니다. 보여 주실 수 있을까요?"

야스오카는 고민하는 표정이었다. 담당 업무에 관한 다양한 규칙을 떠올리며 요청을 받아들여도 될지 신중하게 음미하는 듯했다.

"알겠습니다." 이윽고 야스오카가 입을 열었다. "그럼 아까 만났던 안내 데스크 앞에서 기다려 주시겠습니까? 자료를 복사해서 가져오겠습니다."

"아뇨, 일부러 그렇게까지 하실 필요는 없습니다. 그냥 보여 주시면 필요한 부분을 메모하겠습니다."

야스오카가 미소를 머금으며 고개를 저었다. "외부인에게 전부 보여드릴 수는 없어서요."

학교 쪽에서 보여 주기 싫은 정보가 포함되어 있을 우려도 있다는 뜻이다.

"알겠습니다. 그럼 번거로우시겠지만 부탁드립니다."

고다이는 자료실을 나와 혼자 안내 데스크 앞으로 돌아갔다. 복도 끝에 의자가 놓여 있어 그중 하나에 걸터앉았다.

나름대로 수확은 있었다. 야마오 요스케와 도도 야스유키의 접점을 발견한 성과는 크다. 당시 부원들을 찾아가면 두 사람의 관계성도 판명될지 모른다. 문제는 어떻게 찾아내느냐인데, 부원 명단이 있으면 어떻게든 될 거라고 생각했다. 야마오와 같은 세대라면 살아 있을 가능성이 높다. 운전면허를 딴 사람도 많겠지. 이름과 생년으로 범위를 좁히면 현주소를 알아내기가 어렵지 않을 것이다.

다만 도도 에리코, 당시의 후카미즈 에리코와 야마오 요스케의 관계는 여전히 오리무중이었다. 고등학교 때는 관계가 없었지만 도도 야스유키를 통해 연결고리가 생겼을 가능성은 있다.

종이 울리더니 갑자기 주위가 시끌벅적해졌다. 점심시간인 듯했다. 어디서 나타났는지 학생들이 복도를 오가며 큰 소리로 떠들었다. 안내 데스크 앞에 앉아 있는 중년 남자는 눈에 들어오지도 않는지 쳐다보는 시늉도 하지 않는다.

존재하는 세계의 차원이 다르겠지. 고다이는 그런 생각을 했다. 또래에게만 관심이 있고 나이 차이가 나는 사람과 정보를 공유하는 건 상상할 수 없는 일이다.

그들이 특별한 게 아니다. 그 역시 그랬다. 고다이는 20년도 더 지난 옛날 일을 회상했다. 부모와 교사를 포함해 어른이라면 무조건 반발했다. 무시당하고 있다는 의식 때문이 아니었을까? 왕따나 학대, 가정폭력은 오래전부터 있었다. 겉으로 드러나지 않은 것은 어른들이 아이들에게 시선을 주지 않았기 때문이다. 정치인들의 시선은 선거권이 있는 성인, 특히나 회유하기 쉬운 노인들에게 향하는 것처럼 보였다. 청년들이 반항적으로 구는 건 당연했다.

후카미즈 에리코나 야마오 요스케도 마찬가지였을 것이다. 당시 고등학생이었던 그들이 어떤 어둠을 끌어안은 채로 세월이 흘렀고, 그것이 이제 와서 살인사건이라는 형태로 나타났을 가능성도 컸다.

유심히 보니 많은 학생이 스마트폰을 손에 들고 있었다. 학교에 가져오지 못하게 했던 시절은 머나먼 과거가 된 모양이다. 편리해진 반면 속박도 커지지 않았을까. 고다이는 그런 상상을 했다. 청소년들의 마음속에 있는 어둠도 시대와 함께 업데이트되는 것이다.

그런 생각을 하고 있는데 복도 안쪽에서 걸어오는 야스오카가 보였다. 고다이는 의자에서 일어났다.

야스오카가 클리어파일을 내밀었다.

"오래 기다리셨죠. 도도 선생님 근무 기록을 프린트해 왔습니다. 미리 말씀드리는데 기계적으로 작성했을 뿐이라 내용은 확인하지 않았습니다. 영양가 없는 자료라고 여기실지도 모르지만 이해해 주십시오."

"괜찮습니다. 번거롭게 해드려 죄송합니다." 고다이는 클리어파일을 받아 서류를 꺼냈다. 자잘한 숫자가 적혀 있었는데 단순히 근무 일수와 휴무일의 상세 기록인 것 같았다.

마지막 서류에 기재된 것도 퇴직하기 전의 일정뿐이었다. 1987년이라면 후카미즈 에리코와 야마오 요스케가 졸업한 이듬해다.

"도도 씨가 퇴직한 이유는 뭐였습니까? 구체적인 이유가 적혀 있지 않은 것 같은데요."

"그건 저도 모릅니다." 야스오카가 어깨를 움츠렸다. "저는 기록에 있는 자료를 인쇄했을 뿐이니까요. 정 알고 싶다면 도 교육청에 문의하시면 어떻겠습니까?"

"그렇군요. 알겠습니다. 그러겠습니다."

"준비해드릴 수 있는 자료는 그게 전부입니다. 다시 찾아오셔도 저희가 도와드릴 수 있는 건 거의 없을 겁니다." 그러니까 다시는 오지 말라고 안경 속 눈이 말하고 있었다.

협조에 감사드립니다, 라고 말하며 고다이는 정중하게 고개를 숙였다.

13

 고다이가 아키시마 고등학교에서 나와 향한 곳은 도도 에리코가 자란 동네였다. 오우메선 북쪽이다. 지도 앱으로 주소를 확인하니 거리는 2킬로미터가 조금 못 되지만 걸어가기에는 다소 멀었다. 공교롭게도 빈 택시가 보이지 않아 어쩔 수 없이 스마트폰을 손에 들고 걸었다.

 항공기 사고로 부모를 여읜 도도 에리코는 작은외삼촌 부부에게 입양되었다. 혼조 마사미의 말에 따르면 에리코가 어렸을 때 일이라 중학생이 될 때까지 그들을 친부모로 믿었다고 했다. 입양되기 전 성은 우에무라였다. 성이 두 번 바뀐 것이다. 후타바라는 예명까지 넣으면 세 번이다.

 에리코를 입양한 외삼촌의 이름은 후카미즈 데루오로, 살아 있다면 87세지만 12년 전에 세상을 떠났다. 아내 히데코도 2년 전에 83세로 타계했다. 히데코는 남편 사후 시내에 있는 요양원에 들어갔는데 그때 집도 처분했다.

 지도 앱에 의지해 도착한 곳은 주택가 한복판이었다. '분카도리'라는 이름의 도로에서 옆길로 들어가니 바로 나왔는데 흔히 테라스하우스라고 부르는 2층짜리 공동주택이 있었다. 13년 전, 이 땅 일부에 후카미즈 부부의 집이 있었을 테니 지금 보이는 주택은 그 후에 지어졌으리라.

 고다이는 주위를 둘러보다가 단독주택에 시선을 멈추었

다. 그 집이 가장 오래된 것처럼 보였다. 부지 면적도 넓어 보여 이 동네에서는 제일 터줏대감이 아닐까 싶었다. 주차장에는 은회색 볼보가 있었다. 문에서 현관까지는 몇 미터쯤 되는 진입로가 있었다.

문기둥에 '오카야'라고 새겨진 문패가 붙어 있었다. 그 바로 밑에 있는 인터폰 버튼을 눌렀다.

얼마 지나 예, 하는 대답이 들려왔다. 여성의 목소리다.

"불쑥 찾아와 죄송합니다. 경찰인데 잠시 시간 좀 내주실 수 있을까요?"

상대가 깜짝 놀라는 기척이 느껴졌다. 늘 있는 일이라 익숙했다. 인터폰에 카메라가 달려 있다면 경찰수첩을 보여주겠는데, 카메라는 보이지 않았다.

"선생님 댁과는 전혀 상관없는 일이니 안심하십시오." 고다이는 성의 있게 설명했다. "이웃에 살던 분에 대해 여쭙고 싶은 것뿐입니다. 절대 시간을 오래 빼앗지 않겠습니다. 협조해 주시면 감사하겠습니다."

요즘은 보이스피싱 그룹이 경찰관을 사칭하는 경우도 있어, 그 사실을 아는 주민이라면 지금 고다이가 하는 말도 의심할 가능성이 컸다.

다행히 연기 같지는 않았던 모양이다. 알겠다는 대답이 돌아왔다.

고다이가 문 앞에서 기다리고 있자니 금방 현관문이 열

렸다. 모습을 드러낸 것은 하늘색 스웨터를 입은 일흔 전후로 보이는 자그마한 여성이었다.

여성이 대문까지 나와 주어 고다이는 두 손을 옆구리에 붙이고 인사했다. 안주머니에서 경찰수첩을 꺼냈다. "바쁘실 텐데 죄송합니다."

"딱히 바쁜 일은 없는데 무슨 용건인가요?" 노부인이 문 안쪽에서 물었다. 온화하고 기품 있는 말투였다.

"실례지만 여기에는 언제부터 사셨습니까?"

"저희 말인가요? 제가 이 집에 시집온 게 45년 전인데 집 자체는 그때도 있었으니 한 70년쯤 되었을까요. 시아버님이 지으셨다고 들었어요."

"그렇다면 이 근방에서는 발이 넓으시겠군요."

노부인은 고개를 갸웃거리다가 살짝 끄덕였다.

"새로 이사 온 분들은 잘 모르지만 옛날부터 살고 계신 분이라면 대충 알죠. 남편이 자치회장을 맡은 적도 있었거든요."

아무래도 잘 찾아온 것 같다고 확신했다.

"저기 있는 테라스하우스 말입니다만." 고다이는 대각선 뒤쪽을 돌아보며 가리켰다. "언제 생겼는지 아십니까?"

"글쎄요, 언제였더라. 10년쯤 됐을 텐데." 거기까지 말하다가 노부인이 두 손을 살래살래 저었다. "미안해요. 너무 믿지 말아요. 저기 사는 분들은 잘 몰라요."

"걱정 마십시오. 궁금한 건 저 건물이 생기기 전의 일입니다. 전에 저기에 후카미즈 씨라는 가족이 살았을 텐데 기억하십니까?"

노부인이 얇은 입술로 후카미즈 씨, 라고 중얼거렸다. 이윽고 고개를 주억거렸다. 한층 크게 끄덕거리더니 고다이를 쳐다보았다.

"역시 그 일 때문이군요. 갑자기 경찰이 찾아와서 무슨 일인가 했는데, 에리코 때문일지도 모른다고 생각했어요."

에리코라는 친근한 호칭에 고다이의 가슴이 크게 뛰었다.

"사건을 알고 계십니까?"

"그야 당연히." 노부인은 온몸으로 긍정을 표했다. "텔레비전에서 몇 번이나 보도했으니까요. 배우를 그만두고 나서는 이웃들 입에 오르내리는 일도 사라졌지만 그전에는 다들 굉장하다고 자주 얘기했어요. 에리코가 배우가 되다니, 게다가 텔레비전 드라마에서 주연급으로 나오다니 인생은 무슨 일이 생길지 모른다고요. 연예계에서 은퇴한다는 소식을 들었을 때도 놀랐어요. 아쉬웠지만 도의원과 결혼한다는 말을 듣고 그럼 어쩔 수 없다고 생각했죠."

"후카미즈 씨 댁과는 교류가 있었습니까?"

"딱히 친분이 깊었던 건 아니지만 이웃이니 그럭저럭 알고 지냈죠. 남편은 자주 가게에 가서 그때마다 제법 서비스도 많이 받았어요."

"가게라는 건, 후카미즈 씨 부부가 경영했던 술집 말씀이군요."

"맞아요. 남편분이 장사 수완이 있어서 시내에 가게가 세 군데나 있었는데, 전부 장사가 잘 되었다고 들었어요. 저희 남편도 단골이었죠. 부인이 젊었을 때 신주쿠 클럽에서 일했다나, 물장사에 익숙해 보였어요."

사실이라면 후카미즈 부부는 상당히 유복했던 모양이다. 조카를 입양하는 데 경제적인 문제는 없었을지도 모른다.

"에리코 씨는 어땠습니까? 인상적인 기억이 있습니까?"

"제가 시집왔을 때는 중학생쯤이었을 거예요. 그때도 이미 깜짝 놀랄 정도로 예뻤죠. 그런데도 되바라진 구석은 전혀 없어서, 얼굴을 마주치면 예의 바르게 인사했어요. 착한 아이였죠."

노부인의 말투는 자연스러웠다. 과장이 아니라 솔직한 감상이리라.

"에리코 씨가 후카미즈 부부의 친딸이 아니었다는 건 아셨습니까?"

금시초문이었다면 상당히 놀랄 텐데 노부인의 반응은 담담했다.

"알고 있었어요. 본인들 입으로 들은 건 아니고 남편에게 들었는데." 노부인은 조금 망설이는 표정으로 현관 쪽을 돌아보는 시늉을 했다. "혹시 그런 게 궁금하시면 남편에게 물어보는 게 나을 텐데. 물어볼까요?"

"바깥 어르신께서 댁에 계십니까?"

"있어요. 잠깐 기다리세요." 노부인은 걸음을 돌려 마당을 가로지르더니 현관문 안쪽으로 사라졌다.

잠시 후, 다시 문이 열렸다. 노부인이 다가와 대문을 열어 주었다.

"남편 말이 후카미즈 씨 댁에 관한 거라면 자기가 이야기하는 게 낫다고 하네요. 어서 들어오세요."

"그러신가요. 고맙습니다."

노부인이 현관에서 실내로 안내해 준 곳은 다다미방이었는데, 유리 테이블과 등나무 의자를 놓아 서양식으로 쓰는 것 같았다.

거기서 회색 폴로셔츠 위에 검은색 조끼를 입은 노인이 기다리고 있었다. 멋들어진 백발을 짧게 다듬었다. 나이는 여든이 넘어 보였다.

고다이는 자기소개를 하면서 경찰수첩을 보여 주고 명함을 내밀었다.

"지금은 이런 것밖에 드릴 게 없군요." 노인도 명함을 내밀었다. 이름은 오카야 사다카즈, 직함은 모 시민단체 명예고문이었다. 실제로는 이름뿐이리라.

오카야에 따르면 아들과 딸은 둘 다 오래전에 독립했다고 한다.

"집사람에게 들었는데 후카미즈 씨 이야기를 듣고 싶다고요." 오카야가 본론을 꺼냈다.

"후카미즈 씨 가게에 자주 다니셨다고 들었습니다."

"그분은 가게를 세 군데나 가지고 있었는데 저마다 콘셉트가 달랐어요. 한 곳은 제법 커서 아가씨들을 많이 고용했지. 클럽이라고 해도 될 거요. 역 근처 가장 좋은 길목에 있었습니다. 또 한 곳은 주점이라고 부르는 게 어울리는 가게로 아가씨는 두세 명뿐이었어요. 마지막 한 군데가 카운터 바였는데 접객하는 여성은 없었습니다. 대신 칵테일이나 진귀한 술을 팔아서, 혼자 들어가도 마음 편한 가게였죠. 제가 주로 다닌 곳은 그 바였습니다. 후카미즈 씨도 애착이 있어서 커다란 클럽과 주점은 부인에게 맡기고 대개 그곳에 있었어요. 가게 이름이 뭐였더라……." 오카야가 팔짱을 끼고 입술을 깨물었다.

"괜찮습니다. 조사해 보면 알 수 있을 테니까요."

"아니, 잠깐만요. 이것도 치매 예방이거든요." 오카야는 그렇게 말하더니 눈을 크게 떴다. "생각났다. '큐리어스'였어요. 앞 글자만 열심히 외워 뒀지."

고다이는 수첩에 '바 큐리어스'라고 적었다.

"그 가게에서 친해지신 겁니까?"

"대화는 자주 나눴지. 어쨌거나 이웃이니까."

"에리코 씨 이야기도?"

오카야는 백발이 섞인 눈썹을 축 늘어뜨렸다. 그리움과 서글픔이 뒤섞인 얼굴이었다.

"후카미즈 씨가 그 아이를 입양한 건 첫 번째 가게를 개업한 지 3년째 되는 해였답디다. 빚도 좀 있어서 불안했지만 못 본 척할 수는 없었다고 했어요. 비행기 사고로 부모를 잃다니 비극이라고 할 수밖에 없죠. 후카미즈 씨에게는 유일한 혈육이라 원래부터 무척 귀여워했다고 들었습니다. 부부에게 아이가 없기도 했고요. 그렇지만 그런 이야기를 후카미즈 씨에게 들은 건 한참 지난 후였어요. 그때까지는 저도 친딸인 줄 알았지요. 에리코가 중학생이 되었을 때쯤인가, 후카미즈 씨가 그런 이야기를 털어놓은 게."

고다이는 자기 인식이 조금 어긋나 있었음을 깨달았다. 에리코를 입양했을 때 후카미즈 부부는 결코 유복하지 않았던 것이다.

"무슨 계기로 털어놓으신 걸까요?"

"계기라고 할까, 당시 후카미즈 부부는 에리코를 어떻게 대해야 할지 고민하고 있었습니다. 중학생이라고 하면 점점 반항기에 접어들잖아요? 그래서 슬슬 사실대로 말하는 게 나을 것 같아 입양 사실을 알려 준 듯했어요. 그게 잘한 짓인지 모르겠어서 고민하고 있다고……. 뭐, 그런 이야기였죠. 그 후로 아이를 어떻게 키워야 할지 의논하기도 했습니다. 사실 저희도 어린아이 둘을 데리고 악전고투하던 시기였지만요."

"친딸이 아니었다는 걸 알고 문제라도 생겼던 걸까요?"

오카야는 고개를 갸웃거리며 나직하게 신음했다.

"문제랄 것까지는 없었을 겁니다. 다만 에리코의 태도가 조금 데면데면해진 것 같다는 말은 했어요."

"에리코 씨 고등학교 시절은 어땠습니까? 기억에 남는 에피소드는 없었습니까?"

"기억에 남는 에피소드라……. 어때?" 오카야가 아내 쪽을 돌아보았다. "뭔가 있었나?"

"그 무렵 아니었나요? 에리코가 갑자기 어른스러워지더니 예뻐진 게. 당신, 바에서 가게 일을 돕는 에리코를 봤다고 했잖아요."

"아아, 그랬지. 그런 일도 있었지." 오카야가 두세 번 고개를 주억거렸다.

"바에서 일을 도왔다고요?"

"그래요. 예쁘장한 스태프가 있구나 했더니 에리코였어요. 화장까지 하고. 아무리 부모가 운영하는 가게라도 미성년자가 이런 데서 일해도 되나 싶었는데, 후카미즈 씨 말로는 본인이 꼭 돕고 싶다고 했다는 겁니다. 못 하게 하면 다른 가게에서 아르바이트하겠다고 해서 어쩔 수 없이 일손을 돕게 했다고요. 친딸도 아닌데 부양해 주는 데 대해 부담을 느꼈던 것 같다고 후카미즈 씨가 말했어요."

"그렇다면 은혜를 갚으려고?"

"뭐, 그런 셈이지요. 가게로서도 나쁘지는 않았을 겁니다. 에리코에게 이상한 짓을 하는 손님은 없었지만 가게 분위기가 밝아진 건 사실이었으니까요."

"에리코 씨가 나쁜 친구들과 어울렸다는 이야기는 못 들어 보셨습니까?"

"나쁜 친구?" 오카야가 눈썹을 찌푸렸다. "불량아 말입니까?"

"그렇습니다."

"글쎄요, 어땠더라?" 오카야가 아내에게 물었다.

"그런 이야기는 못 들어 봤어요." 노부인이 주저 없이 답했다.

"응, 나도 모르겠네. 후카미즈 씨도 그런 말은 없었습니다."

"그러십니까……."

고다이는 석연치 않았다. 혼조 마사미의 증언과 어긋난다. 그의 말에 따르면 에리코는 자기 입으로 고등학교 때 비뚤어졌다고 했다. 아니면 술집에서 일했던 일을 비하했던 걸까?

"연애 문제는 어땠습니까? 그만한 미모였다면 추근거리는 남학생도 많았을 텐데요."

"물론 인기가 많았죠." 오카야의 표정이 갑자기 누그러졌다. "교제 신청을 받는 일도 많았던 것 같아요. 실제로 후카미즈 씨는 에리코에게 같은 고등학교에 사귀던 남학생이 있었다는 말을 했습니다."

"이름은……."

오카야는 얼굴을 찌푸리더니 손을 저었다. "거기까진 모릅니다."

고다이도 그럴 거라는 예상은 했다.

"고등학교를 졸업한 후에는 어땠나요? 아무리 사소한 일이라도 괜찮으니 기억나는 대로 말씀해 주시면 고맙겠습니다."

"졸업한 다음은 잘 모르겠네요. 그때는 이미 가게에도 안 나와서." 오카야는 그렇게 말하더니 또 아내 쪽을 보았다. "뭐가 있었던가?"

"에리코가 집을 떠나지 않았었나요?" 노부인이 기억을 더듬는 표정으로 말했다. "그 무렵부터 잘 안 보였어요. 그래서 부인에게 물어봤더니 전문학교에 다니려고 도시에서 자취한다는 말을 들은 것 같은데……."

"그랬나. 아이구 참, 가물가물하네."

두 사람 다 그다지 자신 있는 말투는 아니었다. 그럴 만도 하다. 40년도 더 지난 옛날 일이다.

"연예인이 되었다는 건 언제쯤 아셨습니까?"

"처음 텔레비전에 나왔을 때예요." 노부인이 대답했다.

"후카미즈 씨가 그런 말은 한마디도 안 해서 정말 깜짝 놀랐어요. 그 후 후카미즈 씨네 부인을 만났을 때 물어봤더니 사실은 길거리에서 캐스팅됐다며 쑥스러운 듯 말씀해 주더군요."

"그랬습니까."

후카미즈 에리코의 고등학교 졸업 이후부터 연예계 데뷔까지는 오카야 부부에게 공백 기간이었던 것 같다.

"고맙습니다. 큰 도움이 되었습니다."

고다이는 정중하게 인사하고 집을 떠났다.

시계를 보니 오후 2시가 다 되어서 점심을 먹기로 했다. 역 쪽으로 걸어가면서 스마트폰으로 역 남쪽 출구 근처에서 메밀국숫집을 찾아냈다.

가게로 들어가 주문한 오리고기 장국과 메밀국수가 나오기를 기다리는데 스마트폰이 착신을 알렸다. 쓰쓰이였다. 가게 밖으로 나가 전화를 받았다. "예, 고다이입니다."

"어땠어, 아키시마 고등학교 조사는?"

"쌀쌀맞기 짝이 없더군요. 졸업 앨범만 겨우 봤습니다. 졸업 명단을 보고 싶으면 영장을 가져오라네요."

크크크, 하는 웃음소리가 들렸다.

"그럴 줄 알았어. 학교는 그런 곳이지. 특히 공립은 더 그래. 영장까지 받아서 오래된 명단을 입수해 봤자 별 쓸모도 없어. 보이스피싱 사기 그룹이라면 좋아하겠지만. 그래서 자네를 위해 귀중한 정보를 구해 왔지."

"어떤 정보입니까?" 스마트폰을 쥔 손에 힘이 들어갔다.

"아키시마 고등학교 36기 졸업생이 7년 전에 동창회를 열었는데, 그 사진을 SNS에 올린 사람이 있더군. 그걸로 동창회에서 간사를 맡았던 사람을 알아냈어. 다행히 지금도 아키시마시에 사는 모양이야."

"고마운 정보로군요. 제게 보내 주십시오."

"안 그래도 이미 보냈어. 달리 조사해 줄 건 있나?"

"있습니다. 야마오 경부보의 고등학교 때 동아리 부원들 이름을 알아냈습니다."

고다이는 야마오 요스케가 산악부 소속이었고 동아리 지도교사가 도도 야스유키였다는 사실을 보고했다.

"상당히 신경 쓰이는 정보로군. 당장 면허증 대조를 부탁하지. 알아내면 즉시 보내겠네."

"부탁드립니다. 그쪽에는 진전이 있었습니까?"

"안타깝게도 눈에 띄는 성과는 없어." 쓰쓰이는 쌀쌀맞게 대답했다. "입금한 3천만 엔은 아직 그대로다. 범인에게서 온 새로운 연락도 없어."

"다른 쪽은 어떻습니까? 도도 씨 태블릿이 경찰서 안에서 켜진 날의 알리바이 말입니다."

"서장에 이어서 부서장, 과장들의 스케줄도 파악했다. 전부 결백하다는 견해야. 하지만 그 아랫사람들은 확인이 어려워. 개별적으로 물어보지 않는 한 확인은 불가능하겠지."

"개별적으로 물어볼 건가요?"

"당연히 못 하지." 쓰쓰이가 그 자리에서 부정했다. "모두 불신에 찰 뿐이야. 다만 관할서 간부들에게 언제까지고 숨길 수는 없어. 오늘 밤에라도 계장님과 관리관이 서장에게 설명하겠다는군."

"서장이 놀라겠네요."

"핏기가 가시겠지."

"야마오 경부보가 수상하다는 이야기는……"

"그건 아직 밝히지 않을 거야. 경시청 본부에서도 수사1과장 선에서 막고 있어. 결정적인 단서가 나오면 형사부장에게 보고하겠다는 방침이야. 다만 거기까지 가 버리면 멈출 수 없어. 실수였습니다, 죄송합니다, 그런 말로는 끝나지 않아."

"절대적인 증거가 필요하다는 말이군요."

"그런 뜻이지. 결국……" 잠시 뜸을 들이고 쓰쓰이가 말을 이었다. "전부 자네에게 달려 있어."

고다이는 침을 꿀꺽 삼켰다. "겁주지 마세요."

"겁주는 게 아니야. 지원을 붙여 주고 싶지만 붙일 사람이 없어. 몇 명이나 독감에 걸렸다고 하면 이상하게 여기는 사람이 나올 테니까. 힘들겠지만 여기서 할 수 있는 지원은 다 할 테니 애 좀 써 줘. 그럼 좋은 소식을 기다리지." 그렇게 말하고 쓰쓰이는 일방적으로 전화를 끊었다.

고다이는 한숨을 쉬고 산악부 부원 명단 사진을 보냈다. 이어서 메일을 확인하니 쓰쓰이가 보낸 자료가 들어와 있었다. 7년 전에 열린 동창회 간사였던 인물의 이름과 현주소다. '데라우치 히로코'라고 하니 여성인 듯했다. 고향에 남아 있다는 말에 무심코 남성일 줄 알았는데 의외였다.

가게로 돌아가니 테이블에 음식이 나와 있었다. 고다이는 자리에 앉아 나무젓가락으로 손을 뻗었다. 국수를 먹으며 다음 조사 상대에게 어떤 질문을 할지 고민했다.

14

식사를 마치고 가게에서 나오니 오후 2시 반이 지났다. 데라우치 히로코의 연락처 정보는 없어서 직접 집으로 찾아가기로 했다. 혹시나 본인이 외출하고 없더라도 가족에게 미리 인사해 두면 다시 찾아갔을 때 이야기가 쉽게 풀린다.

택시를 타니 채 10분도 되지 않아 도착했다. 한적한 주택가의 좋은 모퉁이 부지에 일본식 전통 가옥이 있었다. 마당에는 훌륭한 소나무가 자라고 있었다. 네모난 돌을 쌓아 만든 문기둥에 '데라우치'라는 문패가 붙어 있었다.

담장에는 문이 없고 손님을 인도하듯 징검돌이 쭉 깔려 있었다. 그 길을 따라 들어가니 현관이 나왔다. 미닫이문 옆에 인터폰이 붙어 있다. 고다이가 버튼을 누르자 집 안에서 희미하게 벨이 울리는 소리가 들렸다.

하지만 반응은 없었다. 한 번 더 눌러 보았지만 마찬가지였다.

고다이는 어깨를 으쓱 움츠렸다. 아무도 없는 모양이다.

나중에 다시 올까 하며 걸음을 돌리려는데 "누구세요?"라는 목소리가 들렸다.

돌아보니 저택과 담장 사이에 한 여성이 서 있었다. 선캡을 쓰고 바람막이를 입고 있다. 두 손에는 장갑을 끼고 있었다. 나이는 가늠하기 어려웠지만 쉰은 넘었으리라.

"데라우치 히로코 씨이십니까?"

"그런데요······." 여성이 경계하는 눈빛으로 쳐다보았다.

고다이는 경찰수첩을 보여 주며 자기소개를 했다.

데라우치 히로코가 별안간 주눅 든 표정으로 물었다. "그 애가 무슨 짓이라도 저질렀나요?"

"그 애라니요?"

"다카히로 말이에요."

"아드님이십니까?"

"그래요. 지금 대학교 3학년인데······." 거기까지 말하다가 미심쩍어하는 표정으로 고다이를 쳐다보았다. "그 애 문제가 아닌가요?"

고다이는 쓴웃음을 지으며 작게 손사래를 쳤다.

"데라우치 씨를 뵈러 왔습니다. 아키시마 고등학교 때 이야기를 여쭙고 싶어서."

"고등학교 때 이야기를요?" 데라우치 히로코는 더욱 미심쩍은 표정을 지었다.

"데라우치 씨는 전직 배우인 후타바 에리코 씨와 동창이었다고 들었습니다만."

후타바 에리코라고 중얼거리더니 데라우치 히로코가 눈을 휘둥그레 떴다. "혹시 그 사건 때문에? 부부가 살해당하고 집이 불탔다는."

고다이는 작게 끄덕이고 고개를 숙였다. "협조해 주시면 고맙겠습니다."

"그렇군요. 그래서 경찰이 이런 곳까지……. 앗, 그래서 제게 뭘 묻고 싶은 건가요?"

"아까도 말씀드렸다시피 고등학교 때 이야기를 듣고 싶습니다. 지금 바쁘시면 나중에 다시 찾아오겠습니다만."

"딱히 바쁘지는 않아요. 뒷마당을 가꾸고 있었을 뿐이에요. 이제 끝났고." 데라우치 히로코는 빠르게 말하더니 장갑을 벗었다. "그런 용건이라면 서서 이야기하기도 그렇겠네요. 누추하지만 괜찮으시면 안에서 말씀하시겠어요?"

"고맙습니다. 그렇게 말씀해 주신다면 기꺼이."

데라우치 히로코는 현관 미닫이문을 열었다. 잠가 두지 않았던 모양이다.

고다이는 서양식 방으로 안내받았다. 세월이 느껴지는

가죽 소파가 놓여 있었다.

"옷 좀 갈아입고 올 테니 여기서 기다려 주시겠어요?"

"예, 천천히 하십시오."

데라우치 히로코가 자리를 뜨자 고다이는 큼직한 팔걸이가 있는 소파에 앉아 주위를 둘러보았다. 벽에는 유화 액자가 걸려 있고 그 밑에는 업라이트 피아노가 있었다. 전형적인 70,80년대 스타일 응접실이다. 오카야 부부의 집과는 다른 정취가 있다. 여기도 부모에게 물려받은 집이리라.

얼마 지나지 않아 데라우치 히로코가 후드 재킷을 입고 나타났다. 한 손에 전기 포트를, 다른 손에는 찻주전자와 찻잔이 든 쟁반을 들고 있었다.

"기다리셨죠. 새 찻잎을 찾는 데 시간이 걸려서."

"마음 쓰지 마십시오."

"신경 쓰지 마세요. 제가 마시고 싶어서 그래요. 마당에서 일하고 나면 목이 마르거든요." 데라우치 히로코는 전기 포트로 찻주전자에 뜨거운 물을 따랐다. 그 모습을 지켜보는 고다이의 눈에 곱게 바른 립스틱이 들어왔다. 피부도 아까보다 탄력 있어 보였다. 옷을 갈아입는 김에 화장도 새로 한 것 같았다. 찻잎을 찾느라 시간이 걸렸다는 말은 거짓말이리라. 여성은 몇 살이 되어도 힘들겠다는 생각을 했다.

"아드님이 계시다고 했는데 남편분께서는 일하러 가셨습니까?"

"맞아요, 대학에서 학생들을 가르쳐요. 환경학, 기상학, 뭐 그런 거요."

"대학교수님이셨습니까? 굉장하군요."

고다이의 말에 데라우치 히로코는 얼굴을 찌푸리며 손을 저었다.

"별로 굉장할 것 없어요. 우리 집 양반은 데릴사위예요. 젊었을 때부터 가난한 학자였죠. 저희 부모님이 걱정되었는지 데라우치 가문을 이어 준다면 결혼을 허락해 주신다고 해서 얌전히 그 말을 따른 거죠."

데라우치 히로코의 말에 따르면 남편의 벌이는 대단치 않고 부모가 남긴 부동산이 주된 수입원이라고 했다.

"부모님이 돌아가시고 아들도 독립해서 지금은 남편과 단둘이에요. 매일 뒷마당에 만든 텃밭을 가꾸며 살고 있어요. 자, 드세요."

데라우치 히로코가 고다이 앞에 찻잔을 내려놓았다. 녹차의 향기가 콧속을 간질였다.

고다이는 잘 마시겠습니다, 하고 한 모금 마시고 찻잔을 받침에 내려놓았다.

"데라우치 씨는 7년 전 동창회에서 간사를 맡으셨다고요."

"맞아요. 잘 아시네요."

"SNS에 사진을 올린 사람이 있었습니다. 그래서 데라우치 씨를 알게 되었고요."

"그랬군요." 데라우치 히로코는 두 손으로 찻잔을 든 채 끄덕였다. "무섭네요, 인터넷은."

"간사를 맡으셨을 정도니 인맥이 넓으신 것 같은데."

"글쎄요. 그야 어느 정도는." 썩 싫지 않은 표정이었다.

"그 동창회에 도도 에리코 씨는 참석하지 않았습니까?"

데라우치 히로코가 떨떠름한 표정으로 끄덕였다.

"안내장은 보냈어요. 하지만 오지 않았죠. 저를 포함해 다들 기대하고 있었는데. 연예인이 된 후로는 아무도 못 만나 봤거든요."

"데라우치 씨는 도도…… 아니, 이 경우에는 후카미즈 씨라고 부르는 게 나을까요. 후카미즈 에리코 씨하고 같은 반이었던 적이 있습니까?"

"2학년 때 같은 반이었어요. 절친까지는 아니어도 그럭저럭 친하게 지냈어요."

"어떤 학생이었습니까?"

데라우치 히로코는 고개를 갸웃거리며 으음, 하고 고민했다.

"우르르 몰려다니는 타입은 아니었어요. 자기 갈 길을 가는 느낌이었죠. 점심시간에도 혼자 책을 읽는 일이 많았어요."

"특별히 친했던 사람은?"

"글쎄요. 친했던 사람도, 반대로 사이가 나빴던 사람도 없지 않았을까요? 하지만 남학생들 중에는 후카미즈 씨를 거북하게 여기는 사람이 많았을지도 몰라요."

"거북하게? 무슨 뜻입니까?"

"뭐라고 설명해야 하나. 왜, 고등학생쯤 되면 갑자기 어른스러워지는 여학생이 있잖아요. 그중에서도 후카미즈 씨는 특히나 눈에 띄었거든요. 으스대거나 새침하게 구는 건 아니었지만 남학생들이 볼 때는 어쩐지 다가가기 힘든 분위기가 있었던 것 같아요. 외모에도 압도당했고."

"외모?"

"네. 누가 뭐래도 미인이었으니까."

고다이는 에리코가 바에서 일손을 도왔다는 오카야의 이야기를 떠올렸다. 취객을 상대했을 정도니 또래 남학생은 분명 어리게 보였을 것이다.

"그럼 교제 상대는 없었습니까?"

"천만에요." 데라우치 히로코는 눈을 크게 뜨며 손을 저었다. "없기는커녕 항상 누군가와 사귀었어요. 후카미즈 씨를 거북하게 여기는 남학생도 많았지만 좋아하는 남학생이 훨씬 더 많았으니까요. 하지만 늘 오래가지 않았던 것 같아요. 아무개하고 사귄다는 소문이 돈다 싶으면 바로 헤어져서 어느새 또 다른 남학생과 붙어 있는 거예요. 그렇게 얼마 지나면 또 헤어지고. 그런 일이 몇 번이나 있었어요. 그래서 쟤는 나비라고 뒤에서 험담하는 여학생들도 있었어요. 남학생이라는 꽃을 차례로 옮겨 다니는 나비라고요."

흔히 말하는 날라리였나. 만년의 도도 에리코의 평판으로는 상상하기 어려운 이야기였다.

"후카미즈 에리코 씨가 사귀었던 상대 가운데 특별히 인상적인 인물은 없습니까?"

"그런 상대가 있었나?" 데라우치 히로코의 미간에 주름이 잡혔다. "굳이 찾자면 3학년 때 사귀었던 남학생일까요. 수재라 도쿄대 합격은 떼 놓은 당상이라고들 했어요. 그런 수재가 후카미즈 씨하고 사귄다는 말을 듣고 깜짝 놀랐죠. 더군다나 본인 입으로 주위에 떠벌리고 다녔다는 거예요. 그 말을 듣고 나비에게 간택받아 어지간히 기쁜 모양이라고 뒤에서 웃었던 기억이 나요."

"이름이?"

"뭐였더라. 특이한 이름이었는데……." 데라우치 히로코는 팔짱을 끼고 생각에 잠겼다.

"야마오라는 이름은 아니었습니까?"

"야마오?"

"야마오 요스케라는 사람입니다. 산악부 소속이었던 것 같은데."

"산악부…… 죄송해요. 기억이 안 나네요."

"그러십니까."

고다이는 몰래 한숨을 쉬었다. 후카미즈 에리코와 야마오가 사귀었다면 커다란 수확이라고 생각했는데 예상이 빗나간 모양이다.

"저, 형사님." 데라우치 히로코가 고다이를 들여다보듯 시선을 돌렸다. "그 사건, 저희 재학 시절과 무슨 관계가 있는 건가요?"

대답하기 어려운 질문이었다. 한편으로 데라우치 히로코가 궁금해하는 마음도 이해가 갔다.

"아직 뭐라고 말씀드릴 수 없습니다. 수사가 난항을 겪고 있어 동기를 파악하려고 애쓰는 참입니다. 다양한 가능성을 찾다 보니 도도 부부의 공통점인 아키시마 고등학교 시절도 새로 조사하게 되었습니다. 번거롭게 해드려 죄송하지만 이해해 주시면 고맙겠습니다."

"번거롭다니요, 그렇지 않아요." 데라우치 히로코는 고개를 저었다. "제가 도움이 된다면 뭐든 말씀드릴게요. 신경 쓰지 마세요. 어차피 한가하니까."

"고맙습니다. 큰 도움이 됩니다. 그렇다면 도도 야스유키 씨에 대해 여쭤봐도 될까요? 당시에 사회과 선생님이었다고 들었습니다만."

데라우치 히로코는 고개를 크게 끄덕거렸다.

"도도 선생님도 똑똑히 기억해요. 좋은 선생님이었죠. 젊고 열정적이고, 흔히 말하는 열혈남아 타입이었어요. 학생들에게도 인기가 많았어요. 정치인 집안인 줄은 몰랐는데, 도의원 선거에 입후보했다는 말을 들었을 때는 응원했죠. 그러고 보니……." 뭔가 생각났다는 듯 손바닥을 탁 치더니 뒷말을 이었다. "도도 선생님께도 동창회 초대장을 보냈어요. 도의원이라면 선거 대비로 와 주지 않을까 기대했거든요. 아쉽지만 그쪽도 허탕이었어요. 역시 선거구가 다르면 안 되는 거겠죠."

현직 도의원과 전직 배우 부부가 나란히 참석한다면 동창회도 크게 흥했을 것이다. 데라우치 히로코가 낙담하는 모습이 눈에 선했다.

"도도 씨와 후카미즈 에리코 씨가 결혼한 건 어떻게 아셨습니까?"

어땠더라, 하고 데라우치 히로코가 고개를 갸웃거렸다.

"너무 오래전 일이라 잘 기억나지 않지만 텔레비전에서 봤을 거예요. 후타바 에리코가 의원과 결혼한다는 말을 듣고 깜짝 놀랐고, 그 의원이 도도 선생님이라는 말에 한 번 더 놀랐죠."

"재학 당시 두 사람의 관계를 의심하는 소문은 없었습니까?"

"없었을 거예요. 적어도 저는 못 들었어요. 사실 동창회에서도 그런 이야기가 나왔어요. 한쪽은 성실한 열혈 교사, 한쪽은 상대를 닥치는 대로 갈아 치우는 여왕님. 그런 두 사람이 결혼하다니 다들 놀랄 일이라고 했죠. 하지만 생각해 보면 영 엉뚱한 일은 아니에요. 아까도 말씀드렸지만 어른스러운 미인이었으니 후카미즈 씨를 여자로 보는 교사도 있었을 거예요. 당시에 젊었던 도도 선생님이 그랬어도 이상할 건 없죠."

"그래도 재학 당시에는 두 사람 사이에 아무 일도 없었을 거란 말씀이죠?"

데라우치 히로코가 끄덕거렸다.

"예, 만약 그때부터 무슨 관계가 있었다면 후카미즈 씨가 졸업하고 바로 결혼하지 않았겠어요?"

"그러네요."

고다이는 도도 후원회장인 가키우치 다쓰오의 이야기를 떠올렸다. 가키우치에 따르면 두 사람이 재회한 것은 후카미즈 에리코가 졸업하고 몇 년 지나서라고 했다.

그렇지만, 하고 데라우치 히로코가 살짝 고개를 갸웃거렸다.

"교사와 학생 이전에 남녀 사이니까요. 두 사람 사이에 무슨 일이 있었어도 이상할 건 없죠."

그 말을 들은 고다이는 정신이 번쩍 들었다. 딱히 깊이 생각해서 한 말은 아니리라. 그럼에도 고다이의 귀에는 이번 사건의 본질을 말하는 것처럼 들렸다.

테이블 구석에 놓여 있던 데라우치 히로코의 스마트폰에

서 음악 소리가 나왔다. 전화가 온 것 같았다. 데라우치 히로코가 스마트폰으로 손을 뻗으며 잠깐 실례, 하고 밖으로 나갔다.

고다이는 찻잔을 입으로 가져갔다. 미지근하게 식은 일본 차로 목을 축이며 스마트폰을 꺼냈다. 쓰쓰이가 보낸 메일이 와 있었다.

내용은 산악부원들의 운전면허증 정보를 열거한 자료였다. 야마오의 동기는 다섯 명이었는데 그중 넷의 정보를 입수한 듯했다. 단 한 사람, '나가마 가즈히코'라는 인물은 공란이었다. 네 사람의 주소를 보고 고다이는 낙담했다. 아키시마시에 머무는 사람은 없었다. 오히려 그중 셋은 아예 다른 현에 살고 있었다. 도내에 사는 사람은 '모토무라 겐조'라는 인물뿐이었다. 그마저도 오타구라 여기서 한참 멀다. 그렇지만 어째서인지 이 사람만 휴대전화 번호가 함께 적혀 있었다.

고다이는 쓰쓰이에게 전화를 걸어 보았다. 다행히 바로 받았다.

"메일 봤나?"

"봤습니다. 고맙습니다."

"아쉽지만 도쿄 거주는 한 명뿐이야."

"그런 것 같더군요."

"그 모토무라라는 사람 말인데 4년 전에 교통사고를 냈어. 그래서 전화번호도 알 수 있었지."

"그런 사정이었군요. 그런데 동기는 다섯 명이던데 한 명만 기록이 없던데요. 나가마 가즈히코라는 사람이요."

"데이터베이스에 없는 것 같으니 면허가 없나 보지. 혹시 몰라 체포 이력도 조사했지만 해당되는 사람은 없었어. 모토무라 씨가 연락처를 알지 않을까?"

"알겠습니다. 모토무라 씨를 만나면 나가마 씨에 대해서도 물어보겠습니다."

"그래, 부탁해."

고다이가 전화를 끊은 직후 데라우치 히로코가 방으로 들어왔다.

"귀중한 말씀을 들려 주셔서 고맙습니다." 고다이가 자리에서 일어섰다. "크게 참고가 되었습니다. 또 찾아뵐 수 있는데, 그때도 잘 부탁드리겠습니다."

"예, 그건 상관없는데……. 지금 나가마 씨라고 하시지 않았나요?"

"예, 나가마 가즈히코 씨라는 이름을 말했습니다. 아, 혹시 아는 사이입니까?"

데라우치 히로코가 고개를 힘차게 끄덕였다.

"알다마다요. 아까 후카미즈 씨하고 교제했던 수재가 있었다고 했죠? 그 학생이 나가마였어요."

15

고다이가 찾는 가게는 긴 아케이드 상점가를 통과한 끝에 있었다. JR 가마타역에서 400미터쯤 될까. 건물 1층에 있는 가게들 중 하나였다. 간판에 '커피 전문'이라는 글자가 있었다.

유리문을 열기 전에 손목시계로 시간을 확인했다. 약속한 오후 6시 반까지 5분 남아서 고다이는 안도했다.

안으로 들어가니 대번에 그윽한 커피 향이 콧구멍을 자극했다. 가게는 안쪽이 넓고, 벽을 따라 테이블이 놓여 있었다. 결코 낡진 않았지만 벽돌을 사용한 인테리어로 오래된 다방 같은 정취가 있었다.

간간이 손님들이 보였다. 한 남자 손님이 구석 테이블에서 스마트폰을 만지고 있었다. 키가 크고 머리카락은 올백으로 넘겼다. 예순 전후 같았다. 그가 고개를 들어 고다이를 보더니 다시 시선을 조금 내렸다. 고다이는 왼손에 둘둘 만 주간지를 들고 있었다. 그게 표시였다. 남자가 살짝 고개를 숙였다.

고다이는 테이블로 다가갔다. "모토무라 씨 맞으시죠?"

상대가 그렇다고 대답했다. 목소리가 전화로 들은 것과 똑같았다.

"고다이라고 합니다. 오늘 무리한 부탁을 드려 죄송합니다."

고다이가 명함을 내밀자 모토무라 겐조도 일어나서 명함을 내밀었다. 명함에 적힌 근무처는 오타구에 있는 전자부품 회사였다.

"오래 기다리셨습니까?"

"아뇨, 방금 왔습니다."

두 사람이 마주 앉자 종업원이 커피를 가져왔다. 모토무라가 주문한 것 같았다. 고다이도 같은 걸로 부탁했다.

데라우치 히로코의 집에서 나와 바로 모토무라에게 전화를 걸었다. 경찰이라는 말에 모토무라는 상당히 강한 경계심을 보였다. 아무래도 사기로 의심한 것 같았다. 하지만 도도 부부가 살해당한 사건을 조사하고 있다고 하니 대번에 태도가 누그러졌다. 데라우치 히로코도 그랬지만 역시 아키시마 고등학교 졸업생들, 특히 후카미즈 에리코의 동기들은 사건에 관심이 있는 듯했다.

"분위기가 좋네요." 고다이는 종업원이 놓고 간 물수건으로 손을 닦으며 가게 안을 둘러보았다. "자주 이용하십니까?"

"휴일에 자주 옵니다. 이 가게는 나폴리탄 스파게티가 맛있어요. 식사 후에 커피를 마시며 책 읽는 걸 좋아해서."

"우아한 취미로군요."

"우아하기는요." 모토무라가 쓴웃음을 지었다. "집에서는 눈치가 보여서요. 대학생 아들과 고등학생 딸이 있어서, 아버지가 있을 자리가 없습니다."

그래서 이 가게를 고른 건가. 고다이는 그제야 이해했다. 집에서는 차분히 이야기 나눌 수 없다는 뜻이리라.

종업원이 커피를 가져왔다. 고다이는 크림을 조금 넣고 스푼으로 섞었다.

모토무라가 손목시계에 시선을 떨어뜨리며 진지한 표정으로 돌아갔다.

"슬슬 본론을 말씀해 주시겠어요? 이 가게는 주문 마감이 7시 반이라서요."

"7시 반이요? 그럼 서둘러야겠군요. 알겠습니다." 고다이는 커피를 한 모금 마시고 수첩과 볼펜을 꺼냈다. "모토무라 씨는 고등학교 때 산악부 소속이었다고요."

"맞습니다. 그리고……." 모토무라는 주위를 둘러보더니 목소리를 낮추었다. "도도 야스유키 선생님이 지도교사였습니다."

고다이가 당혹스러운 표정을 짓자 모토무라가 다 알고 있다는 듯이 고개를 끄덕였다.

"그 사건 수사 때문에 경찰이 제게 연락한 이유를 고민해 봤는데, 가장 먼저 떠오른 게 고등학교 산악부였습니다. 도도 선생님이 지도교사를 맡았을 때 이야기를 듣고 싶은 거라고 짐작했죠."

"그렇습니다. 다만 미리 말씀드리는데 절대 아키시마 고등학교나 산악부가 이번 사건과 상관있다고 보는 건 아닙니다. 살해된 도도 부부가 아키시마 고등학교에서 교사와 학생이었다기에 혹시 몰라 당시 상황을 파악해 두라고 위에서 명령한 것뿐입니다."

모토무라는 그것도 다 안다는 듯 몇 번이나 고개를 끄덕거렸다.

"소용없는 줄 알면서도 일일이 확인하는 게 경찰 일이지요. 압니다. 친구 중에 경찰관이 있어서 그런 이야기를 들었거든요."

"친구라면?"

"산악부 시절 친구예요. 야마오라는 남자입니다."

별안간 핵심 인물의 이름이 튀어나왔다. 고다이는 낭패한 기색을 애써 감추었다.

"야마오 씨라고요……."

"그 녀석도 경시청에서 일하는데 모르시겠죠? 경찰관은 몇만 명이나 되니까." 모토무라는 컵을 들어 커피를 마셨다. "도도 선생님은 좋은 교사였습니다. 모든 학생을 공평하게 대해 주었죠. 저는 성적이 좋은 편도 아니었고, 특히나 사회 점수는 바닥이었는데 그걸로 뭐라고 하신 적이 없어요. 대신 동아리에서 다리를 다쳤을 때는 호되게 야단맞았습니다. 제 부주의 때문이었거든요. 그런 선생님이었습니다."

고다이로서는 야마오에 대해 묻고 싶었지만 모토무라가 먼저 이야기를 끌고 나갔다. 어쩔 수 없이 장단을 맞추기로 했다.

"고등학교 졸업 후에 도도 야스유키 씨를 만나셨습니까?"

"아뇨, 한 번도 못 봤습니다."

"전화나 편지는?"

"그런 것도 없었어요. 연하장은 보냈지만 한두 번뿐이었습니다. 도도 선생님은 교사를 그만두셨다고 들었고."

"그럼 근황은 모르시겠군요."

"안타깝게도 전혀 모릅니다."

"도도 씨와 연락을 취한 분이 계실까요? 산악부 OB나."

모토무라가 고개를 갸웃거렸다. "글쎄요. 있을지도 모르지만 전 모르겠네요. 수사에 도움이 되지 못해 죄송합니다."

"신경 쓰지 마십시오. 그럼 후카미즈 에리코 씨는 어떻습니까? 고등학교 때 인상적인 일은 없었습니까? 아무리 사소한 일이라도 좋습니다."

"아니, 그 질문도 상당히 어렵네요. 후카미즈 씨하고는 반이 달랐어요. 그래서 제대로 대화해 본 적이 없습니다. 물론 이름은 알고 있었죠. 학교에서 최고 미인이었으니까요. 하지만 상대방은 저 같은 건 안중에도 없었을 거예요. 이따금 거리에서 마주쳐도 인사조차 해 주지 않았어요. 인상적인 일이라면 그 정도일까요."

모토무라가 쓴웃음을 흘리며 익살스럽게 늘어놓는 자학적인 에피소드에는 현실성이 있었다.

"아시다시피 도도 야스유키 씨와 후카미즈 에리코 씨는 결혼하셨는데, 고등학교 때 조짐 같은 게 있었습니까?"

모토무라는 고개를 살래살래 저었다.

"저는 전혀 몰랐어요. 두 사람이 함께 있는 모습을 본 기억조차 없습니다. 어쩌면 서로 의식은 했을지도 모르지만 그때는 아무 일도 없지 않았을까요? 후카미즈 씨는 저희 부원하고 사귀기도 했고. 다들 화려한 타입을 좋아하는구나 싶었어요. 저는 거북했지만."

"어떤 분입니까?"

"예?"

"후카미즈 에리코 씨와 사귀었다는 부원 말입니다."

"아아……."

모토무라는 어째선지 조금 망설이다가 대답했다. "나가마라는 부원입니다. 저희하고 같은 학년이었어요."

고다이는 수첩에 시선을 떨어뜨렸다가 고개를 들었다. "나가마 가즈히코 씨 말씀이군요."

"맞습니다."

데라우치 히로코의 기억은 정확했던 것 같다.

"그분 연락처는 알고 계십니까?"

"연락처라……." 당황한 듯 모토무라의 시선이 불안해졌다.

"최근에는 연락이 뜸했습니까?"

고다이가 묻자 모토무라는 다시 망설이는 표정을 지었다가 결심한 듯 입을 열었다.

"나가마는, 죽었습니다."

뜻밖의 이야기에 고다이는 저도 모르게 외마디 소리를 질렀다. "엇, 언제요?"

"저희가 고등학교를 졸업한 지 얼마 되지 않아서요. 아직 그리 덥지 않았으니 6월쯤이었을지도 모릅니다." 모토무라는 몸을 살짝 내밀더니 자살이었어요, 라고 말했다. "자기 방 베란다에서 뛰어내렸습니다."

"이유는요?"

"유서가 있었던 건 아니니 단언할 수는 없지만 대학에 떨어져서 그랬다는 소문이 있어요. 나가마는 성적이 정말 뛰어나서 도쿄대를 목표로 삼고 있었거든요. 담임 선생님도 꼭 들어갈 수 있다고 했다더군요. 저희도 합격할 줄 알았어요. 그렇게 되면 산악부 주가도 올라간다고 태평한 소리를 했을 정도입니다. 불합격이라는 소식을 들었을 때는 깜짝 놀랐어요. 그 무렵에는 산악부도 은퇴해 얼굴을 마주할 기회가 없어서 다행이라고 생각했죠. 만나도 어떻게 위로해야 할지 몰랐으니까요. 만나 본 친구 말로는 잔뜩 초췌해져서 말을 걸기 어려웠다더군요. 저는 대학 입학을 계기로 고향을 떠나 이후의 일은 잘 모르지만 어느 날 투신자살했다는 소식이 산악부 연락망으로 들어왔어요. 바로 믿기는 힘들었죠."

고작 시험에 떨어졌다고 자살이라니. 고다이는 위화감을 느꼈지만 다시 생각해 보면 40년 전에는 그랬을지도 모른다. 그 시절에는 입시 지옥이라는 표현도 있었다고 한다.

"당시 후카미즈 에리코 씨와의 관계는 어땠나요? 아직 사귀고 있었습니까?"

"아니, 이미 헤어진 것 같았어요. 입시 공부에 전념하려고 1월 전에 헤어졌다더군요. 나가마가 먼저 말을 꺼냈다고. 그만큼 입시에 모든 걸 걸었다는 뜻이겠지요."

"나가마 씨와 가장 친했던 사람은 누구입니까? 모토무라 씨입니까?"

"아뇨, 저는 그 정도는 아니었어요. 동아리 말고는 접점이 없었으니까요. 사이가 좋았다고 한다면 야마오가 아닐까 싶은데."

고다이는 순간 숨을 멈췄다. "야마오 씨······."

"아까 말씀드렸던 경찰관이 되었다는 녀석이요. 음, 그 녀석 연락처는 누가 알고 있으려나······."

"걱정 마십시오. 경찰이라면 저희 쪽에서 알아볼 수 있습니다."

"아아, 그런가. 그야 그렇겠군요."

고다이는 숨을 고르고 입을 열었다.

"그 야마오 씨라는 분과 나가마 씨는 사이가 얼마나 좋았습니까?"

"뭐라고 해야 하나. 어쨌거나 자주 붙어 있었어요. 등산할 때, 2인 1조로 행동할 일이 있는데 두 사람은 항상 한 조였죠. 게다가…… 그래요, 나가마가 죽었을 때 야마오가 얼마나 침통해하던지. 저희도 충격받았지만 그 녀석은 훨씬 심했어요. 친구인데 나가마의 자살을 막지 못했다고 후회하는 것 같았죠. 네 탓이 아니라고 모두 위로했는데."

고다이는 믿기 어려운 심정으로 모토무라의 이야기를 들었다. 표정 변화도 거의 없고 어딘가 정체 모를 분위기를 가진 현재의 야마오를 보면 상상되지 않는 에피소드였다. 물론 오랜 세월이 지났으니 성격이 달라져도 이상할 건 없다.

"모토무라 씨는 최근 야마오 씨와 연락한 적이 없습니까?"

"없네요. 마지막으로 통화한 게 20년도 더 됐을 겁니다. 제가 결혼했을 때 산악부 친구들이 축하해 줬는데, 그게 마지막이었어요. 어쩌면 경찰 일도 그만뒀을지 모릅니다."

"괜찮습니다. 그런 경우에도 추적할 수 있습니다."

"그럼 다행이고요. 야마오도 만나 보실 겁니까?"

"아직 뭐라 말씀드릴 수는 없지만 그렇게 될지도 모릅니다."

"만난다면 안부 좀 전해 주세요. 모토무라는 두 식솔을 거느리고 있어서 아직 한동안 일을 더 해야 한다고요."

"기억해 두겠습니다. 그런데 모토무라 씨, 노파심에 말씀드리지만 나중에 혹시 야마오 씨와 연락되어도 오늘 이렇게 저를 만났다는 말씀은 하지 말아 주십시오. 야마오 씨에게 괜한 선입견을 주고 싶지 않아서 그럽니다. 이래저래 지장이 생기거든요."

"그런가요. 알겠습니다. 아마 야마오하고 이야기할 기회는 없을 거예요. 애초에 연락처도 모르니까요."

"그러십니까. 그렇다면 괜찮습니다만."

"그런데 형사님." 모토무라가 주위를 살피더니 다시 살짝 몸을 앞으로 내밀었다. "실제로는 어떻습니까? 그 사건, 해결할 수 있겠습니까?" 눈이 호기심으로 반짝거렸다.

고다이는 컵에 든 물을 마시며 시간을 끌었다.

"해결을 위해 최선을 다해 수사하고 있습니다."

이런 경우의 상습 멘트다. 당연히 상대가 기대한 답이 아닐 것이다. 예상대로 모토무라는 불만스럽게 입을 비죽거렸다.

"어느 쪽이 진짜 목적이었는지는 알아냈나요?"

"어느 쪽이라 하심은?"

"도도 의원님과 후타바 에리코, 경찰은 범인이 어느 쪽을 노렸다고 생각합니까?"

"그런 건 조금······."

모토무라가 떨떠름한 표정으로 몸을 뒤로 젖혔다.

"수사에 이렇게나 협조했는데 그 정도는 알려 줄 수 있지 않습니까?"

"협조에는 감사드립니다. 과거의 은사와 동창이 피해자니 관심 갖지 말라는 게 억지라는 건 알고 있습니다. 하지만 수사는 정보 수집만큼이나 유출 방지도 중요합니다. 부디 양해해 주십시오."

"당연히 다른 데서는 말하지 않을 겁니다."

"그러시겠지요. 그렇다고 해도 예외를 둘 수는 없어서요."

모토무라는 한숨을 쉬고 커피잔을 들었다.

"알겠습니다. 그렇다면 어쩔 수 없지요. 포기하겠습니다."

"기대에 부응하지 못해 죄송합니다."

"아, 됐어요. 수사 힘내십시오."

"고맙습니다. 최선을 다하겠습니다." 고다이는 그렇게 말하며 고개를 숙이고 계산서로 손을 뻗었다.

가게에서 나와 역으로 향하면서 쓰쓰이에게 전화했다.

"수확이 있었나?" 쓰쓰이가 다짜고짜 물었다.

"수확이라고 할 수 있을지는 모르겠지만 재미있는 이야기를 들었습니다."

고다이는 나가마 가즈히코라는 인물의 자살에 대해 설명했다.

"확실히 신경 쓰이는 이야기로군. 알겠어. 이쪽에서 조사해서 연락하지. 오늘 남은 일정은 어때? 아직 더 조사할 텐가?"

"미정입니다. 지금 가마타에 있으니 본청 청사에서 회의하시려면 당장이라도 갈 수 있는데요."

"멍청한 소리. 독감으로 쉬는 사람이 본청 청사에서 어슬렁거리다가 특수수사본부 녀석들에게 들키면 일이 귀찮아져. 어느 정도 조사를 마쳤으면 집으로 돌아가. 회의는 줌으로 한다."

"알겠습니다."

전화를 끊고 스마트폰을 주머니에 넣고 주위를 둘러보았다. 아직 아케이드 상점가 안이다. '돈가스'라고 적힌 포렴이 눈에 들어왔다.

오늘은 많이 걸어서 배가 고팠다. 밥을 곱빼기로 시킬까. 그런 생각을 하며 가게로 걸음을 뗐다.

16

이름: 나가마 가즈히코(18세), 1986년 도립 아키시마 고등학교 졸업.

신고 일시: 1986년 5월 30일(금요일) 오전 1시 23분.

현장: 아키시마시 다마가와초 2-10 서니 아파트(6층 건

물) 동쪽 주차장.

신고자: 나가마 히로카즈(회사원, 53세), 다마요(부인, 45세). 서니아파트 503호.

상황: 방에서 사라진 것을 안 부모가 주위를 수색하다가 주차장에 엎드린 자세로 쓰러져 있는 것을 발견. 구급차로 병원으로 옮겼지만 두개골 골절로 이미 사망한 상태.

검증 결과: 자택 베란다(본인 방 외부) 난간에 본인 지문. 투신 이외의 원인으로 보이는 외상은 없음.

유서: 없음.

"내용이 빈약한 정보라 불만스럽겠지만 실제로 그 정도 기록밖에 없었어." 컴퓨터 화면 속에서 쓰쓰이가 말했다. "행정 해부도 한 것 같던데 약물 섭취 같은 수상한 점도 없어서 자살로 처리됐어."

"자살 동기는 어떻습니까?"

"일단 부모가 인터뷰도 했더군." 쓰쓰이는 손에 든 자료에 시선을 떨어뜨렸다. "대학에 떨어져 우울해했던 건 사실이었나 봐. 그러다 차츰 진정되어 5월에는 다시 공부에 전념했다고 했어. 그런데 갑자기 어두운 얼굴로 생각에 잠기거나 식사도 거르고 방에 틀어박혀서 무슨 일인가 걱정했는데 이렇게 되었다고 한탄했다는군."

"그 말만 들으면 대학 낙방이 꼭 원인은 아닌 것 같군요."

"하지만 부모는 그것 말고는 짐작 가는 바가 없다고 했어. 중학생이면 왕따 문제도 생각해 볼 수 있겠지만 18세, 그것도 고등학교 졸업 후라면 가능성은 낮지 않을까?"

쓰쓰이의 가설은 타당했다. 고다이는 말없이 수긍했다.

"부모는 살아 있나?" 지금까지 잠자코 있던 사쿠라카와가 물었다. 이 줌 회의에는 고다이를 포함해 세 사람만 참석했다. 고다이는 집에 있었지만 넥타이를 맸다. 사쿠라카와와 쓰쓰이는 경시청 본부 청사 회의실에 있었다.

"글쎄요. 살아 있다면 부친은 90세가 넘었을 겁니다. 가능성은 희박할지도 모릅니다." 쓰쓰이가 대답했다. "모친은 80대 초반일 테니 살아 있을 가능성이 높군요."

"내일 찾아가 보겠습니다." 고다이가 말했다. "주소가 그대로여야 할 텐데."

"아까 확인했는데 건물 자체는 남아 있는 것 같더군. 일단 운전면허증을 확인해 볼까?"

쓰쓰이의 물음에 고다이는 그래 달라고 대답했다.

"40년 전 자살 사건이라." 화면에 비친 사쿠라카와가 생각에 잠긴 표정으로 말했다. "그게 이번 사건과 연관이 있다면 큰 발견이지만······."

"아직 뭐라 말씀드릴 수 없습니다." 고다이는 말했다. "그래도 관계자와의 접점을 생각하면 그냥 넘길 수 없습니다. 고등학교 때 에리코 부인은 나가마 가즈히코 씨와 사귀었습니다. 그런 나가마 씨와 야마오 경부보가 같은 산악부 소속이고 절친했습니다. 더군다나 산악부 지도교사는 당시 교사였던 도도 야스유키 씨. 이걸 단순한 우연으로 치부하기에는 거부감이 듭니다."

"그 점에는 동감해. 하지만 그들을 연결하는 실이 어떻게 얽히고설켜야 수십 년 뒤에 살인사건으로 번지는지, 도통 상상이 안 되는군."

사쿠라카와가 신음하듯 내뱉은 말은 고다이의 심경이기도 했다.

"야마오 경부보에게 물어보면 가장 빠를 텐데 말입니다."

"그럴 수 있으면 누가 이 고생을 해?" 쓰쓰이가 기운 빠진 표정으로 말했다.

"아까 관리관과 함께 경찰서 내부에 사건 관계자가 있을 가능성을 서장과 부서장에게 설명했다." 사쿠라카와가 싸늘하게 말했다. "수사1과장의 지시로 우리가 야마오를 주시하고 있다는 이야기는 아직 하지 않았어. 당황한 간부들이 멋대로 움직이면 곤란하니까. 야마오가 사건에 관여했다는 결정적인 근거를 찾아내면 밝힐 예정이다."

"상당히 신중하군요."

"당연하지. 현직 경찰관을 조사했다고 하면 난리가 날 거야. 가재는 게 편이라는 말을 듣기 싫으면 그 시점에서 확실하게 체포영장을 받을 수 있도록 준비해야 해. 그러니 정보가 외부에 새는 일만은 반드시 피해야 한다. 그런데 서장이 당장이라도 직원들 알리바이를 전부 확인할 것처럼 안달이야. 그런 짓을 했다가 특수수사본부에 있는 기자들이 냄새라도 맡으면 말짱 도루묵이지. 서장에게는 서둘러도 의미가 없고 수사원들에게 혼란만 줄 뿐이니 조금만 참으라고 간신히 설득했어."

"몹시 절박한 모양이네요."

"바로 그래. 그래서 시간이 별로 없다. 이쪽에서 최대한 지원할 테니 야마오와 도도 부부의 접점을 철저히 조사해."

"알겠습니다. 일단 내일 나가마 가즈히코 주변 인물을 조사해 보겠습니다."

"좋아, 부탁하네."

사쿠라카와의 말을 끝으로 세 사람의 줌 회의는 끝났다. 고다이는 노트북을 덮고 한숨을 푹 쉬었다. 오후 10시가 지났다. 긴 하루였다. 내일은 더 길어질지도 모른다.

냉장고에 넣어 둔 캔맥주라도 마실까 싶어 일어서는데 스마트폰이 울렸다. 발신자를 보고 가슴이 덜컹했다. 야마오였다.

전화를 받고 예, 하고 대답했다.

"여보세요, 야마오입니다. 지금 잠시 괜찮습니까?" 조용하고 낮은 목소리였다.

"예, 괜찮습니다."

"늦은 시간에 죄송합니다. 독감이라는 말을 듣고 걱정되어서요. 몸은 좀 어떻습니까?"

"별일 아닙니다. 그보다 모두 바쁜데 자리를 비워서 면목이 없습니다."

"아니요, 독감이라는 건 아무리 조심해도 걸릴 때는 걸리니까요. 신경 쓰지 말고 푹 쉬십시오."

"정말 죄송합니다. 야마오 씨에게 부담이 가지 않아야 할 텐데."

"그런 걱정은 필요 없습니다. 원래 고다이 씨 보조 같은 역할이니, 고다이 씨가 쉬면 저도 딱히 할 일이 없어서요. 불평할 사람도 없습니다. 그렇다고 아무 일도 안 할 수는 없으니 조금이라도 도움이 될 일이 있을까 싶어 전화를 드렸지요. 고다이 씨, 제가 할 수 있는 일이 있으면 편하게 말씀하세요." 야마오의 말투는 쾌활했다. 상당히 의욕 넘치는 것처럼 들렸다.

"고맙습니다. 당장 생각나는 건 없지만 조만간 부탁드릴지도 모르겠습니다."

"알겠습니다. 연락 기다리겠습니다. 그나저나 마음이 놓이네요. 갑자기 쉬신다고 해서 걱정했거든요. 목소리를 들어 보니 건강한 것 같군요."

"열은 났지만 그리 아프지는 않습니다. 사실은 쉬고 싶지 않은데 사흘은 안정을 취하고 사람들과 접촉하지 말라고 해서요."

"알다마다요. 고다이 씨 성격에 얼마나 답답하겠습니까. 그래서 집에 틀어박혀 있기 갑갑해 기분전환 겸 외출하신 거군요."

"네? 외출이요?"

"밖에 계신 것 아닙니까? 방금 자동차 경적이 들렸는데요."

순간 고다이는 말문이 막혔다. 그런 소리가 났던가?

"아니요, 집에 있는데요."

"그럼 창문이 열려 있어서 바깥 소리가 들렸나?"

"창문도 닫혀 있는데……."

"그런가요? 그냥 제가 잘못 들었나 봅니다. 죄송합니다. 이상한 소리를 했네요. 쉬시는데 실례했습니다. 아까 건강한 것 같다고 말했지만 방심은 금물입니다. 완쾌할 때까지 무리하지 마세요."

"그렇게 말씀해 주시니 마음이 조금 편해지네요. 가급적 빨리 복귀할 생각이니 그때가 되면 또 잘 부탁드립니다."

"저야말로 잘 부탁드려야죠. 그럼 이만 실례하겠습니다. 몸조리 잘하세요."

고맙습니다, 하고 고다이는 전화를 끊었다. 스마트폰을 쥔 채로 베란다 쪽을 보았다. 창문은 빈틈없이 닫혀 있다.

고다이의 집은 간선도로에서 조금 떨어져 있다. 경적을

울리는 자동차가 있어도 실내까지 소리가 들어올까? 적어도 고다이는 의식해 본 적이 없었다.

야마오가 고다이의 병가를 의심해 정말 집에 있는지 떠본 게 아닐까?

그럴 가능성이 크다. 이 사람은 생각보다 더 교활하다. 그리고 만만치 않은 상대다······.

17

이튿날 아침, 고다이는 8시 42분 신주쿠에서 출발하는 쾌속 열차를 탔다. 특급에 비해 정차하는 역은 많지만 중간에 환승하지 않아도 된다. 복잡한 출근 시간대지만 많은 승객이 신주쿠에서 내려서 편하게 서 있을 수 있고 기다리면 빈자리가 날 수도 있다.

그런 희망이 이루어져 다음 역이 다가오자 바로 앞에 앉아 있던 덩치 큰 젊은이가 일어섰다. 고다이가 주위를 둘러보았지만 고령자나 안색이 나빠 보이는 승객은 없었다. 걱정 없이 앉기로 했다. 아키시마는 멀다.

가볍게 팔짱을 끼고 수사 시작 때부터의 기억을 더듬었다.

첫 번째 수사 회의가 끝나고 야마오가 인사하러 왔을 때를 떠올렸다. 수사원들의 업무분장을 결정하는 건 쓰쓰이 같은 주임급이지만 관할서 계장과 형사과장과도 의논하게 된다. 쓰쓰이의 말에 따르면 야마오를 참고인 조사반에 넣자고 제안한 건 아이자와 형사과장이라고 했다. 이유는 모른다. 하지만 현시점에서 아이자와에게 물어볼 수도 없다. 야마오에게 혐의를 두고 있다는 사실을 들키게 된다.

어쩌면 야마오가 먼저 요청했을 수도 있다. 야마오는 생활안전과 경부보니 계장급이다. 특수수사본부에 들어가라는 말을 들었을 때 넌지시 청했을 가능성은 충분했다.

그렇다면 어째서 참고인 조사반에 들어오려 했을까? 단순히 수사 진척 상황을 파악하려는 거라면 다른 반이라도 상관없었을 것이다. 역시 피해자 부부가 자기와 연관 있어서 그랬다고 생각하는 게 타당하리라. 그들의 인간관계나 과거가 밝혀지는 과정을 확인하고 싶었던 게 아닐까?

문제는 피해자 부부와 그의 관계를 숨기고 있다는 점이다. 파트너인 고다이에게도 숨겼다. 그가 어떠한 형태로든 사건에 관여했기 때문이라고 생각할 수밖에 없다.

그렇다면 어떻게 사건과 연관되어 있을까?

가장 단순한 답은 야마오가 진범이라는 것이다. 그가 도도 부부를 살해하고 저택에 불을 질렀다…….

동기는 무엇일까? 역시 고등학교 시절까지 거슬러 올라가야 하나? 40년 전의 싹이 이제야 악의 열매를 맺었다는 건가?

고다이의 머릿속에 나가마 가즈히코의 이름이 떠올랐다.

고등학교 때 절친의 자살이 이번 사건과 연관 있을 가능성은 얼마나 될까? 구체적인 숫자로 따질 수는 없지만 설령 표현한다 해도 상식적으로는 낮을 것 같았다. 고다이도 고등학교 때 친하게 지낸 친구가 몇 명 있었지만 지금은 거의 연락하지 않는다. 사회인이 되면 많은 사람이 근무처를 비롯해 다양한 네트워크에 인간관계를 지배당한다. 그런 것들에 압도당해 옛 친구와의 교류는 우선순위가 낮아진다. 결혼하고 아이가 태어나면 더더욱 그렇다.

물론 단정은 금물이다. 야마오는 극소수의 예외일지도 모른다.

경시청 채용 센터에 있는 야마오의 이력서에 따르면 그는 아키시마 고등학교를 졸업하고 도내에 있는 사립대학에 들어갔다. 공학부 금속공학과였다. 경찰학교에 들어가 처음 유도를 배웠고 대학에서는 등산부 소속이었다.

경시청에 들어온 이후의 경력도 알아냈다. 몇몇 경찰서 지역과에서 파출소 근무와 순찰차 운용 업무를 하고 경시청 본부 보안과로 이동했다. 그 후 관할서 생활안전과에 배치되어 지금 경찰서로 이동한 게 9년 전이고 이후 이동은 없었다.

가족은 양친뿐이고 두 사람 다 타계했다. 10년 전과 4년 전에 경조 휴가를 냈다. 모친이 먼저 사망하고 6년 후에 부친이 뒤를 따른 것 같았다.

그런 생각을 하고 있는 중에 안주머니에서 스마트폰이 진동했다. 주위 시선을 의식하면서 확인하니 쓰쓰이가 보낸 문자가 와 있었다.

'운전면허증 데이터베이스에 나가마 가즈히코 모친인 다마요의 기록은 없어. 하지만 부친인 히로카즈에게 갱신 수속 안내문을 보냈을 때의 기록을 찾아냈다. 지금으로부터 5년 전, 수취인 불명으로 돌아온 흔적은 없다. 다만 그때 갱신 수속을 하지 않았으니 사망했을 가능성이 높아.'

적혀 있는 주소를 보고 고다이는 눈을 껌뻑거렸다. '아키시마시 다마가와초 2-10 서니 아파트 503호'라고 되어 있었다. 나가마 가즈히코가 자살한 아파트다. 즉 5년 전까지 나가마 히로카즈의 면허증 등록 주소는 1986년 그대로였다는 뜻이다.

9시 반을 조금 남겨 두고 쾌속 열차는 나카가미역에 도착했다. 아키시마역 한 정거장 앞이다. 역 남쪽 출구로 나가니 좁은 도로를 따라 작은 가게들이 즐비했다. 선술집과 주점 같은 음식점 간판이 많았다. 첫 번째 모퉁이를 돌자 시야가 훤해지고 세련된 외관의 우체국 앞에 유명한 패스트푸드점이 보였다. 그 맞은편은 파친코 가게다. 이 주변이 동네 사람들의 아지트인 듯했다.

간선도로로 나가 동쪽으로 향했다. 한참 걷다 보니 대각선 앞쪽에 아파트들이 보였다. 전부 그리 높은 건물은 아니었다. 기껏해야 5층이나 6층쯤 될까.

고다이는 지도 앱으로 현재 위치를 확인하며 걸었다. 목적지는 아키시마시 다마가와초 2가 10번지다.

쓰쓰이에 따르면 '서니 아파트'는 아직 남아 있다고 했다.

샛길로 들어가 조금 돌아다니다가 금방 찾았다. 외벽에 베이지색 타일을 바른 건물이었다. 지은 지 40년이 넘은 것에 비해 낡은 인상이 없다 싶었는데 가까이 다가가니 역시나 오염과 노후된 곳이 눈에 띄었다.

건물 정문으로 들어가니 왼쪽에 관리실이 있고 회색 유니폼을 입은 남성이 앉아 있었다. 나이는 60대 중반일까. 고개를 들어 고다이 쪽을 보았지만 바로 관심을 잃은 듯 시선을 떨어뜨렸다.

안쪽에 공용 출입구가 있고 그 바로 앞에 낡은 인터폰이 붙어 있었다. 고다이는 숫자 5, 0, 3을 차례로 누르고 '호출' 버튼을 눌렀다.

잠시 기다렸지만 반응이 없었다. 한 번 더 똑같은 작업을 반복해도 결과는 마찬가지였다. 외출 중인 듯했다.

고다이는 관리실을 보았다. 관리인은 돋보기안경을 코에 걸치고 손에 든 걸 읽고 있었다.

가까이 다가가 잠시 실례합니다, 라고 말을 걸었다. 관리인은 코끝에 안경을 걸친 채 무슨 용건이냐는 듯이 고다이를 올려다보았다.

"503호가 나가마 씨 댁 맞습니까?"

관리인은 무뚝뚝한 표정으로 손을 저었다. "그런 질문에는 대답 못 합니다."

고다이는 안주머니에서 경찰수첩을 꺼내 내밀었다. "근무 중에 죄송합니다. 협조해 주시면 감사하겠습니다."

관리인의 표정이 대번에 바뀌었다. "나가마 씨가 무슨 잘못이라도?"

"확인할 일이 있어 찾아왔는데 집을 비우신 것 같더군요. 어디 가셨는지 모릅니까?"

"어디 외출하셨나 보지요. 행선지는 모릅니다." 말투가 딱딱했다.

"연락처는 모르십니까? 휴대전화 번호나."

"휴대전화…… 글쎄요." 관리인이 당혹스러운 표정을 지었다.

"누수나 관리 문제가 생길 때 연락하는 번호가 있을 텐데요."

"아, 그게, 일단 파악은 해 둡니다. 다만 본인 허락 없이 알려드릴 수는……."

"알려 주실 필요는 없습니다. 그 대신 전화를 좀 해 주시겠습니까? 경찰이 찾아와서 물어볼 게 있다고 한다, 그렇게 말씀해 주시면 됩니다."

"지금 당장 말입니까?"

"부탁드립니다." 고다이는 정중하게 고개를 숙였다.

관리인은 조금 망설이다가 옆에 있는 작은 책장에서 파일을 꺼냈다. 페이지를 펼치고 전화 수화기를 들더니 돋보기안경을 추켜올리며 번호를 눌렀다.

이윽고 그의 표정으로 전화가 연결되었다는 걸 알았다.

"나가마 씨? 저는 서니 아파트 관리인입니다. ……아니요, 저야말로. 어, 그게, 실은 지금 경찰이 찾아오셨어요. 나가마 씨에게 물어보고 싶은 게 있다고. ……아니, 자세한 사정은 못 들었습니다. 그냥 연락만 해 달라고 해서."

고다이는 수첩을 펼치고 볼펜으로 '사무적인 용건입니다'라고 써서 관리인 쪽으로 내밀었다.

"어, 사무적인 용건이라고 하시네요. ……아아, 그러신가요. 잠시만요." 관리인이 수화기에서 얼굴을 떼고 고다이를 쳐다보았다. "지금 시민회관에 있다고 하네요. 기다려 주면 곧장 돌아오겠답니다."

"물론 기다리겠습니다."

관리인은 고개를 끄덕이고 수화기에 귀를 가져갔다. "기다리겠다고 하네요. ……알겠습니다." 수화기를 제자리에 내려놓고 말했다. "10분 내로 돌아온다고 합니다."

"고맙습니다. 수고를 끼쳤습니다. 그런데." 고다이는 수첩을 주머니에 넣었다. "나가마 씨는 혼자 살고 계십니까? 함께 사는 분은 안 계십니까?"

"바깥분이 돌아가신 뒤로는 쭉 혼자 계세요. 가끔 여성분이 찾아오는데 함께 사는 것 같지는 않았습니다."

역시 남편은 사망한 것 같았다. 아내의 이름은 다마요였나.

"그렇다면 나가마 씨에게 무슨 일이 생기면 어디로 연락합니까? 여기서는 긴급 연락처는 모르십니까?"

"임대는 부동산 사장이나 집주인에게 연락합니다. 자가는 입주 시 임의로 긴급 연락처를 제출하라고 합니다."

"나가마 씨 댁은 어떻습니까?"

"나가마 씨는 자가인데……." 관리인은 다시 파일을 펼쳤다. "긴급 연락처는 남편분 형님으로 되어 있군요. 하지만 이미 돌아가시지 않았을까요."

남편이 살아 있다면 아흔이 넘었으니 그 형은 백 세를 바라볼 것이다. 확실히 살아 있을 가능성은 낮았다.

"연락처를 갱신하지 않았군요."

"그런 모양입니다."

관리인은 태평하게 대꾸했지만 웃을 일이 아니다. 자가 주택에서 혼자 살던 입주자가 사망해 집이 방치된 채로 관리비가 계속 체납되는 사례가 일본 전국에서 증가하고 있다.

"여기서는 언제부터 근무하셨습니까?"

"저요? 음, 이래저래 8년쯤 되었을까요."

나이대로 보아 정년퇴직 후 얻은 일자리일지도 모른다.

"그때 나가마 씨 남편께서는 살아 계셨습니까?"

"살아 계셨지요. 하지만 건강하진 않았습니다. 병에 걸려 늘 병원에 다니셨죠. 무슨 암이었던 것 같은데. 마지막에는 호스피스 시설에 들어가셨는데 그러고 바로 돌아가셨는지 부인께서 인사하러 오셨어요. 6년쯤 됐습니다."

"나가마 씨하고는 대화를 자주 나누십니까?"

"자주는 아니지만 가끔 합니다. 큰 짐을 옮길 때 도와드리곤 하니까요. 그러면 그냥 넘어가지 않고 나중에 꼭 과자나 과일을 가져다주신답니다. 좋은 분이에요."

"자녀분에 대해 뭔가 들으신 건 있습니까?"

"자녀분이요?" 관리인은 거북한 표정으로 수염이 너저분하게 자란 턱을 쓰다듬었다. "음, 이런 이야기를 해도 되나?"

"뭔데 그러시죠?"

"관리회사에서 외부인에게는 말조심하라고 주의 준 일이 있는데, 그게 나가마 씨 자녀분 일이라……."

"아드님이 사망한 건 말입니까?" 고다이가 목소리를 낮춰 물었다.

"뭐야, 알고 계셨습니까?" 관리인은 맥 빠진 목소리로 말했다. "하긴, 그렇겠네. 경찰이었죠. 그런 건 당연히 알려나."

"꽤 오래전 일인데, 어떤 이야기를 들었습니까?"

"어떻긴요, 있는 그대로죠. 집 베란다에서 뛰어내려 죽었다고 들었습니다. 아직 고등학생이었다는데 안됐어요."

정확히는 고등학교 졸업 직후지만 정정할 필요는 없으리라.

"그 일로 나가마 씨하고 이야기를 나눈 적은 있습니까?"

관리인은 입가를 비죽이며 손을 저었다. "어떻게 그럽니까?"

"그럼 지금 입주자 중에 당시 일을 아는 분은 계십니까?"

"이사하지 않고 쭉 사시는 분이라면 알지 않을까요? 하지만 그분들 성함을 알려드릴 수는 없습니다."

"예, 알고 있습니다. 개인정보니까요."

"그런 거지요." 관리인이 파일을 도로 책장에 꽂았다. 그러다 고다이를 돌아보며 살짝 몸을 내밀었다. "누구라고 말은 않겠지만 그중에는 나가마 씨를 곱게 보지 않는 사람도 있습니다."

"어째서죠?"

그야, 하고 관리인이 가슴을 젖혔다.

"자산가치가 떨어졌다는 거죠. 거품 경제 시절에는 이 동네 부동산 가격도 기가 막힐 정도로 뛰었다는데 이 아파트만 주위보다 조금 저렴했다나. 그게 나가마 씨 아드님의 투신자살 때문이라고 여기는 것 같아요."

"그렇군요……."

"그런 사람들만 있진 않지만요. 나가마 씨가 이사 가지 않은 건 그런 집이라 팔기도 어려웠겠지만 나쁜 소문을 남겨 두고 자기들만 달아나기 미안해서가 아닐까 말하는 사람들도 있습니다."

별사람들이 다 있어요, 하고 말을 맺는 얼굴에는 공동주택 주민들을 지켜봐 온 사람이 갖는 혐오감이 서려 있었다.

관리인이 현관 쪽을 돌아보았다. "돌아오셨네요."

고다이도 돌아보니 자그마한 노부인이 들어오는 참이었다. 스웨터 위에 얇은 웃옷을 걸친 노부인은 일단 관리인을 쳐다보았다가 고다이 쪽으로 시선을 돌렸다. 그 눈이 불안하게 흔들렸다. 경찰이 무슨 볼일인지 의심하는 게 틀림없다.

고다이는 미소를 지으며 다가갔다. "나가마 다마요 씨 맞으시지요?"

"그런데요······."

"갑작스럽게 죄송합니다. 경시청의 고다이라고 합니다. 여쭤보고 싶은 일이 있는데 잠시 시간 좀 내주시겠습니까?" 그렇게 말하며 명함을 내밀었다.

"그건 괜찮은데, 무슨 일이죠? 관리실에서는 사무적인 일이라고 하셨는데."

"그게, 여기서는 조금." 관리실을 힐끗 쳐다보며 말했다.

호기심 어린 눈으로 두 사람을 지켜보던 관리인이 머쓱한 듯 고개를 돌렸다.

"집에서 보자는 말씀인가요?" 노부인이 들고 있던 가방에 손을 넣었다.

"그래도 되고 다른 장소도 상관없습니다. 근처에 차분하게 이야기 나눌 만한 카페라도 있으면 좋은데······."

"아뇨, 집으로 오시죠. 나이가 있어 몇 번씩 외출하면 피곤해서요."

"알겠습니다. 그럼 실례하겠습니다."

"좁고 너저분해서 죄송하지만." 나가마 다마요는 가방에서 꺼낸 열쇠로 공용 현관문을 열었다.

서니 아파트 503호는 모퉁이 집이었다. 주방 겸 거실이라고 부르기에는 다소 좁은 공간에 아담한 식탁과 소파가 있었다. 다만 소파는 나란히 앉아야 하는 2인용뿐이었다. 나가마 다마요는 이쪽에 앉으세요, 하고 식탁 의자를 권했다.

고다이가 의자에 앉자 나가마 다마요는 주방 안쪽에서 차를 끓이기 시작했다. 고다이가 신경 쓸 필요 없다고 하려는데 뭔가 오도독 씹는 소리가 들렸다. 발치에서 났다. 시선을 떨어뜨리니 연갈색 고양이가 사료를 먹고 있었다. 파란 목줄을 매고 있었다.

"고양이를 키우시는군요."

"친구한테 받았어요. 키우는 고양이가 새끼를 낳았다고 해서 구경 갔는데 귀여워서 그만." 나가마 다마요는 찻주전자로 차를 따르며 어깨를 움츠렸다. "이 아파트, 사실은 애완동물 금지인데."

"몇 살입니까?"

"이제 곧 여섯 살이에요. 사람으로 치면 중년이라더군요. 너무하죠."

관리인 말로는 남편 나가마 히로카즈가 사망한 게 약 6년 전이라고 했다. 혼자 남아 적적함을 달래려고 키우기 시작했는지도 모른다.

나가마 다마요가 쟁반에 찻잔 두 개를 얹어 테이블로 다가왔다. 드세요, 하며 한쪽 찻잔을 고다이 앞에 내려놓았다. 고맙다고 인사하며 고개 숙였다.

"그래서 무슨 용건인가요?" 나가마 다마요가 자리에 앉으며 물었다.

고다이는 차를 한 모금 마신 후 찻잔을 내려놓고 자세를 가다듬었다.

"아드님에 관해 여쭙고 싶습니다."

순간 노부인의 얼굴이 얼어붙었다가 금방 풀렸다. 동시에 표정이 사라졌다.

"가즈히코 말인가요."

"그렇습니다. 꼭 여쭤볼 일이 있어서."

나가마 다마요는 한숨을 푹 쉬었다. "벌써 40년 전이에요. 이제 와서 뭐가 궁금한 거죠?"

"먼저 동기가. 대학 낙방이 원인이라고 했다던데 어머님도 그렇게 받아들이셨습니까?"

나가마 다마요가 어머님, 하고 중얼거리더니 살짝 미소

를 지었다.

"그렇게 불려 본 게 몇 년 만인지. 마지막이 아마 13주기 추모 때······."

"죄송합니다. 떠올리기 괴로우신 줄 알면서도 여쭙겠습니다."

"고다이 씨라고 했죠. 어째서 이제 와서 그런 걸 묻는 거죠?" 나가마 다마요는 소녀처럼 고개를 갸웃거렸다.

고다이는 자잘한 주름으로 뒤덮인 노부인의 눈을 바라보았다.

"저는 지금 어느 사건을 수사하고 있습니다. 그 과정에서 나가마 가즈히코 씨의 자살을 알게 되었습니다. 이번 사건과 관계가 있는지는 아직 모릅니다. 아마 상관없겠지요. 하지만 수사에는 상관없다는 걸 확인하는 작업도 필요합니다. 부디 양해 부탁드립니다." 다시금 고개를 숙였다.

나가마 다마요는 몇 차례 눈을 껌뻑거렸다.

"요즘 발생한 사건을 수사하다가 아들의 자살을 알게 되었다고요? 어떻게? 자꾸 말씀드리지만 벌써 40년 전 일이에요."

"죄송하지만 그 질문에는 답해드릴 수 없습니다. 수사 기밀이라."

중요 참고인이 당신 아들과 절친했다고 말할 수는 없다.

나가마 다마요는 한숨을 쉬었다. 그러자 그것이 신호인

것처럼 바닥에 있던 고양이가 노부인의 무릎 위로 폴짝 뛰어올랐다. 나가마 다마요가 희미한 미소를 머금고 고양이 등을 어루만졌다.

"어째서 아들이 그런 짓을 했는지……." 얇은 입술이 열렸다. "솔직히 지금도 모르겠어요. 남편하고도 몇 번이나 이야기했지만 답을 찾을 수 없었습니다. 대학에 떨어져서 충격을 받았던 건 사실이에요. 하지만 극복한 줄 알았어요. 다만 그건 저희 생각이었을 뿐이고 본인은 계속 괴로워했는지도 모르죠. 그렇다면 알아주지 못했으니 가여운 일이에요."

"당시 기록을 보니 가즈히코 씨는 자살 직전에 갑자기 어두운 얼굴로 생각에 잠기거나 식사를 거르고 방에 틀어박혔다고 하는데요. 대학 낙방 외에 짐작 가는 이유는 없습니까? 인간관계로 고민했다거나."

나가마 다마요는 고양이를 쓰다듬으며 아득한 허공을 바라보았다.

"아직 열여덟 살이었으니까요. 어른이라면 체념하거나 눈을 돌릴 수도 있겠지만 혼자서 끙끙 앓는 일이 많았을 거예요. 더군다나 그런 고민을 부모에게는 좀처럼 털어놓지 않았죠. 말씀하신 대로 조금 이상했어요. 무슨 일이 있었나 싶기도 했고요. 괜히 간섭하면 좋지 않을 것 같아 모르는 척했더니 그렇게 되어 버려서……. 그때 어째서 캐묻지 않았는지 지금도 후회합니다."

"부모님이 파악하고 계신 범위에서는 누군가와 트러블이 있었다거나 다툰 기색은 없었다는 말씀이군요."

"아무것도 몰랐어요. 엄마 자격이 없습니다." 낮은 목소리로 중얼거리는 말은 자신의 무력함을 한탄하는 것처럼 들렸다.

"고등학교 때 아드님께 교제하는 여성이 있었다는 이야기를 들었습니다만."

고다이의 말에 나가마 다마요의 입가가 살짝 누그러졌다. 하지만 표정은 싸늘했다.

"후타바 에리코 씨 말이죠? 역시 지금도 그렇게 오래전 일을 기억하는 사람이 있군요." 그렇게 말하다가 갑자기 깜짝 놀라더니 휘둥그레진 눈으로 고다이를 쳐다보았다. "그러고 보니 그분, 살해당했죠. 얼마 전에 뉴스에서 봤어요. 남편분과 함께 살해당했다고. 혹시 당신이 수사한다는 게 그 사건인가요?"

결국 눈치챈 모양이다. 여기서 속여 봤자 소용없다고 판단한 고다이는 대답했다. "예, 그렇습니다."

"그랬군요. 그래서 여기까지······." 나가마 다마요는 이해했다는 듯 끄덕거리다가 다시 고개를 저었다. "그렇지만 우리 아이의 자살은 그 사건과는 상관없을 거예요."

"저도 동감입니다만 방금도 말씀드렸다시피 확인할 필요

가 있어서요."

나가마 다마요는 고다이의 얼굴을 뚫어지게 쳐다보았다.

"형사님도 고생이 많군요."

비꼬는 게 아니라 솔직한 마음처럼 들렸다.

"말씀 감사합니다."

노부인의 무릎 위에서 고양이가 자세를 바꾸었다. 몸을 동그랗게 말더니 기분이 좋은지 눈을 감는다.

"그 사람…… 후카미즈 씨가 배우로 데뷔했다는 소식을 들었을 때는 솔직히 충격받았어요." 나가마 다마요는 다시 입을 열었다. "가즈히코는 그렇게 되었는데, 이 사람은 화려한 세계에서 빛나고 있다니 신도 참 불공평하다고 원망했죠. 물론 엉뚱한 화풀이라는 건 잘 알고 있었지만."

"두 사람은 어떻게 사귀게 되었습니까?"

"가즈히코가 먼저 고백했을 거예요. 3학년이라 입시를 앞두고 있는데 그래도 되나 싶었지만 너무 기뻐해서 말리지는 않았어요. 공부는 착실하게 하겠다고 약속했고요. 가즈히코가 후카미즈 씨를 집에 데려온 적이 있었는데, 이렇게 예쁜 아이가 여자친구라면 들뜰 만도 하겠다 싶었죠."

"교제 중에 뭔가 인상적인 일이 있었습니까?"

나가마 다마요는 작게 신음했다.

"솔직히 두 사람이 어떻게 사귀었는지 잘 몰라요. 극장이나 유원지에 다녔던 것 같은데 아들이 자세히 얘기하지 않아서. 다만 그리 깊은 사이는 아니었을 거예요. 적어도 선을 넘는 일은 없었을 겁니다."

육체관계를 말하는 것 같았다.

"이유가?"

나가마 다마요는 고양이를 쓰다듬던 손길을 멈추고 고다이의 눈치를 보았다.

"엄마의 감이라고 하면 웃으시겠어요?"

"천만에요." 고다이는 즉답했다. "자주 듣는 이야기입니다."

"가즈히코는 경험이 없었을 거예요. 만약 후카미즈 씨하고 뭔가 있었다면 한창때였으니 한 번으로 끝나지 않고 분명 폭주했겠죠. 그랬다면 누구 눈에도 뻔히 보였을 거예요."

감에 근거했다고는 해도 논리적이고 냉정한 분석이었다. 충분히 설득력이 있다.

"그리고 엄마의 감이라고 했지만 여자의 감이기도 해요. 아들에 대한 후카미즈 씨의 감정은 그리 진지하지 않았던 것 같아요."

"그랬습니까?" 고다이는 몸을 살짝 내밀었다. 흥미로운 견해다.

"가즈히코에게 호의는 있었겠지만 그냥 그 정도였을 거예요. 둘이서 자주 전화 통화를 했는데, 후카미즈 씨가 먼저 연락한 적은 거의 없었어요. 데이트할 때도 늘 가즈히코가 불렀고 반대 경우는 없었어요. 우리 아들 혼자 열 올리는 것 같다고 남편에게 말했던 기억이 나요. 그러는 사이 헤어졌다는 말을 듣고 역시 그랬구나 싶었죠."

"아드님이 먼저 헤어지자고 했다고 들었습니다만……."

"본인도 그렇게 말했어요. 하지만 좀 의심스럽다는 게 제 솔직한 심정입니다. 그 아이는 정말 후카미즈 씨를 좋아했으니 계속 사귀고 싶었을 거예요. 후카미즈 씨가 넌지시 헤어지자는 눈치를 줬고, 아들이 그럼 헤어지자고 결론을 내렸겠죠. 백 보 양보해서 그 정도 아니었을까요? 나름대로 자존심이 센 아이였으니까."

이 또한 냉정한 분석이다. 나가마 가즈히코가 저세상에서 듣고 있다면 아들에 대한 어머니의 무서운 통찰력에 놀랄 것이다.

어쨌거나 지금 들은 이야기만으로는 후카미즈 에리코와의 교제와 파국이 나가마 가즈히코의 자살로 이어졌다고 생각하기 힘들다. 고다이는 화제를 바꾸었다.

"가즈히코 씨는 고등학교에서 산악부 소속이었다고요. 도도 야스유키 씨가 지도교사였다던데."

"맞아요. 아들은 도도 선생님을 무척 따랐어요. 원래 그리 운동신경이 좋은 편이 아니었어요. 고등학교에서 운동부에 들어갈 줄은 생각도 못 해서 산악부에 들어갔다고 했을 때는 놀랐죠. 아들 말로는 아무리 공부를 잘해도 체력이 없으면 입시 전쟁에서 이길 수 없다면서 도도 선생님이 강하게 권했다더군요."

한물간 가르침이지만 그때는 그런 말이 어린 학생들의 가슴을 울렸으리라.

"산악부 활동 말고도 가즈히코 씨는 도도 씨와 교류가 있었습니까?"

"자세히는 모르지만 있었을 거예요. 부원들과 선생님 집에 가서 라면을 얻어먹었다는 이야기를 한 적이 있어요. 고민 상담 같은 걸 하지 않았을까요?"

운동부 지도교사와 부원들의 양호한 관계를 엿볼 수 있는 에피소드였다. 살인사건의 그림자가 싹텄을 것 같지는 않다.

"아드님이 자살한 뒤에 도도 씨 쪽에서 연락은?"

"딱히 없었어요. 장례식도 가족끼리 마쳐서 인사받을 기회도 없었고요."

자기가 지도교사로 있었던 동아리 부원이 졸업 후 자살했다면 나라면 어떻게 했을까, 고다이는 생각해 보았다. 장례식 안내장이 오면 참석하겠지. 안내가 오지 않으면 먼저 연락하기 어려울지도 모른다. 그대로 점차 소원해지는 것도 타당해 보였다.

"부원들이라고 하셨는데, 특별히 친한 친구는 있었습니까?"

"아아, 그거라면 야마오 군이라고." 나가마 다마요의 입에서 불쑥 중요한 이름이 나왔다. "야마오…… 요스케라고 했던가. 자주 함께 놀러 다녔어요. 집에도 몇 번 찾아왔고요."

"어떤 청년이었습니까?"

"착한 아이였어요. 사교적이고 싹싹하고, 저희한테도 싹싹하게 말을 걸었고요. 가즈히코는 내성적이라고 할 정도는 아니지만 낯가림을 해서, 야마오 군 덕분에 세상이 많이 넓어졌을 거예요."

고다이는 야마오의 얼굴을 떠올렸다. 겸손하고 대화도 서툴지 않다. 교활함을 감춘 거짓 모습인 줄 알았는데 어느 정도 천성도 있는 걸까.

"가즈히코가 자살하고 며칠 지나서 야마오 군이 찾아왔어요. 집으로 직접 온 건 아니고 주차장 입구에 서 있는 모습을 제가 우연히 본 것뿐이지만."

"주차장?"

"뛰어내린 아들이 쓰러져 있던 자리에 경찰이 펜스를 쳐서 출입금지 조치를 했는데, 그걸 멍하니 바라보고 있더군요. 이름을 불렀더니 달아나려 하길래 괜찮으면 향을 올려달라고 했죠. 야마오 군은 망설이면서도 집에 와서 향을 올려 줬어요."

"그때 분위기는 어땠습니까?"

나가마 다마요는 시선을 멀리 던졌다가 가볍게 한숨을 쉬었다.

"굉장히 괴로워 보였어요. 가즈히코의 영정사진을 보고 눈물을 뚝뚝 흘리더군요. 그래서 무심코 묻고 말았어요. 가즈히코가 자살한 이유를 알고 있느냐고."

"야마오 군은 뭐라고 했습니까?"

"모른다, 아무것도 모른다, 그 한마디뿐이었어요. 그때는 단순히 아들의 죽음을 슬퍼하는 줄 알았는데 한참 지난 후에야 어쩌면 야마오 군은 뭔가 알고 있었을지도 모른다는 생각이 들더군요."

"야마오 군에게 확인해 보지는 않았습니까?"

"지금 말했잖아요, 한참 지난 후였다고. 그때는 그 아이도 동네를 떠나 연락이 끊겼어요. 무섭기도 했고요."

"무섭다니요?"

"사실을 밝히는 게 무서웠어요. 어쩌면 아들은 엄청난 비밀을 품고 있었고 그 상황을 견디지 못해 목숨을 끊은 게 아니었을까. 그렇게 생각하니 아무것도 모르는 채로 내버려 두는 게 나을 것 같더군요. 하지만 역시 지금도 마음에 걸려서, 누가 진상을 밝혀 주면 좋겠다는 기대도 있어요." 나가마 다마요는 쓴웃음을 지었다. "모순이죠……."

"심경은 헤아리고도 남습니다." 고다이는 본심을 말했다. 자살의 진상을 알아봤자 부모는 괴롭기만 할 것이다. 한편으로 모르는 채로 두고 싶지도 않다. 부모의 마음은 복잡하다.

노부인의 무릎에서 기분 좋게 웅크리고 있던 고양이가 바닥으로 폴짝 뛰어내렸다. 기지개를 쭉 펴더니 작은 소파로 이동했다. 나가마 다마요가 그 모습을 다정한 눈으로 바라보았다.

고다이는 손목시계로 시간을 확인했다.

"귀중한 이야기를 들려주셔서 고맙습니다. 처음 말씀드린 대로 아드님의 죽음이 수사 중인 사건과 관계있다고 확정된 건 아니지만, 오늘 나눈 이야기는 비밀로 해 주시면 감사하겠습니다."

"예, 알고 있어요. 남한테 말하지 않을게요."

고다이는 찻잔에 남아 있던 차를 쭉 들이켜고 일어섰다. 현관으로 가면서 실내를 둘러보았다. 지은 지 40년이 넘다 보니 아무래도 노후된 인테리어가 눈에 보였다. 벽지는 변색이 뚜렷했다.

"이사는 고려하지 않으셨습니까?"

나가마 다마요는 얼굴을 찌푸렸다.

"그럴 돈이 있어야죠. 이 집을 팔려고 했던 적도 있지만 아들 사건을 구실로 값을 깎으려 들어서 결국 그대로 남았어요. 제가 죽으면 조카딸에게 물려줄 생각이에요. 근처에 사는데 가끔 저를 살펴보러 오거든요. 관리비만 드니 상속을 포기할지도 모르지만."

관리인이 말한 것처럼 역시 사연 있는 집이라 꺼린 모양이다.

고다이는 신발을 신고 다시 노부인 쪽을 돌아보았다. "그럼 이만 실례하겠습니다."

"아, 고다이 씨." 나가마 다마요가 머뭇거리며 말했다. "아들 방을 보시겠어요?"

고다이는 눈을 휘둥그레 떴다. "방이 남아 있습니까?"

"언젠가 처분해야지 하다가 40년이 지나 버렸네요. 계기가 없기도 했지만 노인 둘 생활이라 방이 모자란 것도 아니어서. 보시겠어요? 수사에 참고는 안 되겠지만."

"보여 주십시오." 고다이는 다시 신발을 벗었다.

나가마 가즈히코의 방은 세 평쯤 되는 서양식 방이었다. 책상과 책장, 침대가 있는 전형적인 공부방이다. 깨끗하게 청소되어 있어, 침대에 침구가 없는 점만 제외하면 누가 쓰고 있다고 해도 믿을 듯했다.

유리문 바깥쪽이 작은 베란다였다. 고다이는 은색 난간을 보며 어린 청년이 그곳에서 허공으로 몸을 내던지는 모습을 상상했다.

"유서는 없었죠?"

나가마 다마요가 고개를 끄덕였다. "네. 여기저기 찾아봤지만 없었어요."

"그랬나요." 고다이는 책상과 책장을 바라보았다. 약 40년 전, 평범한 고등학생의 일상을 느낄 수 있었다.

"신경 쓰이는 게 있으면 사양 말고 살펴보세요. 서랍이든 벽장이든 열어 보셔도 됩니다."

"아니요, 그럴 필요는 없습니다. 보여 주신 것만으로 충분합니다."

지금 여기서 사건과 관계된 중대한 힌트를 찾을 수 있을 것 같지는 않았다.

다시 현관으로 가서 신발을 신었다. 고다이는 정중하게 인사하고 서니 아파트 503호를 벗어났다.

역으로 걸어가면서 나가마 다마요와 나눈 대화를 곱씹었다.

많은 이야기를 들었지만 수확이라고 할 수 있는지는 모르겠다. 나가마 가즈히코의 자살 이유를 야마오가 알고 있었을지 모른다는 이야기는 역시 마음에 걸렸다. 그렇지만 40년도 더 지나서 살인사건으로 이어졌다는 가설은 너무 비현실적이었다.

손목시계를 보니 곧 정오였다. 점심을 먹으며 다음으로 찾아갈 곳을 고민하려고 음식점 간판을 살펴보고 있는데 스마트폰이 울렸다. 쓰쓰이였다.

"고다이입니다."

"쓰쓰이다. 지금 통화할 수 있어?"

"잠시만요." 고다이는 주위에 사람이 없는지 확인하고 셔터가 닫힌 상점의 차양 밑으로 들어갔다. "예, 말씀하세요."

"먼저 물어보겠는데 급히 보고할 사항은 있나?"

"급한 건은 없습니다."

"알았어. 실은 움직임이 있었다. 에나미 부부가 입금한 돈의 일부가 인출됐어."

고다이는 숨을 삼켰다. "언제요?"

"약 1시간 전이다. 우에노역 옆에 있는 편의점 ATM이야. 금액은 20만 엔. 인출한 인물의 사진은 이미 입수했다. 마스크를 쓰고 있어서 얼굴은 확인할 수 없지만 복장은 알아볼 수 있어. 현재 주변 방범 카메라 영상을 수집하고 있다."

"어째서 갑자기 움직였을까요?"

"나도 궁금해. 어쨌거나 그렇게 됐으니 자네도 특수수사본부로 불러들이라는 계장님 지시야."

"오늘 돌아가도 됩니까? 독감이라고 했는데."

"의사 허락을 받았다고 하면 아무도 이상하게 여기지 않겠지. 그보다 야마오 경부보 말인데, 그 사람 행동을 감시하려면 역시 자네가 필요해."

감시역으로 돌아오라는 뜻이었나 보다.

"알겠습니다. 바로 돌아가겠습니다."

전화를 끊고 스마트폰을 넣으며 다시 주변 음식점으로 시선을 돌렸다. 아쉽지만 느긋하게 점심을 먹고 있을 여유는 없을 것 같다. 라면 가게 간판을 발견하고 재빨리 걸음을 뗐다.

18

특수수사본부의 어수선한 분위기가 복도에서부터 귀에 들어왔다. 단순한 소음이 아니라 긴장감이 감도는 대화라는 게 느껴졌다.

실내로 들어가자 예상한 광경이 펼쳐졌다. 많은 수사원이 오가는 가운데 특히 눈에 띄는 것은 여러 대의 모니터와 눈씨름 중인 그룹이었다. 경시청 수사 지원 분석 센터 담당자를 중심으로 한 영상분석반이다. 편의점 ATM으로 돈을 인출한 인물의 행방을 주변에 설치된 방범 카메라 영상 속에서 찾아내려는 것이리라.

고다이가 주변을 쓱 훑어보았지만 야마오는 보이지 않았다.

사쿠라카와가 몇몇 수사원에게 뭔가 명령을 내리고 있었다. 목소리가 평소보다 더 힘찼다. 범인의 반응에 기합이 들어간 증거다.

조금 떨어진 자리에 쓰쓰이가 보였다. 노트북 앞에 앉아 있다. 고다이가 다가가자 기척을 느꼈는지 얼굴을 들더니 말없이 고개를 끄덕였다.

"계장님 살기가 등등하네요."

"그 후에 또 움직임이 있었어." 쓰쓰이가 목소리를 낮추었다. "방금 신바시 편의점에서 돈이 인출됐다. 이번에도 20만 엔이야. 사진으로 보건대 우에노역 옆에서 인출한 것과 동일인물로 보여. 이쪽이 손쓸 수 없다는 걸 아니까 연달아 움직이는 거겠지. 덕분에 방범 카메라 영상도 계속 들어올 거야. 영상분석반 녀석들 특기인 릴레이 방식으로 행방을 추적하고 있다. 이 속도라면 예상보다 빨리 인출책의 신원을 알아낼지도 몰라."

하루 인출 한도액은 50만 엔이라고 했다. 한편 편의점 ATM으로는 한 번에 20만 엔까지만 출금할 수 있다. 인출책은 오늘 안에 남은 10만 엔을 찾을 셈일까?

고다이, 하고 사쿠라카와가 부르며 작게 손짓했다.

가까이 달려가자 "몸은 좀 어때?" 하며 올려다보았다. 주위 사람들을 의식한 연기이리라.

고다이는 괜찮다고 대답했다. "의사 허락은 받았습니다."

"그럼 됐어. 돈이 인출됐다는 건 쓰쓰이에게 들었겠지?"

"들었습니다."

"마침내 범인이 움직이기 시작했다는 뜻이다. 이제 자네들이 나설 차례야. 에나미 부부를 찾아가서 상황을 설명해드려. 어쨌거나 축나고 있는 건 결국 그 부부의 돈이니까. 방범 카메라 영상으로 인출책을 알아내기 위해 애쓰고 있다는 점, 알아내는 대로 체포할 가능성이 있다는 것도 전달해. 그 경우의 위험성에 대해서도."

"태블릿 정보 유출 말씀이군요."

"그래. 이미 양해는 구했지만 다시 한번 다짐을 받아 둘 필요가 있어."

"알겠습니다. 지시는 이상입니까?"

그러자 사쿠라카와가 진중한 표정으로 더 가까이 다가오라고 손가락을 까딱거렸다. 고다이는 책상 너머로 몸을 내밀었다.

"지금까지 그런 것처럼 야마오 경부보와 함께 가게." 사쿠라카와가 목소리를 낮추어 말했다. "전처럼 똑같이 대하는 거야. 괜한 생각은 할 필요 없다. 단 야마오 경부보에게서 최대한 눈을 떼지 마. 이제부터 경부보 문제는 '별건'이라는 암호로 부른다."

고다이는 상사의 의도를 눈치챘다. 에나미 부부에게 보고하라는 건 구실에 지나지 않는다. 진짜 목적은 야마오의 행동을 감시하는 데 있다.

"호랑이도 제 말을 하면 온다더니." 사쿠라카와가 시선을 돌리지 않고 나직하게 말했다. "별건이 입구 쪽에 나타났다. 자네를 알아보고 이쪽을 쳐다보고 있어. 기다려, 돌아보지 마. 수상하게 여길 거야. 그럼 부탁하네."

"알겠습니다."

고다이는 사쿠라카와의 자리에서 물러나 쓰쓰이 쪽으로 돌아가면서 천천히 주위를 둘러보았다. 야마오와 시선이 마주치자 일단 발길을 멈추고 살가운 얼굴로 다가갔다.

"아이고, 오랜만입니다. 폐를 끼쳤네요."

"고다이 씨, 벌써 나와도 됩니까? 어제 전화로는 2, 3일은 상태를 지켜봐야 한다셨는데."

"그랬는데 오늘 아침에 일어나니 몸도 가볍고 열도 없더라고요. 의사를 찾아갔더니 거의 나아서 사람들에게 옮길 우려도 없다고 복귀해도 된다고 하더군요. 거참 모를 일입니다."

"그거 다행이네요. 하지만 역시 훌륭하네요. 요즘 젊은 경찰관들 중에는 의사 진단서를 받으면 면죄부라도 되는 것처럼 꽉 채워서 쉬려는 사람도 있는데, 바로 현장에 복귀하다니요." 그렇게 말하며 야마오는 얼굴을 찌푸리더니 이마를 탁 쳤다. "실례했습니다. 수사1과의 엘리트를 무능한 경찰관과 비교하면 안 되죠."

"그렇게 추켜세우지 마세요. 큰 진전이 있었다는 말을 듣고 가만히 있을 수가 없었습니다."

"그런가 보더군요. 드디어 돈을 인출해 갔다고요." 야마오의 말투에서 긴장감은 찾아보기 어려웠다. 마치 남 일처럼 말한다.

"지금 에나미 부부에게 상황을 보고하러 가려는데 야마오 씨, 함께 가 주시겠습니까?"

"물론이죠. 기꺼이 동행하겠습니다." 야마오가 눈을 가늘게 떴다. 그 눈동자에 맺힌 빛에 온기는 느껴지지 않았다.

에나미 부부를 찾아가기 전에 먼저 연락을 하기로 했다. 에나미 겐토가 바로 전화를 받았다. 지금 찾아가고 싶다고 하자 자기도 서둘러 집으로 돌아가겠다고 했다.

두 사람은 전철을 타고 가기로 했다. 역으로 걸어가면서 야마오는 독감에 대해 이것저것 물었다. 어떤 약을 먹었느냐, 증세는 어땠느냐. 진단받은 시점에 이미 회복세였다고 설명하니 그제야 질문을 그쳤지만 만족스러운 표정은 아니었다.

전철 안에서는 두 사람 다 입을 다물었다. 공공장소에서 사건에 대해 이야기하는 건 금물이다.

아키시마에서 알아낸 정보가 머릿속에서 소용돌이쳤다. 이미 고다이에게 야마오는 가장 중요한 핵심인물이다. 하고 싶은 질문이 산더미다. 그러나 아직은 물을 수 없다.

야마오는 손잡이를 붙잡고 가볍게 눈을 감고 있었다. 그도 고다이에게 이것저것 묻고 싶을 테지. 이쪽 상황을 알아내려고 요리조리 궁리하고 있는 것처럼도 보였다.

장기의 비김수가 떠올랐다. 섣불리 움직이면 불리해지기 때문에 양쪽 다 같은 수를 되풀이하는 상황이다. 당분간 인내심 싸움을 하는 수밖에 없다.

도착역에 내렸다. 에나미 부부의 아파트까지 걸어서 5분도 걸리지 않는다.

로비에서 인터폰을 누르자 에나미 겐토가 대답했다. 아

까 전화를 끊자마자 병원을 나섰으리라.

집에는 에나미 부부만 있었다. 두 형사가 거실의 값비싼 소파에 앉자 에나미 가오리가 커피를 내줘서 몸 둘 바를 몰랐다.

"형사님들은 매일 고생하시는데 이런 걸로라도 위로해드려야죠. 편하게 드세요." 그렇게 말하는 가오리의 안색은 전보다 훨씬 좋았다. 부모를 잃은 충격은 극복한 모양이다.

"그래서 오늘은 무슨 용건으로?" 에나미 겐토가 물었다.

고다이는 허리를 펴고 남편 쪽으로 몸을 돌렸다.

"중요한 움직임이 있었습니다. 범인이 돈을 인출했습니다."

옆에 있는 가오리의 표정이 대번에 심각해졌다. "얼마나요?"

"일단 우에노 편의점에서 20만 엔, 그 후 신바시 편의점에서 또 20만 엔을 인출해 갔습니다."

고다이의 말을 듣고 에나미는 이해할 수 없다는 듯 눈썹을 찌푸렸다.

"그렇게 조금씩 인출할 작정일까요? 3천만 엔을 전부?"

"그럴 테지만 저희도 당연히 두 손 놓고 지켜보고 있을 생각은 없습니다. 방범 카메라에 돈을 인출한 인물의 모습이 찍혔습니다. 현재 주변에 설치된 모든 방범 카메라 영상을 수집해 해당 인물이 어디에서 와서 어디로 갔는지, 그리고 그 이후의 발자취도 추적하고 있습니다. 릴레이 방식이라고 부르는 수사 수법으로 다음 목적지와 잠복처를 알아낼 가능성도 있습니다."

"알아내면 체포하는 겁니까?"

"먼저 행동을 감시할 겁니다. 이어서 ATM으로 인출하는 순간을 확인하는 대로 체포하게 됩니다."

에나미가 납득한 듯 고개를 끄덕거렸다.

가오리가 입을 열었다. "저기, 돈을 인출한 사람은 부모님을 살해한 범인이 아니지요?"

"단언할 수는 없지만 아마 아닐 겁니다."

"공범……인가요?"

고다이는 고개를 갸웃거렸다가 부정했다.

"그럴 가능성도 낮다고 말씀드리겠습니다. 두 분 살해에는 전혀 관여한 바 없이, 단순히 현금만 인출하기 위해 고용된 불법 아르바이트일 겁니다."

"보이스피싱 사기에서 쓰는 수법이군요." 에나미가 말했다. "그럼 그런 사람을 체포해도 의미가 없는 것 아닙니까? 꼬리 자르기 아닌지……."

"보이스피싱은 조직적으로 움직이니 말씀대로 주모자를 알아내기가 어렵습니다. 하지만 이번 경우 범인이 직접 불법 아르바이트를 고용했을 테니 어떠한 접점은 알아낼 수 있을 겁니다. 신원은 밝히지 않았더라도 어디서 알게 되었는지, 인출한 돈을 어떻게 범인에게 전달할 예정인지, 그런 것만으로도 커다란 단서가 되리라 기대해 볼 수 있습니다."

에나미는 이해했다는 듯 작게 고개를 끄덕거렸다.

"그래서 두 분께 여쭙습니다만." 고다이는 부부의 얼굴을 번갈아 보았다. "만약 인출책을 체포할 경우 범인이 사실을 알면 어떠한 보복에 나설 것으로 예상됩니다."

에나미가 '보복'이라고 중얼거렸다. 옆에 있던 가오리는 조금 창백해진 것처럼 보였다.

"가장 가능성이 높은 건 도도 야스유키 씨의 태블릿 안에 든 정보를 인터넷에 유출하는 겁니다. 개인정보도 포함되겠지요. 전에 사모님께서는 유출은 불쾌하지만 공표되어 곤란한 정보는 없을 거라고 말씀하셨습니다. 그 생각은 지금도 변함없습니까?"

가오리는 잠깐 불안한 표정을 지었지만 뭔가 확인하듯 남편과 눈짓을 주고받더니 각오를 굳힌 표정으로 고다이를 바라보았다.

"예, 각오는 되어 있어요." 차분하고 굳센 말투였다.

"알겠습니다. 그럼 위에 그렇게 보고하겠습니다."

고다이는 잠시 실례, 하고 자리에서 일어섰다. 야마오 쪽은 보지 않고 문 쪽으로 갔다.

복도로 나가 쓰쓰이에게 전화해서 정보 유출 위험성에 대해 부부에게 허락을 받았다고 보고했다.

"알았어. 계장님께 전달하지. 그보다 마침 잘됐어. 영상분석반이 돈을 인출한 남자의 맨얼굴이 찍힌 장면을 찾아냈어. 흡연 구역 방범 카메라다. 얼굴이 상당히 뚜렷하게 보여. 정지화면을 보낼 테니 에나미 부부에게 확인해 달라고 해. 아마 모르는 사람일 테지만 혹시 모르니까."

"알겠습니다."

"그때 별건의 태도도 예의주시하도록."

암호가 나와 가슴이 철렁했다.

"알겠습니다. 유심히 관찰하겠습니다."

쓰쓰이는 잘 부탁한다는 말을 남기고 전화를 끊었다.

잠시 기다리니 스마트폰에 메일이 들어왔다. 사진 데이터가 첨부되어 있다. 사진에 찍힌 건 검은 파카를 입은 젊은 남자였다. 마스크를 턱까지 내리고 담배를 물고 있다. 흡연 구역에 방범 카메라가 있는 줄 몰랐으리라.

고다이는 거실로 돌아갔다. 에나미 부부가 침울한 표정으로 침묵하고 있고 야마오는 수첩을 보고 있었다.

"두 분께 보여드릴 게 있습니다." 고다이는 사진이 떠 있는 스마트폰을 테이블 위에 올려놓았다. "인출책으로 추정되는 인물의 얼굴 사진을 입수했습니다. 이 남자를 아십니까?"

부부는 화면에 얼굴을 대고 유심히 살펴보았다.

에나미가 곧바로 고개를 저었다. "모르는 남자입니다."

"저도 모릅니다."

"역시 그런가요." 고다이는 스마트폰에 손을 뻗었다.

부부가 사진을 보는 사이에도 야마오는 태연해 보였다. 낭패한 기색은 조금도 느껴지지 않는다. 사건과 관계가 있다면 인출책의 얼굴이 밝혀졌으니 내심 당황할 것이다. 이 차분한 태도가 진짜인지, 아니면 교활한 연기인지 고다이는 판단이 서지 않았다.

원래 목적은 달성했으니 물러나기로 했다. 부부에게 인사하고 두 사람은 아파트를 나왔다.

"대단한 여자입니다." 걸음을 뗀 지 얼마 되지 않아 야마오가 말했다.

"가오리 부인 말입니까?"

예, 하고 야마오가 대답했다.

"개인정보가 유출될 수 있다면 상당히 불안할 텐데. 그런데도 저만큼 의연한 태도를 보일 수 있는 건 어지간히 심지가 굳어서겠죠. 참으로 대단합니다. 역시 그 여자 딸이야."

"그 여자." 고다이는 발길을 멈추었다. "도도 에리코 씨 말이군요."

"그렇죠."

"전에 잘 모른다고 말씀하셨던 것 같은데."

"어라, 그랬나요? 그랬다면 사과드리겠습니다. 깊이 생각하지 않고 대답했던 모양입니다. 사실 후타바 에리코 시절

에 팬이었거든요. 활약한 시기는 짧았지만 훌륭한 배우였
죠."

지금 와서 그런 말을 하는 뻔뻔한 태도에 고다이는 할 말
을 잃었다. 하지만 야마오는 무슨 생각인지 실실 웃고 있다.
단순히 기분이 좋은 건지, 고다이를 우롱하며 흥이 난 건지,
이번에도 알 수가 없었다.

"왜 그러십니까? 빨리 본부로 돌아가야죠." 야마오가 경쾌
하게 걸음을 뗐다. 고다이는 복잡한 심경으로 뒤를 따랐다.

특수수사본부로 돌아가니 분위기가 아까와 또 딴판이었
다. 수사원들이 몇 팀으로 나뉘어 회의하고 있었다. 다들 얼
굴에 긴박감이 감돌았다.

"무슨 일이 있었군요." 야마오가 말했다.

"잠깐 확인해 보고 오겠습니다." 고다이는 쓰쓰이를 찾아
갔다.

와이셔츠 소매를 걷어붙이고 노트북 화면을 노려보며 젊
은 형사에게 지시하던 쓰쓰이가 어느 정도 마무리되었는지
고다이를 쳐다보았다. "여, 수고했어."

"진전이 있었습니까?"

쓰쓰이가 노트북을 반 바퀴 돌렸다. 화면에 남자의 얼굴
이 나온 사진이 떠 있었다. 운전면허증 사진은 아니었다. 범
죄 경력 데이터베이스에서 가져온 것 같았다. '니시다 간
타.' 나이는 28세였다.

"안면 인식 결과 이 남자가 거의 틀림없을 거라는군. 현재 위치를 파악 중인데 알아내는 건 시간문제야."

"어떤 전과가?"

"대수롭진 않아. 티켓 사기, 나이프 불법 소지, 환각버섯 소지, 자잘한 일로 용돈벌이를 하는 타입이다."

고다이는 고개를 갸웃거렸다.

"불법 아르바이트에 손대는 사람 중에는 손쉽게 큰돈을 벌고 싶어 하는 녀석들이 많은 줄 알았는데……."

"어떤 일을 하느냐에 따라 다르겠지. 그런 놈들이 맡는 건 절도나 강도야. ATM 인출책이라면 가담하는 녀석들의 수준도 달라지지 않을까?" 쓰쓰이는 잠시 먼 곳에 시선을 던졌다가 다시 고다이를 쳐다보았다. "별건의 태도는 어때? 초조해하는 기색은 있어?"

"그게, 잘 모르겠습니다. 묘하게 기분이 좋아 보여서 오싹해요. 지금 와서 후타바 에리코의 팬이었다는 말까지 하고."

"그게 무슨 소리야?" 쓰쓰이는 눈썹을 찌푸렸다. "그러고 보니 자네는 오늘 아침에도 아키시마 쪽에서 조사했지?"

"자살한 나가마 가즈히코라는 인물의 모친을 만났습니다. 거기서 조금 마음에 걸리는 이야기도 들었습니다. 다만 너무 오래전 일이라 이번 사건과 관계가 있는지는 판단이 서지 않습니다."

"알았어. 나중에 듣지. 일단 에나미 부부와 나눈 이야기를 보고서로 정리해. 끝나면 오늘은 집으로 돌아가."

고다이는 깜짝 놀라 쓰쓰이의 얼굴을 쳐다보았다. "엇, 벌써 돌아가도 됩니까?"

"앓고 난 사람을 혹사시키지 말라는 계장님 지시다." 쓰쓰이는 주위를 둘러보고 얼굴을 바짝 댔다. "나중에 연락하지. 줌으로 회의할 준비를 해 둬."

그런 뜻이로구나. 하긴 이곳에서 비밀스러운 대화는 어렵다.

"알겠습니다. 그런데 계장님은?"

"서장실에 있어. 인출책 신원을 알아냈으니 서장이 안절부절못하는가 봐. 경찰서 내부에 사건 관계자가 있다면 어떻게든 자기들 손으로 체포해서 진상을 밝혀내려는 모양이야. 하지만 지금 여기서 섣불리 행동했다가 범인이 눈치채고 달아나기라도 하면 말짱 도루묵이지."

"잔뜩 흥분한 서장을 열심히 달래고 있다는 건가요?"

"그런 뜻이야." 쓰쓰이가 노트북을 자기 쪽으로 돌렸다.

고다이는 그 자리를 벗어났다. 야마오를 찾으니 관할서 형사와 선 채로 이야기를 나누고 있는 참이었다. 야마오가 고다이를 보고 이야기를 끊더니 곁으로 다가왔다.

"들었습니다. 인출책, 신원을 알아냈다고요."

"예, 전과가 있었나 봅니다."

"체포는 시간문제겠군요. 고용한 사람을 알아낼 수 있을지가 문제인데, 고다이 씨 생각은 어때요?" 야마오가 관찰하는 듯한 눈빛으로 물었다.

고다이는 글쎄요, 하고 고개를 갸웃거렸다.

"요즘 불법 아르바이트는 정보를 추적할 수 없는 텔레그램 같은 특수한 앱을 쓰는 경우가 많아 쉽게 알아낼 수 없을지도 모르겠네요."

"그렇죠. 해석 기술이 아무리 발전해도 역시 텔레그램은 어렵다고 들은 적이 있습니다."

"좋은 소식을 기다리는 수밖에요." 고다이는 손목시계로 시선을 떨어뜨렸다. "죄송합니다. 저는 이제 보고서를 써야 해서……."

"아아, 실례. 그러고 보니 저도 묘한 서류를 제출하라는 명령을 받았어요."

"묘한 서류?"

"특수수사본부가 설치된 날부터 오늘까지 활동한 내용을 시간과 장소까지 최대한 자세하게 쓰라더군요. 향후 이만한 규모의 사건이 발생했을 때 참고로 쓴다나요. 부서장님 아이디어 같은데, 꼭 바쁠 때 귀찮은 일을 시킨다니까요."

직원들의 알리바이를 확인하려는 것이다. 아마도 서장이 지시했겠지.

"서로 고생이 많네요." 고다이가 말했다.

"정말이라니까요." 야마오가 어깨를 으쓱 움츠리며 자리를 떴다. 그 태연자약한 뒷모습을 지켜보고 있으려니 이 사람이 사건에 관여했다는 건 엉뚱한 망상이 아닐까 하는 생각마저 들었다.

19

오후 8시 정각, 노트북 모니터에 세 개의 화면이 표시되었다. 일과처럼 고다이, 사쿠라카와, 그리고 쓰쓰이의 줌 회의가 시작된 것이다.

"먼저 알릴 사항이 있다." 사쿠라카와가 말을 꺼냈다. "니시다 간타의 위치를 알아냈다. 에도가와구 니시가사이에 있는 아파트다. 니시다는 신바시에서 돈을 인출해서 택시를 탔는데, 영상분석반이 그 택시를 추적해 하차 지점 부근에 설치된 방범 카메라 영상으로 알아냈다. 아파트로 돌아가는 길에 편의점에 들러 10만 엔을 인출한 사실도 이미 확인했어. 현재 수사원이 교대로 감시 중이다."

"아파트는 니시다 본인 명의로 빌린 건가요?" 고다이가 물었다.

"몰라. 본인에게 들키면 위험하니 현장에 불필요한 탐문은 금지했다. 중요한 건 또 언제 돈을 인출하느냐는 거야."

그 현장을 급습해 그대로 경찰서로 연행할 계획이다.

"내 쪽에서는 이상이다. 추가 질문이 없으면 아키시마의 성과를 들어 볼까? 자살한 과거 관계자의 모친을 만나고 왔다고?"

"예. 나가마 가즈히코 씨의 모친, 다마요 씨에게 당시 이야기를 들었습니다."

고다이는 수첩을 보면서 나가마 다마요에게 들은 내용을 최대한 정확하게 상사들에게 전했다. 두 사람은 묵묵히 보고를 듣고 있었다.

"이상이 나가마 다마요 씨에게 들은 전부입니다." 고다이는 그렇게 보고를 끝맺었다.

모니터에 비친 사쿠라카와가 시선을 떨어뜨리고 생각에 잠겼다가 이윽고 심각한 표정으로 고개를 들었다.

"야마오가 나가마 가즈히코 씨가 자살한 이유를 알고 있었을지 모른다는 말은 분명 신경 쓰이는군. 그럴 때 어머니의 감은 무시할 수 없어."

고다이도 동감이라고 대답했다.

"하지만 40년이라는 시간이 아무래도 부자연스러워. 10대 청년에게 소중한 친구의 자살은 큰 사건이었겠지만 50대 후반이 되도록 떨쳐 내지 못했을 리는 없다. 적어도 살인 동기가 되지는 못할 거야."

"그것 역시…… 동감입니다."

"가능성으로 따지면 야마오 경부보가 나가마 가즈히코 씨를 자살로 몰아넣었다는 게 그나마 말이 되지 않을까요?"

쓰쓰이가 말했다.

"무슨 뜻이야?"

"제대로 설명하지는 못하겠지만 야마오 경부보가 자살 원인을 만들었다고 치죠. 그 사실을 절대로 들키고 싶지 않았다, 그런데 40년이 흐르고 그 비밀을 눈치챈 인물이 있었다."

"그게 도도 부부다?"

"비현실적일까요?"

사쿠라카와는 잠시 고심한 뒤에 카메라로 시선을 돌렸다. "고다이, 자네 생각은?"

고다이는 숨을 고르고 고개를 끄덕 숙였다.

"가능성은 있습니다. 비밀의 가치관이나 중요도는 사람마다 다르니까요."

"맞는 말이야." 사쿠라카와가 다시 시선을 떨어뜨렸다.

그때 테이블 위에 놓아둔 고다이의 스마트폰이 울렸다. 발신자를 보고 흠칫 놀랐다. 야마오, 나가마와 산악부 동기였던 모토무라 겐조였다.

"잠시 실례하겠습니다. 정보 제공자의 연락입니다." 모니터를 향해 말하고 스마트폰을 들었다. "예, 고다이입니다."

"어제 뵀었던 모토무라라는 사람인데요……."

"물론 알고 있습니다. 어제는 시간을 내주셔서 감사했습니다."

"아니, 그게…… 지금 잠깐 괜찮습니까?"

"괜찮습니다. 무슨 일이십니까?"

"그게 말이죠, 어제 말씀하셨던 야마오 문제로……."

"무슨 일이 있었습니까?"

"실은 어젯밤 늦게…… 오후 10시쯤이었나, 야마오가 전화를 했더라고요."

"예?" 고다이는 순식간에 몸이 후끈 달아오르는 것을 느꼈다. "그래서요?"

"경찰이 찾아오지 않았느냐고 묻더군요. 놀라서 대답을 못 했더니 입막음을 했을지도 모르지만 이제 그럴 필요 없으니 솔직하게 대답해 달라고 했어요. 그렇게 나오니 거짓말하기가 미안해서 고다이 씨를 만났다고 말했습니다. 알려드리는 게 나을 것 같아 이렇게 전화를 드렸습니다."

"그랬습니까……."

"별문제 없는 거죠?"

"괜찮습니다. 음, 그래서 야마오 씨는 뭐라고 하던가요?"

"예상이 맞아떨어졌다고 하더군요. 도도 선생님과 후타바 에리코가 살해당했다는 걸 알았을 때 경찰이 아키시마 고등학교 시절의 지인들을 찾아갈지도 모른다고 예상했다고요. 곧 자기한테도 형사가 찾아올 거라고 했습니다."

"그 밖에는?"

"그 정도였어요. 자기는 관할이 아니라서 사건은 잘 모른다고 했습니다."

"그랬습니까······. 알겠습니다. 일부러 알려 주셔서 고맙습니다."

고다이는 전화를 끊고 상사들에게 모토무라와 나눈 대화를 설명했다. 두 사람 다 표정이 한층 심각해졌다.

"야마오는 우리가 자기를 의심하는 걸 알고 있다는 건가." 사쿠라카와가 눈썹을 잔뜩 찌푸리며 말했다.

"아까는 말씀 못 드렸는데 어젯밤 야마오 경부보가 전화했습니다." 고다이가 말했다.

"제 컨디션을 염려하는 전화였지만 아무래도 염탐하는 눈치였습니다. 그 후에 모토무라 씨에게 전화를 걸었을 겁니다."

"어떻게 눈치챘지?" 쓰쓰이가 고개를 갸웃거렸다. "고다이 자네, 야마오 경부보를 의심하는 낌새라도 보인 것 아니야?"

"그런 기억은 없지만 무의식중에 뭔가 실수하지 않았느냐고 묻는다면 절대 부정하지는 못하겠습니다. 그 사람을 의심하고 있는 건 사실이니까요."

"무의식적인 태도를 보고 눈치챘다는 말이야? 그 영감, 그리 날카로워 보이지는 않았는데······."

"아니, 만약 야마오가 사건에 관여했다면 언제 의심을 살지 혈안이 되어 경계했을 거야." 사쿠라카와가 무겁게 말했다. "고다이가 독감으로 쉬었다는 걸 알고 감을 잡았을지도 모르지. 그렇다면 조금 경솔했나······."

고다이가 상사에게 물었다.

"계장님, 니시다에게 돈을 인출하라고 명령한 것도 야마오 경부보일까요?"

"그럴 가능성은 있겠지."

"산악부 시절 친구에게 전화를 걸어 수사1과가 자기를 의심하고 있다는 사실을 확인했으면서 니시다를 움직였다……." 쓰쓰이가 중얼거렸다. "어째서 그런 짓을?"

"모르지. 고다이, 자네, 오늘은 야마오와 함께 있었지? 어때 보였나?"

고다이는 나직하게 신음하며 고개를 갸웃거렸다.

"쓰쓰이 주임님에게도 말씀드렸는데 도저히 이해할 수 없는 태도였습니다. 인출책의 신원 판명이 코앞인데 불안한 기색은 찾아볼 수 없었습니다. 오히려 들떠 있는 것처럼 보였습니다."

야마오가 후타바 에리코의 팬이었다고 고백했다는 이야기를 하자 사쿠라카와가 기가 막힌다는 표정으로 말했다. "그 남자는 대체 무슨 생각이지……."

"야마오 경부보는 오늘 밤 경찰서 숙직입니까?"

"그럴 거야. 혹시 몰라 기하라와 가와무라를 감시로 붙였다."

둘 다 사쿠라카와의 부하, 즉 고다이의 동료다.

"두 사람에게는 야마오 경부보가 의심스럽다고 말씀하셨

습니까?"

"자세한 이야기는 안 했어. 수사 정보 유출 의혹이 있다고만 설명했다. 하지만 그 녀석들도 멍청하진 않으니 눈치챘을지도 모르지. 자네의 독감이 특수수사본부에서 벗어나기 위한 구실이라는 것도 알고 있을 테고."

"내일 저는 어떻게 행동하면 될까요?"

"평소와 똑같이 출근해서 수사회의에 참석해. 니시다의 행동에 따라서 임기응변으로 움직여 줘야겠어."

"그 경우에도 야마오 경부보와 그대로 한 팀인가요?"

"당연하지. 그게 자네 일이야." 노트북에서 들려오는 사쿠라카와의 목소리는 그다지 크지 않았지만 그 말은 무겁게 메아리쳤다.

20

이튿날 아침, 고다이는 사쿠라카와의 지시에 따라 평소대로 특수수사본부로 갔다. 많은 수사원이 본부에서 기거 중이라 벌써 다들 자기 할 일을 하고 있었다. 고다이는 본부 안을 쭉 훑어보았다. 야마오의 모습은 보이지 않았다. 대신 쓰쓰이와 눈이 마주쳤다. 이쪽으로 오라는 듯 손끝을 까딱까딱 흔들었다.

"별건을 찾고 있지?" 쓰쓰이가 작게 물었다.

"그런데 안 보이는군요."

"어젯밤 늦게 집으로 돌아갔다는군."

"어젯밤에?"

"열이 난다, 독감일지도 모르니 집에 가서 상태를 좀 지켜보겠다고 했다나." 쓰쓰이는 입술을 일그러뜨리며 웃었다. "자네 꾀병을 역으로 이용한 걸지도 몰라."

"감시는요?"

"물론 붙였지. 살고 있는 빌라로 돌아간 뒤로 움직임은 없어."

고생할 기하라와 가와무라가 딱했다. 집 현관문을 교대로 감시하고 있겠지. 건물 밖에서 감시하면 뒷문으로 빠져나갈 경우 알 길이 없다.

"왜 돌아갔을까요?"

"글쎄." 쓰쓰이가 고개를 갸웃거리는데 조금 떨어진 곳에 모여 있던 형사들이 술렁거렸다. 몇 명이 황급히 밖으로 달려갔다.

"니시다가 움직인 모양이군." 쓰쓰이가 일어나 그쪽으로 다가갔다.

쓰쓰이는 그 그룹을 지휘하는 경부보와 잠시 이야기를 나누더니 되돌아왔다.

"역시 그랬어. 니시다가 아파트에서 나와 근처 카페에 간 모양이야. 그런데 혼자가 아니라 여자하고 같이 있다는군.

집은 그 여자 명의로 되어 있나 봐."

"니시다가 얹혀사는 건가요?"

"그럴 가능성이 높지. 제대로 된 직업이 있다면 인출책 같은 불법 아르바이트를 하겠어?"

얼마 지나지 않아 사쿠라카와가 아이자와 형사과장을 비롯해 몇몇과 함께 안으로 들어왔다. 다른 곳에는 시선도 주지 않고 니시다 간타의 동향을 추적하는 그룹 쪽으로 향했다. 선 채로 부하들의 보고를 듣는 사쿠라카와의 눈빛이 날카로웠다.

그때 어디서 연락이 들어왔는지, 옆에서 보기에도 한층 긴장감이 고조된 것이 느껴졌다. 고다이의 귀에도 편의점이라는 단어가 들어왔다.

사쿠라카와가 쓰쓰이를 불렀다. 쓰쓰이가 달려가자 뭐라고 귓속말했다. 쓰쓰이는 고개를 끄덕이고 고다이 곁으로 돌아오더니 잠깐 따라오라며 그대로 출입구로 걸음을 돌렸다. 고다이는 뒤를 따랐다.

복도로 나가 옆쪽 계단으로 올라간 쓰쓰이가 층계참에서 걸음을 멈추더니 몸을 돌렸다.

"계장님 지시다. 지금 당장 야마오 경부보에게 전화해. 몸은 어떤지, 대충 아무거나 물어보고 동향을 살펴."

고다이는 지시의 목적을 알아차렸다. 니시다를 조종하는 게 야마오라면 이 타이밍에 걸려오는 전화는 짜증스러울 것이다.

스마트폰을 꺼내 전화를 걸었다. 안 받는 것 아닌가 했는데 바로 연결되었다. "예, 야마오입니다." 대답하는 목소리가 태평했다.

"고다이입니다. 열이 났다고 들었는데 몸은 좀 어떠십니까?"

"아이고, 면목 없습니다. 고다이 씨를 걱정했는데 이번엔 제가 이러네요."

"병원은 다녀오셨습니까?"

"아니, 아직요. 해열제를 먹었더니 제법 괜찮아졌습니다. 독감은 아니었나 봐요."

쓰쓰이가 두 손으로 뭔가를 늘리는 시늉을 했다. 통화를 길게 끌라는 뜻이리라.

"의사도 아닌데 섣불리 판단하면 안 됩니다. 병원에는 꼭 가 보세요. 근처에 바로 진료받을 수 있는 병원이나 의원은 있습니까?"

"작은 의원은 있는데 가 본 적이 없어서요. 튼튼한 게 유일한 자랑인데 감기 정도로 의사를 찾아갈 수는 없죠. 조금 쉬면 괜찮을 겁니다."

"독감이면 어쩌려고요. 일단 검진을 받는 게 어떻겠습니까? 독감이 아니라는 확실한 진단 결과가 없으면 현장에 돌아오기도 힘들잖아요."

흐흥, 하는 코웃음 소리가 들렸다.

"유난히 걱정해 주시는군요. 관할서 늙은이야 어찌 되든 무슨 상관입니까?"

"그렇지 않습니다. 제 독감이 야마오 씨에게 옮은 거라면 죄송하잖아요."

"걱정할 필요 없습니다. 게다가 고다이 씨는 바쁘잖아요? 저하고 통화하는 건 시간 낭비입니다. 물론 저는 얼마든지 어울려드릴 수 있지만."

뜨끔했다. 이 전화의 목적을 꿰뚫고 있는 말투다.

"열이 있는데 전화를 너무 오래 했네요. 눈치 없이 실례했습니다. 그럼 끊겠습니다. 부디 몸조리 잘하세요."

"고맙습니다. 신경 써 주셔서 감사합니다."

고다이는 전화를 끊고 저도 모르게 깊은 한숨을 내쉬었다.

"어땠어?"

"침착하더군요. 여유마저 느껴졌습니다. 이미 니시다에게 지시를 마친 걸지도 모르지만……."

"아무리 그래도 뒤에서 조종하고 있다면 니시다가 제대로 인출했는지 결과가 궁금할 텐데. 다른 데 정신이 팔려 대화가 끊기는 일도 없었단 말이지?"

"전혀요."

"그래."

쓰쓰이는 복잡한 표정으로 고개를 갸웃거리더니 계단을

내려갔다.

특수수사본부로 돌아가니 한층 더 긴장된 분위기가 감돌고 있었다. 니시다의 동향을 추적하던 그룹은 흩어져서 각자 바삐 움직이고 있었다.

고다이는 쓰쓰이와 함께 사쿠라카와에게 달려갔다. 사쿠라카와는 재킷을 벗고 와이셔츠 소매를 걷는 참이었다.

"계장님, 뭔가 움직임이?" 쓰쓰이가 물었다.

"니시다가 편의점 ATM으로 돈을 인출했다." 사쿠라카와가 빠르게 말했다. "미행하던 형사들에게 지시해서 현금카드 명의를 확인하고 현행범으로 체포했어. 곧 이쪽으로 연행해 올 거다."

"누가 고용했는지 자백할까요?"

"고용주 신원을 안다면 자백하겠지. 숨길 이유가 없으니까. 하지만 그건 기대할 수 없을 거야. 니시다의 스마트폰에 물어보는 수밖에. 그보다……." 사쿠라카와가 주위를 한 바퀴 둘러보고 고다이를 쳐다보았다. "별건은 어땠나?"

그게, 하고 고다이는 야마오와 나눈 대화 내용을 전했다.

사쿠라카와는 이해할 수 없다는 표정으로 턱을 어루만졌다.

"여유로웠단 말이지. 보이스피싱이라면 인출책이 제대로 일을 완수하는지 감시하는 법인데……."

"그런 것 같지는 않았습니다."

"그래? 알겠다." 지휘관은 무거운 표정으로 끄덕였다.

얼마 후 니시다 간타가 경찰서로 연행되어 왔다. 소지하고 있던 스마트폰은 압수해 분석반에 넘겼다.

결과적으로 분석반은 활약할 기회가 없었다. 심문에서 니시다 간타가 불법 아르바이트 사이트를 통해 고용된 게 아니었음이 밝혀졌기 때문이다. 그를 고용한 인물은 전화로 직접 의뢰한 듯했다.

고다이가 주위들은 니시다의 진술 내용을 정리하면 다음과 같았다.

니시다에게 낯선 번호로 전화가 걸려 온 것은 10월 19일 저녁이었다. 받아 보니 상대는 니시다를 알고 있었고 "기억 못 하겠지만 옛날에 당신을 아르바이트로 고용한 적이 있다. 또 소일거리를 부탁하고 싶은데 만날 수 있느냐"고 물었다. 목소리가 낮은 남성으로 이름은 아베라고 했다.

수상한 아르바이트는 전에도 몇 차례 했다. 아베라는 이름은 기억에 없었지만 어차피 가명일 거라고 생각했다.

어떤 일인지 묻자 아베는 현금 보관이라고 답했다. 목돈이 들어 있는 은행 계좌가 있는데 거기서 인출한 돈을 일정 기간 보관해 주면 사례하겠다는 것이었다.

니시다는 기묘한 일이라고 생각했다. 단순한 인출책이라면 찾은 돈을 곧장 다른 사람에게 넘겨야 한다. 그런 일은 아닌 것 같았다.

돈이 없어 유흥주점에서 일하는 섹스 파트너의 집에 빌

붙어 살던 참이었다. 일단 만나 보기로 했다. 위험한 일 같으면 거절하면 그만이다.

그날 밤, 도쿄 타워 아래의 공원에서 아베를 만났다. 아베는 검은 재킷 차림에 마스크와 털모자를 쓰고 있었다. 장갑도 꼈다.

그가 건넨 현금카드는 산케이도요 은행 것으로 명의는 요코야마 가즈토시로 되어 있었다.

"돈을 인출하는 타이밍은 이쪽에서 지시하겠다. 비밀번호는 그때 알려 주지. 인출 장소는 어디든 상관없다. 열흘쯤 지나서 다시 연락할 테니 그때까지 최대한 많이 인출해. 사례는 인출액의 20퍼센트다." 아베는 담담한 목소리로 설명했다.

나쁘지 않은 의뢰였다. 하루에 50만 엔씩 열흘 동안 인출하면 500만 엔이다. 거기서 20퍼센트면 100만 엔이다.

문제는 아베라는 인물의 정체였지만 니시다는 문제없다고 직감했다. 목소리가 귀에 익었기 때문이다. 얼굴은 기억나지 않지만 예전에 니시다를 아르바이트로 고용했었다는 말은 진짜라고 믿었다.

그리고 어제 아침, 아베의 연락을 받았다. 오늘부터 돈을 인출해 달라며 카드 비밀번호를 알려 주었다. 니시다는 반신반의하며 우에노로 가서 역 근처 편의점으로 들어갔다. 잔뜩 긴장한 상태로 ATM에 카드를 넣었지만 문제없이 현금 20만 엔을 찾을 수 있었다. 더욱이 화면에 표시된 잔액을 보고 비명을 지를 뻔했다. 3천만 엔에 육박하는 액수였다.

누군가 감시하고 있는 게 아닐까, 당장이라도 경찰관이 달려드는 게 아닐까, 잔뜩 겁을 먹고 걸었다. 하지만 이변은 없었다.

정신을 차리고 보니 니혼바시와 긴자를 지나 신바시 근처까지 걸어왔다. 자신감이 생겨 눈에 들어온 편의점으로 들어가 아까 했듯이 ATM을 조작했다. 현금은 문제없이 나왔다. 계좌는 동결되지 않았다, 즉 은행도 모르고 있다는 뜻이다.

아무 일도 없자 갑자기 대범해졌다. 많이 걸어 지치기도 해서 택시를 탔다. 섹스 파트너의 집으로 돌아가는 길에 편의점 한 군데에 들러 하루 한도액인 잔액 10만 엔을 마저 찾았다. 50만 엔을 인출했으니 이것으로 이미 10만 엔의 보수가 보장되었다.

그나저나 대체 무슨 돈일까? 3천만 엔은 거금이다. 그가 500만 엔을 찾고 나면 남은 돈은 어떻게 될까? 오로지 그것만 궁금했다.

니시다 간타가 경찰서로 연행되고 약 8시간 뒤, 고다이는 게이오선 사사즈카역 근처에 있었다. 고슈 가도 옆에 서서 스마트폰으로 전화를 걸었다.

"예, 야마오입니다." 이제는 익숙한 목소리가 대답했다.

"고다이입니다. 그 후로 몸은 좀 어떠십니까?"

"덕분에 많이 나았습니다. 슬슬 현장에 돌아갈 수 있을 것 같아요. 폐를 끼쳐서 정말 죄송합니다."

"그거 다행입니다. 실은 제가 지금 사사즈카역 근처에 와 있습니다."

"엇." 당혹스러워하는 목소리였다. "어째서 그런 곳에?"

"새로운 참고인을 찾아내서, 조사해 보라는 명령을 받았거든요. 그 사람 주소가 시부야구 사사즈카인데 야마오 씨의 집과 가깝다고 들어서 몸이 괜찮아졌으면 함께 갈까 하고 연락을 드렸습니다."

"새로운 참고인…… 어떤 인물입니까?"

"자세한 건 모릅니다만 도도 부부와 복잡한 문제가 있었다는 소문이 있습니다. 어떠십니까. 아직 컨디션이 회복되지 않았으면 무리할 필요는 없는데."

대답이 없었다. 명백히 경계하는 눈치다. 오늘은 그만두겠다고 대답할 가능성도 충분했다.

"알겠습니다." 이윽고 야마오가 입을 열었다. "그런 사정이라면 함께 가야죠. 10분만 기다려 주시겠습니까? 채비 좀 하려고요."

"물론이지요. 제가 있는 곳은……." 고다이는 근처 교차로 이름을 말했다. 바로 위에 육교가 있었다.

전화를 끊고 20미터쯤 떨어진 곳에 있는 유료 주차장을 보았다. 한 대의 박스카가 서 있다. 고다이는 그 안에 사람이 있다는 걸 알고 있다.

이윽고 교차로 건너편에서 야마오가 보였다. 양복을 입었지만 넥타이는 매지 않았다. 딱히 서두르지도 않고 느긋한 걸음으로 다가왔다. 고다이를 알아보았는지 슬쩍 손을 흔들기에 고개를 숙여 답했다.

그 직후 스마트폰이 울렸다. 화면을 보니 '동행 요구'라는 메시지가 떠 있었다.

신호가 바뀌자 야마오가 교차로를 건너왔다. 얼굴에 미소를 머금고 있다. "오랜만입니다, 기다리셨죠."

"쉬시는데 일부러 찾아와서 죄송합니다."

"천만에요. 그래서 사사즈카 어느 쪽입니까? 이 근방이라면 지도가 없어도 대충 아는데."

"그게 갑자기 예정이 바뀌어서, 야마오 씨는 다른 장소로 가 주셨으면 합니다."

야마오의 눈이 날카롭게 빛났다. "무슨 뜻입니까?"

"도의원 부부 살해 및 방화 사건에 대해 말씀을 듣고자 하니 경찰서까지 동행해 주셨으면 합니다. 물론 거부할 수 있지만 정당한 이유가 없을 경우 다른 수단을 취하겠습니다."

야마오의 얼굴에서 표정이 사라졌다. 그의 어깨너머로 유료 주차장에 있던 박스카가 천천히 다가오는 모습이 보였다.

21

 컴퓨터 키보드를 두드리는 손이 무거웠다. 다른 경찰관들과 마찬가지로 고다이도 보고서 작성은 서툴렀다. 하지만 수도 없이 반복해 온 문장을 입력하는 데 애를 먹는 것에 오늘 밤만큼은 다른 이유가 있었다. 도저히 집중할 수 없었다.
 특수수사본부 한쪽에서 작업하다가도 금세 손길을 멈추고 손목시계를 보게 된다. 지금은 오후 9시 12분이었다.
 야마오 요스케의 심문이 시작된 지 벌써 2시간도 더 지났다. 심문을 맡은 건 사쿠라카와였다. 관할서 형사과장인 아이자와도 동석했고 서장과 부서장, 관리관들이 다른 방에서 모니터로 보고 있다.
 특수수사본부는 24시간 태세로 가동 중이지만 오늘 밤은 특히나 경찰서에서 내내 숙식하던 수사원들에게 되도록 일찍 귀가하라는 지시가 내려왔다. 그러나 집에 가는 사람은 거의 없었다. 이유는 뻔했다. 모두 고다이와 마찬가지로 취조실에서 어떤 결과가 나올지 궁금한 것이다.
 하지만 그 문제로 이야기를 나누는 사람은 없었다. 도저히 가볍게 말할 수 있는 분위기가 아니었다. 어쨌거나 지금까지 함께 수사해 온 동료가 사건의 핵심인물일지도 모르는 것이다. 결과에 따라서는 경찰 조직 전체를 뒤흔드는 심각한 문제로 발전할 우려도 있었다. 누가 책임을 지게 되든 그 여파는 반드시 조직 말단까지 이른다. 진상 해명에 한발 다가섰다고 무턱대고 기뻐할 수 있는 분위기가 아니었다.

이 문제에 대해서는 이미 철저한 함구령이 내려왔다. 어제까지 수사에 가담했던 사람을 참고인으로 조사했다는 사실이 외부로 새어 나가면 언론이 입방아를 찧을 게 뻔했다.

그나저나 그 사람이 정말 관여했을 줄이야. 보고서 작성에 집중해야 한다고 생각하면서도 고다이의 마음은 다른 곳으로 날아갔다.

그 사람이란 물론 야마오였다.

니시다 간타의 진술에서 제일 중요한 사항은 그를 고용한 아베라는 인물의 정체였다.

니시다의 스마트폰 착신 이력으로 아베의 전화번호를 알아냈다. 통신사에 문의하니 명의인의 주소는 지바현에 있는 어느 빌라였다. 하지만 빈집이었고 명의인도 가명임이 밝혀졌다.

몇 년 전부터 휴대전화 명의 위조에 자주 사용되는 수법으로 추정되었다. 먼저 적당한 빈집을 찾아 그곳 주소를 이용해 운전면허증을 위조한다. 그것과 불법 입수한 타인의 신용카드 정보를 조합해 알뜰폰 통신사와 계약해 SIM 카드를 사는 것이다. SIM 카드는 택배로 빈집 주소로 보낸 다음 무단 침입해 회수한다. 이렇게 입수한 가짜 명의의 SIM 카드를 인터넷에서 구매한 중고 스마트폰에 삽입하면 순식간에 명의 위조 스마트폰이 완성된다. 그런 SIM 카드나 명의를 위조한 스마트폰은 불법 사이트에서 거래된다. 특수사기 집단이 주로 구매하나 신원을 들키지 않고 사용할 수 있는 스마트폰을 찾는 사람은 얼마든지 있다. 아베도 그중 한 사람이라고 볼 수 있었다. 다시 말해 전화번호나 신용카드 정보로 아베의 정체를 알아내기란 불가능하다는 뜻이다.

아베의 정체를 알아낼 다른 단서는 없을까?

체포 당시에 니시다는 과거에 그를 고용한 인물 같다는 정보 외에는 아베에 대해 아무것도 몰랐다. 목소리나 말투는 낯익었지만 언제 어디서 만났는지 기억해 내지 못했다.

그런데 생각지도 못한 곳에 단서가 있었다.

니시다의 말에 따르면 이번에 체포되어 험상궂게 생긴 취조관을 마주한 순간, '별안간 거짓말처럼' 기억이 되살아났다고 한다. 내용이 너무 뜬금없어 취조관도 아연실색했다.

아베가 과거에 일을 의뢰했던 사람이 아니라 예전에 자신을 취조했던 경찰관이라고 말한 것이다.

취조관은 거짓말하지 말라고 주의를 주었지만 니시다는 진지한 얼굴로 거짓말도 농담도 아니라고 주장했다.

니시다의 말로는 벌써 10년 전 일이라고 했다. 알고 지내는 여고생에게 돈 많고 소심해 보이는 남자를 찾아 달라는 부탁을 받았다. 그 남자에게 매춘을 유도해 최종적으로는 돈을 뜯어낼 심산이라는 말을 듣고 수수료를 흥정하고 의뢰를 받아들였다. 그런데 하필 우연히 말을 건 상대가 관할서 경찰관이라 그 자리에서 현행범으로 체포당했다. 경찰서에서 조사를 받았는데 그때 취조를 맡았던 경찰관과 아베의 목소리와 눈매가 똑같다는 것이었다.

뜬금없는 이야기이긴 하나 거짓말이나 농담을 하는 것 같지는 않았다. 그럴 이유도 없다.

당장 해당 사건의 수사 기록을 조사했다. 그 결과 니시다를 취조했던 경찰관이 누군지 판명되었다.

야마오 요스케였다. 당시 해당 경찰서 생활안전과 소속으로 계급은 순사부장이었다.

이 사실을 바탕으로 특수수사본부의 수사 간부들이 긴급회의를 열었다. 경시청에서는 관리관뿐만 아니라 수사1과장도 달려와 대응책을 세웠다. 서장은 이번 사건에 직원이 관여되어 있다는 사실을 알고 있었고, 관리관과 수사1과장은 사쿠라카와의 보고로 야마오의 존재가 머릿속에 있었다. 니시다의 진술을 흘려들을 수는 없다는 게 간부들의 공통된 견해였다.

그 회의에서 야마오를 출두시켜 참고인으로 조사하자는 결론이 나왔다. 다만 한 가지 조건이 있었다. 니시다 간타에게 얼굴을 확인시켜 야마오가 아베로 판명되면 그렇게 한다는 방침이었다. 니시다는 취조 때 "마스크를 쓰고 있었지만 얼굴을 보면 아베 본인인지 알아볼 수 있다"고 말했다고 한다.

그런 이유로 고다이에게 지시가 내려왔다. 야마오의 자택 근처로 가서 아무 핑계나 대고 그를 밖으로 끌어내라는 것이었다.

야마오의 빌라 근처에는 니시다를 태운 자동차가 정차해 있었다. 집에서 나온 야마오를 보고 니시다는 아베가 틀림없다고 단언했다. 이리하여 야마오에게 임의동행을 요구하라는 지시가 고다이에게 내려온 것이었다.

그 순간의 광경이 고다이의 뇌리에 되살아났다.

갑작스러운 전개였을 텐데도 야마오는 거의 동요하지 않는 것 같았다. 표정을 지운 채로 알겠습니다, 하고 담담한 목소리로 대답했을 뿐이다. 옆에 서 있던 박스카에서 내린 수사원들을 따라 저항하지 않고 차에 올라탔다. 그사이 한 번도 고다이 쪽을 돌아보지 않았다.

어쩌면 야마오는 고다이에게 부자연스러운 호출 전화를 받았을 때부터 연행을 예상했던 게 아닐까? 그뿐만 아니라 임의동행 후 체포될 것도 각오했을지 모른다. 그렇게 생각하니 드물게 넥타이를 매지 않았던 것도 이해가 갔다. 유치장에 들어갈 때 넥타이는 자살을 방지하기 위해 압수하기 때문이다. 양복 차림이었지만 허리띠도 매지 않았을지 모른다. 허리띠 역시 같은 이유로 압수 대상이다.

고다이는 손목시계를 보았다. 오후 9시 25분. 고작 10분 정도밖에 지나지 않았다.

사쿠라카와는 야마오를 상대로 어떤 식으로 취조를 진행할까? 사건에 대한 직접적인 개입을 시사하는 증거는 역시 니시다와의 관계다. 먼저 그 점을 추궁하지 않을까? 야마오가 쉽게 시인할 것 같지는 않다. 니시다의 증언이 있다고 말해 줘도 다른 사람과 착각한 거라고 우길지도 모른다.

하지만 야마오가 사건에 관여했다면 어딘가에 흔적이 남아 있을 터였다. 가령 스마트폰 데이터를 분석하면 많은 정보를 얻을 수 있다. 위치 정보도 그중 하나다. 니시다와 접촉한 사실을 확인할 수 있을지도 모른다. 그래도 야마오는 사건과의 연관성을 증명하지 못할 거라고 자신하는 걸까?

사쿠라카와는 도도 부부와의 개인적 관계도 추궁할 것이다. 야마오에게는 여러모로 수상한 구석이 있지만 고다이는 그가 두 사람과의 관계를 일절 말하지 않는 게 가장 기묘했다. 남편인 도도 야스유키는 고등학교 시절 은사고 부인 에리코는 동창이다. 잊고 있었다거나 사건 해결과 상관없을 줄 알았다는 변명은 통하지 않는다.

거기까지 생각했을 때 밖에서 누가 들어왔다. 쓰쓰이였다. 실내를 한 바퀴 둘러보더니 매서운 표정으로 고다이에게 다가왔다.

"따라와." 작은 목소리였지만 말투가 날카로웠다.

이 자리에서 무슨 일인지 물어볼 수 있는 분위기가 아니었다. 예, 하고 대답하고 일어섰다.

빠른 걸음으로 복도를 지날 때도 쓰쓰이는 말이 없었다. 야마오 심문이 어떻게 되었는지 궁금했지만 고다이는 꾹 참았다. 굳이 묻지 않아도 곧 알게 되리라 예상했다.

쓰쓰이는 회의실 앞에서 걸음을 멈추고 문을 두드렸다. 들어오라는 소리가 들렸다.

안에서 기다리고 있던 사람들을 본 고다이는 몸이 후끈 달아올랐다. 수사1과장과 관리관, 감식과장, 서장, 부서장, 상층부 멤버들이 나란히 앉아 있었다. 사쿠라카와는 가장 바깥쪽에 있었다. 다들 표정에 어둡고 심각한 빛이 감돌았다.

사쿠라카와가 앉으라고 했다. 바로 옆에 파이프 의자가 있어 실례하겠습니다, 하고 앉았다.

"이것부터 봐." 사쿠라카와가 노트북 화면을 고다이 쪽으로 돌렸다.

거기에 찍힌 것은 작은 방에서 마주 앉아 있는 사쿠라카와와 야마오의 모습이었다. 취조 모습을 촬영한 듯했다.

"미리 말해 두지만 다른 수사원들에게 보여 줄 예정은 없다. 즉 기밀 사항이야. 알겠지?"

"알겠습니다." 그렇게 대답하는 목소리가 조금 갈라졌다.

사쿠라카와가 좋아, 하고 키보드를 두드리자 동영상이 재생되었다.

"지난달 19일 밤, 당신은 어디에 있었습니까?" 화면 속에서 사쿠라카와가 질문했다. 19일은 니시다가 아베와 만난 날이다.

야마오가 고개를 갸웃거렸다.

"글쎄요. 어땠더라. 요즘은 고다이 형사하고 함께 행동하는 일이 많았는데……."

"고다이 말로는 그날은 오후 7시 전에 탐문을 마치고 돌아와 그 후에는 개별 행동을 했다고 하던데요. 보고서를 작성하느라 당신의 행방을 몰랐다고 합니다. 아니면 고다이가 착각한 걸까요?"

"아니, 그렇다면 고다이 형사 말이 맞을 겁니다. 음, 그래요. 그 시간에는 저녁 식사를 하러 외출했을 겁니다."

"어느 가게였습니까? 스마트폰을 봐야 기억이 난다면 편히 확인하십시오."

"아니, 그럴 필요는 없습니다. 음, 어디에 갔더라." 야마오는 손으로 이마를 짚고 생각에 잠긴 시늉을 하다가 책상을 탁 쳤다. "그래, 생각났어요. 가게를 찾아 돌아다니다가 결국 식욕이 없어서 경찰서로 돌아왔습니다."

"아무것도 먹지 않고요?"

"예. 요즘 위가 약해져서." 야마오가 희미한 미소를 지었다. 식사를 거른 게 잘못은 아니지 않느냐는 태도다.

사쿠라카와는 작게 끄덕였다.

"좋습니다. 그 점은 나중에 다시 상세히 물어보겠습니다. 그런데 당신은 아키시마시 출신이지요?"

"그렇습니다." 기분 탓인지 야마오의 표정이 긴장된 것 같았다.

"이번 사건의 피해자인 도도 에리코 씨도 고등학교를 졸업할 때까지는 아키시마시에 살았던 것 같은데 알고 계셨습니까?"

야마오는 잠시 침묵했다가 작게 끄덕였다. "예, 알고 있었습니다."

"언제 알았습니까? 이번 수사를 통해서 알았습니까?"

아니요, 하고 야마오가 부정했다. "전부터 알고 있었습니다. 같은 고등학교를 다녔으니까요."

고다이는 간담이 서늘해졌다. 지금까지 숨겼던 사실을 마침내 스스로 고백한 것이다.

"그 사실을 누구든 특수수사본부 사람들에게 말했습니까?"

"아니요, 하지 않았습니다."

"이유가 뭡니까?"

"그럴 필요가 없다고 생각했으니까요. 수사에 개인감정을 끌어들이는 건 좋지 않다고 판단했습니다."

"피해자가 자란 환경이나 인품은 귀중한 정보입니다. 수사에 도움이 될지는 불확실하더라도 일단 보고해야 한다고 생각하지는 않았습니까?"

"고등학교가 같았다 뿐, 그 여성의 무언가를 딱히 아는 건 아닙니다. 하지만 독단으로 보고하지 않았던 건 경솔한 행동이었을지도 모르겠습니다."

"'그 여성'이라고 하셨지요." 사쿠라카와의 목소리가 조금 커졌다. "그럼 도도 야스유키 씨는 어떻습니까? 개인적인 접점이 전혀 없습니까?"

야마오는 입술을 굳게 다물고 차가운 눈으로 사쿠라카와를 쳐다보았다. 온갖 선택지를 검토해 가장 적절한 대답을 모색하는 표정이다.

그분은, 하고 야마오가 입을 열었다. "고등학교 때 활동했던 산악부 지도교사셨습니다."

"그분이라면? 이름을 말씀해 주시겠습니까?"

"도도 야스유키 씨입니다."

"산악부였다고 했는데 도도 씨와 함께 산에 오른 적은?"

"몇 번 있습니다."

"어떤 선생님이었습니까?"

야마오는 시선을 조금 떨어뜨리고 한숨을 토하더니 입을 열었다.

"든든하고 다정해서 믿음직한 선생님이었습니다. 저를

포함해 부원들 대다수가 존경했을 겁니다."

사쿠라카와가 고개를 끄덕였다.

"그렇군요. 그렇게나 피해자를 잘 아는데 어째서 본인과의 관계를 말하지 않았습니까? 고다이에게도 말하지 않았다고 들었는데요."

"그건…… 그냥."

"그냥?"

"저도 잘 모르겠습니다. 그냥 말하기 싫었습니다."

사쿠라카와가 나직하게 신음하며 팔짱을 꼈다. "그 진술에 설득력이 있다고 생각합니까?"

"없을지도 모르지만 어쩔 수 없죠. 그게 사실이니까."

"사실이라……."

사쿠라카와가 깊이 숨을 토하며 손에 든 자료로 시선을 떨어뜨렸다. 다시 팔짱을 풀고 몸을 살짝 앞으로 내밀었다.

"아까 하던 이야기를 마저 해 봅시다. 19일 말입니다. 당신은 저녁 식사를 하러 밖으로 나갔지만 결국 아무 가게에도 들어가지 않고 경찰서로 돌아왔다고 했죠. 하지만 경찰서에서 몇십 미터 떨어진 곳에 설치된 방범 카메라 영상에 당신으로 추정되는 인물이 택시에 올라타는 모습이 찍혔습니다. 그 점은 어떻게 설명하시겠습니까?"

야마오는 시선을 허공에 던졌다.

"택시…… 말입니까. 글쎄요, 기억이 안 납니다."

"물론 영상 속 인물은 어디까지나 당신을 닮은 사람이지, 당신으로 확인된 건 아닙니다. 다만 앞으로 판명될 가능성이 큽니다. 택시 회사를 알아내면 차량 내 방범 카메라 영상도 입수할 수 있겠지요. 그 점을 고려해서 신중하게 대답하십시오. 그날 밤, 당신은 택시를 탔습니까?"

야마오는 고개를 가로저었다. "모르겠습니다. 기억나지 않습니다."

사쿠라카와가 야마오의 얼굴을 뚫어져라 쳐다보더니 손에 든 자료에서 한 장의 얼굴 사진을 꺼냈다. "이 인물을 알고 있습니까?"

야마오는 사진을 힐끔 보더니 고개를 들었다.

"이번에 인출책으로 고용된 남자잖아요. 이름이 니시다였나……"

"면식은?"

"저요? 아니요, 없습니다."

"그렇습니까. 하지만 당신은 니시다를 만난 적이 있습니다. 11년 전, 예전 직장에 있었을 때입니다. 미인계를 이용한 갈취에 가담했던 니시다를 취조했는데요."

야마오의 가슴이 크게 오르내렸다. 고다이의 눈에는 호흡을 가다듬는 동시에 마음을 진정시키려는 것처럼 보였다.

"똑똑히 기억나지는 않습니다만……." 야마오는 천천히 입을 열었다. "그 말을 들으니 만났을지도 모르겠네요. 직업상 많은 사람을 만납니다. 피해자에게 이야기를 들을 때도 있고 피의자를 조사할 때도 있지요. 그중 한 사람이었다고 하면 아, 그랬습니까, 하고 대답할 수밖에 없네요."

"최근 니시다를 만난 적은?"

"없습니다."

"그건 이상한데요. 니시다의 증언과 어긋납니다."

"니시다가 뭐라고 했습니까?"

"그 질문에는 답해드릴 수 없습니다. 그렇다면 다음으로 이걸 봐 주십시오." 사쿠라카와가 다른 종이를 야마오 앞에 내려놓았다. 역시 프린트로 인쇄한 컬러 사진 같았다. "니시다가 아베라는 인물과 만났다는 공원 주변에도 방범 카메라가 몇 대 있었고 이건 그중 하나에 찍힌 사진입니다. 여기에 찍힌 것은 니시다와 헤어진 직후의 아베입니다. 단도직입적으로 묻겠습니다만 이 인물, 당신 아닙니까?"

야마오는 사진을 힐끔 쳐다보더니 고개를 저었다. "아닙니다. 억울합니다."

"그러십니까. 설명할 것도 없지만 이 사진은 동영상의 일부입니다. 실제 영상에서는 아베의 걸음걸이를 똑똑히 확인할 수 있습니다. 보행 분석 시스템으로 해석하기 충분한 자료라는 게 전문가의 의견입니다." 사쿠라카와가 차분하게 설명했다.

인간의 걸음걸이에는 개별적인 특징이 있어 컴퓨터로 영

상을 해석함으로써 높은 정밀도로 개인을 특정할 수 있다. 그 해석 프로그램을 보행 분석 시스템이라고 하는데 경찰에서도 수사에 도입하고 있다.

"다른 방범 카메라 영상에서 아베의 용모를 확인할 수 있는 데이터도 발견했다고 들었습니다. 안면 인식 프로그램으로 대조할 수 있을 거라는 견해입니다." 사쿠라카와가 천천히 말했다. "야마오 씨, 다시 묻겠습니다. 여기에 찍힌 건 당신 아닙니까?"

싸늘한 표정으로 사진을 바라보는 야마오에게서 낭패한 기색이나 초조한 낌새는 찾아볼 수 없었다.

그가 입을 열었다. "니시다에게 얼굴 대조를 시켰습니까?"

사쿠라카와가 한쪽 팔꿈치로 책상을 짚고 몸을 살짝 내밀었다. "그게 신경 쓰입니까?"

"아까 보여 준 사진으로는 아베라는 남자는 마스크를 쓰고 있었고 털모자도 쓰고 있었던 것 같은데요. 얼굴을 대조해도 모르지 않을까 싶어서."

사쿠라카와가 살짝 어깨를 움츠렸다.

"일본인이라면 코로나를 겪으며 마스크를 써도 얼굴을 분간할 수 있다는 것을 다시금 깨달았을 겁니다."

야마오가 콧방귀를 뀌었다. "그래서 얼굴을 본 니시다가 뭐랍니까?"

"궁금합니까?"

"그럼요."

"원래는 알려드릴 수 없지만 상관없겠지요. 니시다 말로는 당신이 틀림없다고 했습니다."

야마오는 그렇군요, 하고 입가를 누그러뜨렸다.

"이 사진 속 인물은 당신이지요?" 사쿠라카와가 다시 물었다.

야마오는 눈을 감더니 그대로 꼼짝도 하지 않았다. 하지만 사쿠라카와는 재촉하지 않았다. 지금 이 순간이 승부처라고 판단했을지도 모른다. 장기의 달인이 상대의 수를 기다리는 모습과 닮아 있었다.

긴 침묵 끝에 야마오가 천천히 눈을 떴다. 숨을 후 내쉬더니 고개를 끄덕이며 예, 라고 나직하게 대답했다.

고다이는 깜짝 놀랐다. 지금 분명히 야마오가 시인했다.

"다시 확인하겠습니다." 사쿠라카와의 말투도 굳어 있었다. "이 사진 속 인물이 당신이라고 인정하는 거지요?"

"인정할 수밖에 없을 것 같군요." 야마오는 그와 반대로 평온한 목소리로 대답했다.

"이날 있었던 일을 기억합니까?"

"예, 기억합니다."

"그럼 이 사진 속 날짜와 장소를 말씀해 주시겠습니까?"

"지난달 19일 밤 8시경입니다. 장소는 도쿄 타워 아래에 있는 공원인데 정식 명칭은 모릅니다."

"무슨 목적으로 그런 곳에 갔습니까?"

"니시다 간타를 만나러 갔습니다."

"만나서 어떻게 했습니까?"

야마오는 잠시 침묵했다가 대답했다. "니시다에게 현금 카드를 주고 현금 인출을 부탁했습니다."

"당신 명의의 카드였습니까?"

"아닙니다."

"그럼 누구 명의입니까? 풀네임으로 대답해 주십시오."

"요코야마 가즈토시입니다."

거기서 동영상이 멈췄다. 사쿠라카와가 키보드를 눌렀기 때문이다. 화면에는 살짝 맥이 풀린 듯한 야마오의 모습이 정지화면으로 떠 있었다.

"어떻게 생각하나?" 사쿠라카와가 물었다.

고다이는 마른 입술을 축이고 입을 열었다. "무척 놀랐습니다."

"그건 우리도 마찬가지야. 하지만 자네는 누구보다 먼저 야마오 경부보를 의심하고 있었다. 놀라움보다도 역시 그랬다는 생각이 강한 것 아닌가?"

"말씀대로 야마오 경부보에게는 계속 불신감을 품고 어떠한 형태로 사건에 관여한 게 아닌지 의심했습니다. 그래도 이 정도로 직접적으로 관여했을 줄은 몰랐습니다. 경찰관이라는 입장을 이용해 범인 측에 수사 정보를 흘리는 정도일 줄 알았습니다. 물론 그것도 충분히 배임 행위지만……."

"그 밖에 알아차린 점은 있나?"

"알아차렸다기보다는, 이렇게 순순히 자백할 줄 몰랐습니다."

"더 버틸 줄 알았다?"

"그럴 줄 알았습니다."

"이유는?"

"임의동행을 요구했을 때 여유가 느껴졌기 때문입니다. 그 전에도 제가 자기를 의심하고 있다는 걸 눈치챈 낌새가 있었는데 일절 초조해하거나 당황하지 않았습니다. 그래서 취조에서 아무리 추궁해도 잡아뗄 자신이 있는 줄 알았습니다."

"허세 혹은 체념이라고는 생각하지 않았나?"

"그런 타입이 아니라고 생각했습니다."

"오래 알고 지낸 것도 아닌데 야마오 경부보의 인간성을 파악했다는 말인가?"

"그런 뜻은 아닙니다만……."

그때 서장이 저 남자는, 하고 끼어들었다.

"그런 작자야. 무슨 생각을 하는지 도통 모르겠다니까. 하지만 묘하게 대범한 구석이 있어. 연행될 때 여유로워 보였다고 했는데, 속으로는 각오를 굳혔던 게 아닐까? 순순히 자백한 건 사쿠라카와 경부의 취조가 훌륭했기 때문이지. 의미 없이 발버둥 치는 한심한 모습은 보여 주기 싫었을 거야. 그게 맞을 걸세." 서장은 다소 퉁명스럽게 말하고 나서 수사1과장을 쳐다보았다. "어쨌거나 이렇게 된 이상 빨리 다음 대책을 세워야 합니다."

수사1과장은 아무 대답도 하지 않았다. 눈썹을 찌푸리고 심각한 표정으로 허공을 노려보고 있다. 서장이 자기 안위를 걱정하듯 수사1과장도 그 나름대로 향후 대응책을 고심 중인지도 모른다.

고다이, 하고 사쿠라카와가 불렀다.

"야마오 경부보의 진술에서 달리 알아차린 점은 없나? 지금까지의 언동과 모순되는 점이나, 반대로 납득이 가는 점이나."

"그런 건 없지만 도도 부부와의 관계를 인정한 건 뜻밖이었습니다. 침묵할 수도 있었으니까요."

"체념한 거야." 서장이 또 중얼거렸다.

사쿠라카와는 고개를 끄덕이며 고다이를 쳐다보았다. "알겠다. 수고했어. 그만 가 봐도 돼."

볼일은 끝났으니 나가라는 뜻이다. 고다이는 일어나서 실례하겠습니다, 하고 간부들에게 인사하고 걸음을 돌렸.

회의실에서 나와 발을 떼려는데 누가 어깨를 두드렸다.

돌아보니 자못 진지한 표정의 쓰쓰이였다. "수고했어."

쓰쓰이가 함께 있었다는 것을 완전히 잊고 있었다. 고맙습니다, 하고 고개를 살짝 끄덕였다.

"일이 커졌네. 윗분들은 오늘 밤 잠이 안 오겠어." 쓰쓰이가 걸어가면서 작은 목소리로 말했다. "정보는 형사부장에게도 전달되겠지. 경시총감에게도. 공표되면 언론이 가만있지 않을 거야."

"수사는 앞으로 어떻게 될까요?" 고다이도 주위를 살피며 물었다.

"니시다를 이용해 돈을 인출했다는 건 시인했으니 일단 야마오를 절도로 체포하겠지. 검찰에 송치해서 신병을 구속한 다음 살인 관여 여부를 추궁하지 않을까?"

아까 본 동영상에는 야마오가 니시다에게 인출책을 의뢰한 것을 시인하는 부분까지만 찍혀 있었다. 일단 그 시점에서 진술조서를 작성해 본인에게 서명을 받았을 것이다. 그게 있으면 영장 청구가 가능해지기 때문이다.

"내일이 고비겠군요."

고다이의 말에 쓰쓰이가 고개를 끄덕였다.

"야마오 취조와 병행해서 우리는 증거 확보로 동분서주하게 될 거야. 가택수색에도 동원되겠지. 윗분들과는 반대로 느긋하게 잘 수 있는 건 오늘 밤뿐이라고 각오하는 게 좋을 거야."

쓰쓰이의 말에 고다이는 복잡한 심경이었다. 다른 형사는 몰라도 자기는 오늘 밤부터 잠을 자기는 글렀다고 생각했다.

22

쓰쓰이가 예언한 대로 이튿날 아침부터 야마오의 집을 수색하게 되었다. 최근의 야마오를 잘 안다는 이유로 고다이도 참가하라는 지시를 받았다. 다른 수사원들과 함께 빈 상자를 잔뜩 품에 안고 현장에 들어갔다.

방 하나에 주방 겸 거실이 있는 구조였다. 테이블과 의자, 침대, 책장 외에 다른 가구는 없었다. 하지만 난잡하게 물건이 흩어져 있는 게 아니라 일용품이 벽장에 정리 정돈되어 있었다. 50대 후반의 남성이 혼자 사는 집이라는 게 믿기지 않을 정도로 간소했다. 마치 미니멀리즘으로 싹 갖다 버린 직후 같았다. 눈에 들어오는 물건들을 상자에 담으며 고다이는 야마오가 가택수색을 예상했던 게 아닌가 싶었다.

수색 목적은 말할 것도 없이 사건과의 연관성을 시사하는 증거를 발견하는 것이었다. 구체적으로는 도도 야스유키의 태블릿이나 도도 사무소로 보낸 문서를 작성한 컴퓨터, 프린터 등이다. 하지만 실내를 대충 훑어본 바로는 그런 것들은 보이지 않았다. 컴퓨터와 프린터야 그렇다 쳐도 태블릿은 결정적인 증거라 다른 곳에 숨겼을 가능성이 높으니 이미 예상한 일이었다.

그 대신 신경 쓰이는 물건이 벽장에서 나왔다. 핸디 그라인더였다. 금속 절단이나 연마에 사용하는 공작기기로, 보아하니 새 제품 같았다.

휴일 취미가 목공인 사람이라면 이런 걸 가지고 있어도 이상할 게 없다. 하지만 야마오의 집에 다른 공구는 보이지 않았다.

야마오는 그라인더를 무엇에 사용했던 걸까? 붙어 있는 절삭용 디스크에는 사용 흔적이 있었다. 또 금속 가루도 묻어 있었다. 구체적인 성분은 분석해 보기 전에는 알 수 없다.

가택수색을 지휘하는 건 증거품 수사를 담당하는 아사리라는 경부보였다. 당연히 아사리도 그라인더가 신경 쓰이는지 "어째서 이런 게 있는 걸까?"라고 고다이에게 의견을 구했다.

"뭔가 증거 인멸에 사용했을지도 모릅니다."

"예를 들면?"

"도도 씨 태블릿이요. 산산조각 내서 처분했다거나."

아사리가 눈을 희번덕거렸다. "설마."

"저도 그럴 리는 없다고 생각합니다. 예를 든다면 그렇다는 거지요."

아사리가 실내를 둘러보았다. "야마오에게 모형 제작 취미가 있었다는 말은 못 들었나?"

"못 들어 봤습니다. 목공 취미가 있다는 말도."

"하지만 초보자가 그라인더를 간단히 다룰 수 있을까?"

"야마오는 초보자가 아닙니다."

"어?"

"대학에서 금속공학을 배웠습니다. 금속 가공은 익숙할지도 모릅니다."

"그렇단 말이지." 아사리가 입가를 일그러뜨렸다.

그리고 얼마 지나지 않아서 주방을 조사하던 수사원이 아사리를 불렀다. 수상한 쓰레기봉투가 있다는 것이었다.

속을 들여다본 아사리가 고다이를 손짓으로 불렀다. "이것 좀 봐."

쓰레기봉투에 들어 있던 것은 자잘한 금속 파편과 플라스틱 조각이었다. 유리 조각도 섞여 있었다. 누가 봐도 전자부품 같은 파편도 보였다.

"이거로군요." 고다이가 말했다. "그라인더로 조각냈겠죠."

"원형은 그 태블릿일까?"

"그럴지도 모르고 위조 스마트폰일지도 모릅니다."

"위조 스마트폰?"

"야마오는 명의를 위조한 스마트폰으로 니시다에게 연락했다고 합니다. 그 데이터를 분석하지 못하도록 파괴했다…… 그런 것 아닐까요?"

아사리는 혀를 끌끌 찼다.

"완벽하게 증거를 은폐했다는 건가? 일단 감식반에 보낼 수밖에 없겠군. 그렇지만 이래서야 과학수사연구소도 복원은 불가능하겠어."

역시 야마오는 머잖아 자기가 연행될 줄 예상했던 거라고 확신했다. 가택수색에 대비해 증거를 인멸하려고 열을 평계로 귀가했던 게 틀림없다.

야마오에게는 줄곧 감시가 붙어 있었다. 집으로 돌아온 후에도 감시 형사들은 집 현관문 앞에서 감시하고 있었다. 증거를 은폐하려면 스마트폰을 파괴하는 수밖에 없었던 것이다. 핸디 그라인더를 우연히 가지고 있었을 리는 없다. 만일에 대비해 미리 구입해 두었던 게 아닐까?

압수품을 전부 상자에 담은 수사원들은 현장을 뒤로했다. 박스카를 타고 관할서로 돌아가는 길에 고다이의 스마트폰이 울렸다. 쓰쓰이였다.

"예, 고다이입니다."

"가택수색은 어떻게 됐어?"

"끝났습니다. 경찰서로 돌아가는 참입니다."

"수확은?"

"뭐라고 말씀드리기가……." 말끝을 흐렸다.

"그래." 암울한 성과를 눈치챘는지 쓰쓰이의 목소리가 가라앉았다. "계장님 연락이다. 이제부터 형사부장이 수사 지휘를 맡는다."

"형사부장이……."

"검찰에 야마오의 신병을 돌려받으면 경시청 본부에서 조사하겠다나 봐. 나도 거기로 가는 길이야. 압수품 정리가 대충 끝나면 자네도 본부 청사로 와."

"알겠습니다."

전화를 끊고 스마트폰을 안주머니에 넣었다. 동승한 수사원들이 숨을 죽이고 있었다. 대화를 들은 게 분명했다.

경시청 본부에서 야마오를 취조하게 되었다고 털어놓았다. 수사원들이 한숨을 쉬었다.

"상층부에서는 야마오를 범인으로 보고 있나 보군."

"그렇겠지. 니시다에게 돈을 인출하라고 했으니 사건과 관계없을 리 없어."

"현직 경찰관이 살인범이라니. 보도가 나가면 엄청나게 시끌시끌해지겠네."

"최근에는 경찰 비리가 없어서 눈총을 사는 일도 별로 없었는데 당분간 또 가시방석이겠어."

누군가가 한마디를 할 때마다 차 안의 공기가 무거워졌다. 고다이는 입을 열지 않았다.

경찰서에 도착해 압수품을 담은 상자를 특수수사본부로 운반했다. 다들 분담해서 사건과 관련이 있는지 없는지 확인했다. 고다이는 서류를 맡아서 우편물과 메모는 물론이고 서류와 잡지, 명함, 전단지 등 야마오의 집에 있던 종이란 종이는 전부 조사하게 되었다. 사소한 메모나 낙서가 단서가 될 수도 있기 때문이다.

하지만 작업을 이어 나가며 이것 또한 헛수고로 끝나지 않을까 우려했다. 그라인더까지 써 가며 증거를 인멸하려 했으니 사건과 연관된 메모를 남겨 두었을 리 없다. 야마오는 생각보다 훨씬 용의주도한 남자다.

그래서 간단히 자백했다는 게 믿기지 않았다. 사쿠라카와의 추궁은 훌륭했으나 변명의 여지가 있지 않았던가? 아니면 방범 카메라에 모습을 찍힌 게 오산이었을까?

고다이, 하고 누가 불렀다. 아사리가 살짝 손을 들었다. 곁에는 여성 감식과 직원이 있었다. 고다이는 자리에서 일어나 두 사람에게 다가갔다.

"쓰레기봉투 속 내용물 말인데, 도도 씨의 태블릿 파편은 아니라는군." 아사리가 말했다.

"조각나 있어도 원래 제품의 크기는 추정할 수 있다나 봐. 태블릿이 아니라 스마트폰일 거라는군. 그것도 두 대."

"두 대요?" 고다이는 저도 모르게 눈썹을 찌푸렸다.

감식과 직원이 이미지를 인쇄한 종이를 고다이에게 보여 주었다. 쓰레기봉투 안에 있던 파편이 찍혀 있었다.

"케이스, 다시 말해 스마트폰 외장재가 두 종류 섞여 있었습니다. 하나는 빨간색이고 다른 하나는 은색 같아요. 충전 단자도 두 종류로 확인되었습니다. 명백하게 두 대의 스마트폰을 파괴한 것으로 보입니다." 감식과 직원이 말했다.

"야마오는 위조 스마트폰을 두 대 가지고 있었다는 뜻입니까?" 고다이가 아사리를 쳐다보았다.

"위조인지는 모르겠지만 처분하고 싶은 스마트폰이 두 대였다는 뜻이겠지."

고다이는 감식과 직원 쪽으로 고개를 돌렸다. "기종은 알아낼 수 있습니까?"

"시간이 걸리지만 가능할 거예요. 다만 단서가 될지는 모르겠습니다. 데이터 복원도 불가능하고 SIM 카드도 망가졌으니까요."

"그런가……."

스마트폰 기종을 알아봤자 데이터나 SIM 카드가 없으면 아무 쓸모도 없다. 본체야 인터넷으로도 마음껏 살 수 있다.

그나저나 왜 두 대일까? 위조 스마트폰을 입수할 루트만 있다면 몇 대든 살 수 있으니 만약을 대비해 예비를 마련해 두었던 걸까?

아사리와 감식과 직원을 뒤로하고 자리로 돌아가려는데 스마트폰이 울렸다. 또 쓰쓰이였다. 왠지 가슴이 술렁거렸다.

"예, 고다이입니다."

"쓰쓰이다. 이쪽으로 올 필요 없어. 거기서 대기해." 목소리에서 긴장감이 느껴졌다.

"무슨 일이라도 있었습니까?"

고다이의 질문에 쓰쓰이가 잠시 침묵했다.

"상황이 바뀌었어. 야마오가 자백했다."

"자백이요? 그건 이미……."

"절도가 아니야. 살인이다. 도도 부부 살해를 시인했어."

23

경시청 본부 청사에서 형사부장 주재로 기자회견이 열린 것은 오후 8시가 넘어서였다. 몰려든 수많은 취재진 앞에서 형사부장은 한순간도 심각한 표정을 누그러뜨리지 않고 다음과 같은 발표 자료를 낭독했다.

"지난달 15일 발생한 도의원 부부 살해 및 방화 사건과 관련하여 금일 경시청 경부보 야마오 요스케를 살인 및 방화 혐의로 체포했습니다. 현직 경찰관이 지극히 흉악하고 중대한 사건을 저질렀다는 사실에 충격을 받았으며 경찰 전체의 신뢰를 위협하는 사태가 벌어진 점에 대해 치안을 담당하는 책임자 중 한 사람으로서 부끄러움을 금할 수 없는 바입니다."

발표를 마친 형사부장이 동석한 수사1과장과 함께 깊이 머리를 조아렸다. 경시총감과 부총감 다음가는 고위직이

특정 형사사건에 대해 체포 혐의를 설명하는 것은 이례적인 대응이었다.

요란한 플래시가 쏟아진 다음 기자들이 형사부장과 수사1과장에게 질문을 퍼부었다. 경찰관이 한 명 이상을 살해하고 해당 수사에 관여한 전례가 있느냐는 질문에는 두 사람 다 자신들이 아는 한에서는 없다고 대답했다.

하지만 체포에 이른 결정적 단서에 대해서는 이미 송치한 절도 사안으로 취조하던 중 본 사건에 관여했음을 시인하여 체포에 이르렀다고만 설명했다. 상세한 내용은 수사 중이라 발언을 삼가겠다고 명확한 답변을 피했다.

고다이는 쓰쓰이를 비롯해 동료들과 함께 경시청 본부 수사1과 텔레비전으로 이 회견을 봤다. 회견이 끝난 후에도 한동안 아무도 입을 열지 않았다.

"모두 특수수사본부에 출입할 때는 조심해." 가장 먼저 입을 연 건 쓰쓰이였다. "이미 기자들이 붙어 있어. 놈들이 뭘 물어봐도 절대 말하지 마. 한마디라도 했다간 기삿거리가 될 테니까."

진지한 충고에 형사들은 말없이 고개를 끄덕였다. 쓰쓰이가 지적하지 않더라도 정보에 굶주린 언론 관계자들이 질문 세례를 퍼부을 것은 쉽게 예상되었다. 안면이라도 있는 기자라면 더 그렇다. 이미 고다이의 스마트폰에도 그런 사람들의 연락이 쉴 새 없이 쏟아졌다. 다른 형사들도 마찬가지이리라.

설령 침묵하라는 지시가 없었어도 기자들의 질문에 대답할 수 있는 형사는 없지 않을까. 고다이 역시 야마오가 자백에 이른 경위를 전혀 모르기 때문이다.

쓰쓰이에게 야마오가 자백했다는 연락을 받고 얼마 지나지 않아 수사1과 형사들이 경시청 본부로 소집되었다. 향후 수사방침을 전달하겠다고 했는데 아직 아무 지시도 없었다. 그런데 고다이만 형사부장실로 불려 갔다. 형사부장은 물론이고 수사1과장에 이사관, 그리고 관리관과 사쿠라카와까지 기다리고 있었다.

"야마오 경부보 일로 자네에게 질문할 게 있다." 수사1과장이 말문을 열었다. "묻는 말에만 대답해. 자네 질문은 받지 않겠다. 이해했나?"

"이해했습니다."

고다이의 대답에 수사1과장이 고개를 끄덕이더니 눈앞의 서류로 시선을 떨어뜨렸다.

"도의원 부부 살해 및 방화 사건 수사 시작 때부터 야마오 요스케와 함께 행동했다고 들었네만, 그 이전에 경부보와 면식이 있었나?"

"아뇨, 이번 특수수사본부에서 처음 만났습니다."

"그때 인상은?"

"……특별한 건 없었습니다. 생활안전과 베테랑이라는

말에 지역 치안 정보에 훤할 거라고 생각한 게 전부입니다."

"보고서에 따르면 야마오를 처음 의심한 게 자네였더군. 그 근거를 설명해 보게."

"근거라고 할까, 사소한 계기였습니다."

고다이는 야마오가 후타바 에리코라는 배우에 대해 잘 모른다고 했으면서 에나미 부부와 만난 직후에 모순된 발언을 한 점이나 도도 야스유키의 정치 활동을 파악하고 있는 점이 부자연스러웠다고 말했다.

"더욱이 도도 씨가 취미로 위치 정보 게임을 즐겼다는 사실을 의도적으로 숨긴 정황이 있었고, 태블릿이 경찰서 안에서 켜졌다는 점 등을 고려해 사쿠라카와 계장님께 수상하다는 의견을 보고드리게 되었습니다."

수뇌부들의 반응은 무뎠다. 이미 알고 있는 사실이기 때문이리라.

"자네는 어째서 의혹을 품었을 때 그 자리에서 야마오를 직접 추궁하지 않았지? 에나미 부부를 만난 직후에 물어볼 수도 있었을 텐데?" 수사1과장이 물었다.

"있을 수 있는 일이라고 생각했기 때문입니다. 단순히 제가 너무 예민한 탓일 거라고……."

"하지만 만약 자네가 그때 물어봤더라면 야마오는 무슨 대답이든 했을 테고, 거기서 새로운 단서를 얻을 가능성도 있지 않았을까?"

"그럴지도 모르지만······."

"애초에 야마오는 그것 말고도 훨씬 부자연스러운 언동을 보이지 않았나? 자기가 관여한 살인사건의 유족을 만나는 거니 마음이 편했을 리 없어. 묘하게 불안해 보였다거나 흥분했다거나, 그런 이상 징후는 느끼지 못했나?" 수사1과장의 말투는 차갑고 경직되어 있었다.

"전혀 못 느꼈습니다. 그때는 에나미 부부에게서 중요한 증언을 얻을 수 있을지도 모른다는 생각으로 머릿속이 꽉 차서 파트너인 야마오 경부보의 태도에 마음 쏠 여유가 없었습니다. 설마 경부보가 이번 사건에 관여했을 줄은 꿈에도 몰라서······." 고다이는 수사1과장의 얼굴을 쳐다보며 말을 이었다. "저기, 정말로 야마오 경부보가 자백했습니까? 자기가 도도 부부를 살해했다고요?"

모두 일제히 고다이를 쳐다보았다. 그 시선은 날카로우면서도 어두웠다.

"처음에 말했을 텐데. 질문은 받지 않겠다고. 잊었나?" 수사1과장이 나직하게 말했다.

"죄송합니다." 고다이는 고개를 숙였다.

그 후의 질문도 비슷한 분위기였다. 아무래도 경시청 간부들은 야마오의 사건 관여 사실을 조금 더 빨리 알아차릴 기회가 있었는지 궁금해하는 것 같았다. 현직 경찰관의 살인사건 관여는 중대한 문제지만, 그 사람이 특수수사본부에 있었는데도 바로 눈치채지 못한 점도 간과할 수 없다는 뜻 같았다.

수뇌부에게서 풀려난 고다이는 자리로 돌아온 뒤에도 마음이 뒤숭숭했다. 자기나 계장이 책임지게 되는 걸까? 간부들과 나눈 대화를 곱씹으며 우울한 상상을 했다.

그런 생각을 하고 있는데 전화가 왔는지 쓰쓰이가 스마트폰을 귀에 댔다. 두세 마디 나누더니 전화를 끊고 주위를 둘러보았다.

"계장님 지시다. 모두 이동해. 장소는……." 회의실 이름이 이어졌다.

분위기가 한층 무거워졌다. 다들 말없이 움직이기 시작했다. 고다이는 경시청 전체가 심각한 상황에 처했음을 실감했다.

회의실에서 대기하고 있으려니 얼마 지나지 않아 사쿠라카와가 들어왔다. 표정에 피로한 기색이 선했다.

"향후 방침을 설명하겠다." 사쿠라카와는 앉지도 않고 말했다. "모두 알다시피 도의원 부부 살해 및 방화 사건 피의자에게 체포영장이 나왔다. 그 자백 내용을 검증하는 증거 수집이 수사의 주안점이 된다. 현재 증거품 담당반과 영상분석반을 중심으로 정보를 정리하고 있다. 그게 끝나면 바로 업무분장과 함께 구체적인 지시를 내리겠다. 정식으로 기소가 확정될 때까지 철저하게 수사할 방침이니 자네들

부담도 커질 것이다. 다들 알고 있도록."

지금보다 더 바빠질 테니 각오하라는 말로 들렸다.

사쿠라카와가 말을 이었다.

"특수수사본부는 그대로 관할서에 두지만 기소 작업이나 정보 관리는 형사부장 지휘하에 수사1과가 주도한다. 다시 말해 실제 대책본부는 경시청 본부 안에 둔다. 앞으로 모든 정보는 일단 각 주임이나 내게 보고하도록. 관할서 수사원과 함께 행동하는 경우도 있겠지만 그들과 정보를 공유할 필요는 없다."

말투는 담담했지만 내용은 냉철했다. 이미 상층부의 머릿속은 경찰관이 저지른 전대미문의 불상사를 어떻게 진정시킬지로 가득한 듯했다.

"그런 이유로 피곤하겠지만 일단은 특수수사본부로 돌아가 줘야겠어. 아사리가 중심이 되어 증거품과 자료를 정리하고 있을 테니 오늘 밤 안에 이쪽으로 가져오도록. 질문 있나?"

사쿠라카와의 물음에 대답하는 사람은 없었다.

"없으면 해산한다. 쓰쓰이하고 고다이는 잠깐 남아."

고다이는 회의실을 나가는 동료 형사들의 뒷모습을 배웅했다.

내내 서 있던 사쿠라카와가 넥타이를 살짝 풀며 몸을 내던지듯 의자에 털썩 앉았다. "나 참, 힘들군. 지독한 하루야."

"고생이 많으십니다."

고다이의 말에 사쿠라카와가 입가를 일그러뜨리며 쓴웃음을 지었다.

"자네도 피곤하지? 아까는 수고했어. 연일 어르신들 앞에 끌려다니다니 운도 지지리 없군."

"그건 상관없는데……." 고다이가 말끝을 흐렸다.

"하고 싶은 말이 있나 보군."

"그렇다기보다는 솔직히 영문을 알 수가 없어 당혹스럽습니다. 야마오 경부보가 범행을 자백했다고 들었는데, 상세한 정보도 전혀 없고."

"말단 경찰은 괜히 알려고 들지 마라." 쓰쓰이가 옆에서 끼어들었다. "그런 뜻이죠, 계장님?"

사쿠라카와가 씁쓸한 표정으로 턱을 어루만졌다.

"지금 하는 이야기는 절대 밖으로 흘리지 마."

고다이는 쓰쓰이와 얼굴을 마주 보고 예, 하고 대답했다.

사쿠라카와가 한숨을 쉬더니 매서운 표정으로 쳐다보았다.

"분명 야마오는 도도 부부 살해에 관여했다고 시인했다. 하지만 그걸 자백이라고 해도 될지, 판단하기 어려워."

쓰쓰이가 눈썹을 찌푸렸다. "무슨 뜻입니까?"

"절도로 송치되었다가 돌아온 야마오를 취조한 건 나다. 쉽게 풀리지는 않을 거라고 각오하고 있었으니 이미 자백한 절도 쪽을 상세히 추궁할 요량이었지. 타인 명의의 현금

카드나 가공의 명의로 위조한 휴대전화를 어떻게 입수했는지, 그런 점부터. 그런데 야마오는 그런 질문에는 대답할 수 없다는 거야. 상관없는 사람을 끌어들이고 싶지 않다나. 거기까지는 그렇다 쳐, 예상 범위니까. 현금카드와 불법 스마트폰 입수 경로는 어차피 확인하기도 어렵고, 알아낸다 해도 사건에 직접 증거가 되지는 않으니까. 그래서 현금카드 은행 계좌에 관해 물어봤지. 요코야마 가즈토시 명의의 계좌가 에나미 가오리 씨가 받은 메일에 적혀 있던 입금처와 일치하는데 어떻게 설명할 거냐고."

"야마오는 뭐라고?" 쓰쓰이가 물었다.

"상상에 맡기겠습니다. ……놈은 그렇게 말했어."

"상상이라니……." 고다이도 당혹스러웠다.

"그래서 이렇게 말해 줬지. 우리는 당신이 도도 야스유키 씨의 태블릿을 이용해 에나미 가오리 씨에게 메일을 보냈다고 생각하는데 맞느냐고. 그랬더니 놈이 '어쩔 수 없지요, 상상은 자유니까요'라는 거야. 심지어 태연한 얼굴로 말이야. 장난을 하나 싶어서 사실과 다르다면 부인해라, 그러지 않으면 후회할 거라고 겁을 줘 봤어. 놈은 이렇게 답하더군. 아니요, 부정하지는 않겠습니다……."

쓰쓰이가 신음을 흘렸다. "무슨 속셈일까요?"

"정말 속을 모를 놈이야." 사쿠라카와가 한숨 섞인 목소리로 중얼거렸다.

그 후에는 다음과 같은 대화를 나누었다고 한다.

사쿠라카와는 야마오에게 만약 에나미 가오리 씨에게 메일을 보낸 게 당신이라면 도도 씨의 태블릿은 당신이 가지고 있다는 뜻이 되는데 언제 어떻게 손에 넣었느냐고 질문했다. 그에 대한 야마오의 대답은 역시나 '상상에 맡기겠습니다'였다.

사건 발생 당일 밤에 태블릿이 도도 저택에 있었다는 것은 위치 정보로 이미 확인되었으니 그 태블릿을 가지고 있는 건 사건에 관여한 사람일 수밖에 없다. 사쿠라카와가 그 점을 지적하자 야마오는 '맞는 말씀입니다'라고 마치 남의 일인 양 대답했다.

거기서 사쿠라카와는 핵심을 찔러보았다. 도도 부부 살해 사건에 관여했음을 인정하는지 물어본 것이다.

야마오의 대답은 '부정하지는 않겠습니다'였다.

사쿠라카와가 어떻게 관여했는지 묻자 야마오는 '상상에 맡기겠습니다'라고 대답했다.

"칼로 물 베기야, 도통 꿍꿍이를 알 수가 없어. 그래서 더 추궁해 보기로 했지. 우리는 당신이 도도 부부를 살해했다고 의심하고 있다. 우리 상상에 맡기겠다고 한다면 당신이 범행을 자백했다는 형태로 조서를 꾸밀 것이다. 당신은 거기에 서명할 텐가, 그렇게 물어봤어. 놈이 뭐라고 했을 것 같나?"

고다이는 쓰쓰이와 얼굴을 한 번 마주 보고서 고개를 저었다. "모르겠습니다."

"'그걸 원하신다면', 그렇게 말하더군."

"설마요." 고다이가 말했다.

"정말 괜찮은 겁니까? 당신도 경찰관이니 알겠지만 일단 진술 조서에 서명하면 내용을 번복하기 어려워 재판에서 사실로 간주할 겁니다. 그래도 괜찮습니까? 그렇게 재차 물어봤어."

"야마오 경부보는 그래도 괜찮다고 대답한 거군요."

사쿠라카와가 매서운 표정으로 끄덕였다.

"그래. 그렇다면 범행 내용을 자세히 말해 보라고 했지. 그랬더니 또 '상상에 맡기겠습니다', 이러는 거야. 여러분이 상상한 내용을 진술 조서에 써 주면 얌전히 거기 서명하겠다더군."

쓰쓰이가 어떻게 생겨 먹은 놈이냐고 중얼거렸다.

"무슨 생각을 하고 있는지 통 모르겠어. 어쨌거나 형식상으로는 범행을 시인한 셈이니 관리관과 의논해 수사1과장을 통해 형사부장에게 보고했다. 형사부장은 빠르게 판단했어. 즉각 살인으로 체포영장을 청구하라는 지시가 내려왔다."

그렇게 된 일이로군. 고다이도 그제야 이해가 갔다.

쓰쓰이가 고개를 갸웃거렸다.

"지금 이야기만 놓고 보면 구체적인 말은 한 마디도 하지 않았는데요. 게다가 물적 증거도 현시점에서는 발견하지 못했습니다."

"맞아. 그래서 말인데 사실 나나 관리관은 체포영장 청구에는 소극적이었어. 수사1과장도 서두를 필요는 없다고 생각했지. 하지만 형사부장 입장에서는 나중에 증거가 나왔을 때 본인이 사건 관여를 시인했는데 어째서 그 자리에서 체포하지 않았느냐고 세간에서 비난할까 봐 염려한 것 같더군. 일 처리가 조금이라도 늦으면 내부 감싸기 아니냐고 공격하니까."

"검찰에는 의논하셨습니까?"

고다이의 질문에 사쿠라카와가 대답했다.

"바로 그게 문제야. 쓰쓰이 말처럼 확실한 증거가 없어. 재판에서 갑자기 엉뚱한 소리를 할 가능성도 있지. 검찰도 형사부장의 체면을 세워 체포에는 찬성해 주었지만 현재로서는 혐의 부인否認 사건과 동등하게 취급하는 게 좋겠다는 견해다."

"혐의 부인으로……."

"따라서 증거 수집과 물증 확보가 중대 과제야. 그걸 해결하지 못하는 한 검찰은 기소하지 않을지도 몰라. 대책본부를 이쪽에 둔 것도 그래서다. 하지만 그런다고 정말 사건의 진상을 알아낼 수 있을까? 난 의문이 들어."

"그 말씀은?" 쓰쓰이가 물었다.

"검찰도 취조하겠지만 지금 태도로 봐서 야마오는 자기 입으로는 한 마디도 할 생각이 없어 보여. 또 똑같이 '상상에 맡기겠습니다'란 말만 반복하겠지. 특히 문제는……."

사쿠라카와가 애를 태우듯 잠시 뜸을 들이더니 뒷말을 이었다.

"야마오를 대해 보고 이 남자는 뭔가 숨기고 있다는 걸 느꼈어. 그게 자신의 체포 여부보다 더 중요한 문제고, 범행 동기와 관련 있을 거라고 확신했다."

"저도 동기가 궁금합니다." 고다이가 말했다.

"관할서에서는 서장이 중심이 되어 생활안전과를 비롯해 전 직원을 대상으로 야마오에 대한 정보 조사를 시작했다고 한다. 금전이나 이성 문제 유무를 조사하는 것 같더군. 하지만 아무리 조사해 봤자 그런 게 이번 사건과 연결될 것 같진 않아. 관계가 있다면 지난 수사에서 이미 찾아냈을 테지."

동감입니다, 하고 고다이가 답했고 옆에서 쓰쓰이도 고개를 끄덕거렸다.

"그래서 자네들이 나설 차례야." 사쿠라카와가 매서운 눈빛으로 두 사람을 보았다. "증거 확보나 검증 수사는 다른 사람들에게 맡겨. 자네들은 야마오와 도도 부부의 관계를 철저히 파헤치도록. 필요하면 지원을 붙여 주겠다. 어쩌면,

아니 아마도 엄청난 뭔가가 나올 거야."

24

그 가게는 아자부주반역에서 도보로 몇 분 거리에 있었다. 시끌벅적한 상점가에서 조금 떨어진 좁은 길가에 있었는데 고옥 스타일의 입구가 고즈넉한 분위기를 자아냈다. 눈에 띄는 간판이 없어 미리 위치를 파악해 두지 않았더라면 지나칠 뻔했다.

오후 4시가 넘었지만 아직 오픈 전이다. 입구 미닫이문에는 '준비 중' 팻말조차 없었다. 철저하게 단골 중심 장사인 것이다.

고다이가 미닫이문을 열자 정면에 좁은 통로가 있고 왼쪽에 룸이 쭉 있었다. 실례합니다, 하고 안쪽을 향해 외쳤다.

잠시 기다리자 짙은 남색의 긴팔 조리복을 입은 자그마한 여성이 나왔다. 고다이는 경찰수첩을 보여 주고 명함을 내밀며 자기소개를 했다. "아까는 전화로 실례했습니다."

여성은 이 가게의 주인이었다. 고다이의 명함을 공손히 두 손으로 받았다.

"자리를 마련해 놓았으니 그쪽으로 안내하겠습니다. 따라오세요." 주인이 살가운 미소를 지으며 미닫이문을 열어 주었다. 가게 안에 자리를 마련한 건 아닌 모양이다. 고다이는 목례하고 밖으로 나갔다.

따라간 곳은 가게 옆에 있는 건물 2층으로, 바처럼 카운터와 소파가 있었다. 다만 벽 선반에 양주 병이 있지도 않고, 간판도 없었다.

"이쪽은 식사를 마친 뒤에 차분하게 술을 드시려는 손님들을 위한 공간입니다. 식사 전 약속 장소로 사용되기도 합니다."

일반 서민들과 섞이길 싫어하는 인종을 위한 전용 공간이라는 뜻이겠지. 인터넷에 나온 정보에 따르면 1인당 최소 3만 엔은 하는 것 같았다. 고다이는 자기하고는 평생 인연 없는 가게이겠구나 생각했다.

"도도 야스유키 의원이 자주 방문했다고 들었습니다만."

고다이의 질문에 주인은 슬픈 표정으로 끄덕거렸다. "가끔 오셨어요."

"회식 상대는 대부분 업무 관계자였겠지요?"

"그랬을 겁니다."

"개인적으로 방문하신 경우도 있었습니까?"

주인은 쓴웃음을 지었다.

"그건 대답할 수 없네요. 손님들의 관계는 저희가 알 수 없는 일이라."

고다이는 스마트폰을 꺼내서 사진을 찾고는 화면을 보여주었다.

"이 사람이 도도 의원과 함께 온 적은 없었습니까?"

야마오의 얼굴 사진이다. 주인은 화면을 들여다보더니 고개를 끄덕였다. "몇 번 오셨습니다."

"처음 온 게 언제였습니까?"

"꽤 오래전이에요. 10년도 더 됐을지 모릅니다."

"최근에는?"

"분명 작년 가을쯤 오셨어요."

"도도 의원과 단둘이 식사를?"

"그렇습니다."

"항상 그랬습니까? 달리 누가 동석한 경우는 없었습니까?"

"없었던 걸로 압니다. 만약 그런 일이 있었다면 기억할 테니까요."

고다이는 이 사람이라면 그럴 거라고 생각했다. 손님에게 간섭은 하지 않겠지만 무관심할 리 없다.

"두 사람은 어떤 대화를 나눴습니까? 단편적인 내용이라도 상관없으니 뭔가 기억하고 계신다면 큰 도움이 될 겁니다."

주인이 생각에 잠겼다.

"글쎄요, 룸에 계셨고 요리를 가져갈 때도 대화를 엿듣는 일은 없습니다. 다만 두 분 다 편안하게 말씀을 나누셨던 것으로 기억해요. 도도 선생님께 무척 소중한 분이겠거니 했던 기억이 납니다."

"소중한 분? 어떤 면을 보고 그렇게 느끼셨습니까?"

"선생님이 계산하셨고, 무엇보다 선생님이 직접 예약하셨거든요. 평소에는 비서인 모치즈키 씨가 전화하시니까 처음에는 조금 놀랐습니다."

"도도 의원이 직접? 그 밖에는 그런 경우가 없었다는 말씀이군요."

"없었습니다. 그분과 만나실 때만 그랬어요. 그래서 어떤 분인지 저희도 조금 궁금하긴 했습니다."

"도도 의원은 뭐라고 설명을?"

"오랜 지인이라고만. 그렇게 말씀하시면 저희 쪽에서는 더 여쭤볼 수가 없지요."

"그렇습니까. 알겠습니다. 바쁘실 텐데 실례했습니다. 협조에 감사드립니다." 고다이는 자리에서 일어섰다.

저기, 하고 주인이 살짝 올려다보았다. "아까 그분에 대해서 알려 주실 수는 없나요?"

고다이는 고민하는 표정으로 대답했다. "죄송합니다. 수사 기밀이라."

"그렇겠지요. 실례했습니다." 주인이 정중하게 고개를 숙였다.

건물 밖으로 나온 고다이는 아자부주반역으로 걸어가면서 생각에 잠겼다. 도도 야스유키와 야마오는 저 가게에서 어떤 대화를 나누었던 걸까? 주인에게 들은 이야기가 맞다면 회식 자리를 마련한 사람은 도도 야스유키 같았다. 무슨 용건이었을까?

어쨌거나 두 사람은 비밀리에 만나고 있었다. 그에 대해 야마오는 거짓말을 하지 않았다.

송치 후 야마오는 아무도 예상하지 못한 태도를 보였다. 검찰 취조에서도 침묵을 지킬 거라는 사쿠라카와의 예상은 완전히 빗나갔다. 전해 오는 이야기에 따르면 입을 다물기는커녕 담당 검사의 질문에 오히려 적극적으로 대답하고 있다는 것이었다.

동기도 털어놓았다. 다만 그 내용에는 고다이도 아연실색했다. 야마오는 이렇게 말했다고 한다.

"한마디로 말해 질투였습니다. 저는 이제 곧 정년입니다. 형제자매도 없고 양친도 타계했습니다. 결혼도 해 본 적 없고, 당연히 아이도 없습니다. 요즘 흔한 고독한 늙은이 신세지요. 이대로 살아 봤자 언젠가 수많은 독거노인처럼 고독사나 하겠지요. 최근 밤이면 밤마다 그런 생각만 했습니다. 그때마다 허망함이 치밀어 오르더군요. 대체 나는 무엇을 위해서 태어났나, 아무 의미도 없는 인생 아니었나 하고요. 이유도 없이 마구 고함을 질러대고 싶을 때도 많았습니다. 그런데 그날 밤, 문득 도도 부부가 생각나더군요. 그리고 갑자기 분노가 치밀었어요. 제 팔자는 이 모양인데 두 사람은 얼마나 유복하고 또 얼마나 행복한지. 한번 생각하기 시작하니 멈출 수 없더군요. 당장이라도 그들의 생활을 망가뜨리고 싶었습니다. 그다음은 잘 기억나지 않습니다만 정신이 들고 보니 집에서 뛰쳐나왔더군요. 두 사람을 죽이고 어쩔 작정이었는지 물어보셔도 곤란합니다. 저도 잘 모르겠으니까요. 정신이 나갔었다는 말밖에는 못 하겠네요. 일시적으로 머리가 돌아 버렸던 거겠지요. 도도 부부와는 40년 가까이 알고 지냈습니다. 그동안 많은 일이 있었어요. 좋은 추억도 있는가 하면 나쁜 추억도 있습니다. 깊이 호의를 품는 일도 있거니와 반대로 증오가 부풀어 오를 때도 있었습니다. 그런 복잡한 마음이 뒤죽박죽 섞인 나머지 이번 사건을 저지르고 말았습니다. 그렇게 받아들여 주시면 될 것 같습니다."

담당 검사가 그런 진술을 받아들일 리 없었다. 그렇다면 40년이 다 되어 간다는 교우 관계에 대해 상세히 설명하라고 야마오를 다그쳤다. 도도 부부와는 언제 어디서 어떻게 만났는지, 지금까지 그들과 나눈 이야기, 있었던 일을 빠짐없이 설명하라고 명령했다.

일일이 기억하지 못한다는 야마오에게 검사는 최근 만났을 때의 이야기를 해 보라고 했다. 아니면 만나지 않았는지, 그런데도 살의가 싹텄는지…….

이윽고 야마오가 구체적인 이야기를 털어놓았다. 도도

야스유키와 만나 식사하면서 추억담을 나누었다고 했다. 그 장소가 아자부주반의 고급 요정이었다. 그래서 고다이가 사실 검증을 위해 방문한 것이다.

담당 검사와 마찬가지로 고다이도 야마오의 범행 동기를 납득하기 어려웠다. 전혀 현실성이 없어 중대한 사실을 감추기 위해 지어낸 말이라고 여길 수밖에 없었다. 그런 의미에서는 사쿠라카와의 예상이 맞았다. 진짜 동기를 찾아내야만 진상 규명으로 이어질 수 있다.

도도 야스유키와 야마오는 어떤 이유로 밀회를 했을까? 신경 쓰이는 사실은 항상 단둘이었다는 점이다. 도도 에리코가 없었던 이유는 무엇인가? 고등학교 시절의 은사와 제자가 오랜 교우를 다졌을 뿐이라면 동석하는 게 일반적이지 않나?

의문을 잔뜩 끌어안은 채로 지하철을 탔다. 아자부주반이면 경시청이 있는 사쿠라다몬까지 15분이면 간다. 특수 수사본부는 여전히 관할서에 설치되어 있지만 며칠 전 사쿠라카와가 말했듯이 야마오를 기소하기 위한 증거 수사는 본부 청사 안에 설치된 대책본부가 주도하고 있다.

대책본부로 쓰는 회의실로 가니 마침 사쿠라카와가 쓰쓰이와 아사리 등 경부보급과 이야기를 나누고 있었다.

"고다이, 어땠어?" 사쿠라카와가 물었다.

"야마오의 진술과 일치했습니다. 그 요정에서 도도 의원과 만났던 것 같습니다."

고다이는 주인에게 들은 이야기를 보고했다.

"상당히 고급스러운 요정이었습니다. 옛 제자와 추억담만 나누기에는 조금 하이 클래스가 아닌가 하는 인상이었습니다. 정치인이니 그 정도는 기본이라고 하면 할 말이 없지만."

"두 사람 사이에서 중대한 밀담이 오갔다고 생각해 볼 수 있다는 뜻인가. 내용을 몰라서야 어쩔 방도가 없군." 사쿠라카와는 불쾌한 듯 입술을 깨물었다. "고생했어. 계속해서 야마오와 도도 부부의 관계를 조사해. 다른 사람들은 방금 회의한 대로다. 어디에 뜻밖의 증거가 숨어 있을지 모르니 선입견은 버리고 아무리 작은 일이라도 놓치지 말고 수사에 임해 주게."

"예!" 부하들의 힘찬 대답을 끝으로 회의가 끝났다.

그러다 다른 형사들처럼 침울한 표정의 쓰쓰이와 눈이 마주쳤다. 쓰쓰이는 입술을 비죽이며 어깨를 움츠렸다. "유감이지만 상황은 여전히 똑같아."

"이렇다 할 성과가 없는 겁니까?"

"유령을 쫓는 셈이니까."

"유령?"

쓰쓰이는 가지고 있던 서류를 고다이 쪽으로 내밀었다. "읽어 봐."

고다이는 서류를 받아 시선을 떨어뜨렸다. 야마오의 진술 내용을 기록한 인쇄물이었는데, 그중에서도 범행 내용에 관한 부분이었다.

'14일 밤, 사사즈카에 있는 집에서 나와 도도 저택으로 갔습니다. 전철을 탔고, 역에 내려서는 걸어갔습니다. 가급적 사람들 눈을 피했지만 어디를 지났는지는 잘 기억나지 않습니다. 도도 저택에 도착한 건 오후 11시가 넘어서였을 겁니다. 인터폰을 누르니 에리코 부인이 대답했습니다. 도도 선생님을 만나고 싶다고 하니 바로 문을 열어 주었습니다. 부인의 옷차림은 기억나지 않습니다. 도도 씨는 귀가 전이라, 거실 소파에 앉아 부인과 세상 돌아가는 이야기를 나누었습니다. 그 시점에 두 사람을 살해할 결심이 있었는지는 저도 잘 모르겠습니다. 몇 번이나 말씀드렸듯이 두 사람에게는 호의와 증오를 둘 다 품고 있었습니다. 그날 밤도 대화 흐름에 따라서는 아무 일도 없었을지도 모릅니다. 하지만 부인의 사소한 한마디가 저에게 큰 충격을 주었습니다. 어떤 말이었는지는 기억나지 않습니다. 다만 자존심에 큰 상처를 입은 건 확실합니다. 정신이 들고 보니 저는 부인의 목을 조르고 있었습니다. 어떤 도구를 써서 졸랐는지는 기억나지 않습니다. 미리 준비한 물건이 아니라 주변에 있던 끈을 썼던 것 같습니다. 끈이 아니라 전깃줄이었을지도 모릅니다. 그 후 부인의 시신을 욕실로 운반해 빨랫줄을 써서 목매달아 자살한 것처럼 위장했습니다. 바로 들통날 가능성이 높지만 어쩌면 통할지도 모른다고 생각했습니다. 거기까지 작업을 마치고 거실로 돌아갔을 때 막 집에 돌아온 도도 씨와 맞닥뜨렸습니다. 저는 정신없이 달려들어 부인을 살해했을 때처럼 손에 잡히는 끈으로 목을 졸랐습니다. 체력이 좋은 도도 씨였지만 갑작스러운 일이라 대응하지 못했던 것 같습니다. 금방 숨이 끊어진 걸 알았습니다. 이대로는 증거가 남을 것 같아 불을 지르기로 했습니다. 등유가 든 플라스틱 통이 있기에 도도 씨의 시신을 소파에 눕히고 등유를 뿌렸습니다. 플라스틱 통이 어디에 있었는지, 기억은 확실하지 않지만 주방이었던 것 같습니다. 점화봉을 발견한 것도 주방이었을 겁니다. 그걸 욕실로 가져가서 부인의 지문을 묻힌 후 거실로 돌아갔습니다. 그런 다음 불을 붙이고 뒷문으로 달아났습니다. 미리 찾아 놓은 열쇠로 문을 걸어 잠갔습니다. 도도 부부의 스마트폰을 불태운 건 증거가 남으면 큰일이라고 생각했기 때문입니다. 도도 씨의 태블릿은 가방 속에서 찾았습니다. 전에 도도 씨와 이야기 나눌 때 우연히 비밀번호를 들어서, 도움이 될지도 모르겠다 싶어서 가지고 나왔습니다. 위치 정보가 남으면 안 되니 그 자리에서 전원을 껐습니다.'

고다이가 서류에서 고개를 들자 쓰쓰이가 물었다. "어떻게 생각해?"

"솔직히 믿기 어렵네요. 정말 이렇게 진술한 겁니까?"

"진술 조서에는 야마오 본인의 서명이 있어."

"그렇다고 해서 꼭 진상을 말했다고 볼 수는 없잖아요. 부자연스러운 점이 너무 많아요. 무슨 도구로 목을 졸랐는지 모르겠다느니, 목매단 자살로 위장한 게 통할지도 모른다고 생각했다느니."

"꼭 모순이라고는 할 수 없지."

"그건 그렇지만……."

"다른 이야기도 그래. 군데군데 기억이 모호한 부분이 있지만 이성을 잃고 한 행동이었다고 하니 오히려 그런 점이 있는 게 자연스럽다고도 할 수 있지. 그리고 구체적으로 설명한 내용은 전부 앞뒤가 맞아. 현장 검증 결과와도 큰 모순은 없어."

"그렇더라도 그것들 전부가 범인이 아니면 알 수 없는 핵심 정보라고 할 수는 없는데요."

"그게 문제야. 범인이 아니더라도 수사 담당자라면 당연히 아는 사실들뿐이야. 수사 자료에 적혀 있으니까."

"다시 말해 재판 근거로 쓸 수 없다."

"그런 셈이지." 쓰쓰이는 한숨을 쉬고 주위를 둘러보더니 목소리를 낮추었다. "영상분석반 녀석들도 머리를 싸매고 있다더군."

"왜요?"

"진술 내용에 따라 야마오의 행적을 추적하고 있는데 증거를 찾을 수가 없나 봐. 사사즈카에서 도도 저택으로 가는 온갖 경로에 대해 방범 카메라 영상을 분석하고 있지만 아직도 야마오의 모습을 찾지 못한 것 같아. 더군다나 스마트폰에 남아 있는 위치 정보로는 사건 당일 밤, 사사즈카의 빌라에서 움직이지 않았어. 야마오의 진술에 따르면 기록이 남는 걸 피하려고 스마트폰을 집에 두고 왔다고 하더군."

"앞뒤는 맞는군요."

"그래서 까다로운 거야. 영상분석반이 골머리를 앓을 만해. 행적 확인은 중요한 재판 증거니까."

고다이는 다시 서류에 시선을 떨어뜨렸다.

"태블릿을 가져간 것도 시인한 것 같은데 어디에 있는지는 자백하지 않았습니까?"

"버렸다나 봐."

"버렸다?"

"그라인더로 조각내서 고슈 가도 도로변에 버렸다더군."

"하지만 발견하지 못했다……, 이거죠?"

"역시나 야마오는 기억이 가물가물해서 정확한 위치를 모른다고 주장하고 있어. 덕분에 교통과까지 동원해서 찾고 있다는데 허탕인 모양이야."

들으면 들을수록 답보 상태임을 알 수 있었다.

"아까 유령을 쫓는 것 같다고 하셨죠. 이 상황을 말씀하신 건가요?"

"그래, 애초에 존재하지 않는 것을 찾아다니는 모양새라 허탈하다는 뜻으로 말이지." 그렇게 말하고 쓰쓰이는 사쿠라카와 쪽을 힐끔 보고 목소리를 낮추었다. "갑자기 이런 생각이 들더군. 우리는 가공의 범인에게 휘둘리고 있는 게 아닐까?"

"가공의 범인……."

"물론 큰 소리로 말할 수는 없지만." 쓰쓰이는 집게손가락을 세워 입술에 댔다.

25

모니터에 서양식 저택의 모습이 떴다. 전에도 본 CG로 재현한 도도 저택인데 역시나 실물을 촬영한 것처럼 생생했다.

"굉장해. 전보다 훨씬 퀄리티가 높아졌군." 사쿠라카와가 감탄했다.

"그 후로 조금 손봤습니다. 이 저택이 완성되었을 때 촬영한 이미지를 추가로 입수했거든요." 그렇게 설명한 건 이전과 마찬가지로 감식과의 히로세였다.

경시청 본부 청사에 있는 소회의실 안이었다. 사쿠라카와와 그의 부하 몇 명이 모였다.

사쿠라카와는 고개를 끄덕이며 고다이 쪽을 돌아보았다.

"야마오는 정면 현관으로 들어갔다고 했지. 이 시점에서 짚어 둘 점은 있나?"

고다이는 손에 든 자료로 시선을 떨어뜨렸다. 지금까지 야마오가 진술한 내용을 정리한 문서다.

"조서에 따르면 인터폰을 눌렀다고 합니다. 그때 장갑을 꼈다는 진술은 없습니다. 맨손으로 버튼을 눌렀을 겁니다." 그렇게 말하며 모니터의 도도 저택 현관을 가리켰다.

사쿠라카와는 히로세 쪽으로 고개를 돌렸다. "인터폰 버튼에서 지문은?"

"나오지 않았습니다." 히로세는 손에 든 태블릿을 보며 즉답했다. "닦아서 없는 건지, 진화 작업의 영향인지는 알 수 없습니다."

사쿠라카와가 흥, 하고 작게 콧방귀를 뀌었다.

"확인차 묻겠는데 저택 안에서도 야마오의 지문은 일절 나오지 않았겠지?"

히로세가 메마른 목소리로 답했다.

"예. 애초에 대부분 불타서 야마오의 지문은 물론이고 남아 있는 지문 자체가 별로 없습니다. 유일하게 큰 피해를 면한 게 욕실인데 거기서도 야마오의 지문은 나오지 않았습니다. 미리 말씀드리면 DNA나 모발도 마찬가지입니다."

사쿠라카와가 부하들을 보았다.

"다들 지금 얘기 들었겠지? 이제부터 야마오의 지문이나 DNA, 모발에 대해서는 잊어라. 고다이, 계속해."

예, 하고 고다이는 다시 서류를 보았다.

"야마오가 인터폰을 누르자 에리코 부인이 응대했다고 합니다. 도도 씨에게 볼일이 있다고 하니 금방 안으로 들여보내 주었다고."

한 형사가 손을 들었다.

"누가 봐도 부자연스럽지 않나요? 낮이면 몰라도 밤 11시가 넘었는데요. 아무리 옛날 동창이라 해도 여자 혼자 있는데 쉽게 남자 손님을 들일까요? 남편이 언제 귀가할지 모르니 다른 날에 찾아오라고 하는 게 일반적일 텐데요."

"그 점은 나도 이상했어." 사쿠라카와가 대답했다. "하지만 비상식적인 시간에 찾아왔으니 어지간히 급한 용건이라고 여겼을 가능성도 있다. 부인과 야마오의 관계를 알지 못하는 이상 단정은 금물이야."

질문한 형사는 수긍하는 표정으로 알겠습니다, 라고 대답했다.

"다른 의견은?"

아무도 발언하지 않는 것을 확인한 사쿠라카와가 고다이에게 눈짓을 보냈다.

"야마오는 거실로 안내받아 소파에 앉아 부인과 잡담을 나누었다고 합니다."

고다이의 말에 맞추어 히로세가 키보드를 두드렸다. 모니터 이미지가 도도 저택 거실로 바뀌었다. 테이블과 소파가 있었다.

"야마오는 부인의 옷차림은 기억하지 못한다고 했습니다."

사쿠라카와가 히로세를 보았다. "시체 발견 당시 에리코 부인의 복장은?"

"은회색 블라우스에 검은색 정장 바지였습니다." 히로세가 대답하며 태블릿 화면을 사쿠라카와 쪽으로 돌렸다. "이런 옷입니다. 속옷도 입고 있었습니다. 또 바지와 동일한 원단 잔여물이 식탁 의자에서 발견되었습니다. 이쪽은 상의인 것 같습니다. 바지와 한 세트로 보입니다."

"그날, 부인은 회식이 있었다고 했지. 그래서 정장 차림이었던 건가. 그리고 귀가해 상의만 벗었다는 뜻인가. 블라우스에 검은 바지……. 평범해서 야마오가 기억하지 못해도 부자연스럽진 않나." 사쿠라카와는 생각에 잠긴 얼굴로 턱을 어루만졌다. "그리고 나서 범행에 이른 거군."

"부인의 사소한 한마디가 저에게 큰 충격을 주었습니다. 어떤 말이었는지는 기억나지 않습니다. 다만 자존심에 큰 상처를 입은 건 확실합니다. 정신이 들고 보니 저는 부인의 목을 조르고 있었습니다. 어떤 도구를 써서 졸랐는지는 기억나지 않습니다. 미리 준비한 물건이 아니라 주변에 있던 끈을 썼던 것 같습니다. 끈이 아니라 전깃줄이었을지도 모릅니다······." 고다이는 손에 든 자료를 소리 내어 읽고 고개를 들었다. "이상입니다."

"주변에 있던 끈이라." 사쿠라카와가 얼굴을 찌푸리며 이미지를 보았다. "현장에 끈이나 전깃줄은 없었지?"

"발견하지 못했습니다. 확인된 것은 도도 야스유키 씨의 목에 감겨 있던 것뿐입니다." 히로세가 대답했다.

"어떤 끈인지는 아직 알아내지 못했나?"

"면 제품으로 길이가 1미터가량 되는 천을 끈 모양으로 꼰 물체로 판명되었습니다. 평직이라는 기법으로 짠 천으로, 단정할 순 없지만 면포 종류가 아니었을까 싶습니다."

"면포라······." 사쿠라카와는 한숨을 쉬었다. "주방이라면 몰라도 거실에 그런 게 있을까? 그런데 야마오는 무엇으로 목을 졸랐는지조차 기억하지 못한다고 했지."

"기억하지 못하는 게 아니라 모르는 것 아닐까?" 쓰쓰이가 혼잣말처럼 중얼거렸다.

사쿠라카와가 쓰쓰이를 매섭게 노려보았다. "섣불리 결론짓지 마."

"그 가능성밖에 없잖아요."

"단정은 금물이라고 했잖아. 확실한 모순을 찾기 전에는 야마오의 진술이 진실이라는 전제로 검토해야 해."

쓰쓰이는 살짝 목을 움츠리며 예, 하고 작은 목소리로 대답했다.

사쿠라카와가 심각한 표정으로 화면을 보더니 침묵했다. 옆얼굴에는 초조함이 감돌았다.

야마오를 체포한 지 일주일이 다 되어 간다. 하지만 수사진은 그가 범인이라는 결정적인 증거를 찾지 못했다. 진술의 진위 여부는 확인했지만 사건 발생 초기부터 수사에 가담한 야마오가 수사 자료를 바탕으로 진술했을 가능성을 부정할 수 없어, 진범만 아는 핵심 정보를 폭로했다고 할 수는 없었다. 하물며 파괴해서 버렸다는 도도 야스유키의 태블릿은 여전히 발견되지 않았고, 사사즈카 빌라와 도도 저택을 연결하는 모든 경로의 방범 카메라를 조사했음에도 어디에도 야마오의 모습은 나오지 않았다.

구류 기간도 끝나 간다. 연장할 수는 있지만 이대로면 검찰이 기소하지 않을지도 모른다는 견해가 수사진 사이에서도 커졌다. 현재 증거라 할 수 있는 건 니시다 간타를 이용해 돈을 인출했다는 사실뿐이다. 다만 검찰은 그것만으로는 약하다고 보고 있는 것 같았다. 니시다에게 현금카드를 건넨 인물이 야마오라는 절대적인 증거가 없어서다. 니시다는 얼굴을 보고 야마오가 틀림없다고 했지만 변호인 측이 착각했을 가능성이 있다고 반론할 경우 지금 상황에서는 대항할 방도가 없다. 야마오의 스마트폰 위치 정보 기록을 조사한 결과 그날 밤은 경찰서에서 꼼짝도 하지 않았기 때문이다. 도도 부부 살해 당시와 마찬가지로 일부러 놓고 간 듯했다.

니시다와 접선한 남자의 영상을 보행 인식 시스템으로 분석한 결과 야마오와 일치할 확률은 상당히 높은 수치를 보였다. 그래도 재판에서는 참고 자료 정도로 취급할 뿐이다. 얼굴 쪽은 안면 인식 시스템을 돌릴 만큼 선명한 영상을 못 찾았다. 또한 그날 밤에 야마오가 탄 택시는 알아냈지만 차량 내 CCTV 영상은 보존 기간이 지나 버렸다.

물증이 없는 것도 문제지만 그 이상으로 검찰이 우려하는 건 동기였다.

40년간 쌓인 복잡한 감정이 뒤엉킨 끝에 범행을 저질렀다는 말은 너무 막연해서 현실적이지 못하다는 것이다.

이윽고 야마오가 진짜 사실을 말하고 있는지에 대해 의문이 제기되었다. 진술 조서에 거짓말이 숨어 있는 게 아닐까?

그래서 CG 재현 이미지를 이용해 야마오의 진술 내용과 대조해 보기로 했다.

사쿠라카와가 다시 한숨을 쉬며 고다이를 보았다. "됐어, 다음으로 넘어가."

"그 전에 제가 한말씀드려도 될까요?"

"뭐야?"

"만약 에리코 부인이 정말 야마오를 집에 들였다면 음료수 정도는 내놓지 않았을까요?"

"음료수?" 사쿠라카와가 눈썹을 찌푸렸다.

"커피나 차, 더 편한 사이라면 술도. 남편의 귀가를 기다리는 동안 부인이 손님에게 마실 것도 안 내놓는 경우가 있을까요?"

사쿠라카와가 화면을 보았다. "테이블에는 부부의 스마트폰만 있었나······."

"현장에서 컵이나 잔은 발견되지 않았습니다." 히로세가 덧붙였다.

"그 점에 대해 야마오는 뭐라고 했지?" 사쿠라카와가 고다이에게 물었다.

"진술 조서에 마실 것에 대한 말은 한마디도 없었습니다."

사쿠라카와는 생각에 잠겼다.

"타액이나 지문으로 신원이 드러나는 걸 방지하려고 범행 후에 치웠나······. 진술 조서에 없는 건 단순히 깜빡해서일 수도 있어. 야마오에게 물어볼 가치는 있겠군. 범인만 알 수 있는 비밀을 알아낼 가능성이 있으니까."

"진술을 받아 낸다고 해도 검증할 수 있을까요?" 쓰쓰이가 물었다. "가령 야마오가 에리코 부인이 차를 내주었다, 사용한 찻잔은 범행 후에 치웠다고 말한다 해도 사실 여부를 어떻게 확인하겠습니까?"

"어딘가에 뭐라도 흔적이 남지 않았을까요? 분명 개수대에 식기가 있었는데요."

고다이가 화면을 가리키면서 말하자 히로세가 태블릿을 보며 대답했다.

"유리잔이 하나 있었습니다. 희미하게나마 도도 야스유키 씨의 지문이 확인되었습니다."

"사용한 식기를 치웠다면 찬장에 넣었겠지. 아니면 그 호사스러운 컵 보드에 도로 넣었거나."

쓰쓰이의 말에 고다이가 곧장 반론했다.

"아니, 그럴 리는 없습니다. 남의 집이잖아요. 쓰쓰이 씨, 사용한 식기를 어디에 넣으면 되는지 아세요? 전 자신 없습니다.

"그렇게 말하면 나도 자신은 없는데. 자네라면 어쩔 건데?"

쓰쓰이가 묻자 고다이는 히로세를 보았다.

"전에 식기세척기가 있다고 말씀하셨던 것 같은데."

"예, 식기세척기가 있었습니다."

"안에 어떤 식기가 들어 있었습니까?"

"잠시만요." 히로세가 태블릿을 조작했다. "찻잔 두 개입니다."

"그 밖에는?"

"찻잔과 세트로 보이는 받침 두 개와 스푼 두 개. 그게 전부입니다."

"지문은?"

히로세는 고개를 가로저었다. "없었다고 합니다."

고다이는 사쿠라카와 쪽을 돌아보았다. "그 찻잔이 아닐까요?"

사쿠라카와는 석연치 않은 표정이었지만 작게 고개를 끄덕였다.

"알겠다. 에리코 부인이 마실 것을 내주었는지 야마오에게 확인해 보지. 찻잔을 치운 게 야마오라면 기억 못 할 리 없겠지."

고다이는 겨우 한 걸음 전진했다고 생각했다.

이후로도 이미지와 진술 대조 작업은 이어졌다. 도도 에리코의 시신을 욕실로 운반해 목매단 자살로 위장하는 부분에서도 형사들이 몇 가지 의문을 제기했다.

"아무리 정신 상태가 혼란스러웠어도 경찰 생활을 오래 한 사람이라면 그런 위장이 안 통한다는 걸 알 텐데요."

"반대로 그만큼 혼란스러웠다면 어딘가에 지문 하나쯤은 남았을 거야."

"어째서 굳이 욕실로 옮겼을까? 증거를 지우고 싶었다면 오히려 잘 타는 곳에 두는 게 나을 텐데."

고다이는 전부 타당한 의문이라고 생각했다. 하지만 야

마오의 진술이 거짓임을 밝혀 주는 결정타는 되지 않았다. 가려운 곳에 손이 닿지 않는 것처럼 답답함만 쌓여 갔다.

도도 야스유키 살해 장면에서도 마찬가지였다.

"아무리 불시에 달려들었어도 체력이 좋은 도도 씨를 공격하기란 쉽지 않아. 더군다나 끈이 아니라 배배 꼰 면포 같은 물체가 목에 두 바퀴 이상 감겨 있었다잖아. 순간적으로 그런 일을 할 수 있을까?"

"점화봉에 굳이 에리코 부인의 지문을 묻혔어. 정신이 없었다면서 이때만 유독 냉정한 건 부자연스러워."

의문은 꼬리를 물었지만 그렇다고 모순이라고 할 정도의 문제는 또 아니었다.

다만 한 가지, 이것만큼은 확실히 이상하다는 지적이 나왔다. 등유가 든 플라스틱 통이었다. 야마오는 "플라스틱 통이 어디에 있었는지, 기억은 확실하지 않지만 주방이었던 것 같습니다"라고 진술했다. 불을 자주 쓰는 주방에 그런 걸 둘까?

"애초에 무엇에 쓰는 등유지? 도도 저택에 석유 난로라도 있었나?" 사쿠라카와가 히로세에게 물었다.

"1층 팬트리에 석유 팬히터가 있었습니다. 겨울철에 사용하기 위한 용도일 겁니다." 히로세가 대답했다.

"팬트리는 어디에 있지?"

"뒷문 부근입니다." 히로세가 키보드를 조작하자 화면이 바뀌었다. 거실에서 주방으로. 다시 싱크대 옆을 지나 복도로 나갔다. 욕실 반대 방향 끝에 뒷문이 있었다. 그 바로 앞에 문이 있다. 히로세가 여깁니다, 하고 화살표 포인터로 문을 가리켰다. "수납되어 있던 물건 대부분이 불에 탔지만 팬히터 잔여물이 확인되었습니다."

"이 팬트리에 있었단 말이지⋯⋯."

"일반적으로 볼 때 플라스틱 통도 여기 있었을 가능성이 높지 않을까요? 아직 팬히터를 쓸 계절도 아니고, 무엇보다 주방에 둘 이유가 없습니다."

쓰쓰이의 의견에 몇 명이 수긍했다. 고다이도 같은 생각이었다.

"단순히 야마오가 착각했을 가능성도 있다." 사쿠라카와는 신중했다. "기억이 가물가물하다고도 했고."

"그렇게 중요한 문제를 착각할까?" 쓰쓰이가 중얼거리며 고개를 갸웃거렸다. 그 말을 들었을 텐데도 사쿠라카와는 아무 말도 하지 않았다.

결국 이번 검증은 거기에서 끝났다. 모두 해산하고 고다이는 뒷정리 중인 히로세에게 다가갔다. "찻잔 이미지는 있습니까?"

히로세가 찻잔, 하고 소리 없이 중얼거리더니 알겠다는 표정을 지었다.

"식기세척기에 들어 있던 잔 말이군요. 있을 겁니다." 태블릿을 몇 번 터치하더니 이겁니다, 하고 화면을 보여 주었다.

화면 속에는 두 세트의 찻잔과 받침이 있었다. 흰 바탕에 자잘한 꽃이 그려져 있고 테두리는 우아한 금색이었다.

"고급품 같네요."

고다이의 솔직한 감상에 히로세도 수긍했다.

"이 이미지, 주실 수 있나요?"

"예, 그럼요."

스마트폰으로 데이터를 받은 고다이는 히로세에게 인사하고 자리를 떴다.

회의실에서 나가니 쓰쓰이가 다가왔다. 고다이를 기다리고 있었던 모양이다.

"야마오가 저택에 불을 붙이기 전에 찻잔을 식기세척기에 넣었다고 진술해 주면 얼씨구나인데."

"그럴 가능성은 낮다고 말씀하시고 싶은 눈치네요."

"그건 아니지만 기대와 어긋날 수도 있다고 각오하는 게 좋아. 야마오의 진술에는 반드시 꿍꿍이가 있어."

고다이는 주위를 둘러보고 엿듣는 사람이 없는지 확인했다.

"역시 야마오는 범인이 아니라고 생각하십니까?"

"사건에는 관여했을 거야. 하지만 실행범은 아니지. 계장님도 그럴 가능성이 크다고 생각하실 테고. 그렇기에 섣불리 입 밖에 내지 않는 거지."

"그렇다면 야마오는 어째서 자백을?"

"문제는 그 점이야. 합리적으로 생각하면 진범을 감싸는 걸 텐데……."

"죄를 뒤집어쓰는 건가요? 죄목이 살인인데요. 더군다나 두 명을 살해했어요. 유죄 판결이 나오면 사형을 받을 수도 있습니다. 그런 중죄를 대신해 주는 이상 야마오에게는 목숨을 걸고 지켜야 할 사람이 있다는 뜻인데요."

"그런 사람이 있었다면 이미 수사선상에 오르고도 남았을 거라고 말하고 싶겠지. 거기 대해서는 반론할 여지가 없지만……."

"한 가지 더, 의문점이 있습니다." 고다이는 집게손가락을 세웠다. "야마오가 누군가의 죄를 뒤집어쓴다면 당연히 진범을 알고 있을 겁니다. 그 인물에게 범행의 자초지종을 들었을 거예요. 한데 그런 것 치고는 진술 내용에 모호한 점이 너무 많지 않습니까? 가령 부부의 목을 조를 때 사용한 흉기도, 더 구체적으로 말할 수 있지 않을까요?"

쓰쓰이는 고개를 뒤로 젖혔다가 살래살래 저었다.

"그렇게 말하면 설득력 있는 대답은 못 하겠군. 그럼 야마오가 진범인가? 그렇게나 부자연스러운 점이 많은데?"

"저도 그게 사건의 진상이라고는 보지 않습니다. 어딘가에 거짓말을 밝혀낼 단서가 있을 거예요. 그걸 반드시 찾겠습니다."

"좋은 마음가짐이다. 그러나 시간이 얼마 남지 않았다는 점도 잊지 마."

"구류 기간 말씀이죠. 이대로 가면 기소는 어려울까요?"

"검찰은 소극적인 것 같아. 만일 야마오가 재판에서 진술을 번복했을 때 대항할 수 있는 무기가 없으니까. 그렇지만 도도 가문은 검찰과 경찰 관료와도 교류가 깊지. 쉽게 불기소 처분을 내릴 수도 없을 거야. 물증이 간절하니 우리한테 끈질기게 잔소리를 해. 대역전시킬 단서라도 찾아오면 표창감이야."

"표창은 필요 없지만 반드시 찾겠습니다." 고다이는 단호하게 말했다.

대책본부가 있는 회의실로 돌아가자 수사원들이 둥그렇게 한 점을 에워싸고 있었다. 중심에 있는 사람은 아사리였다.

"무슨 일이라도 있었어?" 쓰쓰이가 아사리에게 물었다.

"오, 마침 잘 왔어. 자네들에게도 알리려던 참이었는데." 아사리가 노트북에서 고개를 들었다. "야마오의 스마트폰 분석 결과가 일부 나왔어. 삭제된 데이터 중에 재미있는 게 있더라고."

"재미있는 것?"

"이미지 데이터야." 아사리는 두 사람 쪽으로 노트북 화면을 돌렸다.

화면의 이미지를 보고 고다이는 숨을 삼켰다. 젊은 여성이 웃고 있는 사진이다. 20대 중반으로 보였다. 뚜렷한 이목구비는 거리의 인파 속에서도 눈길을 끌었으리라. 다름 아닌 젊은 시절의 도도 에리코였다. 아니, 후타바 에리코라고 불러야 할까?

"비슷한 사진이 다섯 장쯤 더 나왔어. 전부 복원한 건 아니라니까 더 많이 있을 가능성이 있어." 아사리가 말했다. "야마오가 후타바 에리코의 팬이었다는 건 사실 같군."

"단순한 팬일까요?"

그 말에 쓰쓰이와 아사리가 고다이를 쳐다보았다.

"무슨 뜻이야?" 쓰쓰이가 물었다.

"에리코 부인이 배우로 활약했던 건 꽤 오래전 일입니다. 그 시절 잡지 사진을 스마트폰에 저장한 걸 보면 특별한 감정이 있었던 것 아닐까요?"

두 경부보는 서로 얼굴을 마주 보았다. 둘 다 말은 없었지만 부정하는 표정도 아니었다.

"그 얘기는 들었어?" 아사리가 물었다. "야마오가 지금의 경찰서로 이동하게 된 경위."

"몰라. 특별한 사정이라도 있어?" 쓰쓰이가 캐물었다.

"도도 의원이 전임 서장에게 요청했던 모양이야. 허물없는 사람이 관할서에 있으면 안심이 되니 발탁해 달라고."

쓰쓰이가 숨을 삼키는 기척이 느껴졌다.

"야마오가 도도 부부 곁에서 근무한 건 우연이 아니었단 말인가." 그러더니 고다이에게도 어떻게 생각하느냐고 물었다.

"도도 의원과 야마오 사이에 강한 연결 고리가 있었다고 해석할 수밖에 없겠네요."

"어떤? 고등학교 동아리 활동 때 지도교사와 부원 사이였다는 이유만으로 그렇게 강한 인연이 생길까?"

쓰쓰이의 질문에 고다이는 답할 수 없었다.

"그쪽은 어땠어? 3D로 도도 저택을 보면서 진술 내용을 재검토했잖아." 아사리가 화제를 바꾸었다. "수확이 있었나?"

"수확……이라고 할 수 있나?" 쓰쓰이가 침울한 표정으로 고다이를 보았다.

고다이는 아사리에게 찻잔 문제를 설명했다.

"그렇군, 야마오가 찻잔에 대해 진술할지가 관건이겠군." 아사리가 심각한 목소리로 말했다.

"지금쯤 야마오를 취조하고 있을 거야. 좋은 결과가 나오길 바랄 수밖에." 쓰쓰이의 말이 무겁게 울렸다.

약 2시간 뒤, 취조 결과가 전달되었다. 도도 저택을 방문했을 때 에리코 부인이 마실 것을 내주었는지 묻는 취조관에게 야마오는 이렇게 대답했다.

"뭐라도 마시겠냐고 물었지만 도도 씨가 돌아올 때까지 기다리겠다고 사양했습니다."

26

이튿날 오전 10시가 넘어서 고다이가 에나미 부부의 집을 찾아가니 에나미 겐토가 기다리고 있었다. 그의 표정은 지금까지 중 가장 딱딱하고 심각했다.

고다이가 거실 소파에 앉자마자 에나미가 입을 열었다.

"먼저 설명해 주셔야겠습니다. 사건 발생 직후, 경찰이 그 야마오라는 형사를 이쪽으로 보낸 건 무슨 의도였습니까?" 그렇게 말하는 뺨이 실룩거렸다.

고다이는 천천히 고개를 가로저었다.

"그때는 저희도 전혀 몰랐습니다."

"그건 당신이 아무 말도 듣지 못했다는 뜻입니까? 상층부는 눈치채고 있었고……."

"아닙니다. 수사진 누구도 야마오가 사건에 관여했다고는 상상조차 하지 못했습니다. 그가 체포되어 가장 놀란 것은 저희입니다. 믿어 주십시오." 고다이는 입을 굳게 다물고 에나미 겐토의 눈을 바라보았다.

한참 있다가 에나미가 고개를 돌렸다.

"진척 상황을 알려 주시겠습니까? 그 사람은 언제 기소됩니까? 범죄피해자 의견진술제도를 이용할 생각이라 미리 준비하고 싶습니다."

"그건 검찰이 결정할 일이라 저희는 말씀드릴 수가…….

지금은 기소를 위해 증거를 확보하는 단계입니다. 오늘 사모님께도 의견을 여쭙고자 찾아뵈었습니다."

"그렇습니까……." 에나미는 손목시계를 보더니 자리에서 일어났다. "병원에 중요한 볼일이 있어 저는 먼저 실례하겠습니다. 어쨌거나 저희가 원하는 건 하루라도 빨리 진상을 밝혀내는 겁니다. 모쪼록 잘 부탁드립니다."

"물론 잘 알고 있습니다. 진상 규명에 온 힘을 다하겠습니다." 고다이도 일어나 깊숙이 고개를 숙였다.

에나미 겐토가 나간 뒤 고다이는 에나미 가오리와 마주했다.

"사실 사모님께서 확인해 주셨으면 하는 게 있습니다." 고다이는 스마트폰을 꺼내 찻잔 사진을 띄웠다. "이 찻잔을 본 적 있습니까?"

고다이가 내민 화면을 들여다본 가오리가 고개를 갸웃거렸다.

"저는 처음 봐요. 어머니가 구입했다면 제가 결혼해 집을 떠난 뒤일 거예요."

"손님용인지 일상용인지 알 수 있을까요?"

"뭐라 말씀드리기 어렵지만 손님용 아닐까요? 부모님들만이었다면 머그잔을 썼을 거예요. 받침도 귀찮기만 하고." 고다이가 예상한 대답이었다.

"도도 씨 저택에는 훌륭한 컵 보드가 있고 찻잔만도 몇 종류나 되었습니다. 그중에서 이런 찻잔을 쓰는 건 어떤 손님이 찾아왔을 때일까요?"

가오리는 화면을 유심히 보더니 다시 고개를 갸웃거렸다.

"글쎄요. 어머니는 취미로 다양한 찻잔을 수집하셨어요. 상대에 따라 구분해서 썼을지도 모르지만 어떤 기준으로 선택했는지 물어본 적이 없어서 모르겠습니다. 보여 주신 찻잔은 무난한 디자인이니 어떤 상대에게나 쓸 수 있지 않았을까요?"

"그렇습니까." 고다이는 고개를 끄덕이고 스마트폰을 도로 챙겼다. 그 이상의 이야기는 끌어낼 수 없을 것 같았다.

야마오는 식기세척기에 들어 있던 찻잔에 대해 아무 진술도 하지 않았다. 그의 이야기를 믿는다면 찻잔은 사건과는 상관없는 셈이다. 하지만 고다이는 계속 마음에 걸렸다. 그럼 두 개의 찻잔은 누가 사용했을까? 한쪽은 도도 에리코이리라. 다른 한 사람은? 손님이 찾아왔다면 언제였을까?

식기세척기에 찻잔 외에는 아무것도 없었다. 찻잔과 받침, 그리고 스푼만 남기고 다른 식기를 전부 정리한 게 아니라 비어 있던 식기세척기에 찻잔을 넣었다고 보는 쪽이 타당하다.

그날 도도 에리코는 회식이 있어 외출했다. 집을 나서기 전에 식기세척기에 남아 있던 식기를 정리하진 않았을까? 귀가 후 손님이 찾아왔다. 그래서 마실 것을 내주었고, 그때

문제의 찻잔을 사용하지 않았을까?

그렇게 생각하면 또 하나의 의문이 풀린다. 도도 에리코의 옷차림이다. 재킷만 벗은 상태였다고 했다. 회식에서 돌아오면 보통은 당장에 편한 옷으로 갈아입고 싶을 것이다. 손님이 와서 그럴 기회가 없었다고 생각하면 앞뒤가 맞다.

그렇게 판단하고 의견을 구하고자 에나미 가오리를 만나러 왔던 것이다.

"알겠습니다. 바쁘신데 실례했습니다."

고다이가 인사하고 나서려는데 가오리가 뭔가 생각났다는 듯 손을 탁 쳤다.

"아아, 맞아요. 그런 거라면 그분에게 물어보는 게 나을 거예요."

"그분?"

"도토 백화점 셀러인데 혼조 씨를 담당하는 분이에요."

고다이는 고개를 끄덕였다.

"그분이라면 혼조 씨 댁에서 만났습니다. 이마니시 씨……였던가요?"

"어머니도 도움을 받았다고 해요. 저는 만나 본 적 없지만 굉장히 센스 있는 분이라 자잘한 문제도 이것저것 의논하셨다고 했어요. 손님용 찻잔을 고를 때도 그분의 도움을 받았을지 몰라요."

"그렇군요……. 고맙습니다. 큰 도움이 되었습니다."

고다이는 고개 숙여 정중히 인사하고 아파트를 떠났다.

에나미 가오리의 조언은 도움이 되었다. 말해 주지 않았다면 생각이 미치지 않았을 것이다. 재빨리 스마트폰으로 연락처를 찾았다. 도토 백화점 셀러의 전화번호는 이마니시 미사키라는 이름으로 등록되어 있었다.

전화하니 음성 안내가 나왔다. 고다이는 이름과 함께 연락해 달라는 말을 남기고 전화를 끊었다.

그러자 바로 전화가 걸려 왔다. 이마니시 미사키였다. "죄송합니다, 전화를 받을 수가 없어서." 그녀가 사과했다. 낯선 번호의 전화는 기본적으로 받지 않는 것이리라.

"바쁘신데 죄송합니다. 실은 도도 에리코 씨 일로 여쭙고 싶은 게 있어서."

고다이가 잠깐이면 되니 만날 수 있느냐고 묻자 흔쾌히 수락했다. 마침 지금 시간이 빈다고 해서 1시간 뒤에 긴자에서 보기로 했다.

스마트폰을 집어넣으려는데 전화가 왔다. 화면을 보고 흠칫했다. 나가마 다마요였다. 왜소한 노부인의 얼굴이 떠올랐다. 전화를 받아 예, 하고 대답했다.

"여보세요. 저기, 고다이 씨 휴대전화일까요?"

"고다이입니다. 나가마 씨이시죠. 지난번에는 감사했습니다."

"아니요, 저야말로……. 이런 말은 이상하겠지만 왠지 그리운 느낌이었어요. 오랜만에 아들 이야기를 해서."

"불편하지 않으셨다면 다행입니다. 어, 그래서 무슨 일이라도?"

"아뇨. 무슨 일이 있는 건 아닌데 뉴스를 보고 마음에 걸려서."

"뉴스?"

"범인이 잡혔다는 뉴스 말이에요. 야마오 요스케라면, 혹시 그 야마오 군이 아닌가요?"

그 이야기였나. 나가마 다마요로서는 마음에 걸리는 게 당연했다. 고다이가 만나러 갔을 때는 야마오가 경찰관이 된 줄도 모르고 있었다.

"수사 중이라 자세한 말씀은 드릴 순 없지만 나가마 씨가 말씀하셨던 인물이 맞습니다."

"역시……. 그 야마오 군이 도도 선생님과 에리코 씨를 살해했다는 거죠?"

"그런 혐의가 있습니다." 고다이는 신중하게 단어를 선택했다.

"정말 믿을 수가 없네요. 어째서 그렇게 되었는지. 저희 아들 일과 무슨 관계가 있는 걸까요?"

"죄송합니다. 방금 말씀드렸지만 수사 중이라 아무 말씀도 드릴 수 없습니다. 부디 양해 부탁드립니다."

"아아, 그랬죠. 미안해요, 억지를 부려서……. 다만 전에 오셨을 때 조금 더 이것저것 이야기를 나눴더라면 좋았겠다 싶어서."

"사건이 어느 정도 마무리되면 인사하러 찾아뵙겠습니다. 그때 설명드릴 수 있도록 노력하겠습니다."

"알겠어요. 바쁘신데 죄송했어요."

"아니요, 그럼 실례하겠습니다."

고다이는 통화를 마치고 스마트폰을 바라보며 한숨을 쉬었다. 사건이 어느 정도 마무리되면……. 그게 언제쯤일까? 과연 그런 날이 올까?

약속 장소는 주오 대로변의 카페였다. 조금 일찍 도착한 고다이가 기다리고 있으려니 몇 분 지나 이마니시 미사키가 도착했다.

"일부러 나오시게 해서 죄송합니다." 고다이가 일어서서 사과했다.

이마니시 미사키는 아니요, 하고 작게 대답하고 자리에 앉았다. 고다이도 자리에 앉았다.

종업원을 불러 음료수를 주문했다. 둘 다 커피였다.

"뉴스를 봤는데 상황이 심각한 것 같더군요." 이마니시 미사키가 조심스럽게 말했다.

고다이는 예, 뭐, 하고 두루뭉술하게 대답했다.

"경찰이 체포되었다고 들었어요."

"저희도 놀랐습니다. 솔직히 충격이 큽니다."

"그렇겠지요. 저…… 아는 분인가요?"

"예?"

"체포된 분이요……. 고다이 씨가 아는 분이었나요?"

야마오와는 혼조 마사미의 집에서 만났을 텐데, 기억하지 못하는 모양이다. 그렇다면 괜한 소리는 않는 게 좋다.

"그 질문은 넘어가 주시겠습니까? 선입견이 있으면 서로 좋지 않으니."

"앗, 그렇겠군요. 죄송해요." 이마니시 미사키는 고개를 꾸벅 숙였다.

커피가 나왔다. 새하얀 잔이었다.

"도자기는 도기와 자기로 나뉜다던데. 이 잔은 자기 같군요." 고다이가 말했다.

"그런 것 같네요." 이마니시 미사키는 맞장구치면서 어째서 형사가 그런 소리를 하는지 의아한 표정이었다.

"실은 이마니시 씨가 봐주었으면 하는 게 있습니다."

고다이는 스마트폰을 꺼내 찻잔 사진을 띄워 이것입니다만, 하고 앞으로 내밀었다.

이마니시 미사키는 길쭉한 눈으로 화면을 바라보더니 몇 차례 눈을 깜빡거렸다.

"티파니군요."

"티파니? 이게요?"

예, 하고 이마니시 미사키가 끄덕였다. "확실해요. 몇 번

취급한 적이 있습니다."

"도도 씨 댁에서 나왔는데, 혹시 당신이?"

"맞습니다. 제가 마련해드렸습니다."

"역시 그랬습니까."

"그 찻잔에 무슨 문제라도?"

"자세히 말씀드릴 수는 없지만 묻고 싶은 게 있습니다. 이마니시 씨 생각에 에리코 부인은 어떨 때 이 잔을 사용했을 것 같습니까? 어떤 손님이 찾아왔을 때라는 표현이 맞을지도 모릅니다만."

"어떤 손님······." 이마니시 미사키는 당혹스러운 표정이었다. 질문이 너무 막연하기 때문이리라.

"찻잔을 찾을 때 에리코 씨가 어떤 조건을 말씀하진 않았습니까? 친구와 편하게 차를 마실 용도라거나, 수집품으로 희귀한 찻잔이라거나."

이윽고 질문의 의도를 파악했는지 알겠다는 표정으로 고개를 살짝 끄덕였다.

"조건이라고 할 정도는 아니지만 어떤 손님에게 내놔도 부끄럽지 않은 찻잔을 마련하고 싶다셔서 그 세트를 권해드렸어요."

"그 말씀으로 볼 때 특별한 손님용인 것처럼 들리는군요."

"사람마다 다르겠지만 개인적으로는 아무렇게나 다룰 수

없는 제품이라고 생각합니다. 절대 저렴하지 않은 제품이니까요."

"얼마쯤 합니까?"

이마니시 미사키는 고개를 살짝 기울였다. "두 세트에 8만 엔이 조금 넘었을 거예요."

"8만 엔!" 고다이의 목소리가 저도 모르게 커졌다. "그래서야 마음 편히 뭘 마시지도 못하겠는데요. 저는 이 정도가 딱 좋습니다." 그러고는 커피잔을 들어 입으로 가져갔다.

"저도 너무 섬세한 식기는 조심스러워요." 이마니시 미사키도 미소를 지으며 커피잔을 들었다.

이마니시 미사키의 매끈한 손가락을 보니 작은 기억이 되살아났다. 전에 만났을 때 보여 준 별 모양 반지다. 오트쿠튀르 자수라는 단어를 처음 알게 되었다. 오늘도 가방 속에 그 반지를 고이 넣어 두었을까?

"왜 그러세요?" 시선을 느꼈는지 이마니시 미사키가 물었다.

아름다운 손가락에 시선을 빼앗겼다고 할 수는 없었다.

"아니, 만약 제가 그런 고급 찻잔을 가지고 있었다면 어떨 때 쓸까 생각하고 있었습니다. 실수로 떨어뜨리기라도 하면 큰일이니 장식만 해 놓았을지도 모르겠습니다."

이마니시 미사키가 부드럽게 웃었다.

"마음 편히 쓰지 못하는 건 불편하죠. 아까 그 티파니 찻잔에도 몇 가지 주의 사항이 있으니까요."

"주의 사항? 어떤 겁니까?"

"식기세척기 사용은 금물이거든요. 에리코 님께도 그렇게 말씀드렸더니 그러냐며 조금 아쉬워하는 기색이셨어요."

"엇, 잠시만요." 고다이는 오른손을 앞으로 내밀었다. "식기세척기는 금물……, 쓰면 안 된다는 뜻입니까?"

"예, 전자레인지도 안 돼요."

고다이는 놀란 나머지 혼란스러웠다. 바로 다음 말이 나오지 않았다.

"제가 이상한 소리라도 했나요?" 이마니시 미사키가 걱정스러운 표정으로 물었다.

"다시 묻겠는데 에리코 부인에게 그렇게 말한 게 틀림없습니까?"

"그런데요……."

고다이는 손으로 입가를 가렸다. 머릿속이 저릿했다.

"저, 고다이 씨……."

"죄송합니다, 아무것도 아닙니다." 고다이는 커피잔으로 손을 뻗었다. 한 모금 마셨지만 맛을 음미할 여유는 없었다. 바로 잔을 내려놓았다. "오늘은 바쁜 가운데 실례했습니다."

"어머, 벌써 끝났나요?"

"충분합니다. 크게 참고가 되었습니다. 협조에 감사드립니다." 말을 마치자마자 계산서를 집어 들고 일어섰다.

가게 밖으로 나와 많은 사람이 오가는 주오 대로를 걸으며 고다이는 생각을 거듭했다.

그 찻잔은 식기세척기로 씻을 수 없다. 이 사실을 아는 도도 에리코가 식기세척기 안에 찻잔을 넣을 리는 없다. 그렇다면 누가 넣었는가?

누구든 도도 에리코의 허락 없이는 불가능했을 테고, 반대로 물어보았다면 식기세척기로 씻으면 안 된다고 답했을 것이다. 즉 찻잔이 식기세척기에 들어간 시점에 도도 에리코는 이 세상에 없었다는 뜻이 아닐까?

합리적으로 따지면 찻잔을 식기세척기에 넣은 인물이야말로 진범일 가능성이 높다.

밤늦게 찾아왔는데도 도도 에리코가 고급 찻잔으로 대접할 정도로 특별한 손님⋯⋯. 그게 누굴까? 그 인물은 어째서 부부를 살해했나?

말할 필요도 없이 야마오는 아니다. 아마도 그는 찻잔이 사용되었다는 것조차 모를 것이다. 진범을 감싸고 대신 자백했을 뿐이다.

대책본부로 돌아가니 심각한 분위기가 감돌고 있었다. 사쿠라카와가 몇몇 경부보와 뭔가를 의논하고 있었다. 쓰쓰이의 모습도 보였다. 쓰쓰이는 고다이를 알아보고 무리에서 빠져나와 다가왔다. "무슨 일이야?"

"찻잔에 대해 중대한 사실을 알아냈습니다."

쓰쓰이는 영문을 모르겠다는 듯 눈썹을 찌푸렸다. "찻잔?"

"식기세척기에 들어 있던 찻잔 말입니다."

고다이가 이마니시 미사키에게 들은 이야기를 설명하자 쓰쓰이의 표정이 대번에 심각해졌다. 잠깐 기다리라고 하더니 원래 자리로 돌아가 사쿠라카와에게 귓속말을 했다. 사쿠라카와가 고다이를 날카로운 눈으로 보더니 자리에서 일어나 빠른 걸음으로 다가왔다. 하지만 멈추지 않고 따라오라는 듯 살짝 턱짓하고는 문 쪽으로 향했다. 쓰쓰이도 뒤따라 나갔다.

세 사람은 대책본부로 쓰는 방에서 조금 떨어진 곳에 있는 소회의실로 들어갔다. 파이프 의자에 걸터앉자마자 사쿠라카와가 설명하라고 했다.

고다이는 쓰쓰이에게 말한 내용을 반복했다.

사쿠라카와가 크게 심호흡하더니 쓰쓰이에게 의견을 물었다.

"간과할 수 없는 사실입니다." 쓰쓰이가 대답했다. "지금까지 사건 당일은 물론이고 그 전날 도도 저택을 방문했다는 사람도 발견하지 못했습니다. 그런데 귀한 손님에게만 쓰는 찻잔이 나와 있었다는 것만으로도 무시할 수 없습니다. 더군다나 그것을 에리코 부인이 아닌 다른 사람이 정리했다면 사건과 관계된 인물의 소행이라고 생각할 수밖에 없습니다. 심지어 야마오도 아니고요."

사쿠라카와가 나직한 신음을 흘렸다. "검찰의 판단이 맞을지도 모르겠군……."

"검찰이 뭔가?" 고다이가 물었다.

하지만 사쿠라카와는 대답하지 않고 의자에서 일어섰다. "수고했어. 이 일은 아직 다른 사람들에게는 함구하도록." 그렇게 말하더니 성큼성큼 문밖으로 나갔다.

쓰쓰이가 한숨을 쉬었다. "검찰이 감정 유치를 청구했는데 법원에서 인정한 모양이야."

"감정 유치……."

"현재로서는 기소하기에 증거가 너무 약하다고 판단한 것 같아."

감정 유치란 피의자에게 형사 책임 능력이 있는지를 의학적으로 판정하기 위한 조치다. 일정 기간 신병을 구속한다는 점에서는 구류와 차이가 없지만 강제적인 조사는 할 수 없다.

"법원이 용케 인정해 주었네요."

"핵심은 범행 동기야. 40년 동안 쌓인 복잡한 마음이 뒤엉킨 끝에 어느 날 갑자기 살해할 결심을 했다……. 그 진술이 사실이라면 제정신이 아니라고 여길 수밖에 없지. 법원이 정신 감정이 필요하다고 판단한 건 타당해."

"유치 기간은?"

쓰쓰이는 말없이 세 손가락을 세웠다.

"석 달인가요……."

감정 유치로는 평균적인 기간이다.

"검찰은 단순히 정신 감정만 노리는 게 아닐 거야. 그동안 기소하기에 충분한 증거를 갖추려는 심산이겠지."

"시간을 벌겠다는 건가요?"

고다이의 질문에 쓰쓰이가 끄덕였다.

"그래서 뭐든 찾아내면 다행인데, 아무것도 못 찾으면 문제가 커져. 시간만 허비한 셈이니. 석 달 뒤, 만약 불기소 처분이라도 되면 어쩌겠어? 처음부터 재수사? 말도 안 돼. 시간이 흐를수록 사건은 흐릿해져. 목격 증언은 하나도 못 얻을 거야. 자칫하면 미제 사건이다."

고다이는 소름이 돋았다. "생각하기도 싫은 이야기네요."

"뭐, 지금부터 괜히 걱정해 봤자 소용없지만. 어쨌거나 해 보는 수밖에. 그나저나 야마오도 야마오지. 죄를 뒤집어쓸 각오가 있다면 더 확실한 핑계를 준비했으면 좋았잖아. 그러면 이런 고생은 안 해도 됐을 텐데. 아니, 이건 농담이야."

고다이는 쓰쓰이가 목소리를 낮추고 하는 말을 듣고 흠칫 놀랐다. "쓰쓰이 씨, 그거……."

"농담이라고 했잖아. 진지하게 받아들이지 마." 쓰쓰이가 손사래를 쳤다. "범인이 아닌 사람을 감옥에 넣을 수는 없잖아."

"그게 아니라, 그게 정답 아닐까요?"

"정답? 뭐가?"

"야마오의 목적이요. 사건을 미제로 끝내기 위해 거짓 진술을 했다고 볼 수는 없을까요? 현역 경찰관이 자백했다면 상층부는 설령 확실한 증거가 없어도 한시라도 빨리 체포해야 한다고 서두를 겁니다. 야마오는 수사를 담당한 형사였으니 수사 자료를 바탕으로 꽤 상세한 진술을 할 수 있죠. 하지만 범인만 알 수 있는 새로운 정보는 하나도 말하지 않아요. 그 결과 검찰은 기소할 수 없게 됩니다. 그렇다고 불기소라는 결론을 내릴 수도 없어요. 그래서 감정 유치. 하지만 그것도 야마오가 짠 계획의 일부일지 모릅니다. 이대로 증거를 찾지 못하면 불기소가 될 가능성이 높아요. 그 후에 다시 진범을 찾으려고 해도 석 달이나 지났으니 재수사는 어렵죠. 야마오 입장에서는 자기를 희생하지 않고 진범을 지킬 수 있는 셈입니다."

쓰쓰이가 날카로운 눈빛으로 고다이를 쳐다보았다. "진심으로 하는 소리야?"

"전에 쓰쓰이 씨가 그랬잖아요. 유령을 쫓는 기분이라고, 가공의 범인에게 휘둘리는 것 같다고요. 저도 그렇게 생각합니다. 이건 야마오가 친 교묘한 덫이 아닐까요? 이 덫에서 벗어나려면 그자가 범인이 아니라는 것을 증명하는 수밖에 없습니다. 하지만 유령을 쫓는 게 어려운 일이듯, 유령이 없다는 것을 증명하기란 그 이상으로 어려워요."

쓰쓰이의 안색이 순식간에 바뀌었다. 화난 것 같지는 않았다.

"야마오는 자신이 기소당하지 않으리라는 걸 내다보고 일부러 체포당했다는 건가?"

고다이가 대답했다.

"예. 계속 마음에 걸리는 일이 있었습니다. 야마오는 어째서 니시다에게 돈을 인출하도록 지시했을까요? 그런 짓만 하지 않았다면 니시다는 체포되지 않았을 테고, 야마오의 이름이 거론되는 일도 없었을 텐데요."

"야마오 본인은 그 이유를 뭐라고 말했지?"

"진술 조서에 따르면 수사진을 혼선에 빠뜨리려고 그랬다는군요."

"혼선이라……. 실제로는 야마오 체포라는 결과가 나왔을 뿐이지만, 그것도 놈이 계산한 일이었을지 모른다고 말하고 싶은 거군."

"다만 어째서 그 타이밍이었는지가 의문입니다. 야마오는 분명 자기가 의심을 사고 있다는 걸 눈치채고 있었어요. 시간문제일 뿐, 경찰이 수사망을 좁혀 오는 것도 알았을 겁니다."

"어차피 의심을 살 바에야 냉큼 체포되는 게 좋다고 생각한 걸까?"

"반대로 체포가 늦어지면 불리해지는 일이 있었던 걸지도 모릅니다."

"불리해져?"

고다이는 입술을 깨물며 머릿속으로 상황을 정리했다. 그 시점에서 야마오에 대한 의혹이 커진 건 분명했다. 다만 니시다가 움직이지 않았다면 어땠을까? 수사는 어떻게 진행되었을까?

흠칫했다.

"야마오는 수사진의 관심을 본인에게 끌어 중요한 사실로부터 저희의 시선을 돌리려 했던 게 아닐까요?"

"중요한 사실이라니?"

"야마오는 고등학교 동창에게 전화를 걸어 형사가 찾아왔는지 물었다고 했습니다. 니시다에게 돈을 인출하라고 명령한 건 그 이튿날이었고요. 경찰이 야마오의 고등학교 시절을 수사하기 시작한 걸 알고 그걸 막으려고 선수를 쳤다고 생각해 볼 수는 없을까요?"

"그렇다면 열쇠는 고등학교 시절인가."

고다이는 가슴속에 뭔가 걸리는 것을 느꼈다. "그러고 보니……."

"왜 그래?"

"아까 나가마 씨가 전화했습니다."

"나가마? 누구였더라?"

"야마오의 고등학교 때 친구가 자살했다고 말씀드렸죠? 그 친구의 어머니입니다. 뉴스를 보고 연락했다는데……."

"그 사람이 무슨 문제라도 있어?"

"모르겠습니다. 어쩌면……." 고다이는 천천히 일어섰다. "저는 그 동네에 중요한 걸 두고 왔을지도 모릅니다."

"중요한 것? 그 동네라니, 어디 말이야?"

"어디긴요, 그들이 만난 동네죠."

고다이는 스마트폰을 꺼냈다. 오우메선 시간표가 필요했다.

27

서니 아파트 관리인은 고다이를 기억하고 있었다. 얼굴을 보더니 조금 놀란 듯 입을 오므렸다. 고다이는 고개 숙여 인사하고 인터폰 앞으로 다가갔다. 지난번처럼 5, 0, 3을 차례로 누르고 호출 버튼을 눌렀다.

미리 약속한 건 아니었다. 마음의 준비를 할 여유를 주지 않는 게 낫다고 판단했기 때문이다. 외출 중이라면 다시 찾아오면 그만이다.

스피커에서 예, 하는 목소리가 들렸다. 오래된 건물이라

인터폰에 카메라 기능이 없어 방문객이 누구인지 모를 터였다.

"갑작스럽게 죄송합니다. 경시청 고다이입니다. 며칠 전에는 전화 주셔서 감사했습니다."

예상대로 상대는 침묵했다. 당혹스러워하는 표정을 상상하며 고다이는 끈기 있게 기다렸다.

이윽고 현관 자동잠금장치가 열렸다. 고다이는 관리인의 시선을 느끼며 안으로 들어갔다.

503호 앞에 도착해 초인종을 눌렀다. 이번에는 반응이 빨랐다. 바로 자물쇠 여는 소리와 함께 문이 열렸다. 틈새로 나가마 다마요의 동그스름하고 작은 얼굴이 보였다.

"불쑥 찾아와 죄송합니다." 고다이는 머리를 숙였다.

나가마 다마요는 아뇨, 하고 속삭이듯 말하고는 손으로 문을 누르며 뒤로 물러났다. 고다이는 실례합니다, 하고 안으로 들어갔다.

전에 찾아왔을 때와 마찬가지로 나가마 다마요는 식탁 의자로 안내했다. 그리고 역시나 지난번처럼 차를 끓이려고 주방으로 들어갔다. 고다이가 얼른 말했다.

"마실 건 괜찮습니다. 보여 주셨으면 하는 게 있어서요. 용건만 끝나면 바로 돌아가겠습니다."

나가마 다마요가 고요한 표정으로 주방에서 나왔다. 무언가 말하고 싶은 눈치였지만 입을 열기 전에 시선을 발밑으로 떨어뜨렸다. 허리를 숙였다가 다시 일어섰을 때는 고양이를 품에 안고 있었다.

"뭘 보여드려야 할까요?"

"아드님 방을 보고 싶습니다."

노부인의 눈이 크게 벌어졌다. 그 표정을 살피며 고다이는 말을 이었다.

"저번에 보여 주셨지만 중요한 걸 놓쳤다는 생각이 들어서요. 그래서 다시 찾아뵈었습니다. 부디 한 번 더 보여 주실 수 있겠습니까?"

나가마 다마요는 고양이를 쓰다듬으며 고민하듯 허공을 바라보았다. 그 모습을 보며 고다이는 자신의 직감이 적중했음을 확신했다. 역시 이 사람은 오랫동안 커다란 비밀을 끌어안고 있었던 것이다.

이윽고 나가마 다마요가 결심을 굳힌 표정으로 말했.
"알겠습니다. 따라오세요."

나가마 가즈히코의 방은 전에 보았을 때와 똑같았다. 책상과 책장, 침대가 있고 청소 상태도 깔끔했다.

고다이는 나가마 다마요의 얼굴을 보았다.

"지난번에 부인께서는 신경 쓰이는 게 있으면 사양 말고 살펴봐라, 서랍이든 벽장이든 열어 봐도 된다고 하셨지요. 그 말씀은 오늘도 변함없습니까?"

"예, 어디든 조사해 보세요." 나가마 다마요가 진지한 눈빛으로 대답했다.

"그럼 사양 않고."

고다이는 웃옷 안주머니에서 꺼낸 장갑을 끼면서 새삼 방을 둘러보았다.

이 방에는 뭔가가 있다. 그게 어디에 있는지 물론 나가마다마요는 알고 있다. 하지만 물어볼 수는 없었다. 오랫동안 아무에게도 털어놓지 못한 비밀이다. 이제 와서 가볍게 대답하고 싶지는 않으리라. 그렇기에 고다이가 찾아내야만 했다. 노부인도 그것을 바라고 있을 터였다.

먼저 책상 서랍들을 열어 보았다. 정면의 커다란 서랍에는 필기도구와 메모장, 계산기 같은 자잘한 물건이 잔뜩 있었다. 이어서 작은 서랍 안을 차례로 조사했다.

무엇을 찾아야 할까. 일기나 편지 따위라고 짐작했지만 그런 건 어디에도 없었다. 옷장 안이나 책장도 조사했는데 결과는 마찬가지였다.

이상하다, 내가 잘못 짚은 걸까? 확신이 약해지는 걸 느끼며 나가마 다마요를 보니 시선이 침대를 향하고 있었다. 아니, 정확히는 침대 밑이다.

고다이는 침대 밑을 들여다보았다. 안쪽 깊숙이 종이봉투가 있었다. 꺼내서 속을 확인했다.

이건…… 순간적으로 말문이 막혔다.

종이봉투 안에는 등산 나이프가 있었다.

식탁으로 돌아가 나가마 다마요와 마주 앉았다. 노부인의 무릎에는 고양이가 있다. 고양이 등을 쓰다듬으며 나가마 다마요가 입을 열었다.

"그날…… 가즈히코가 뛰어내린 날 발견했어요. 책상 위에 있었습니다. 경찰에게 들키면 안 된다는 생각에 그만 숨겨 버렸어요."

"어째서 그런 행동을?"

"나이프에 피가 묻어 있었어요. 가즈히코가 누군가를 다치게 했다고 생각했죠. 죽였을지 모른다는 생각도. 어리석죠. 아들은 이미 이 세상에 없는데 죄를 숨기려 하다니."

"아드님의 자살과 상관있다고 생각하지는 않으셨습니까?"

"했죠. 그래서 나이프를 숨기긴 했어도, 칼에 찔린 사람이 신고라도 할 테니 언젠가 발각될 줄 알았어요. 그렇게 되면 솔직하게 자백하고 나이프를 경찰에 제출할 생각이었고요."

"하지만 피해자가 나타나지 않았군요."

"예. 그러는 사이 나이프에 대해 말할 기회를 놓쳤어요. 남편에게도 할 수 없었죠. 그렇다고 처분할 결심도 서지 않아 침대 밑에 계속 숨기게 되었어요."

"아드님의 자살 원인을 밝힐 열쇠라고 생각해서 처분하지 않았던 거지요?"

"그래요. 하지만 어쩌면 좋을지 몰랐어요. 그렇게 몇십 년이 지났고, 얼마 전 마침내 당신이 찾아왔어요. 이게 마지막 기회일지도 모른다 싶었죠."

"그래서 방을 보여 주셨군요. 그리고 제가 나이프를 찾아내기를 기대하셨죠. 그런데 고다이라는 형사는 둔감하고 무능해서 부인의 심경도 몰라주고 침대 밑은커녕 책상 서랍조차 열어 보려 하지 않았어요. 얼마나 속이 타셨을까요."

나가마 다마요가 힘없이 쓴웃음을 지었다.

"어쩔 수 없다고 여겼죠. 뒤늦게 방을 조사해 봤자 아무것도 나오지 않을 거라고 생각하는 게 보통이니까요. 가즈히코의 자살이 여러분이 수사하는 사건과 상관있는지도 알 수 없고……."

"하지만 야마오 체포 뉴스를 보고 마음이 바뀐 거군요."

나가마 다마요는 고양이를 쓰다듬던 손길을 멈추고 진지한 눈으로 고다이를 쳐다보았다.

"솔직히 굉장히 놀랐어요. 그 야마오 군이 범인이었다니……. 그렇다면 가즈히코의 자살이 정말 그 사건과 아무런 상관없는 걸까, 신경 쓰이기 시작했어요. 그래서 당신에게 전화했죠."

"다행입니다. 그 전화가 없었다면 저는 여전히 둔감하고 무능한 형사였을 겁니다."

고다이는 식탁 위를 보았다. 비닐봉지에 든 나이프가 놓여 있다. 칼날에는 희미하게 거무스름한 얼룩이 묻어 있었다. 나가마 다마요의 말처럼 핏자국이리라.

"확인차 여쭙겠습니다만, 아드님이 일상적으로 나이프를 들고 다니는 일은 없었지요?"

나가마 다마요가 고개를 가로저었다.

"말도 안 돼요. 그런 아이가 아니었습니다. 물론 그 물건을 가지고 있었다는 건 알고 있었어요. 산악부 활동 때문에 샀다고 했고, 실제로 그 외의 목적으로 가지고 나간 적은 없었을 거예요."

"나이프에 핏자국이 묻어 있다는 건 누군가를 공격하려고 가지고 나갔고, 실행에 옮겼다고 생각해 볼 수 있습니다. 상대가 누구였는지, 짐작 가는 인물이 있습니까?"

"없습니다. 그 아이가 그런 짓을 한다는 것 자체가 상상도 되지 않아요."

고다이는 고개를 끄덕이며 다시 나이프를 바라보았다.

"이걸 맨손으로 만진 적 있습니까?"

"없습니다. 왠지 무서워서, 맨손으로 만지지 않도록 조심했어요."

"혹시 모르니 제가 가져가도 되겠습니까? 뭔가 알아낼 수 있을지도 모릅니다."

"예, 물론 그래도 됩니다."

지문은 소실되었겠지만 혈흔의 DNA는 알아낼 수 있을지도 모른다.

"도도 부부가 살해당한 사건 말입니다만, 야마오는 진짜 동기를 말하지 않은 것으로 보입니다. 진술은 도저히 신뢰할 수 없는 내용이었습니다. 저희는 나가마 씨가 우려하신 것처럼 역시 그들의 고등학교 시절에 원인이 있다고 보고 있습니다. 아드님의 자살 전후로 인상에 남아 있는 일은 없습니까? 인간관계에 큰 변화가 있었다거나."

"인간관계……."

"누군가와 사이가 틀어졌다거나, 반대로 그때까지 어울려 다니지 않던 사람과 갑자기 친해졌다거나."

"그런 거라면 후카미즈 씨와 헤어진 게 가장 큰 변화였어요."

"그 밖에는요? 뭔가 없었습니까?"

나가마 다마요는 생각에 잠겼다. 표정이 조금 힘겨워 보여서 고다이도 마음이 편치 않았다. 워낙 옛날 일이니 생각해 보라고 한들 그리 쉽게 기억이 돌아오지는 않을 것이다.

"아드님 사후에 야마오가 찾아왔다고 하셨지요." 고다이가 지난번 대화를 떠올리고 물어보았다. "주차장에 있는 그를 발견하고 나가마 씨가 말을 걸었다고요."

"예, 향을 올리고 갔어요."

"그 후로 야마오가 찾아온 적은요?"

"없어요, 그게 마지막이었습니다."

"야마오 말고는 누가 왔습니까? 산악부 졸업 부원들이라거나."

도도 야스유키가 아무 연락도 하지 않았다는 것은 지난번에 들었다.

나가마 다마요는 오른손으로 뺨을 짚으며 고개를 갸웃거리다가 뭔가 생각났다는 듯 허리를 꼿꼿하게 폈다.

"그러고 보니 후카미즈 씨가 찾아온 적이 있었어요."

"후카미즈 에리코 씨가?"

"아뇨, 에리코 씨가 아니라 어머님이."

"어머님?"

"하지만 진짜 어머님은 아니죠? 에리코 씨는 양녀였다던데."

생각지 못한 인물의 등장에 고다이는 당혹스러웠다. 에리코의 양부였던 작은외삼촌에 대해서는 이웃을 탐문했지만, 그의 아내에 대한 정보는 하나도 없었다.

"언제 적 일입니까?"

"겨울이었으니 아들이 죽은 이듬해 1월이나 2월이었을 거예요. 향을 올리고 싶다고 했어요. 짧은 기간이었지만 딸과 사이좋게 지냈으니 부고를 듣고 계속 마음이 쓰였다고요."

"어머님 혼자 찾아오셨던 거군요. 에리코 씨와 함께 온 게 아니라."

"혼자였어요. 에리코 씨는 멀리 떨어져 산다는 식으로 말씀하셨는데."

"아드님이 돌아가신 건 5월 말이었죠. 그리고 그분이 찾아온 건 이듬해 1, 2월……. 어째서 그 타이밍이었을까요? 어떤 계기가 있었다거나?"

나가마 다마요는 고개를 갸웃거렸다. "글쎄요, 들었을 수도 있지만 기억이 안 나는군요."

"무슨 대화를 나누었습니까?"

"그야 역시 가즈히코와 에리코 씨 얘기였지요. 두 사람이 어떤 식으로 사귀었는지, 저도 잘 아는 건 아니었지만 그분은 더 몰랐는지 이것저것 묻더군요. 자세한 내용은 잊어버렸지만 에리코 씨와 헤어진 게 아들의 자살 원인이 아닌지 염려하는 것 같아 아마 상관없을 거라고 말씀드렸던 게 기억나요."

"그 밖에는 어떤 대화를?"

나가마 다마요가 얼굴을 찌푸렸다.

"그 밖에는…… 미안해요. 너무 오래전 일이라……."

"그렇겠군요. 죄송합니다, 자꾸 여쭤봐서. 후카미즈 씨 말고 아드님 때문에 찾아온 분은 계셨습니까?"

"없었던 것 같아요. 원래 찾아오는 사람이 적은 집이라." 노부인은 자학적인 미소를 지었다.

"알겠습니다. 감사합니다. 일단 이건 제가 가져가겠습니다." 고다이는 나이프가 든 비닐봉지를 집었다. "그리고 아드님 혈액형을 알려 주시겠습니까?"

"혈액형이요?"

"나이프에 묻어 있는 혈흔은 아드님의 피일지도 모릅니다. 뛰어내리기 전에 손목을 그었을 가능성도 있습니다."

나가마 다마요는 놀란 듯 눈을 껌뻑거렸다. "그런 생각은 전혀 못 했어요."

"아드님 혈액형은요?"

"AB형이에요. 제가 A형, 남편이 B형이었어요."

"그러십니까. 감사합니다."

나가마 다마요가 손으로 턱을 짚었다. "그러고 보니 그분도 혈액형을 물어봤어요."

"그분?"

"후카미즈 씨, 에리코 씨 어머님이요."

"어째서 그런 얘기가 나왔습니까?"

"그건 기억이 안 나는군요. 성격 테스트 얘기를 했을지도 몰라요. 하지만 혈액형을 물어본 건 확실해요. 가즈히코 군 혈액형은 뭐냐고요."

28

하이지마역 남쪽 출구에서 약 500미터, 다갈색 빌딩은 다양한 크기의 주택들 사이에 녹아들 듯 서 있었다. 5층짜리 건물이라 가까이 가도 위압감은 없다. 화단 사이로 난 문 앞에 '릴리 가든 아키시마'라고 적힌 입구가 보였다.

유리로 된 자동문으로 들어가자 왼쪽에 안내 데스크가 있고 하얀 블라우스에 파란 조끼를 입은 중년 여성이 뭔가를 작업 중이었다.

고다이는 경찰수첩을 보여 주며 이름을 밝히고 슬쩍 말했다.

"잠깐 여쭤보고 싶은 게 있습니다만."

여성은 긴장한 듯 눈썹을 치켜떴다. "무슨 용건인가요?"

"2년 전쯤 이곳에 계셨던 후카미즈 히데코 씨에 대해 아는 분이 계실까요?"

여성은 후카미즈 씨, 라고 중얼거리더니 "잠깐 기다리세요"라며 뒤쪽에 있는 문 안으로 사라졌다.

고다이는 로비를 둘러보았다. 천장이 높아서 낮에는 햇빛이 가득 들어와 환할 것 같았다. 응접용 소파와 테이블도 깔끔한 인상이라 연로한 부모를 맡기는 가족들도 마음이 놓이지 않을까 상상해 보았다.

도도 에리코의 양모였던 후카미즈 히데코는 2년 전까지 이 요양원에 있었다. 에나미 가오리에게 전화로 물어보니 에리코는 가끔 만나러 왔던 모양이다. 가오리가 생전의 히데코를 만난 것은 에리코의 양부인 후카미즈 데루오의 장례식이 마지막으로, 이곳에는 한 번도 오지 않았다는 것 같았다.

"어머니가 제가 가는 걸 바라지 않는 눈치였거든요. 할머니에게 너는 피가 이어진 손녀가 아니니 서로 어색할 거라는 말씀을 자주 하셨어요. 저는 만나 보고 싶었지만."

후카미즈 히데코의 장례식은 에리코가 맡아서 처리했다. 그때는 가오리도 참석했지만 가족끼리 조촐히 치렀다고 한다.

안쪽 문이 열리더니 안경을 쓴 남성이 나왔다. 그 뒤에 아까 그 여성이 있었다.

남성의 이름은 이시즈카라고 했다. 이곳의 원장이었다.

"으음, 후카미즈 씨 일로 문의하실 게 있다고……." 이시즈카가 물었다.

"바쁘실 텐데 죄송합니다. 말씀 좀 여쭙겠습니다."

"뭐가 궁금하십니까?"

"주로 후카미즈 씨 가족분에 대한 질문입니다. 따님이 가끔 면회하러 왔다고 들었는데요. 그분 이야기나."

이시즈카가 알 것 같다는 표정을 지었다. "후타바 에리코 씨 말씀이군요."

역시 예명으로 기억에 남아 있는 모양이다. 고다이는 그렇다고 했다.

"누가 좋을까. 후카미즈 씨하고 사적인 대화를 나누었던 직원이 있었나?" 이시즈카가 옆에 있는 여성에게 물었다.

"글쎄요, 직원은 모르겠네요." 여성이 고개를 갸웃거렸다. "그보다 고바야시 씨가 낫지 않을까요?"

"고바야시 씨, 그렇지." 이시즈카가 손을 마주 쳤다.

"어떤 분입니까?" 고다이가 여성에게 물었다.

"후카미즈 씨하고 친하게 지내셨던 입소자예요. 식당에서 함께 식사하는 모습도 몇 번이나 봤고요."

"그분은 지금도 여기 계십니까?"

"네. 모셔 올까요?"

"부탁드립니다."

여성이 안내 데스크 위에 있는 수화기를 들었다. 인터폰인 것 같았다.

"그 사건을 수사하는 겁니까?" 이시즈카가 소리 낮추어 물었다. "후타바 에리코 씨 부부가 살해당했다는……."

"예, 뭐." 고다이는 말을 흐리며 살짝 끄덕였다.

이시즈카가 눈썹을 축 늘어뜨렸다.

"역시. 뉴스를 보고 저희도 놀랐어요. 끔찍한 사건입니다. 후타바 에리코 씨, 좋은 분이셨는데. 겸손해서 저희한테도 꼬박꼬박 인사해 주셨어요."

"여기 올 때는 늘 혼자였습니까? 남편분이 함께 온 적은?"

"글쎄요. 제가 알기로는 남편분이 오신 적은 없었던 것 같은데."

전화를 마쳤는지 여성이 수화기를 내려놓았다. "고바야

시 씨가 금방 이쪽으로 오시겠답니다."

"그거 다행이네. 그럼 형사님, 저쪽에서 기다려 주세요."

그렇게 말하며 이시즈카가 로비에 있는 소파를 가리켰다.

"가능하다면 남들 눈이 없는 곳이 좋은데……."

"그럼 사무실을 쓰시겠습니까? 좁긴 합니다만."

"괜찮습니다. 죄송합니다, 번거로운 부탁을 드려서."

"천만에요, 고된 일이라는 건 다 압니다."

이시즈카의 말처럼 사무실은 좁았지만 간소한 응접세트가 있었다. 고다이가 앉아서 기다리고 있으려니 문이 열리면서 백발의 마른 여성이 들어왔다. 하늘색 운동복을 입고 있었다.

고다이는 자리에서 일어섰다. "고바야시 씨 맞으십니까?"

여성이 예, 라고 답했다.

"갑작스럽게 죄송합니다. 협조 부탁드립니다." 고다이는 경찰수첩을 보여 주고 자기소개를 했다.

여성은 고바야시 야스요라고 이름을 밝히고는 맞은편 자리에 앉았다.

"후타바 에리코 씨 이야기가 궁금하시다고요. 저는 인사만 나눈 정도라 말씀드릴 수 있는 건 히데코 씨에게 들은 이야기 정도뿐인데."

"그거면 충분합니다. 가령 어떤 식으로 말씀하셨습니까?"

"어떤 식으로……. 정치인의 아내는 고되다는 이야기가 많았던 것 같아요."

"옛날 일은 못 들으셨습니까? 에리코 씨가 훨씬 젊었을 때 이야기나."

"배우 시절 이야기는 많이 들었죠. 드라마 대사를 외우려고 대본을 손에서 놓지 않았다거나, 지방으로 촬영하러 가면 꼭 그곳 선물을 사 와서 히데코 씨도 괜히 기다려졌다거나." 고바야시 야스요가 줄줄 말하다가 눈썹을 찌푸렸다. "이런 얘기라도 괜찮아요? 시시한 얘기만 하고 있는 것 같은데."

"그렇지 않습니다. 참고가 됩니다. 다만 배우가 되기 전의 이야기는 듣지 못하셨는지요? 고등학교 때나……."

"그런 옛날 일을……." 고바야시 야스요가 허를 찔린 표정으로 생각에 잠겼다. "히데코 씨가 얘기한 적이 있었던가?"

역시 가망 없는 질문이었나 하고 고다이가 체념하려 했을 때 노부인의 입술이 움직였다.

"사춘기 때 눈치를 많이 봤다는 말은 종종 했어요. 친딸도 아닐뿐더러 자기와는 혈연도 아니니 대하기 어려웠다고요. 자기들이 물장사를 해서인지 보란 듯이 되바라지게 군 적도 있어서 난처했다는 얘기도. 그러다 언니에게 맡긴 뒤에는 몰라볼 정도로 차분한 어른이 되었다고 했어요."

고바야시 야스요가 대수롭지 않게 한 말에 고다이의 심장이 반응했다.

"언니? 누구 언니 말입니까?"

"히데코 씨 언니요. 신부 수업을 받게 하려고 언니에게 맡겼다고 했어요. 그랬더니 길거리에서 캐스팅되었다는 말을 듣고 깜짝 놀랐다고요."

"장소는 어딥니까?"

"장소? 캐스팅된 장소요?"

"아니, 후카미즈 히데코 씨의 언니가 살았던 장소 말입니다." 흥분을 억누르지 못하고 그만 말이 빨라졌다.

"거기까지는……." 고바야시 야스요는 당혹스러운 표정으로 고개를 저었다. "미안해요. 기억도 안 나고, 아마 못 들었던 것 같아요."

"아니요, 괜찮습니다. 크게 참고가 되었습니다."

그 말에 거짓은 없었다. 고다이는 겨우 찾아낸 커다란 단서가 분명하다고 확신했다.

29

아침, 본부 청사 대책본부에 간 고다이는 쓰쓰이와 함께 사쿠라카와의 호출을 받았다. 회의실에서 나와 조금 떨어진 다른 방에서 얼굴을 맞댔다. 사쿠라카와가 앉지 않아서 고다이와 쓰쓰이도 그대로 서 있었다.

사쿠라카와는 두 사람을 쳐다보더니 대뜸 본론으로 들어갔다. 상사의 말을 들은 고다이는 경악했다. 검찰관이 감정 유치 사실을 알린 직후, 야마오가 진술 조서 정정을 희망했다는 것이다.

"어떤 식으로 정정했습니까?" 쓰쓰이가 물었다. "설마 역으로 부인한 건……."

"부인한 건 아니야. 하지만 시인한 것도 아니다."

"무슨 뜻입니까?"

"담당 검사에게 이렇게 말했다는군. 정신 감정은 본인도 필요하다고 생각한다. 이것저것 생각하다 보니 기억에 자신이 없어졌다. 전부 자기 망상이었던 것 같다. 어쩌면 머리가 좀 이상해졌는지도 모른다. 그런 상태에서 진술한 내용을 재판 자료로 쓰는 데에 동의할 수 없으니 정정해 달라……."

고다이는 숨을 크게 들이마셨다. 전혀 예상하지 못했다.

"그래서 검찰은 뭐라 대답했습니까?" 쓰쓰이가 흥분한 목소리로 물었다.

"감정 유치가 끝난 후에 검토하겠다고. 본인도 그 말에 동의한 것 같더군."

"야마오는 어째서 그런 소리를……." 쓰쓰이가 팔짱을 꼈다.

"검찰은 초조해하고 있어. 결정적인 증거를 갖추지 못해

고육지책으로 감정 유치를 청구하자마자 그렇게 나왔으니. 유치 기간이 끝나면 곧장 구류 기한이 도래해. 진술 조서 자백 부분이 불확실해지면 절대 기소할 수 없다. 그게 핵심이니까." 그렇게 말하며 사쿠라카와가 고다이를 보았다. "자네 말이 맞는지도 몰라. 야마오는 처음부터 이런 상황이 되리라 예상했던 거야. 아니, 이렇게 되도록 일부러 자백한 거지. 놈의 진술 내용을 검증하는 사이 시간이 흐르면서 진범의 범행을 입증할 정보가 점점 사라지는 거야. 감정 유치가 끝나는 3개월 후에는 목격 증언을 얻기 힘들어지는 건 물론이고 각지의 방범 카메라 영상도 차례로 보존 기간이 끝날 테지."

"상층부에는 전달하셨습니까?"

"하나의 가능성으로 수사1과장에게는 말해 두었어. 형사부장에게도 전달되었겠지. 아직 검찰 측에는 전하지 않았을 거야. 원래 검찰은 야마오 체포에 소극적이었어. 경시청 입장에서는 이제 와서 일개 경찰관이 친 덫에 걸려들었다고 할 수는 없지. 그걸 말할 수 있는 건 새로운 피의자를 발견했을 때뿐이야."

고다이는 뭐라 말해야 할지 몰랐다. 쓰쓰이도 말이 없었다.

"그 일은 어떻게 됐어?" 사쿠라카와가 고다이와 쓰쓰이를 번갈아 보았다. "에리코 부인이 고등학교를 졸업하고 신부 수업 명목으로 친척 집에서 신세를 졌다는 것 말이야. 집은 찾았다고 했지. 뭔가 알아냈나?"

"어제 그곳에 갔습니다." 고다이는 수첩을 꺼냈다. "네리마구 오이즈미 학원 쪽입니다. 후카미즈 히데코 씨의 언니, 하마베 기요미 씨가 21년 전까지 살았습니다. 일찍이 남편을 잃고 그 후 집에서 과외 수업을 했다고 합니다. 주로 이웃 아이들이 다녔다고. 하마베 씨가 집을 떠난 건 요양원으로 옮겨 갔기 때문이고 그때 집도 처분했습니다. 본인은 12년 전에 타계했습니다."

"에리코 부인이 그 집에 살았다는 건 확인됐나?"

"아뇨, 그게……." 고다이가 얼굴을 찌푸렸다. "40년 가까운 옛일이라 당시 일을 아는 이웃이 거의 없습니다. 과외 학원을 운영했던 것도 거기 다녔다는 남성을 우연히 발견해 알아냈지만 특별히 유명했던 건 아니었습니다."

"그는 에리코 부인을 기억 못 하나?"

"유감스럽게도 그 사람은 현재 60대인데, 학원에 다녔던 건 50년도 더 된 일이라고 합니다. 시기가 맞지 않습니다."

"그런가." 사쿠라카와가 씁쓸한 표정을 지었다. "그래서 어쩔 거야?"

"인근을 돌아다니며 학원에 다녔다는 사람을 찾아낼 작정입니다. 에리코 부인이 머물던 시기에 다녔다면 모습을 보았을 가능성이 높습니다."

"고다이 혼자 찾는 건가? 지원은?" 사쿠라카와가 쓰쓰이에게 물었다.

"기하라와 가와무라를 붙일까 하는데······." 쓰쓰이가 젊은 형사들의 이름을 댔다.

사쿠라카와가 속이 탄다는 듯 고개를 가로저었다.

"다른 사람들은 뭘 하고 있어? 어차피 성과를 기대할 수 없는 검증 작업일 테니 그런 건 뒤로 미뤄. 손이 빈 사람은 전부 붙여."

과감한 지시에 쓰쓰이도 알겠습니다! 하고 힘차게 대답했다.

몇 시간 뒤, 고다이는 다른 수사원들과 분담해 오이즈미 학원과 주변 동네의 집을 일일이 찾아다녔다. 주요 질문은 "40년 전 하마베 학습 교실에 다녔던 사람을 아느냐"였다. 하마베 기요미가 운영했던 과외 학원 이름이 '하마베 학습 교실'이었다.

인해 전술이 효과를 거두어 학원에 다녔다는 몇 명을 찾았다. 하지만 후카미즈 에리코가 함께 살았을 시기와는 일치하지 않았다. 가장 아쉬운 것은 1988년부터 다녔다는 여성이었다. 여성의 말에 따르면 학원을 다녔던 2년 동안 하마베 기요미의 집에서 다른 사람은 한 번도 보지 못했다고 한다. 후카미즈 에리코는 1986년 봄에 고등학교를 졸업했다. 1988년에는 이미 그곳을 떠났다면 하마베 기요미의 보호를 받았던 건 채 2년이 못 된다는 뜻이다. 이 짧은 시기에 학원을 다녔던 사람을 찾기란 거의 불가능했다.

날이 저물어 오늘은 여기까진가 하고 고다이가 체념하려던 때, 후배 형사로부터 연락이 왔다. 1985년부터 3년간 하마베 학습 교실에 다녔던 인물을 찾아냈다는 것이다. 후배는 옆 동네인 히가시오이즈미를 돌고 있었다.

"본인을 만났어?" 고다이가 물었다.

"아니요, 이쪽에 사는 건 형이었습니다. 그분도 하마베 학습 교실에 다녔대서 자세한 이야기를 듣다가, 동생이 다녔던 시기가 딱 맞아떨어진다는 걸 알아냈습니다."

"동생은 지금 어디에?"

"히가시긴자에서 어묵탕 가게를 한다고 합니다. 사는 곳은 우에노라고."

"어묵탕이라. 가게 이름이랑 연락처는 파악했어?"

"물론입니다. 지금 보내겠습니다."

고다이는 잘 부탁한다며 전화를 끊었다. 오후 6시가 넘었다.

히가시긴자에서 파는 어묵탕이라. 오늘 저녁 식사 메뉴가 정해졌군.

가게는 빌딩 지하 1층에 있었다. 계단을 내려가니 유리문이 있어 환한 가게 안을 볼 수 있었다. 고다이가 들어가자 남성 점원이 우렁차게 인사했다.

손님은 7할 정도 찼을까. 회사원이 많아 보였다. 4인석 테이블이 여섯 개 있는데 그중 네 개가 찼다. 커다란 카운터석에는 두 쌍의 커플이 앉아 있었다.

카운터 안쪽에 하얀 덧옷을 입은 우람한 남성이 있었다. 나이는 쉰 안팎일까.

고다이는 카운터 끝자리에 앉아 메뉴를 보았다. 어묵탕만 파는 게 아니라 회나 구이류, 튀김도 있는 것 같았다. 술 종류도 다양했다.

고다이는 남성을 향해 한 손을 살짝 들었다. 그가 다가오자 "마키야마 다카오 씨 맞지요?"라고 물었다.

남성의 표정이 딱딱해졌다. "경찰입니까?"

"예."

"아까 형님이 전화했습니다. 하마베 학원에 대해 묻고 싶다고."

하마베 학원이 당시 그곳에 다녔던 아이들끼리 부르던 통칭인 듯했다.

"바쁘실 텐데 죄송합니다. 조금 한가해진 다음이면 됩니다. 식사하면서 기다리면 되니까요."

마키야마가 뺨을 누그러뜨렸다. "알겠습니다. 주문하시겠습니까?"

"어묵탕하고 크로켓 부탁드립니다. 밥하고 우롱차도."

"알겠습니다." 마키야마가 웃는 얼굴로 고개를 끄덕였다.

얼마 지나지 않아 요리가 나왔다. 고다이는 나무젓가락을 들고 식사를 시작했다. 어묵은 국물이 잘 배었고 크로켓은 고소했다. 근무 중만 아니었다면 맥주를 시키고도 남았다.

음식을 다 먹었을 즈음 마키야마가 말했다. "지금이라면 괜찮습니다. 안쪽으로 가시죠."

가게 안쪽에는 바닥이 파인 좌식 룸이 있었는데 오늘 밤은 예약이 없는 듯했다. 고다이는 마키야마가 권하는 대로 다다미방에 앉았다.

"요리는 입에 맞았습니까?" 마키야마가 물었다.

"정말 맛있었습니다. 어묵탕도 맛있었지만 크로켓이 기대 이상이었습니다."

"다행입니다. 어렸을 때 이웃에 있던 정육점 크로켓을 못 잊어서요. 그 맛을 재현하려고 애썼죠." 눈을 가늘게 뜨고 말하곤 마키야마의 표정이 진지해졌다. "실례, 하마베 학원 이야기가 궁금하다고요."

"기억하십니까?"

"물론이지요. 3년이나 다녔으니까요. 하지만 오랜만에 떠올렸습니다. 형님 전화를 받고 나니 그리워지더군요."

"하마베 기요미 씨의 집에서 공부했지요?"

"맞아요. 널찍한 다다미방이 있었어요. 주문 제작한 듯한 길쭉한 책상이 몇 개 있었죠. 그 책상 앞에서 방석 위에 무릎을 꿇고 앉아 공부했습니다. 1학년은 열 명쯤 되었으려나."

"하마베 기요미 씨는 독신이었다고 들었는데, 맞습니까?"

"예, 혼자셨어요. 아직 젊었는데 일찍이 남편을 여의었다고. 백혈병이라고 했던 것 같은데." 마키야마가 고개를 갸웃거리며 말했다. 꽤 자세히 기억하는 것 같아 기대해도 될 듯했다.

"그 집에서 하마베 씨 말고 다른 사람은 못 봤습니까? 한때 함께 산 사람이 있었을 텐데요."

"하마베 선생님 말고요?" 마키야마는 눈썹을 찌푸렸다. "그런 사람이 있었나?"

"1986년부터 87년 사이입니다."

"86년이라. 그럼 열한 살 때겠네……." 마키야마는 아득한 기억을 더듬듯 표정이 흐려지더니 갑자기 앗, 하고 입을 열었다. "생각났어요. 그래, 그러고 보니 여자가 있었어요. 주스를 내줬어요."

"주스?"

"학원에서는 중간에 쉬는 시간이 있어서, 하마베 선생님이 아이들에게 시원한 보리차 같은 걸 내주었어요. 쿠키나 사탕을 줄 때도 있었죠. 그런데 잠깐 주스가 나온 적이 있었어요. 그것도 믹서로 갈아서 만든 진짜 생과일주스요. 그걸 내준 사람이 젊은 여자였는데, 하마베 선생님 말씀으로는 친척이라고 했어요. 모두 주스 누나, 주스 언니라고 불렀어요. 그 사람이 사라진 뒤로는 주스도 안 나와서 아쉬워했던 기억이 나는군요."

"그 사람의 이름을 알고 계십니까?"

"이름? 거기까진 기억나지 않네요. 들었을지도 모르지만."

"주스 외에 그 사람에 대해 인상에 남는 일은 없습니까? 행동도 좋고, 얼굴이나 외형적인 특징도 상관없습니다."

"얼굴은 전혀 기억이 안 나는데. 젊은 여자였던 건 확실하지만……." 그렇게 말하던 마키야마가 무릎을 탁 쳤다. "그래, 중요한 얘기를 깜빡했네요."

"중요한 얘기?"

"그 사람, 배가 불룩했어요. 임신 중이었어요."

30

고다이의 보고를 들은 사쿠라카와는 팔짱을 끼고 의자 등받이에 몸을 기댔다.

"역시 그랬나. 고다이의 추리가 적중했군."

"추리랄 정도는 아닙니다." 고다이가 말했다. "어머니가 딸이 사귀었던 남자의 혈액형을 묻는 이유라고 하면 보통 딸이 임신한 경우밖에 생각할 수 없지요. 아이 아버지가 누구인지 알려고 했을 겁니다."

"에리코 부인……, 후카미즈 에리코 씨 본인은 어땠을까? 아버지가 누구인지 몰랐을까?"

"그럴 리는 없겠죠. 교제한 상대는 많았던 것 같지만 그렇게까지 난잡한 생활을 했다고 보긴 어렵습니다."

"본인은 알고 있었지만 굳이 말하지 않았다는 뜻인가."

"강간 같은 가능성도 낮을 것 같군요." 쓰쓰이가 옆에서 말했다. "고다이의 이야기로 보면 에리코 씨는 임신을 받아들였던 것처럼 느껴집니다. 낙태 시기를 놓쳐서 어쩔 수 없이 출산을 선택한 건 아닌 듯하군요."

"사랑한 남자의 아이라는 뜻이군." 사쿠라카와가 손으로 턱을 짚었다. "그런데 그게 누구지? 언제, 어느 타이밍에 관계가 있었을까."

"후카미즈 히데코 씨는 1987년 1, 2월 사이에 나가마 다마요 씨를 만나러 가서 나가마 가즈히코 씨의 혈액형을 물었습니다." 고다이가 말했다. "따라서 그 조금 전에 출산하지 않았을까요? 아이가 태어나야 혈액형도 알 테니까요. 역산하면 고등학교 졸업 직후 임신 사실을 깨달았지 싶습니다."

"그렇다면 아이가 생긴 건 그보다 조금 더 전인가. 졸업 전일지도 모른다는 뜻이군. 아이 아버지가 나가마 가즈히코 씨일 가능성도 있나."

"문제는 그겁니다. 그 무렵에 두 사람은 헤어진 상태였습니다. 남들 모르게 재결합했다고 해도 다마요 씨는 알지 않았을까요? 둘 사이에 육체관계가 없었을 거라는 어머니의 감도 믿고 싶습니다. 그보다도 아이 아버지가 나가마 가즈히코 씨일지도 모른다면 후카미즈 히데코 씨가 다시 나가마 가족과 접촉하지 않았을까요? 그러지 않았던 건 아이 아버지가 아니란 사실을 알았기 때문일 겁니다."

"흥, 즉 혈액형이 안 맞았단 건가."

"그렇진 않을 겁니다." 쓰쓰이가 부정했다. "생후 1년 이내에는 아이의 정확한 혈액형을 알기 어렵다고 하던데요."

"엇, 그래?" 사쿠라카와는 몰랐던 눈치다.

"저도 그렇게 들었습니다." 고다이가 거들었다. "그러니 에리코 씨가 직접 말한 게 아닐까 싶습니다. 나가마 가즈히코는 아이 아버지가 아니라고."

사쿠라카와가 나직이 신음했다. "그럼 아이 아버지는 누구지?"

"그건 모르겠지만, 저는 그 나이프가 마음에 걸립니다."

"나가마 가즈히코의 방에서 나온 나이프 말인가?"

"예. 그 나이프에는 혈흔이 있었습니다. 나가마 다마요 씨의 말처럼 가즈히코 씨가 누군가를 공격했다고 보는 게 합리적입니다. 다만 지금까지 들은 이야기로 판단하면 가즈히코 씨는 온화하고 성실한 성격이었던 듯합니다. 그런 청년이 갑자기 나이프를 휘둘렀다면 어지간한 사정이 있었을 겁니다. 젊은 남자가 이성을 잃는 가장 큰 동기는 역시 여자 관계겠지요. 더군다나 단순한 실연이 아니라 더 큰 분노를 유발하는 요인, 가령 생각지도 못한 인물에게 배신당했다거나 속았다는 감정이 얽힌 게 아닐까요?"

"말투로 보아하니 나가마 가즈히코가 공격한 상대가 누군지 짐작하고 있는 것 같군." 사쿠라카와가 삼백안으로 고다이를 쳐다보았다. "뜸 들이지 말고 냉큼 말해. 자네 생각엔 상대가 누구야?"

고다이는 호흡을 가다듬고 입을 열었다. "도도 야스유키 씨 아닐까요?"

"뭐라고?"

"후원회장 가키우치 씨에게 들었습니다. 도도 씨가 교사를 그만두기 얼마 전, 왼팔에 붕대를 감고 있었다더군요. 본인 말로는 학생들 다툼에 휘말렸다고 했다는데, 가키우치 씨 말이 어쩐지 거짓말 같았다고 했습니다. 시기가 4, 5월이라 졸업생이 달려든 것 아닌가 생각했다고요. 가즈히코 씨가 자살한 건 5월 30일, 시기가 맞아떨어집니다."

"그때 이미 도도 씨와 에리코 씨 사이에 관계가 있었다?"

"현실성이 없을까요?"

"아니, 있어." 쓰쓰이가 강하게 동의했다. "교사와 학생이라는 입장을 고려하면 주위에 관계를 숨겼다는 게 오히려 자연스러워 보입니다."

"나가마 가즈히코가 은사를 공격했단 말인가." 사쿠라카와가 중얼거렸다.

"은사였기 때문 아닐까요? 진심으로 존경하고 신뢰했던 만큼 배신당했다는 걸 알았을 때의 분노는 상상을 초월했을지도 모릅니다."

"아까 에리코 씨 임신을 알게 된 것도 그 무렵이라고 했지. 그걸 안 나가마 가즈히코가 도도 야스유키 씨를 공격했다. 임신 상대가 도도 씨라고 생각했기 때문이다, 그렇게 되는 건가?"

"그럴 가능성이 높다고 봅니다만."

"에리코 씨는 임신까지 했는데 도도 씨와의 관계를 계속 숨겼단 말이야?"

"말하기엔 너무 늦었다고 생각했을지도 모릅니다."

"도도 씨는 어땠을까. 제자를 임신시키고도 태연했을까?"

"어쩌면 도도 씨는 에리코 씨의 임신을 몰랐던 게 아닐까요? 이미 헤어진 뒤라면 그럴 가능성도 큽니다. 특히 도도 씨는 이듬해 학교를 그만두고 미국으로 건너갔어요."

사쿠라카와는 뺨을 괴고 고다이를 매섭게 올려보았다.

"말은 돼. 다만 몇 가지 의문점이 있다. 양부모가 에리코 씨의 임신을 철저히 감추고 있었어. 그렇다면 나가마 가즈히코는 어떻게 알았지? 그리고 상대가 도도 씨임을 확신한 이유는?"

"유감스럽지만 아직 모르겠다고 말씀드릴 수밖에 없네요. 하지만 바로 그 의문점에 이 사건을 풀 열쇠가 숨어 있지 않을까요?"

사쿠라카와는 침통한 표정으로 한참 침묵했다가 천천히 뒤통수를 쓸어내렸다.

"그 나이프, 감식은 어땠어? 나가마 다마요의 진술은 믿을 만한가? 노인의 망상은 아니겠지?"

"표면 상태를 분석한 결과 지문은 완전히 소실되었고, 최소 10년은 맨손으로 만진 흔적이 없다고 합니다. 40년간 조심히 보관했다는 말은 진짜겠지요. 손잡이 부분에서 DNA 채취가 가능한지는 아직 모른다고 했습니다. 시간은 제법 걸리겠지만 묻어 있는 혈흔의 DNA 감정은 가능하다는 회신이었습니다."

"알았어. 도도 야스유키 씨의 DNA와 일치하는지 감정을 의뢰해 보지. 그 외에도 조사할 게 있어. 가령 에리코 씨가 비밀리에 출산했다면 태어난 아이는 어떻게 되었을까? 당시에는 베이비박스도 없었을 텐데."

"주변의 시선을 피하기 위해 고향을 떠나 있었지만 하마베 기요미 씨라는 보호자가 있었으니 정당한 절차로 출산했을 겁니다. 하지만 에리코 씨 호적에 그런 내용은 없었어요. 그렇다면 가능성은 하나입니다."

쓰쓰이가 손가락을 튕겼다. "특별양자결연제도인가?"

"바로 그겁니다. 그 제도가 시작된 건 1988년 1월이에요. 에리코 씨가 연예계에 발을 담근 시기와 겹칩니다."

"그때를 조사해 볼 필요가 있겠군." 사쿠라카와가 입맛을 다셨다. "꽤 오래전이야. 알아볼 데는 있어?"

"한 사람 있습니다. 바다 건너편에 있지만." 고다이는 스마트폰을 들었다.

31

약속한 시간에서 1분쯤 지났을 때 모니터에 혼조 마사미의 얼굴이 보였다. 고다이는 자세를 가다듬고 고개를 숙였다. "안녕하십니까. 이른 아침에 죄송합니다."

"전 괜찮지만 그쪽은 졸리지 않나요? 한밤중이죠?"

"잠시 눈을 붙여서 괜찮습니다. 갑작스러운 메일에도 회신해 주셔서 감사합니다."

"어지간히 긴한 용건이었겠지요. 게다가 줌으로 얘기하고 싶은 문제가 있다고 적혀 있으니 가만히 있을 수가 있어야지요. 답장을 보내고 허둥지둥 화장했어요."

"죄송합니다."

실제로 모니터에 비친 혼조 마사미의 얼굴은 젊었다. 화장 덕도 있겠지만 전용 조명이 효력을 발휘한 듯했다.

고다이는 집에 있었다. 시간은 새벽 3시. 혼조 마사미에게 메일을 보낸 게 약 1시간 전이었다.

"사건, 해결했다면서요? 인터넷 뉴스를 보니 경찰관이 범인이었다던데 자세한 정보는 언제 발표하나요?" 혼조 마사미는 탐색하는 표정으로 물었다.

말투로 보아 그 경찰관이 자신의 집을 방문했던 형사라는 건 모르는 눈치였지만, 굳이 알려 줄 필요는 없다고 판단했다.

"그게, 아직 해결하지 못했습니다. 경찰관이 체포된 건 사실입니다. 하지만 그가 범인으로 확정된 건 아닙니다. 여전히 알 수 없는 일들이 많아서 혼조 씨께도 협조를 부탁드리게 되었습니다."

혼조 마사미의 표정이 어두워졌다. "그런가요. 그래서 제게 묻고 싶다는 게 뭐죠?"

"너무 옛날 일이라 죄송한데 에리코 부인이 연예계에 들어오기 전에 어디서 어떻게 살았는지 들으신 적이 있습니까?"

"고등학교 졸업 후 말이죠? 그거라면 친척 집에서 신세를 졌다고 했던 것 같은데······."

"그 무렵 뭔가 커다란 일이 있었다는 말은 못 들으셨습니까?"

"커다란 일?" 혼조 마사미는 의아하다는 듯 고개를 갸웃거렸다. 연기하는 표정으로 보이지는 않았지만 죽은 친구의 비밀을 교묘하게 숨기고 있을 가능성도 없진 않다. 어쨌거나 상대는 전직 배우다.

"확인되지 않은 사항이라, 반드시 비밀을 지켜 주십시오." 고다이가 입술을 축이고 말을 이었다. "연예계에 들어가기 전, 에리코 부인이 아이를 출산했던 게 아닌가 하는 이야기가 있습니다."

"출산?" 혼조 마사미가 눈썹을 씰룩거렸다. "누가 그런 말을?"

"정보의 출처는 밝힐 수 없습니다. 말씀드렸다시피 진위 여부는 불투명합니다. 그래서 혼조 씨에게 여쭙는 겁니다. 본인에게 그런 말을 듣지 못했습니까?"

혼조 마사미는 놀란 기색으로 고개를 가로저었다. "못 들었어요. 처음 듣습니다."

"역시 그런가요."

"에리가 아이를······." 혼조 마사미는 심각한 표정으로 눈썹을 찌푸리더니 시선을 떨어뜨렸다.

"거듭 말씀드리지만 사실로 확인된 건 아닙니다."

"예, 알고 있어요. 다만 만약 그렇다면 앞뒤가 맞다고 해야 할까. 이해가 가는 일이 있어서요."

"이해가 가다니, 뭐가 말씀입니까?"

"에리는 아이를 무척 좋아했어요. 거리에서 쇼핑할 때도 어린아이를 보면 걸음을 멈추고 한참 바라보곤 했죠. 아이 부모에게 말을 걸 때도 있었어요. 그랬으면서 제가 그렇게 아이가 좋으면 빨리 결혼해서 낳으라고 했더니 자기는 엄마 자격이 없다는 거예요."

"그런 일이……."

낳은 아이를 직접 키우지 못해 자책했던 걸까?

"에리코 부인의 가장 가까운 친구가 혼조 씨라는 건 알고도 남지만 굳이 여쭙겠습니다. 만약 부인이 젊었을 때 출산했다면, 그 사실을 털어놓을 만한 상대로 짐작 가는 사람이 없을까요?" 고다이는 표현을 신중하게 골라 가며 질문했다.

모니터 안의 혼조 마사미는 생각에 잠겼다.

"털어놨을지는 모르겠지만 당시 매니저라면 알지도 몰라요."

"매니저? 어떤 분입니까?"

"나라하시 씨라는 여자분이에요. 저희보다 다섯 살쯤 많았을 거예요. 같은 여자라 이것저것 의논했던 기억이 나요. 남자관계 같은 것도." 혼조 마사미가 살짝 미소를 머금었다.

"그분은 지금도 연예계에?"

"아뇨, 오래전에 그만두셨어요. 결혼해서 남편 고향으로 이사했다고 들었는데. 지금도 연하장은 주고받고 있어요."

"연락처를 아시겠군요."

"알지요. 잠깐만요." 혼조 마사미가 시선을 떨어뜨렸다.

스마트폰을 만지는 듯했다. 이윽고 여기요, 하면서 스마트폰 화면을 모니터 쪽으로 돌렸다.

이름은 '시마모토(나라하시) 유코'라고 되어 있었다. 결혼해서 시마모토로 성이 바뀐 것 같았다. 주소는 군마현 오우라군 메이와마치였다.

오전 9시가 조금 지난 시간, 고다이는 예약해 놓은 공유 자동차로 출발했다. 전철 이동도 검토했지만 미리 지도로 확인해 보니 현지에서 이동하려면 자동차가 필수였다.

수도 고속도로에서 도호쿠 자동차도로로 들어가 다테바야시 나들목으로 향했다.

시마모토 유코를 만나러 가겠다는 보고는 사쿠라카와에게 전화로 이미 전달했다. 상사는 "좋은 선물을 기대하고 있겠다"고 했지만 군마현의 특산품을 원하는 게 아님은 고다이도 알고 있었다.

시마모토 유코 본인에게도 미리 연락했다. 고다이가 신분을 밝히자 진짜 경찰인지 의심하는 눈치였다. 요즘 세상에 그런 경계심은 나쁘지 않다. 고다이가 혼조 마사미의 이름을 대자 겨우 믿어 주었다.

다테바야시 나들목에서 고속도로를 빠져나와 내비게이션을 따라 국도에서 지방도로로 들어갔다. 편도 1차선 도로가 쭉 뻗어 있다. 주위는 온통 농지였다. 계절에 따라서는 초록 일색일지도 모르지만 아쉽게도 지금은 갈색이 눈에 띄었다. 간간이 비닐하우스도 보였다.

내비게이션이 목적지 주변에 도착했음을 알렸다. 바로 옆에 커다란 서양식 집이 있다. 도로 건너편 농지에는 울타리로 에워싸인 과수원이 보였다. 줄기와 가지뿐이라 무슨 나무인지는 알 수 없었다.

시마모토 유코에게 전화하자 상대는 바로 받았다. 주위 풍경을 설명하니 맞게 찾아온 것 같았다. 옆길로 들어오면 주차 공간과 현관이 있다고 해서 안내대로 차를 이동시켰다.

차에서 내리자 스웨터에 청바지를 입은 여성이 나왔다. 예순을 넘었을까? 자세가 바르고 활달한 인상이다.

시마모토 씨 맞으십니까, 하고 고다이가 묻자 그렇다고 대답했다.

"오늘은 갑자기 무리한 부탁을 드려서 죄송합니다. 수사에 협조해 주시면 감사하겠습니다."

"전화로도 말씀드렸지만 크게 이야기할 만한 건 없어요. 그래도 괜찮으시다면야."

"어떤 얘기든 참고가 됩니다."

"그런가요. 그럼 들어오세요." 시마모토 유코가 빗장을 열었다.

고다이는 테이블과 등나무 의자가 있는 응접실로 안내받았다. 유리문 너머로 아까 그 과수원이 보였다.

"댁에서 관리하는 과수원입니까?" 고다이가 물어보았다.

"맞아요. 배를 키우고 있어요. 가지치기 단계라 이제부터 바빠져요." 시마모토 유코가 일본 차를 따라 주며 말했다.

"여기는 남편분 고향이라고요."

"남편이 태어난 곳은 옆 동네예요. 30대까지 도쿄에서 회사원 생활을 하다가 배 농장을 물려받으려고 돌아왔죠. 남편과 교제 중이었던 저는 그걸 계기로 결혼했고요. 연예계 일은 충분히 했다고 생각했고."

시마모토 유코가 드세요, 하고 고다이 앞에 찻잔을 놓았다.

"그 일이라는 게 주로 후타바 에리코 씨를 포함한 연예인들의 매니저 업무였지요?"

예, 하고 시마모토 유코가 조금 긴장한 표정으로 고개를 살짝 끄덕였다. 이야기가 본론으로 들어갔음을 느낀 것이다.

"이번 사건 소식을 알고 어떻게 생각하셨습니까?"

"어떻게라니, 그야 물론……." 시마모토 유코가 눈썹을 찌푸리며 고개를 가로저었다. "믿기지 않았고, 믿고 싶지도 않았어요. 오랫동안 연락은 하지 않았지만 에리 생각은 이따금 했거든요. 싫은 기억은 거의 없고, 즐거운 일이 많았으니까요."

"에리코 씨가 연예계에 들어갔을 때부터 시마모토 씨가 계속 매니저를?"

"맞아요. 작은 회사라 직원도 적었거든요. 혼자 여러 명을 맡았죠. 그중에서도 에리는 간판 배우라, 업무 대부분이 에리의 매니저 일이었어요."

"혼조 마사미 씨 말로는 일 외에도 의논 상대가 되어 주셨다고요."

"그런 일도 있었죠. 특히 마사미는 자유분방해서 남자 연예인과 금방 친해져서 고생도 꽤나 했어요." 시마모토 유코의 표정이 살짝 누그러졌다.

"후타바 에리코 씨는 어땠습니까? 역시 그런 일이 있었습니까?"

"에리는 걱정 없었어요. 바로 인기를 끌어서 바쁘기도 했지만 몸가짐이 단정했거든요. 어렸을 때 부모님을 여의고 작은외삼촌 부부 밑에서 자라서인지 빨리 경제력을 키워서 자립해야 한다는 말을 자주 했어요. 그래서 노래나 춤 연습도 열심히 했고요."

"연예계 입문 당시 만나는 사람은 없었습니까?"

"없었을 거예요. 있었다면 누구라도 알아챘을 거예요. 요즘과 달리 휴대전화도 없었으니까요."

당시 후카미즈 에리코는 혼조 마사미를 포함해 몇몇 소속 연예인들과 기숙사 생활을 했다고 한다. 연인과 연락을 취하려면 기숙사 전화나 공중전화를 쓸 수밖에 없었을 테니 아무에게도 들키지 않고 교제하기는 어려웠을 것이다.

하지만, 하고 시마모토 유코가 고개를 갸웃거렸다. "연예계에 들어오기 전에는 진지하게 사귄 남자가 있었을 거예요."

"어째서입니까?"

시마모토 유코가 주저하는 기색으로 입술을 열었다. "여기서만 하는 말인데, 에리는 중절 경험이 있었던 것 같아요."

순간 고다이는 숨을 멈추었다. "……그렇게 생각하신 이유가?"

"어느 날 회사 소속 여자애 하나가 임신했다는 걸 알았어요. 물론 미혼이었죠. 처음 알아차린 게 에리였는데, 그 친구에게 몰래 아이가 생긴 것 아니냐고 물었다는 거예요. 저는 본인이 말해 줄 때까지 몰랐어요. 결국 중절 수술을 했는데, 그 친구 말로는 에리가 임신이나 중절에 대한 지식이 풍부해서 이것저것 의논 상대가 되어 준 덕분에 결심을 굳혔다는 거예요. 그래서 어쩌면 에리도 같은 경험이 있을지 모른다고 생각했죠. 그때는 지금과 달리 정보가 부족했으니까요. 에리에게 직접 확인한 건 아니지만."

"그렇군요, 그래서 그런 생각을."

고다이는 중요한 질문을 할 수고를 덜었다고 생각했다. 시마모토 유코는 후카미즈 에리코에게 임신 경험이 있다는 것은 눈치채고 있었다. 다만 출산 여부까지는 모른다.

"혼조 마사미 씨 말씀으로는 에리코 씨가 아이를 좋아했다더군요. 그 일과 관계가 있었을까요?"

그렇게 묻자 시마모토 유코가 지금 깨달았다는 듯이 고

개를 끄덕였다.

"그러고 보니 그랬어요. 특히나 미취학 아동에게 정이 가는 것 같았어요. 지운 아이를 생각하는 걸까, 멋대로 상상했었는데······."

"아이에 관한 일로 기억에 남는 일은 더 없습니까? 아이가 좋아할 선물을 샀다거나."

"선물? 글쎄요······." 시마모토 유코는 고개를 기울이고 잠시 침묵했다가 앗, 하고 외마디 소리를 흘리며 무릎을 쳤다. "선물은 아니지만 복지시설 아이들을 뮤지컬에 초대한 적이 있어요. 에리가 출연했는데, 보육원을 무대로 한 작품이었어요. 자기하고 비슷한 처지의 아이들을 꼭 초대하고 싶다고 했죠."

고다이는 고개를 끄덕거렸다. 들은 기억이 있다.

"그 시설이라는 게 하루노미 학원 아닙니까?"

시마모토 유코가 두 손바닥을 찰싹 쳤다.

"맞아요, 그런 이름이었어요. 니시도쿄에 있는 시설이었을 거예요."

"아이들을 초대한 건 에리코 씨 생각이었군요."

"그래요. 초대할 복지시설을 정한 것도 에리였을 거예요."

"시설도?" 고다이의 몸이 저도 모르게 반응했다. "에리코 씨가 하루노미 학원 아이들을 초대하자고 했던 거군요. 그곳을 택한 이유가 뭘까요?"

"이유라, 글쎄요……. 뭔가 인연이 있었을지도 모르죠. 미안해요, 기억이 안 나네요."

"그러십니까……." 고다이는 창밖으로 시선을 돌렸다. 배나무가 바람에 흔들리고 있었다.

32

대책본부에서는 수사원들이 노트북 앞에 앉아 있었다. 쓰쓰이 말로는 야마오의 스마트폰 분석이 끝나 삭제된 메일과 문자를 복원해서, 그중 사건과 관련된 정보가 없는지 조사 중이라고 했다.

아직은 아무것도 찾지 못했다고 쓰쓰이가 말했다.

"기묘한 건 메일이나 문자만이 아니라 발신이나 착신 기록에서도 도도 야스유키 씨와 접촉한 흔적이 없다는 점이야. 함께 식사했으니 연락을 취했을 텐데 어째서일까?"

"압수한 스마트폰 외에 연락 수단이 있었다는 뜻일까요?"

"그럴 테지. 실은 도도 야스유키 씨 스마트폰 통화 기록에도 야마오와 연락을 취한 흔적이 없어. 두 사람은 특수한 방법으로 연락했을 가능성이 높아."

"특수한 방법……."

고다이는 전에 감식과 직원이 파괴된 스마트폰 조각 사진을 보여 준 게 생각났다. 두 대의 부품이 섞여 있다고 했다.

"두 사람이 불법 스마트폰으로 연락을 취했다는 건가?" 고다이의 말을 들은 쓰쓰이가 믿을 수 없다는 듯 입을 떡 벌렸다. "그렇게까지 할 필요가 있나?"

"확실히 이해는 안 갑니다."

"전혀 영문을 모르겠군." 쓰쓰이가 머리를 쥐어뜯었다. "그래, 그쪽은 어때? 선물이라도 있어?"

"선물이라고 할 만한지는 모르겠지만, 재미있는 이야기를 들었습니다."

고다이는 대책본부 구석으로 자리를 옮겨 쓰쓰이에게 시마모토 유코에게 들은 이야기를 들려주었다.

"중절이라, 그럴 가능성도 있을까?"

"제로는 아니겠지만 낮을 겁니다. 중절했다면 보통 아이 혈액형을 알 수 없으니까요. 후카미즈 히데코 씨가 나가마다마요 씨에게 가즈히코 씨의 혈액형을 물어본 건, 설령 그때는 태어나지 않았다 해도 태어날 가능성이 있어서였을 겁니다."

"그렇겠지. 어쨌거나 에리코 씨가 고등학교 졸업 직후에 임신 사실을 알았다는 건 확실해 보이는군."

"하루노미 학원은 어떻게 생각하십니까?"

"그 이야기도 마음에 걸려. 수많은 아동복지시설 가운데 어째서 일부러 그곳을 골랐을까? 개인적인 인연이 있었다고 보는 게 타당하겠지. 그게 무엇일까?"

"가령, 자기가 낳은 아이를 맡겼다거나……."

쓰쓰이가 코를 실룩거렸다.

"가장 먼저 생각할 수 있는 가능성이지. 그렇다면 에리코 씨 호적에 기록이 남지 않을까?"

"맡긴 후에 그 아이가 특별양자결연제도로 누군가에게 입양되었다면 에리코 씨의 호적에서 아이의 기록이 사라집니다."

"호오, 그런가."

"다만 전에 저희가 방문했을 때 원장은 그런 말은 한마디도 안 했는데……." 고다이는 그렇게 말하다가 고개를 저었다. "아니, 잠깐 찾아온 형사에게 그 정도로 사적인 정보를 섣불리 말할 리 없나."

"지금은 상황이 달라. 사정을 설명하면 그쪽 태도도 달라지지 않을까?"

"동감입니다. 하루노미 학원에 다녀오겠습니다." 고다이는 자동차 열쇠를 움켜쥐고 일어섰다. 공유 자동차는 근처 주차장에 세워 두었다.

그러다 곧 걸음을 멈추었다. 여성 수사원이 노려보고 있는 노트북 화면이 눈에 들어왔기 때문이다. 여섯 살 정도의 여자아이 얼굴이 보였다.

"누구야?" 고다이가 수사원에게 물었다.

수사원은 고개를 작게 가로저었다.

"모르겠어요. 야마오의 스마트폰에 있던 사진 데이터를 다시 살펴보고 있었습니다. 삭제된 데이터를 복원하긴 했는데, 이건 처음부터 삭제되지 않고 남아 있던 거예요."

복원된 사진 데이터는 며칠 전 고다이도 보았다. 대부분이 도도 에리코의 배우 시절 사진이었다.

고다이는 화면으로 고개를 숙였다. 카메라를 향해 웃고 있는 소녀는 처음 보는 얼굴이었다. 그런데 뭔가 걸리는 게 있었다.

쓰쓰이가 무슨 일이냐며 다가왔다.

"이 아이는 누군가 싶어서요. 야마오와 어떤 관계일까요?"

"친구 아이거나, 친척 아이거나…… 그런 거 아니겠어?"

"혹시 같은 사진이 더 있어?" 고다이가 수사원에게 물었다.

"아뇨, 없습니다. 여자아이 사진은 이것뿐이에요."

"어째서 이 사진만……."

도도 에리코가 낳은 아이가 아닌가 하는 생각이 떠올랐지만 바로 지웠다. 화질이 선명한 것으로 보아 10년 이내에 촬영한 사진이리라. 시기가 완전히 어긋난다.

"생각이 지나친 것 아니야? 사건과 관계있다면 야마오가 스마트폰에 남겨 두었을 리 없어. 후타바 에리코의 사진처럼 지웠겠지."

쓰쓰이의 말은 합당했다. 고다이는 고개를 끄덕이고 다녀오겠다는 말과 함께 걸음을 돌렸다.

33

하루노미 학원 부지 안은 시끌벅적했다. 운동장에서 직원과 아이들이 뭔가 만들고 있다. 지나가는 직원에게 물어보니 크리스마스 준비라고 했다.

"해마다 운동장에서 작은 파티를 열어요. 평소 도와주신 분들을 초대해서. 이웃들도 부릅니다."

"멋지네요."

"여기서 자란 사람들도 와요." 뒤에서 목소리가 들렸다. 히라쓰카 원장이었다. "그들에게는 고향 같은 곳이니까요."

"그렇군요."

"수고가 많으십니다. 오늘은 혼자 오셨군요." 히라쓰카 원장이 고개를 숙이며 말했다.

"예, 그게……."

"지난번에는 야마오 씨라는 분이 함께 오셨죠. 실은 직원들이 묘한 이야기를 해서요. 이번 사건으로 체포된 경찰관 이름이 야마오던데 혹시 그때 온 형사와 동일인물이 아니냐는 거예요. 사실인가요?"

고다이로서는 피하고 싶은 화제였지만 상대가 눈치챈 이상 얼버무릴 수는 없다. "그 문제에 대해서는 설명드리고자 합니다"라고 정중하게 대답했다.

히라쓰카 원장이 심호흡하는 기척이 느껴졌다. "알겠어

요. 그럼 안으로 들어가시죠."

지난번처럼 원장실로 안내받았다.

고다이는 전에 동행했던 야마오라는 형사가 체포되었다고 정직하게 말했다.

"다만 그때는 수사진 중 누구도 그가 사건에 관여한 줄 몰랐습니다. 저도 마찬가지였고요. 결과적으로 대단히 불쾌하게 만든 점 진심으로 사과드립니다. 부디 사정을 헤아려주시면 감사하겠습니다."

원장은 고개를 끄덕이더니 가볍게 한숨을 내쉬었다.

"그럴 것 같았어요. 그래도 직접 들을 수 있어 다행이에요. 계속 답답했거든요."

"더 일찍 설명드리러 찾아뵈었어야 했는데 죄송합니다."

"경찰로서는 그럴 경황이 없었겠지요. 그래서 오늘은 무슨 용건으로? 사건은 해결되었잖아요?"

"실은 아직 조사해야 할 문제가 많습니다. 지난번 말씀으로는 도도 에리코 부인과 인연을 맺은 게 대략 30년 전이라고 하셨죠. 뮤지컬 초대가 계기였다고."

"예, 그렇게 말씀드렸죠."

"저희 쪽에서 조사한 결과 에리코 부인, 당시의 후타바 에리코 씨가 직접 복지시설 아이들을 초대하기로 하고 이곳을 선택했다고 합니다. 알고 계셨습니까?"

"에리코 씨가?" 원장이 눈을 껌뻑거렸다. "아뇨, 처음 들었어요. 그랬나요? 본인도 그런 말은 한 적 없는데."

"신뢰할 수 있는 출처에서 얻은 정보라 틀림없을 겁니다. 즉 에리코 부인은 그 전부터 이곳을 알고 있었을 가능성이 높습니다. 관련하여 짐작 가는 바는 없습니까?"

히라쓰카 원장은 고개를 크게 틀었다.

"글쎄요, 전혀 없어요. 뮤지컬이 계기였다고 믿고 있었는걸요. 정말인가요? 그렇다면 왜 말해 주지 않았을까……."

표정에는 의문과 불만이 함께 묻어났다. 거짓말은 아닌 듯했다.

"가령 이곳에 에리코 부인이 잘 아는 아이가 있었다고 생각해 볼 수는 없을까요? 사정이 있어서 여러분께 그 사실을 털어놓을 수 없었다거나."

"무슨 사정이요?"

"그건 모르겠습니다. 단순한 억측에 지나지 않으니까요. 하지만 신중을 기하기 위해 당시 재적 아동들을 조사해 주시면 고맙겠습니다."

"아이들의 뭘 조사해 달라는 건가요?"

"그러니까 에리코 부인과의 관계 유무 말입니다."

히라쓰카 원장의 미간에 깊은 주름이 파였다. 의심스러운 눈빛으로 경계하듯 말했다.

"잘 이해가 안 가는데, 그게 도도 내외분 사건과 무슨 상관있죠? 저는 전혀 짐작이 안 가는데요."

"죄송합니다. 수사상 기밀이라 말씀드릴 수 없습니다. 제발 부탁드립니다."

고다이는 두 손으로 테이블을 짚고 고개를 숙였다. 원장이 자리에서 일어서는 기척이 났다.

"어쩔 수 없군요. 저도 조속히 사건이 해결되길 바라니. 다만 그렇게 옛날 자료면 찾는 데 시간이 걸려요. 기다려 주시겠어요?"

"물론입니다. 고맙습니다." 고다이는 고개 숙인 채로 답했다.

히라쓰카 원장이 방에서 나가는 소리를 듣고 허리를 폈다. 한숨을 쉬고 멍하니 창밖으로 눈을 돌렸다. 아이들이 커다란 크리스마스트리를 장식하고 있는 참이었다.

올해도 이제 한 달쯤 남았나…….

사건 발생 이후의 날들을 되돌아보면 현기증이 날 것 같았다. 전에 이곳에 왔을 때 파트너였던 형사가 지금은 피의자다. 더군다나 결정적 증거를 찾지 못해 아직도 우왕좌왕하고 있다.

히라쓰카 원장이 의문을 품는 건 당연하다. 도도 에리코와 깊은 관계가 있는 아이가 이 시설에 있었던들 그것이 사건과 어떻게 연결될까? 사실 수사상 기밀도 아니다. 고다이로서도 짐작이 되지 않았다.

문득 떠오르는 게 있어 낡은 책상으로 시선을 돌렸다. 야마오가 책상다리에 조각칼로 판 낙서가 있었다고 했다. 자세히 보니 정말 글자 같은 게 새겨져 있었다.

그때는 단순히 야마오의 관찰안에 감탄했을 뿐이지만 혹시 경찰관으로서가 아니라 개인적으로 이곳이 신경 쓰였던 게 아닐까? 도도 에리코와 마찬가지로 야마오에게도 이곳은 특별한 시설이었던 걸까?

문이 열리더니 히라쓰카 원장이 들어왔다. "오래 기다리셨죠?"

원장 뒤로 여성 직원 하나가 따라 들어왔다. 노트북과 두꺼운 서류철을 들고 있다.

"혼자서는 감당이 안 되어서 도와줄 사람을 데려왔어요. 괜찮죠?" 히라쓰카 원장이 물었다.

"물론입니다. 죄송합니다, 무리한 말씀을 드려서. 번거로우시겠지만 잘 부탁드리겠습니다." 고다이가 직원에게도 사과했다.

원장과 직원이 나란히 앉았다.

"조사해 보니 뮤지컬에 초대받은 건 1991년 4월이었어요." 직원이 노트북을 보면서 말했다. "그리고 5월에 후타바 에리코 씨가 저희 시설을 방문했네요."

"당시에는 몇 명의 아이들이?" 고다이가 물었다.

"전부 43명입니다."

"아이들의 나이는 제각각이겠죠. 1986년과 87년생 아이가 있었습니까?"

"86년이랑 87년······. 잠시만요."

직원은 두꺼운 서류철을 펼쳤다. 모든 정보를 데이터로 입력해 놓은 건 아닌 모양이다.

직원이 한참 서류들을 살펴보다가 답했다. "예, 있네요. 86년생 아이가 세 명, 87년생 아이가 다섯 명 있었어요."

"그 아이들의 부모 이름이나, 들어온 경위도 기재되어 있습니까?"

"예, 그야 일단······."

"잠시 보여 주실 수 있습니까?"

"예?" 직원이 눈을 크게 뜨더니 불안한 표정으로 옆쪽을 보았다.

"고다이 씨, 그건 안 되겠습니다." 원장의 말투가 조금 날카로워졌다. "여기에 오는 아이들에게는 저마다 심각한 사정이 있어요. 과거의 일이라고 가벼이 다룰 수는 없습니다."

예상한 반응이었다. 당연한 주장이라 고다이도 수긍할 수밖에 없었다.

"알겠습니다. 그럼 그 아이들이나 관계자 중에 후카미즈라는 성을 가진 아이가 있는지만이라도 알려 주실 수 없겠습니까?"

후카미즈 에리코가 낳은 아이라면 일단 그녀의 호적에 올랐을 것이다.

"후카미즈?"

"깊을 심深에 물 수水자입니다."

글쎄요, 하며 히라쓰카 원장은 직원 옆에서 서류를 들여다보았다. 당시 후타바 에리코의 본명이 후카미즈 에리코였다는 건 모르는 모양이다.

직원이 없네요, 라고 중얼거렸다.

"없는 것 같군요." 원장이 고다이를 보며 말했다.

빗나갔나. 하지만 입소 당시 가명을 썼을 가능성도 있지 않을까?

"그럼 그 아이들 가운데 나중에 특별양자결연제도로 입양된 아이가 있습니까?"

두 사람의 눈이 다시 서류로 향했지만 둘 다 금방 고개를 저었다.

"그런 아이는 없어요. 친부모에게 돌아갔거나 18세까지 여기에 있었거나, 둘 중 하나입니다."

"그런가요……."

"이제 됐나요?"

고다이는 숨을 토하며 고개를 끄덕였다. "더 알아볼 길이 없군요."

히라쓰카 원장은 직원에게 고생했다고 격려했다. 직원은 서류와 노트북을 품에 안고 일어나 고다이에게 묵례하고 원장실에서 나갔다.

"에리코 씨가 저희 아이들을 뮤지컬에 초대했지만 특별히 중요한 이유는 없었던 것 아닐까요?" 히라쓰카 원장이 말했다. "꽤 옛날 일이지만 텔레비전에서 이곳을 다룬 적이 있어요. 우연히 그런 걸 보고 기억하고 있었다거나, 그런 게 아닐까 싶네요."

"그럴지도 모르겠습니다." 맞장구를 치면서도 석연치 않았다.

고다이는 원장에게 인사하고 방을 나와 복도로 향했다. 현관으로 가는 길에 사무소 앞을 지나는데 로비에 아이들이 몇 명 모여 있었다. 벽에 붙은 사진을 구경하는 것 같았다. 사진은 스무 장이 넘었다.

아까 보았던 직원이 있어 다시 인사하면서 물어보았다.

"저건 무슨 사진입니까?"

"크리스마스 이벤트 사진이에요. 지난 10년 사이에 찍은 사진 중에서 인상적인 걸 골라서 붙여 두었죠."

"아하, 그렇군요."

고다이는 다가가서 사진을 바라보았다. 단체 사진이 아니라 자유롭게 찍은 사진 같았다. 피사체는 아이들뿐이라 산타클로스를 제외하면 어른은 거의 없었다.

평화로운 풍경이네……. 그렇게 생각하며 자리를 뜨려던 순간, 한 사진이 눈에 들어왔다.

빨간 옷을 입은 다섯 살쯤 되어 보이는 소녀를 누군가 뒤에서 안아 올리고 있었다. 소녀는 붙잡힌 양쪽 옆구리가 간지러운지 까르르 웃고 있었다. 날짜를 보니 10년 전이다.

고다이의 기억에 있는 얼굴이었다. 바로 몇 시간 전에 보아서 기억에 선명했다.

실례합니다, 하고 직원을 불렀다. "이 아이는 지금도 여기 있습니까?"

직원이 사진을 보더니 알겠다는 듯 말했다.

"이 아이는 아니에요. 이 아이 어머니가 이곳 출신이죠. 크리스마스라 아이를 데리고 놀러 왔었습니다."

"어머니가……." 갑자기 입이 바짝 탔다. "그분 성함은?"

직원은 생각도 못 한 질문이라는 듯이 조금 놀란 표정으로 되물었다. "성함…… 말인가요?"

개인정보다 보니 그냥 알려 줘도 되는지 고민하는 것 같았다.

"그럼 이렇게 묻겠습니다. 그분 성함이……." 고다이는 한 여성의 이름을 말했다.

직원은 망설이는 표정이었지만 고개를 끄덕였다. "맞아요. 어떻게 아셨어요?"

고다이는 그 질문에는 대답하지 않고 스마트폰을 꺼냈다. 쓰쓰이에게 연락하려는데 흥분 때문에 손끝이 떨려서 번호를 제대로 누를 수가 없었다.

34

12월 24일.

고다이는 취조실 앞에 서서 손목시계로 날짜를 확인했다. 이벤트 준비로 한창이던 하루노미 학원이 떠올랐다. 그때는 설마 이런 크리스마스이브를 맞이하게 될 줄은 생각도 못 했다.

숨을 고르고 정신을 집중했다. 다시 한번 머릿속을 정리하고 생각을 가다듬었다. 이야기할 순서, 손에 든 패를 내보일 타이밍, 실수는 용납되지 않는다. 문 저편에서 기다리고 있는 상대는 호락호락하지 않다.

심호흡을 하고 손바닥으로 가슴을 한 번 두드리고 문을 열었다.

책상 맞은편에 앉아 있는 야마오의 표정은 평온했다. 고다이를 올려다보더니 실눈으로 미소를 지었다. "오랜만입니다."

고다이는 기록 담당 형사에게 눈짓으로 인사하고 천천히 의자를 빼서 자리에 앉았다. 야마오를 찬찬히 바라보았다.

"건강해 보이는군요. 안심했습니다. 하지만 역시 조금 야윈 것 같네요."

야마오가 어깨를 들썩였다.

"마를 만도 하죠. 이렇게 오래 술을 안 마신 건 성인이 되고 나서 처음입니다. 게다가 식사 메뉴가 그래서야."

"유치장 생활은 힘듭니까?"

야마오가 콧방귀를 뀌더니 고개를 저었다.

"자유 없는 생활에는 익숙해졌습니다. 다만 심심해서 어쩔 줄 모르겠어요. 정작 정신 감정은 어떻게 됐는지, 도통 해 주질 않는군요. 이래서야 감정 유치를 하는 의미가 없는데." 도전적인 눈빛이었다.

고다이는 자세를 가다듬었다.

"오늘은 취조에 응해 주셔서 감사합니다. 임의 취조니 언제든지 퇴석하셔도 됩니다."

"예, 저도 압니다." 야마오는 고개를 크게 주억거렸다. "감정 유치를 하는 동안에는 원칙적으로 취조를 할 수 없으니까요. 오늘도 고다이 씨 요청이 아니었다면 거부했을 겁니다."

"어째서 제 요청은 받아 주신 겁니까?"

"어째서……? 음, 그야." 야마오는 고개를 한 번 틀더니 어깨를 살짝 움츠렸다. "단순히 인사하러 왔을 리는 없을 테니까요. 일종의 예감이 들었다고 하는 편이 나을까요?"

"예감이라고 하시는 걸로 봐서, 아직 아무 얘기도 못 들으셨군요."

야마오의 얼굴에서 대번에 표정이 사라졌다. "제가 들어 두어야 할 얘기가 있다는 겁니까?"

고다이가 고개를 끄덕였다.

"예, 도의원 부부 살해 및 방화 사건의 범인으로 어떤 인물을 체포했습니다. 물론 당신을 말하는 게 아닙니다. 완전히 다른 사람입니다. 본인은 혐의를 인정했습니다."

"그게 누구란 말입니까?"

"말씀드리지 않아도 아실 텐데요. 여성입니다. 당신과 함께 만났었죠."

야마오가 눈을 질끈 감았다. 호흡을 가다듬는 건지 가슴이 오르락내리락했다. 심정적 동요는 그 몇십 배이리라.

야마오가 천천히 눈을 떴다.

"나쁜 예감이 적중했군. 뭐, 댁이 할 말이 있다고 했을 때부터 반쯤은 각오하고 있었지만." 말투에서 스스럼이 사라졌다. "어디서 꼬리를 밟혔지?"

"에리코 부인이 젊은 시절 출산한 적이 있다는 사실을 알아냈습니다. 그 아이가 열쇠라고 생각했고 완전히 다른 시각으로 사건에 접근해 봤습니다."

야마오는 한숨을 푹 내쉬더니 천장을 올려다보았다.

"사쿠라카와 팀의 고다이는 유능하다더니 빈말이 아니었군. 나하고 도도 부부의 관계는 언젠가 탄로 날 줄 알았지만, 하필 당신 눈에 걸리다니. 대체 아이에 관한 건 어떻게 알았지? 고향 사람들도 아무도 몰랐는데."

"여러모로 운이 좋았습니다. 당신의 스마트폰이 결정적 단서였고요. 여자아이 사진을 저장해 두었죠? 누굴까 궁금했는데, 생각지 못한 곳에서 찾았습니다. 하루노미 학원이었죠."

고다이는 손에 든 서류에서 종이 한 장을 꺼내 야마오 앞에 내려놓았다. 크리스마스 이벤트 사진 복사본이었다. 빨간 옷을 입은 소녀가 웃고 있다.

"이 아이의 이름을 알려 주시겠습니까?"

야마오는 콧숨을 후 내쉬었다. "어차피 조사했을 테지."

"당신 입으로 듣고 싶습니다."

야마오는 시선을 돌렸다. 대답할 마음은 없는 것 같았다.

고다이는 소녀의 가슴께를 가리켰다. 어른의 손이 찍혀 있다.

"이 아이도 그렇지만 그 이상으로 아이를 안고 있는 인물이 신경 쓰였습니다. 직원 말로는 아이 어머니인데 하루노미 학원 출신이라더군요. 손을 보십시오. 특이한 반지를 끼고 있지요? 커다란 별 모양 장식이 달려 있어요. 오트쿠튀르 자수라는 겁니다. 저는 이것과 똑같은 반지를 본 적이 있습니다. 야마오 씨도 보았죠? 그래서 직원에게 이름을 확인했습니다. 예상대로 동일인물이었지요. 여성의 이름은 이마니시 미사키, 도토 백화점 셀러로 혼조 마사미 씨를 담당하고 있습니다. 에리코 부인도 고객이었고요."

야마오의 표정에 큰 변화는 없었다. 이미 체념했는지도 모른다.

고다이는 몸을 내밀어 야마오의 얼굴을 보았다.

"대답해 주시죠. 어째서 당신의 스마트폰에 이마니시 미사키의 딸 사진이 있었던 겁니까?"

야마오는 힘없이 고개를 저었다.

"멋대로 상상해. 설명할 생각은 없어."

"그렇게 되면 당신이 이마니시 미사키의 죄를 은폐하려 했던 이유도 알 수 없습니다."

"그건 그쪽 사정이지. 내 알 바 아니야." 야마오는 두 손을 책상 위에 올려놓았다. "언제든 퇴석해도 된다고 했지? 그럼 슬슬 물러날까."

"궁금하지 않습니까? 이마니시 미사키가 어떻게 체포되었는지. 그리고 뭐라고 자백했는지."

야마오의 시선이 흔들렸다. 잠시 침묵한 끝에 입을 열었다. "뭐, 들어 볼까."

"이야기가 조금 길어집니다. 차를 가져오지요." 고다이가 자리에서 일어섰다.

하루노미 학원에 남아 있는 기록에 따르면 이마니시 미사키가 입소한 것은 1990년, 세 살 때였다. 아버지가 업무상 횡령으로 체포되어 부모가 이혼했고, 어머니가 미사키를 거두었다. 하지만 경제적으로 어려워지자 시설에 맡기게 되었다. 어머니는 육아 노이로제에 시달렸다고 한다. 미사키가 친딸이 아니었다는 점도 원인 중 하나였다. 미사키는 1988년, 특별양자결연제도로 입양한 딸이었다.

고다이는 확신했다. 이마니시 미사키야말로 후카미즈 에리코가 비밀리에 출산한 아이다. 그런 미사키가 하루노미 학원에 위탁된 것을 어떠한 경위로 알게 된 에리코가 뮤지컬을 구실로 접근한 것이다.

고다이에게 이 사실을 보고받은 사쿠라카와는 이마니시 미사키 본인에게 확인하는 것은 시기상조라 판단했다. 미사키 본인이 정말 도도 에리코가 친어머니임을 알았는지도 불확실했고, 만약 알고 있었다면 어째서 숨겼는지 의문이 생긴다.

어쨌거나 이마니시 미사키가 중요 인물이라는 사실은 틀림없다. 야마오가 그녀의 딸을 찍은 사진을 스마트폰에 저장해 두었던 점도 간과할 수 없어 그 배경을 철저하게 조사했다.

미사키가 하루노미 학원에서 생활한 지 5년이 지났을 때, 어머니 이마니시 요시코는 미사키를 다시 데려갔다. 요시코는 나이 차가 있는 사업가와 재혼했고, 도야마현에서 새 출발했다. 미사키는 이마니시 부부 밑에서 다시 가족의 일원이 되었지만 새아버지의 호적에 들어가지는 않았다. 그래서 어머니의 결혼 전 성인 '이마니시'를 그대로 썼다.

도야마에서 어떻게 살았는지는 알 수 없다. 고다이와 형사들이 조사한 바에 따르면 아버지는 2년 전에 타계했고 어머니 요시코가 혼자 살고 있었다.

이마니시 미사키는 시부야구 하타가야에 있는 임대 아파트에서 중학교 3학년 딸과 함께 살고 있다. 근처를 탐문한 수사원에 따르면 딸의 이름은 마나미로, 이웃들의 평판은 좋지 않았다. 단정치 못한 패거리와 어울려 다니고, 미사키가 집을 비운 사이 젊은 남자가 집에 드나들기도 한다고 했다. 제대로 학교에 다니고 있는지도 알 수 없고, 밤에 요란한 차림으로 외출하는 모습도 목격되었다. 물론 미사키도 잠자코 있지는 않아서 어머니와 딸이 심각하게 말다툼하는 소리를 이웃이 몇 번이나 들었다고 한다.

그 보고를 들었을 때 고다이는 다른 사람 이야기가 아닌가 싶었다. 이마니시 미사키를 만난 건 두 번뿐이었지만 사생활에서 그런 걱정거리를 끌어안고 있다는 느낌은 전혀 받지 못했기 때문이다. 그녀 역시 타고난 배우일지도 모른다.

이마니시 미사키는 도의원 부부 살해 및 방화 사건에 관여했을까? 아무 상관도 없다면 조속한 사건 해결을 위해 자기가 에리코의 딸이라는 사실을 밝히지 않았을까? 상관이 없기 때문에 괜한 정보를 흘려서 수사를 혼란스럽게 하면 안 된다고 생각했을 가능성도 있다.

고다이가 이마니시 미사키를 처음 만난 건 혼조 마사미의 집이다. 그때 10월 14일 밤의 알리바이를 물었고 그녀는 가족과 함께 있었다고 답했다. 딸과 단둘이 생활하고 있다고도 했다.

이마니시 모녀가 사는 아파트 현관에는 방범 카메라가 있었다. 관리하는 회사에 문의한 결과 영상 보존 기간은 3개월이라고 했다.

10월 14일 영상을 확인했다. 그러자 오후 9시 12분에 외출하는 이마니시 미사키의 모습이 찍혀 있었다. 귀가한 시간은 이튿날 새벽 0시 5분이었다.

범행 시각은 14일 오후 11시에서 15일 새벽 2시 사이로 추정된다. 이마니시 미사키가 외출한 시간은 정확히 그 범위 안에 들어온다.

아파트 주변 방범 카메라의 영상을 철저하게 조사했다. 릴레이 방식 조사다. 이마니시 미사키의 모습을 찾아 이동 루트를 밝혀내는 것이다. 14일 오후 9시 20분경, 하타가야 역으로 들어가는 모습을 찾아내는 데는 그리 오랜 시간이 걸리지 않았다.

다음은 도도 저택 인근 역이었다. 오후 9시 50분경, 역에서 나오는 이마니시 미사키의 모습이 포착되었다. 영상분석반은 지도와 대조하며 경로를 예측해 화면에 차례로 영상을 띄웠다. 원래는 야마오의 행적을 찾기 위해 수집한 자료였다.

도도 저택이 있는 주택가로 들어가는 이마니시 미사키의

모습을 확인한 데서 작업은 일단 종료되었다. 그다음부터는 유효한 방범 카메라가 없다는 사실은 야마오의 모습을 조사했을 때 이미 판명되었다. 하지만 이마니시 미사키가 도도 저택으로 향했다는 것은 의심할 여지가 없다.

임의 동행을 요청하라는 지시가 내려왔다. 토요일 오후, 고다이는 몇몇 수사원을 이끌고 하타가야에 있는 아파트로 향했다. 이마니시 미사키가 집에 있는지는 먼저 가서 감시하고 있던 수사원이 확인했다.

인터폰을 누르자 여성이 예, 하고 대답했다.

"경시청 고다이입니다. 일전에는 감사했습니다. 또 여쭙고 싶은 게 있는데, 문 좀 열어 주시겠습니까?"

몇 초의 침묵이 흘렀다. 당혹스러워하는 이마니시 미사키의 얼굴이 머릿속에 그려졌다.

들어오라는 대답과 동시에 공용 현관문이 열렸다.

집은 4층에 있었다. 엘리베이터를 타고 올라가 현관문 앞에서 초인종을 눌렀다. 금세 문이 열리더니 이마니시 미사키가 얼굴을 내밀었다. 그 창백한 얼굴을 본 고다이는 절망적인 심경이었다.

"쉬시는 중에 대단히 죄송합니다. 저희와 함께 경찰서로 동행해 주실 수 있겠습니까?" 고다이는 애써 사무적인 어조로 말했다.

이마니시 미사키의 눈가가 대번에 불그스름하게 물들었

다. 뺨이 굳은 게 보였다.

"무슨 용건인가요?"

"경찰서에서 설명드리겠습니다. 협조해 주십시오." 고개를 숙였다.

이마니시 미사키의 호흡이 거칠어졌다. 몇 차례 헐떡거리더니 입을 열었다.

"알겠습니다. 채비하는 동안 기다려 주시겠어요?"

"물론입니다. 다만 여성 경찰관이 안에서 대기해도 되겠습니까?"

"예, 그러세요."

함께 출동한 여성 형사가 안으로 들어가고 문이 닫혔다. 4층이라 도주 염려는 없지만 증거 인멸 가능성은 충분했다. 자살 가능성도.

얼마 후 문이 열리고 여성 형사의 뒤를 따라 이마니시 미사키가 나왔다.

"오늘, 따님은?" 고다이가 물었다.

"외출했어요. 친구를 만난다고……."

"언제쯤 돌아올지 아십니까?"

"글쎄요, 그건……. 변덕스러운 아이라."

"알겠습니다. 그럼 가시지요."

아파트에는 수사원 두 명을 남겨 놓기로 했다. 오늘 밤 가택수색을 할 예정이다. 그때까지는 딸이라고 해도 마음대로 출입하도록 둘 수 없다.

차에 올라타자 이마니시 미사키가 딸에게 연락하고 싶다고 했다. 물론 허락했다.

"여보세요, 마나미? 지금 어디야?"

어디든 무슨 상관이야, 라는 퉁명스러운 목소리가 새어 나왔다. 이마니시 미사키는 스마트폰을 손으로 덮었다.

"잘 들어. 엄마는 지금 경찰서에 가. 언제 돌아올 수 있을지 몰라. ……사정은 나중에 얘기해 줄게. ……가급적 빨리 집으로 돌아가. 앗, 하지만 형사님이 계실 테니 그분들 말씀을 따라. ……그러니까 그건 모른다고. ……알겠어? 전화 끊는다. ……알겠지? 알아들었지? 끊을게." 이마니시 미사키는 스마트폰을 귀에서 떼고 실례했다고 사과했다.

"따님이 소행이 그리 좋지 않은 친구들과 어울린다고요."

이마니시 미사키가 고개를 푹 숙이더니 중얼거렸다. "엄마가 한심해서 그래요."

경찰서에는 금방 도착했다. 취조실에서 고다이가 가장 먼저 물어본 것은 그녀의 성장 배경이었다.

"저희는 당신의 이력을 어느 정도 파악하고 있습니다. 그럼에도 여쭙겠습니다만, 당신은 친어머니가 누구인지 알고 있습니까?"

고개 숙인 이마니시 미사키의 속눈썹이 파르르 떨렸다.

"압니다." 입술을 축이더니 말을 이었다. "도도 에리코입니다."

역시 여기서는 존칭을 붙이지 않는구나.

"물론 에리코 부인도 알고 있었겠지요."

"……예."

"그 외에 아는 사람은?"

이마니시 미사키는 고통스러운 듯 눈썹을 찌푸리더니 이윽고 고개를 가로저었다.

"모르겠어요. 적어도 저는 다른 사람에게 말한 적이 없습니다."

"도도 씨는?"

"그쪽이 얘기했을지도 모르지만, 저는 그런 얘기는 듣지 못했습니다."

'그쪽'이란 도도 에리코이리라.

"즉 당신에게 에리코 부인과의 관계는 둘만의 비밀이었다고 해석해도 되겠군요."

이마니시 미사키는 잠시 침묵했다가 예, 라고 대답했다.

"좋습니다. 그럼 질문 내용을 바꾸겠습니다. 10월 14일 밤, 어디서 무엇을 했는지 말씀해 주시겠습니까? 전에 같은 질문을 했을 때 당신은 따님과 집에 있었다고 했습니다. 하지만 저희가 조사해 보니 그날 밤 외출해서 하타가야역으로 들어가, 다시 도도 저택 인근 전철역에서 나오는 당신의 모습이 방범 카메라에 찍혀 있었습니다. 그래도 똑같은 대답을 하시겠습니까?"

이마니시 미사키는 말이 없었다. 가만히 책상 위를 바라보고 있다.

"스마트폰을 가지고 계시죠? 위치 정보 기록을 보여 주시겠습니까? 10월 14일 이동 기록만 보여 주시면 됩니다. 거부하시면 법원에서 수색영장을 받아 오겠습니다만……."

이마니시 미사키는 작게 한숨을 흘렸다. 가방을 열어 스마트폰을 꺼내더니 알아서 보라는 듯이 책상에 올려놓았다.

"저희가 부탁한 정보를 직접 보여 주시면 고맙겠습니다."

"그럼 비밀번호를 풀 테니 마음대로 조사하세요." 이마니시 미사키는 스마트폰을 집어 손가락을 몇 번 움직이더니 다시 책상에 내려놓았다.

고다이는 실례합니다, 하고 스마트폰을 집었다.

아마 일반적으로 알려진 이동 기록은 삭제했을 것이다. 설혹 삭제했어도 일단 기록된 데이터는 포렌식으로 복원할 수 있다. 또 지도 앱 외에도 위치 정보를 추적 분석할 수 있는 앱은 얼마든지 있다. 사건 당일 밤 스마트폰 전원을 껐다면 이야기가 달라지지만 그럴 가능성은 낮을 것이다.

지도 앱 기록을 확인한 고다이는 깜짝 놀랐다. 10월 14일 이동 기록이 그대로 남아 있었기 때문이다. 그에 따르면 이동 경로에 도도 저택이 확실하게 들어 있었다. 오후 10시 3분에 도착해 11시 23분에 떠났다.

고다이는 놀라서 이마니시 미사키를 쳐다보았다. 그녀가 짓고 있는 흐릿한 미소에는 체념의 빛이 감돌았다.

"그날 밤, 제가 어디에 있었는지 대답할 필요는 없겠지요." 이마니시 미사키가 힘없이 말했다. "도도 씨 댁에 갔습니다."

"이 기록으로는 1시간 20분 정도 머문 것 같습니다만."

"말씀대로입니다."

"에리코 부인과 단둘이었습니까?"

"맞습니다."

"그 티파니 찻잔. 에리코 부인이 그걸로 차를 대접한 특별한 손님은 당신이었군요."

"그렇습니다." 이마니시 미사키는 창백한 얼굴로 고다이를 쳐다보았다. "그 찻잔, 혹시 식기세척기 안에 있었나요?"

"그렇습니다."

이마니시 미사키가 힘없이 웃었다.

"역시. 그날 고다이 씨가 돌아가고 나서 괜한 소리를 했다는 생각이 들었어요. 하지만 이미 늦었죠."

"찻잔을 식기세척기에 넣은 건 누굴까? 커다란 수수께끼가 생겼습니다. 동시에 야마오 요스케는 범인이 아니라고 확신했습니다. 야마오는 찻잔의 존재조차 몰랐으니까요."

이마니시 미사키가 어깨를 떨어뜨렸다. "아이러니하군요……"

"다시 묻겠습니다. 그날 밤, 무슨 일이 있었던 겁니까?"
"그날 밤……."

이마니시 미사키는 말을 잇지 못했다. 얼굴에서 핏기가 가시는 대신 눈이 붉게 충혈되었다. 땅이 꺼질 듯 깊은 한숨을 내쉬더니 힘겹게 입을 열었다.

"고다이 씨가 상상하는 대로입니다. 저는 그 사람을…… 어머니를 죽였습니다."

35

야마오는 찻잔을 입가에서 떼어 책상에 내려놓고 길고 굵은 한숨을 토했다. 고다이의 눈에는 한숨과 함께 몸집이 조금 줄어든 것처럼 보였다.

야마오가 힘없는 목소리로 말했다.

"그랬나. 스마트폰은 빨리 바꾸라고 했는데. 경찰의 포렌식 기술은 해마다 발전해서 아무리 데이터를 지워도 복원될 위험이 있지. 스마트폰 교체 타이밍이 수상하다고 의심은 사겠지만 범행 증거가 되지는 않으니까."

"이마니시 미사키 말로는 기계를 사러 가게에 가는 게 무서웠다고 합니다. 경찰이 이미 자기를 주목해서 행동을 감시하고 있지 않을까 마음을 졸였다고요. 스마트폰을 바꾸는 순간 경찰이 튀어나와 가지고 있던 스마트폰을 압수당할 것 같았다고 했습니다. 참고로 도도 씨 태블릿도 처분하지 않아 회사 책상에 그대로 들어 있었습니다."

고다이의 설명을 들은 야마오는 얼굴을 찌푸리면서도 이해가 간다는 듯이 수긍했다.

"우발적이라고는 해도 살인이라는 큰 죄를 저질렀어. 타고난 악인이 아니라면 그게 당연한 심리일지도 모르지. 오히려 그 아이는 너무 순진해. 그래서 자식을 키울 때도 고생하는 거야. 뭐, 자식이 없는 나는 그런 말할 자격이 없지만."

"'그 아이'라고요." 고다이는 몇 년 후면 환갑을 맞이할 남자를 바라보았다. "이마니시 미사키를 잘 알고 계시는군요. 가까운 사이였습니까?"

야마오가 너털웃음을 쳤다.

"설마. 말 한마디 나눈 적 없어. 다만 어떻게 사는지는 알고 있었지."

"어떻게 알았습니까?"

"물론 조사했으니까 알지. 아파트 월세도, 통근 방법도 알고 있어. 그야말로 스토커가 무색할 정도로."

"무슨 목적으로?"

"보고 때문에."

"누구에게?"

야마오는 한 박자 뜸을 들이고 대답했다.

"도도 선생님께."

"당신이 도도 씨를 선생님이라고 부르다니, 처음 들었습니다."

"항상 그렇게 불렀어. 당신하고 함께 있을 때 그 버릇이 튀어나오려 해서 애먹었지."

"한 번도 그러지 않았습니다."

"그랬겠지. 조심했으니까."

"감쪽같았어요." 고다이는 진심으로 그렇게 말했다. 되돌아보면 빈틈없이 유능한 경찰관이었다.

"그런 건 됐고, 계속 말해 봐. 이마니시 미사키는 어디까지 자백했지?"

"거의, 전부입니다. 사건에 대해 자신이 알고 있는 사실은 대부분 털어놓았습니다. 성장 배경이 얽혀 있는 범행 동기까지 포함해 거의 전부."

"흥, 성장 배경이라……." 야마오는 고개를 천천히 끄덕였다. "그럼 그걸 들어 볼까? 말해 준다면 여기에 조금 더 머물 수도 있어."

"알겠습니다." 고다이는 옆에 내려놓았던 서류철을 펼쳤다.

이마니시 미사키의 말에 따르면 언제 하루노미 학원에 들어갔는지는 전혀 기억하지 못한다고 했다. 철이 들고 보니 시설에 살고 있었고, 친구들과 직원들을 가족이나 친척처럼 생각했다고 한다. 히라쓰카 원장이 "여긴 고향 같은 곳이다"라고 한 말은 과장이 아니었다.

하지만 미사키에게 진짜 가족이 없는 것은 아니었다. 이따금 만나러 오는 여성이 있었다. 어머니인 이마니시 요시코였다. 요시코는 미사키에게 건강이나 학업에 대해 몇 가지 질문을 하고는 "그럼 또 보자" 하고 서둘러 돌아갔다. 가끔 시설 밖에서 식사할 때도 있었지만 놀이공원이나 동물원에 데려가 준 적은 없었다.

미사키는 어머니와 함께 살지 못한다는 사실을 그다지 의아하게 여기지 않았다. 주변 아이들도 그랬기 때문이다. 당시 요시코는 정신과에 다녔고, 때로는 입원하기도 했다는 걸 미사키가 알게 된 것은 한참 후였다.

또 한 사람, 정기적으로 만나러 오는 여성이 있었다. 아니, 그 여성은 시설 아이들을 만나러 왔던 거지만 어쩐지 자신을 바라보는 눈빛에 다른 아이들을 대할 때와 다른 온기가 있는 것 같았다.

아름다운 사람이었다. 배우니 당연하다. 후타바 에리코 씨라고 했다. 인사 한마디 나누는 데도 가슴이 두근거렸다.

미사키는 그런 환경에서 5년을 보냈다. 어느 날, 평소처럼 요시코가 만나러 왔다. 심지어 밖에서 식사를 하자는 것이었다.

패밀리 레스토랑에 가니 덩치 큰 남자가 기다리고 있었다. 머리카락이 하얗게 세서 요시코보다 훨씬 연상으로 보였다. 요시코는 그를 '사카이 씨'라고 소개했다.

사카이 씨는 미사키에게 이런저런 질문을 했다. 좋아하는 음식이 뭔지, 연예인은 누구를 좋아하는지, 평소 뭘 하면서 노는지 등등. 미사키는 긴장해서 제대로 대답하지 못했다. 대신 요시코가 대답했다. 좋아하는 음식은 오므라이스, 가수 모리구치 히로코를 좋아하고, 친구와 밴드 놀이를 자주 한다……. 예전에 미사키가 했던 이야기를 기억하고 있었던 모양이다. 전부 오래된 정보였지만 굳이 바로잡지 않았다.

이후 정기적으로 그런 일이 있었다. 몇 번째 외식에서 돌아오는 길에 요시코가 사카이 씨와 결혼할 거라고 말했다.

그때까지 나눴던 대화로 어렴풋이 눈치채고 있던 미사키는 놀라지 않았다. 오히려 의외였던 건 그다음 말이었다. 요시코가 이렇게 물은 것이었다. "사카이 씨가 너도 함께 살자는데 어떻게 할래?"

당혹스러웠다. 요시코가 어머니라고는 해도 막연히 함께 살 날은 오지 않을 거라고 생각하고 있었다.

미사키는 갈팡질팡하다가 대답했다. "아무 쪽이나 상관없어."

"그래, 다행이구나." 요시코는 안도한 목소리로 말했다.

그리고 얼마 지나지 않아 미사키는 하루노미 학원에서 나왔다. 새 보금자리는 도야마현 도야마시 신조긴자라는 곳이었다. 비슷하게 생긴 2층짜리 주택이 빽빽하게 서 있었는데, 미사키 가족이 사는 집은 그중에서는 비교적 큰 편이라 주차장에 차를 두 대 세울 수 있었다.

미사키는 호적상으로는 여전히 '이마니시'였지만 '사카이'라는 성을 썼다. 학교에서도 허락해 주었다.

사카이는 정밀기계 제조회사를 운영하고 있었다. 공장은 집과 몇 분 거리였는데, 크고 작은 공장들이 주변에 가득했다.

경제적으로는 풍족했지만 낯선 땅, 낯선 생활은 쾌적하다고 하기 어려웠다. 먼저 사카이를 도저히 아버지라고 생각할 수 없었다. 미사키는 그를 계속 '사카이 아저씨'라고 불렀다. 존댓말도 그만둘 수 없었다. 그런 태도가 유쾌할 리 없어, 미사키를 대하는 사카이의 언동도 차츰 무덤덤해졌다. 정식으로 입양하지 않은 이유도 거기에 있을 것이다.

요시코에 대한 감정도 비슷했다. 요시코는 남편 눈치 때문인지 미사키를 엄격하게 길들이려 했다. 미사키는 사카이의 안색만 살피는 어머니를 보며 이 사람은 안정적인 생활을 위해 이 남자와 결혼했구나, 하고 환멸을 느꼈다.

결정적인 문제는 중학교 1학년 때 터졌다. 학교에서 호적을 조사해 보라는 숙제가 나왔다. 미사키는 그때 처음으로 자신의 호적등본을 보았다. 거기 적힌 내용에 이상한 점은 없었다. 단 한 가지, '신원 사항'에 '민법 817조 2항'이라고 적혀 있는 게 신경 쓰였다.

조사해 보고 깜짝 놀랐다. 자기가 특별양자결연으로 거

두어졌다는 걸 알았다.

요시코에게 물어보니 거북한 표정으로 "슬슬 말하려고 했어"라고 인정하며 뒷말을 이었다.

"하지만 난 너를 항상 친딸로 여겼어. 지금도 그래. 그러니 괜한 생각은 하지 않아도 돼."

미사키는 알겠다고 했다. 하지만 내심 어머니가 거짓말을 하고 있다고 생각했다. 친딸로 생각한다면 아무리 생활이 어려워도 시설에 맡겼을 리 없다. 시설에 맡겼어도 훨씬 자주 만나러 오지 않았을까? 놀이공원이나 동물원에도 데려가지 않았을까?

자기가 친딸이 아니었음을 알자 의문이 싹 사라지는 것 같았다.

요시코는 미사키의 친부모에 대해서는 모른다고 했다. "그런 건 생각 안 하는 게 나아"라는 말도 덧붙였다. 직감적으로 그것도 거짓말이라고 생각했지만 따지지 않았다.

그날 이후로 미사키는 상황을 받아들이기로 했다. 여기서 사는 동안은 요시코의 의붓딸로 사카이의 도움을 받자. 때로는 그를 존경하고 따르는 연기도 해야 할지 모른다. 하지만 언젠가 이 집을 떠나면 이들과는 모든 인연을 끊는 것이다. 요시코와의 가족 관계는 지울 수 없지만 최대한 만나지 말자. 그때까지는 참는 수밖에 없다…….

그리고 몇 년 동안 미사키는 끊임없이 연기했다. 사카이는 미사키가 전보다 다루기 쉬워졌다고 생각하지 않았을까? 다만 요시코는 딸의 이변을 느꼈는지 불만이 있으면 말하라고 종종 본심을 확인하려 했다. 물론 미사키는 그런 건 없다고 답했다.

고등학교까지는 도야마에서 다녔지만 그 후 도쿄의 대학으로 진학했다. 이후 도야마에 간 건 손에 꼽을 정도였다. 학비나 생활비는 받았지만 아르바이트를 해서 자립할 길을 계속 모색했다.

한편으로 친부모를 찾기 시작했다. 법률사무소에 가서 상담했다. 그러자 가정법원에 가 보라고 권해 주었다. 특별양자결연을 맺으려면 가정법원의 허가가 필요하니, 기록이 남아 있을 거라는 것이었다.

조언대로 수속 절차를 밟아 기록을 입수했다. 거기에는 친모의 이름과 본적이 적혀 있었다.

후카미즈 에리코라는 글자를 보아도 감흥은 없었다. 아키시마시라는 지명도 낯설었다. 기록에 따르면 후카미즈 에리코는 고등학교 졸업 직후에 임신 사실을 알고 출산했지만 아이 아버지는 불명이고, 본인의 장래를 고려해 양부모가 특별양자결연제도를 활용하라고 제안해 동의했다고 되어 있었다.

그렇게 된 거였나. 한편으로 이해가 가면서도 동시에 실망했다. 아이를 떠나보냈으니 그럴 만한 사정이 있겠거니 각오하고 있었는데, 고등학생이 저지른 불장난의 결과였다니.

그래도 어떤 여자였는지 궁금해서 아키시마로 갔다. 본적지로 찾아가 이웃들에게 물어보았다가 놀라운 사실을 알아냈다.

후카미즈 에리코는, 배우 후타바 에리코였다.

그제야 하루노미 학원에서의 일들이 이해가 갔다. 후타바 에리코의 눈빛에서 특별한 감정을 느낀 것은 착각이 아니었다. 그녀는 미사키가 자기 자식임을 알고 있었던 게 틀림없다.

어떻게 해야 할지 망설였다. 만나고 싶은 마음은 있었다. 동시에 무섭기도 했다. 배우로 성공하고 정치인과 결혼해 행복한 나날을 보내고 있는데 과거에 인연을 끊은 아이가 불쑥 찾아온다면 어떨까? 보통은 싫어하지 않을까? 하루노미 학원에서 다정한 시선을 받았다고 우쭐하면 안 된다. 이제는 남이기에 그렇게 대해 준 걸 수도 있다.

고민하는 사이에도 시간은 흘러갔다. 이윽고 대학 생활을 마치고 유명 백화점에 취직했다. 일이 바쁘다 보니 자연히 출생에 대해 고민할 여유도 없었다.

그러던 중에 대학생 때부터 사귀던 남자와의 사이에 아이가 생겼다. 남자는 결혼하자고 말했다.

그를 진심으로 사랑했느냐고 묻는다면 대답이 궁하다. 하지만 결혼 상대로는 합격점이었다. 안정적인 수입과 가족을 소중히 여길 것 같은 분위기가 있었다. 미사키는 프러포즈를 받아들였다. 결혼식은 올리지 않았다.

출산휴가를 받아 딸을 낳은 것은 스물세 살이 되던 해 2월이었다. 이름은 마나미로 지었다.

인생이 기울기 시작한 건 이 무렵이었다.

결혼 상대는 육아를 거들떠보지도 않았다. 마나미를 귀여워는 했지만 돌보지는 않았다. 직장에 복귀한 미사키가 넌지시 도움을 요청해도 모르는 척했다. 어쩔 수 없이 명확하게 요구하면 노골적으로 싫은 표정을 지으며 "그럼 일을 그만둬"라고 했다. 미사키는 늘 남편에게 의존했던 요시코를 보고 자랐다. 그렇게 되기는 싫었으므로 일만큼은 절대 그만둘 수 없었다.

부부 사이가 미묘해지자 그다음은 뻔했다. 아니나 다를까 남편의 외도가 발각되었다. 그의 스마트폰을 몰래 본 미사키는 남편이 상대 여성에게 아내의 험담을 하는 것도 알게 되었다.

결혼 생활은 2년 10개월 만에 끝났다. 미사키는 마나미와 함께 집에서 나왔다.

하루노미 학원에서 행사 초대장을 받은 것은 그 이듬해였다. 별 뜻 없이 기분 전환 삼아 마나미를 데리고 놀러 갔다. 시설을 찾은 것은 18년 만이었다.

히라쓰카 원장은 건재했고 미사키의 방문에 놀라면서도

환영해 주었다. 이혼 소식을 듣고는 안타까운 표정을 지었지만 마나미가 있다는 사실에 안도하는 듯했다.

그때 예상 못 한 일이 생겼다. 그 행사에 도도 에리코가 왔던 것이다. 미사키는 대번에 긴장해서 아무것도 눈에 들어오지 않았다.

그러자 에리코가 먼저 다가왔다. 다정한 미소를 머금은 얼굴은 성모 같았다.

"미사키, 어른이 되었구나. 날 기억하니?"

"물론이지요." 미사키는 가슴을 부여잡았다. 아까부터 심장이 펄떡거렸다.

"저 애가 딸이야?" 에리코가 운동장을 보며 물었다. 마나미가 다른 아이와 모래 장난을 치고 있었다.

"네. 마나미라고 해요."

"예쁜 이름이네. 그렇구나. 미사키도 이제 엄마구나." 에리코가 미사키를 바라보았다. 눈이 조금 촉촉한 것 같았다.

지금밖에 없다. 이 기회를 놓치면 두 번 다시 물어볼 수 없을 것이다.

"저, 저는……." 숨이 거칠어졌다. 숨을 고를 여유도 없이 미사키는 용기 내서 말했다. "저, 아키시마에 갔었어요."

그 순간 에리코의 얼굴에서 표정이 사라졌다. 이어서 뺨이 굳더니 희비가 뒤섞인 표정을 지었다. 그리 오랜 시간은 아니었다. 금방 여유와 관록을 되찾고는 미사키의 귓가에 속삭였다. "자리를 옮기자꾸나."

응접실이 비어 있었다. 안에 들어가자마자 마주 앉았다.

"어머님께 들었니?" 에리코가 물었다.

"아뇨, 호적을 보고 눈치채서 물어봤어요. 어머니는 친부모님이 누군지 알려 주지는 않아서 직접 조사했어요."

"그랬니. 하지만 만날 생각은 하지 않았던 거구나."

"솔직히 만나고 싶었어요. 하지만 폐가 될 것 같았어요."

에리코가 슬픈 얼굴로 고개를 저었다.

"그런 생각을 하게 하다니. 내가 너무 한심하구나. 네가 이 시설에 있을 때도 얼굴을 볼 때마다 미안해서 마음이 아팠단다. 내가 제대로 키웠으면 이런 고생은 안 해도 될 텐데 하고 말이야. 사과해서 끝날 문제도 아니고 지금 와서 어떻게 할 수도 없지만, 이 말만은 하게 해 주렴." 에리코는 새빨갛게 물든 눈으로 미안하다고 사과했다. 그 말을 들은 순간 미사키 안에서 뭔가가 폭발했다. 갑자기 치밀어 오르는 감정에 눈물이 쏟아지는 걸 참을 수 없었다.

아무도 응접실에 들어오지 않은 게 천만다행이었다. 만약 두 사람의 모습을 봤다면 깜짝 놀랐으리라. 둘 다 화장이 엉망이 될 정도로 울었다.

다시 약속을 잡아 만나기로 하고 그날은 헤어졌다. 마나미를 데리고 시설을 나설 때 미사키는 자기를 옭아매고 있던 사슬이 풀린 기분이었다.

얼마 후 도쿄의 한 호텔에서 재회했다. 에리코는 "여기라면 마음껏 울 수 있잖니?"라고 방을 예약한 이유를 말했다.

하지만 그날은 둘 다 울지 않았다. 다시 만날 때까지 충분한 시간이 있어 어느 정도 마음이 정리되었기 때문이리라.

에리코는 미사키의 근황을 듣고 생활에 어려움이 없는지 거듭 확인했다. 근무처를 말하자 대번에 눈을 빛냈다.

"그 백화점이라면 그이가 임원하고 친해. 필요한 게 있으면 말해. 의논해 볼게."

"그런…… 괜찮아요."

"힘이 되고 싶어. 편하게 생각해."

워낙 강경해서 너무 고사하는 것도 실례일 것 같았다. 그래서 VIP 전담 셀러로 일하고 싶다는 말을 했다. 전부터 생각했던 일이기도 했다.

"VIP 전담팀 말이지? 알겠어. 내게 맡겨." 에리코는 믿음직하게 대답했다.

미사키도 묻고 싶은 게 있었다. 가장 궁금한 건 아버지가 누구인가였다.

"역시 궁금하겠지." 그 질문은 에리코도 각오하고 있었던 듯했다.

에리코는 고등학교 시절에 사귀었던 연인이라고 답했다. 하지만 그는 졸업 후 얼마 지나지 않아 자살했다. 대학 낙방을 비관해 그랬다는 것이었다.

임신 사실을 알고 나서 양부모가 중절을 권했으나 에리코는 꼭 그의 아이를 낳고 싶었다고 했다.

"그렇잖아, 그 사람은 이제 이 세상에 없으니, 그의 유전자를 남기려면 내가 낳을 수밖에 없었어. 하지만 그런 말을 하면 괜히 더 아이를 지우라고 할 테니 아버지가 누구인지 절대 말하지 않았어. 사명감이라기보다 자아도취였는지도 모르겠어. 그래도 너를 낳았을 때 옳은 선택을 했다고 생각했어. 이렇게 귀여운 천사를 얻었는걸. 문제는 그 천사를 행복하게 키울 수 있는가였지."

고등학교 졸업 직후에 임신 사실을 알았으니 취직도 못하고 배운 기술도 없다. 게다가 아이 아버지도 불명. 양부모가 특별양자결연을 생각하는 건 당연했다.

"너하고 헤어지는 건 괴로웠어. 받아들인 건 아니었지만 아이를 위한 일이라고 하니 대꾸할 수 없었지."

에리코는 담담히 말하고 미안하다고 사과했다. 그 순간에는 눈물이 한 줄기, 뺨을 타고 흘러내렸다.

이야기를 들은 미사키는 갖은 응어리를 털어 냈다. 자기 정체성을 확인한 것 같아, 처음으로 태어나서 다행이라는 생각을 했다.

그 후로 가끔 둘이서 만났다. 매달 만날 때도 있었고, 몇 달이나 뜸할 때도 있었다.

이듬해 하루노미 학원에서 연 크리스마스 행사에서 마주

쳤을 때는 에리코가 선물을 주었다. 별 모양 오트쿠튀르 자수를 놓은 반지다. 수제품이었다. 손에 끼자 마나미가 "귀엽다"라고 했다. 반지를 낀 손으로 딸을 번쩍 안아 올렸다.

얼마 지나지 않아 미사키의 직장에서 인사이동이 있어 염원하던 VIP 전담팀으로 이동할 수 있었다. 도도 야스유키의 도움이 있었음은 명백했다. 미사키는 에리코의 조언에 따라 혼조 마사미에게 접근해 고객으로 만드는 데 성공했다. 그리고 혼조 마사미의 소개라는 명목으로 에리코도 담당하게 되었다. 혼조 마사미는 지금도 자기가 두 사람의 중개인으로 이용당한 줄 모르고 있을 것이다.

그렇게 해서 남들 눈을 꺼릴 필요 없이 둘이서 만날 수 있었다. 물론 미사키에게 에리코는 혼조 마사미와 함께 우수 고객이기도 했다. 두 사람 덕분에 직장에서의 실적은 늘 상위였다.

평온한 나날이 이어졌다. 에리코의 존재는 든든했다. 어쨌거나 핏줄로 이어진 어머니다. 실제로 의지하지는 않아도 여차할 때 기댈 수 있다는 생각만으로도 다소의 고난은 극복할 수 있었다.

내심 불만이 있다면 그들의 관계를 밝힐 수 없다는 점이었다. 미사키는 에리코를 어머니라고 부르지 않았다. 습관이 되면 위험하기 때문이다. 에리코도 어머니라고 부르라는 말은 하지 않았다.

자주는 아니었지만 에리코가 가오리 얘기를 할 때면 미사키는 복잡한 심경이었다. 여덟 살 어린 의붓동생을 직접 만난 적은 없지만, 에리코가 이따금 흘리는 몇 마디에서 이런저런 상상을 멈출 수 없었다. 어머니도, 아버지도 있는 집에서 얼마나 행복하게 살고 있을까? 가오리는 에리코를 당당하게 '어머니'라고 부를 수 있다. 주위에서도 도도 부부의 딸로 대한다. 그게 얼마나 유복한 환경인지도 모르고 당연하다고 여길 게 틀림없다. 감사하는 마음조차 없을지 모른다.

물론 그런 생각은 가슴속에 계속 묻어 두었다. 결국 시샘에 지나지 않고, 드러낼 수는 없어도 에리코가 어머니로서 대해 준다는 걸 행운으로 여겨야 한다고 열심히 마음을 다잡았다. 호적에 들어 있지 않아도 자랑스러운 딸이 되려고 노력했다. 가오리에게는 절대 질 수 없다. 역시 내 딸이라고 에리코가 대견하게 여기길 바랐다.

세월이 흘러갔다. 미사키와 에리코의 비밀스러운 모녀 관계는 유지되었다. 오히려 딸 마나미와의 관계에서 불온한 기운이 감돌기 시작했다.

고분고분했던 딸이 중학생이 되더니 반항적으로 변했다. 사실 그전부터 조짐은 있었다. 학교 성적이 갑자기 떨어진 것이다. 초등학생 때는 미사키가 엄격하게 지켜보며 공부 외에 다른 데 관심 갖지 않도록 감시했다. 에리코 때문이었다. 아버지는 없어도 훌륭하게 아이를 키우는 모습을 보여 주고 싶었다. 그래서 에리코를 만날 때 마나미를 데리고 가기도 했다. 에리코에게는 손녀인 셈이다. 에리코는 "눈에 넣어도 아프지 않다는 게 무슨 말인지 이제야 알겠어"라고 말해 주었다.

그런 마나미가 반항하기 시작했다. 공부를 게을리하는 정도라면 괜찮다. 하지만 담임의 연락으로 무단결석 사실을 알고 보통 일이 아니라는 것을 깨달았다. 미사키가 다그쳐도 마나미는 이유를 말하지 않았다. 자기 방에 틀어박히거나, 때로는 갑자기 밖으로 뛰쳐나가기도 했다.

스마트폰을 붙들고 있는 시간도 늘었다. 집에 있는 동안에는 거의 손에서 떼지 않는다. 야단치면 갑자기 화를 냈다. 분노를 조절하지 못하는 것이다.

수상한 친구들과 어울려 다닌다는 것도 알게 되었다. 어떻게 사귄 친구인지는 모르지만 상당히 자주 만나는 듯했다. 친구들 영향인지 말투는 물론이고 옷차림도 바뀌었다. 밤늦게 귀가하는 일도 늘었다.

의논할 상대는 에리코밖에 없었지만 가급적 그러지 않으려 했다. 걱정을 끼치기도 싫었지만 그 이상으로 무능한 어머니로 보이기 싫었다. 하지만 고민을 완벽하게 숨기지 못했다. 수상쩍게 여긴 에리코가 캐묻자 사정을 털어놓았다.

어째서 더 빨리 말하지 않았느냐고 질책했다.

"최근에 마나미를 통 데려오지 않길래 이상하다는 생각

은 했어. 그랬구나. 그건 안 되지. 불량아들하고 못 어울리게 해야지." 에리코는 한숨 섞인 목소리로 말했다.

"어떻게 해야 해?"

"그야 차분히 대화해 보는 수밖에. 진심으로 대하면 분명 이해할 거야."

그 말에 미사키는 짜증이 났다. 대화? 그런 건 몇 번이나 시도했다. 마나미가 귀담아듣지 않으니 문제인 것이다. 자꾸 말하면 화를 내며 집을 박차고 나간다. 그러면 어디서 엉뚱한 짓을 하지 않을까, 그게 또 걱정이다.

이어서 에리코가 한 말에 미사키는 당황했다. 만약 경찰서에 가게 되면 바로 연락하라고 한 것이다.

"지역 경찰에도 인맥이 있어. 어떻게든 할 수 있을 거야. 하지만 타이밍을 놓치면 방법이 없어. 그것만은 기억해 둬."

암울한 심정이었다. 원하는 도움은 그런 게 아니다. 어떻게든 마나미를 올바른 길로 다시 데려오고 싶다. 하지만 에리코의 머릿속에는 다른 생각이 있는 것 같았다. 마나미가 경찰 신세를 져야 할 사건을 일으켜, 만에 하나 자기들과의 관계가 세상에 알려질 경우를 걱정하는 것이다.

이 사람을 믿은 게 잘못일지 모른다고 후회했다.

하지만 타개책도 없었다. 마나미의 소행은 걷잡을 수 없이 악화되었다. 미사키가 출근한 사이에 수상한 친구들을 집에 들인다고 이웃들이 말해 주었다. 실제로 귀가하면 집이 엉망일 때도 있었다. 담배는 아니지만 기묘하게 달콤한 냄새가 집 안에 감돌 때도 있었다. 그것과 똑같은 냄새가 마나미의 옷에 배어 있었던 적도 있다.

이윽고 결정적인 일이 터졌다. 마나미의 스마트폰을 몰래 뒤져 SNS로 주고받은 묘한 대화를 발견했다. '풀'이라는 것을 판매하고 있었다. 나중에야 그게 대마초의 은어임을 알았다.

절망적이었다. 어떻게 해야 할지 모르겠다. 마나미에게 따져 물으려 했지만 역시나 밤이 되어도 돌아오지 않았다.

혼란스러운 마음으로 에리코에게 마나미 문제로 의논하고 싶다고 문자를 보냈다. 보통 일이 아니다 싶었는지 집으로 오라는 답장이 왔다.

10월 14일이었다. 집에 돌아오지 않은 마나미가 걱정되었지만 가만히 있을 수 없어 아파트를 나섰다. 경황이 없어 가방도 가져가지 않았다. 목에 스마트폰만 덜렁 걸고 있었다.

지갑이 없어도 스마트폰만 있으면 모바일 카드로 전철은 탈 수 있다. 집을 나선 지 50분 만에 도도 저택에 도착했다.

저택에서는 에리코가 혼자 기다리고 있었다. 회식이 있었는지 정장 차림에서 상의만 벗고 있었다.

미사키는 갑자기 찾아와서 미안하다고 사과했다.

"일단 진정 좀 해."

에리코는 저먼 캐모마일 티를 내주었다. 찻잔은 미사키

가 골라 준 티파니였다.

풋사과 향을 맡으니 마음이 조금 차분해졌다. 그래서 미사키는 용기 내서 무슨 일이 있었는지 털어놓았다.

에리코는 이야기를 듣자마자 안색이 어두워지더니 매서운 표정으로 한숨을 크게 쉬었다. 쥐어짠 목소리로 그거 큰일이네, 라고 했다.

"돈 문제나 폭력 사건은 어떻게든 할 수 있지만 약물은 어려울지도 몰라. 경찰만 담당하는 게 아니니까. 그이에게 의논해 보겠지만……. 약이라니, 왜 그런 말썽을 부린담."

죄송해요, 하고 미사키는 고개를 숙였다. 변명할 여지가 없었다.

"그래서 빨리 이상한 아이들하고 어울리지 못하게 하라고 했잖아. 어째서 이 지경이 되도록 내버려뒀어?"

"나도 그러고 싶었어. 하지만 마나미가 도통 말을 안 들어서……."

"그렇다고 물러서면 안 돼. 더 끈기 있게 타일러야지."

물러선 게 아니다. 마나미가 집에 돌아오질 않으니 어쩔 방도가 없었다. 하지만 무슨 말을 해도 에리코의 귀에는 핑계로만 들리는 것 같았다.

"마나미는 똑똑하고 착한 아이인 줄 알았는데. 대체 누굴 닮았담." 에리코가 눈썹을 찌푸리며 말했다. "그러고 보니 제대로 들은 적이 없는데, 마나미의 아버지는 어떤 사람이었니?"

"어떤 사람이냐니…… 일에는 성실한 사람이었어. 다만 가정적이진 않았달까. 육아에는 무관심했고……."

"그러다 결국 다른 여자를 만들었구나. 이런 말은 그렇지만 남자를 보는 눈이 없었던 거야. 솔직히 말해서 잘못 골랐어. 거기서부터 팔자가 꼬인 거야."

죄송해요, 하고 미사키는 사과했다. 하지만 마음속으로는 어째서 사과해야 하는지 의문이 소용돌이치기 시작했다.

애초에 잘못한 게 누군데?

고등학생인데도 섹스에 정신이 팔려 임신하고 아빠 없는 자식을 낳은 건 어떻고? 그 팔자는 멀쩡하고? 그 아이를 직접 키울 생각도 하지 않고 남의 손에 맡긴 인간이 육아에 잔소리할 자격이 있을까?

그렇다. 내 인생은 시작부터 꼬였다. 그렇게 만든 건 지금 눈앞에 있는 사람이다.

의문은 부풀어 오르고 분노로 변해 갔다. 애정과 증오가 뒤범벅되었다. 미사키 스스로도 그런 심리 상태가 당황스럽고 혼란스러웠다.

바로 그때 전화벨 소리가 울렸다. 에리코가 스마트폰을 집었다. 발신자 표시로 상대가 누군지 알았는지 표정이 환해졌다.

"헬로, 잘 지내?" 에리코가 밝은 목소리로 말했다. "그쪽은 몇 시? 그렇지? 지금 막 일어났겠네. 이런 시간에 무슨 일이야?"

이 대화로 상대가 누군지 미사키도 눈치챘다. 혼조 마사미다. 지금 시애틀에 있을 터였다.

"그 애? 잘 지내지. ······응, 아기도 순조롭게 자라고 있나 봐. ······맞아, 그거 하나가 걱정이야. ······그래, 할머니라니까, 빼도 박도 못해."

가오리 이야기다. 정확히는 가오리의 뱃속에 있는 아기 이야기다. 임신했다는 이야기는 들었다. 에리코는 미사키 앞에서는 노골적으로 기뻐하는 티를 내지 않았지만 말끝마다 행복감이 묻어 나왔다.

"······NIPT 결과? 뭐야, 그게 궁금해서 일부러 전화했어? ······호호, 고마워. 결과는 음성이야. ······그래, 전부 음성. 다행이야, 얼마나 마음이 놓이던지. 역시 에나미 가문 후계자는 유전자가 다르다 싶더라니까. ······그래, 유전만큼은 어쩔 수 없잖아."

유전. 그 한 단어가 묘하게 미사키의 귓속, 아니 머릿속에서 크게 울렸다.

에리코는 계속 즐겁게 떠들고 있다. 그 목소리가 귀에 물이라도 들어간 것처럼 탁하게 들렸다. 코가 막힌 것처럼 머리가 멍해졌다.

통화를 마쳤는지 에리코가 스마트폰을 내려놓았다. 얼굴

에는 행복한 미소가 남아 있다.

그 미소를 지워 버리고 싶은 충동에 사로잡혔다. 정신을 차리고 보니 손에 들고 있던 것을 에리코의 목에 휘감아 있는 힘껏 잡아당기고 있었다.

36

고다이는 서류에서 고개를 들었다.

"무슨 도구로 목을 졸랐는지, 집에 돌아갈 때까지 깨닫지 못했다고 합니다. 더 정확히 말하면 정말 목을 졸랐는지 기억조차 흐리멍덩했다고요. 에리코 부인이 꼼짝도 하지 않는 것을 보고 정신없이 그 자리를 떴다고 했습니다. 범행 은폐 공작은 하나도 하지 않고요."

설명을 듣는 동안 야마오는 몸을 살짝 꿈틀거렸을 뿐, 거의 움직이지 않았다. 하지만 표정의 변화는 똑똑히 보였다. 무표정은 그대로였지만 나무가 시들듯 생기를 잃어 갔다. 이 짧은 사이에 나이를 몇 살은 더 먹은 것처럼 보였다.

야마오의 메마른 입술 사이로 갈라진 목소리가 새어 나왔다.

"그랬겠지……. 태연히 사람을 죽일 수 있는 사람은 없어. 자기가 저지른 짓을 되돌아보고 뒤늦게 무서웠을 거야."

"죽으려고 했답니다. 목을 매달아 죽을 셈이었다고. 하지만 온 집을 다 뒤져도 목을 매기 마땅한 장소가 없었답니다. 그 대신 끈을 발견했죠. 아니, 발견했다는 표현은 적절하지 않군요. 쭉 목에 걸고 있었습니다. 스마트폰 끈입니다. 동시에 깨달았지요. 무엇으로 에리코 부인의 목을 졸랐는지."

야마오는 고개를 천천히 주억거렸다. "그렇군, 스마트폰 끈이었나. 감식반에 알려 줘야겠어."

"유감스럽게도 이마니시 미사키에 따르면 이미 처분했다고 합니다. 일반쓰레기와 함께 버렸다니 회수는 불가능하겠지요."

"그때 스마트폰도 처분하면 됐을 것을." 야마오가 입가를 일그러뜨렸다. "그래도 자살은 포기했나 보군."

"목을 매달 방법이 없어 어쩌나 고민하는데 마나미 씨가 돌아왔습니다. 그때까지 이마니시 미사키는 머릿속에 죽을 생각뿐이라 딸의 존재를 잊고 있었다고 했습니다."

이마니시 미사키는 주방에서 멍하니 있다가 갑자기 뒤에서 "뭐 해?"라는 목소리가 들려서 깜짝 놀랐다고 했다. 돌아보니 요란하게 화장한 마나미가 껌을 질겅거리며 서 있었다.

미사키는 아무것도 아니라고 했다. 식칼로 자살할까 고민 중이었다는 말은 하지 못했다.

"지금까지 어디 있었어?"

"친구네."

"친구 누구?"

"누구든 무슨 상관이야?" 마나미는 불쾌하다는 표정으로 자기 방으로 들어갔다.

이마니시 미사키 말로는 그 대화 때문에 조금 이성을 되찾을 수 있었다고 한다.

지금 죽으면 마나미만 고생한다는 것을 깨달았다. 깔끔하게 자수하는 수밖에 없다고 각오를 굳혔다. 아니, 자수할 것도 없이 당장에 경찰이 들이닥칠지 모른다.

죄를 시인하고, 모두 고백할 작정이었다. 어쩌면 이 일로 마나미도 뉘우칠지 모른다. 그렇다면 자기가 저지른 과오에도 의미가 있다.

그렇게 생각하니 신기하게도 마음이 차분해졌다. 침대에 누워도 잠은 오지 않았지만 이런저런 뒷일을 생각할 여유도 있었다.

이튿날은 컨디션을 핑계로 회사를 쉬었다. 경찰에 출두하기 전에 해야 할 일이 많았다. 먼저 마나미에게 설명해야 한다. 딸은 방에 틀어박혀 있었다.

어떻게 설명할지 궁리하며 무심코 텔레비전을 켜니, 뉴스가 나오고 있었다. 화면에 비친 것은 화재 현장이었다. 자막을 보고 흠칫 놀랐다. '도의원과 전직 배우 후타바 에리코 씨 자택에 방화 피해. 현장에서 사체 두 구'라고 적혀 있었다.

머릿속이 혼란스러웠다. 영문을 알 수가 없었다. 자신이 죽인 건 에리코뿐이다. 그때 불이 날 만한 실수를 저지른 걸까? 사체가 두 구라니 어떻게 된 거지?

텔레비전 앞에서 꼼짝도 못 했다. 다른 채널의 뉴스도 보고, 스마트폰으로 인터넷 뉴스도 뒤졌다. 무슨 상황인지 파악하려 했다. 어느 틈에 마나미가 사라졌지만 알아차리지도 못했다.

결국 아무것도 알아내지 못하고 하루가 끝났다. 경찰이 찾아오는 일도 없었다.

다음 날에도 휴가를 썼다. 신형 코로나 바이러스가 유행한 이후로 기침이 난다고 하면 휴가를 쉽게 허가해 준다.

새 정보를 찾아 전날처럼 텔레비전을 켜고, 스마트폰으로 계속 검색했다. 하지만 미사키의 의문을 해결해 주는 답은 어디에도 없었다.

그러고 있는데 스마트폰이 울렸다. 메일 착신이다. 움찔 떨었다. 경찰일까? 쭈뼛쭈뼛 열어 보고 심장이 내려앉을 만큼 놀랐다. 내용은 다음과 같았다.

이마니시 미사키 님

이 메일을 읽고 계시기를 바랍니다.

그것은 곧 당신이 섣부른 행동을 하지 않았음을 의미하기 때문입니다.

말할 필요도 없지만, 결코 생명을 소홀히 다루어서는 안 됩니다.

저는 어떤 사람으로부터 당신을 도와주라는 부탁을 받았습니다.

무슨 짓을 해서라도 당신이 경찰에 체포되지 않도록 하겠습니다.

다행히 경찰은 아직 당신의 존재를 파악하지 못했고, 눈곱만큼도 의심하지 않고 있습니다.

당신은 평소대로 생활하십시오.

아무것도 바꿔서는 안 됩니다. 평소와 똑같이 미소 짓고, 똑같이 일하십시오.

부디 저를 믿고, 지시에 따라 주십시오.

- 버디 X

고다이는 한 장의 서류를 야마오 앞에 내려놓았다. '버디 X'라는 자가 이마니시 미사키의 스마트폰에 보낸 메일을 인쇄한 것이었다.

"이걸 보낸 사람은 야마오 씨, 당신이지요?"

고다이의 질문에 야마오는 대답하지 않았다. 하지만 부정할 마음도 없는지 어깨를 살짝 움츠렸다.

"정말 이상했습니다. 이마니시 미사키의 진술을 신뢰한다면 그녀가 살해한 건 에리코 부인 한 사람입니다. 그렇다면 도도 야스유키 씨는 누가 살해했을까? 그리고 저택에 불은 지른 사람은 누굴까? 야마오 씨, 이제 그만 진실을 말씀해 주십시오. 당신은 전부 알고 있을 텐데요?"

야마오는 서류로 손을 뻗어 시선을 떨어뜨렸다. 흥, 하고 콧방귀를 뀌더니 서류를 튕기듯 밀쳐 냈다.

"버디X라니. 촌스러운 작명이야. 역시 나도 제정신이 아니었군."

"야마오 씨……."

"나도 체면이 있어." 야마오는 고개를 저었다. "당신은 전부 꿰뚫어 봤을 테지. 그걸로 됐잖아. 내 진술은 필요 없어."

"이대로면 이마니시 미사키가 도도 야스유키 씨 살해 혐의까지 떠안을 우려가 있습니다. 그래도 괜찮습니까?"

"그럴 리는 없지. 미사키가 아파트로 돌아간 시간은 알고 있을 텐데? 화재 발생은 그보다 훨씬 뒤야."

"시한장치를 썼을 가능성도 있습니다."

"시한장치? 싸구려 추리소설도 아니고." 야마오가 피식 웃으며 몸을 떨었다.

고다이는 턱에 힘을 주고 상대를 바라보았다. "경찰은 마음만 먹으면 범인을 만들어 낼 수 있습니다. 가공의 범인을요. 당신이 그랬던 것처럼."

야마오의 얼굴에서 웃음이 사라졌다. 보이지 않는 무언가를 좇듯 두리번거리다가 가만히 한숨을 토했다.

"그날 밤, 도도 선생님께 전화를 받았어."

"전화? 도도 씨가 계약한 통신사 발신 기록에는 없었는데요."

"비밀 폰이야. 내가 선생님을 위해 마련해드렸지."

고다이는 야마오를 물끄러미 쳐다보았다.

"아무래도 당신과 도도 씨 사이에는 상당히 특수한 신뢰 관계가 있었던 모양입니다. 도도 씨에게 당신은 극한의 위기 상황에서 의지할 수 있는 유일한 인물이었군요."

"그렇게 멋진 관계가 아니야." 야마오는 파리를 내치듯 얼굴 앞에서 손사래를 쳤다. "하지만 선생님 입장에서는 다른 방법이 떠오르지 않았겠지."

"야마오 씨." 고다이는 그의 이름을 불렀다. "저희가 그 이유를 이해하려면 아마 훨씬 오래전 이야기를 들어야 할 것 같군요."

야마오는 얼굴을 일그러뜨리고 눈을 감더니 두 손으로 머리를 감쌌다. 몇십 초를 그 자세로 있다가 천천히 입을 열었다. "이런 늙은이의 고등학교 시절 추억담을 듣고 싶은가?"

"고등학교 시절……. 역시 거기까지 거슬러 올라가는군요."

야마오가 피식 웃었다.

"댁이 할 말인가? 어차피 철저히 조사했을 테지?"

"조사 결과를 바탕으로 상상해 보긴 했습니다. 그래도 기왕이면 본인 입으로 진상을 듣고 싶습니다. 당신도 제가 멋대로 상상한 내용을 조서에 쓰는 건 싫을 테지요?"

"진상이라. 그렇게 거창한 표현을 쓸 일은 아닌데. 결국 어리석은 고등학생의 경솔한 행동이 화근이야." 야마오가 빈 찻잔을 내밀었다. "한 잔 더 주겠나? 이야기가 길어질 것 같으니."

37

1985년, 가을.

세상에는 일본항공 여객기가 오스타카산에 추락한 비극의 여운이 아직 남아 있었다. 하지만 열여덟 살 청년에게는 아득한 과거의 사고다. 특히 짝사랑하던 상대와 사귀게 되었으니 다른 생각은 머리에 들어오지 않는 것도 당연했다. 그래서 후카미즈 에리코와 있었던 일을 시시콜콜 떠드는 나가마 가즈히코의 마음도 야마오 요스케는 이해했다. 질색하지도 않고 맞장구치며 듣는 게 단짝의 역할이라고 받아들였다.

후카미즈 에리코의 존재는 1학년 때부터 알고 있었다. 어쨌거나 눈에 띈다. 그냥 미인이 아니라 어른스러운 독특한 분위기가 있었다. 야마오처럼 특별한 장점이 없는 평범한 학생에게는 서 있는 무대가 다른 존재였다. 말을 걸 생각조차 할 수 없었다.

그래서 그런 여자와 사귀는 남자의 심정을 이해할 수 없었다. 다들 운동을 잘하거나, 수재거나, 학교에서도 손꼽히는 미남이었지만 고작 그 정도의 장점으로 그녀에게 어울린다고 생각하다니 너무 꼴불견이었다.

후카미즈 에리코는 교제 상대를 줄줄이 갈아 치웠다. 그래서 험담하는 사람도 많았지만 야마오는 당연한 일이라고 생각했다. 어차피 처음부터 진심이 아닌 것이다. 어떤 교제도 그녀에게는 단순히 시간 때우기고 장난으로 여겼을 게 분명하다. 상대에게 질리면 버린다. 장난감과 똑같다.

그런 만큼 나가마 가즈히코가 그녀와 사귄다고 했을 때 곤혹스러웠다. 그만두라고 충고하고 싶었지만 행복을 주체 못 하는 친구의 얼굴을 보고 있으려니 말할 수 없었다. 시샘으로 보이는 것도 싫었다. 게다가 지금까지 후카미즈 에리코의 교제 스타일로 볼 때 어차피 오래가지 않을 듯했다. 나가마는 상처받을지도 모르지만 그때 가서 위로해 주면 된다고 마음을 바꾸었다.

예상은 적중했다. 다만 뜻밖의 전개 끝에 생긴 일이었다.

"내 가족관계도 조사했나?" 야마오가 이야기를 잠시 끊고 고다이에게 물었다.

"어머님이 10년 전에 타계하셨더군요. 아버님께서 돌아가신 건 그로부터 6년 후라고."

야마오가 피식 웃었다.

"언제 죽었는지는 상관없어. 우리 집은 술 가게였지. 소매도 했지만 음식점이 주 고객이었어. 아버지가 하는 일의 대부분은 배달이었고, 바쁠 때는 나도 끌고 갔어. 경트럭 조수석에 태워서 가는 곳곳마다 짐을 내리게 했지. 당시에는 병맥주가 대부분이라 하룻밤 사이 무거운 상자를 몇십 개나 날랐어. 산악부 훈련보다 고됐어."

"효자였군요."

"그렇게 대단치는 않아. 돕지 않으면 대학에 안 보내 줄 거라고 생각했거든. 뭐, 그건 됐어. 음식점이 주 고객이라고 했지만 그 외에도 정기적으로 배달하는 곳이 있었어. 대단히 많진 않아도 확실하게 술을 소비하는 곳이지. 더군다나 24시간 영업에 회전율도 높고. 자, 어딘지 알겠나?"

24시간 영업이라는 말에 패밀리 레스토랑이 떠올랐지만 음식점에 포함된다. 조금 더 고민한 끝에 고다이는 해답에 다다랐다. "러브호텔?"

"정답. 역시 유능해." 야마오가 끄덕였다. "당시에는 모텔이라고 불리는 곳도 많았어. 차를 타고 가면 나올 때까지 누구와도 마주칠 일 없지. 숙박이면 몰라도 대실인데 술을 마신다는 건 이상하지만, 그 시절에는 음주 운전에 대한 인식이 다들 낮았어. 그래서 그런 곳에도 자주 배달을 갔지. 그러다가 어느 날 작은 돌발 사고가 생겼어. 아버지가 운전하다가 실수하는 바람에 접촉사고를 낸 거야. 상대 차량은 모텔 주차장에서 나오는 참이었어. 황급히 경트럭에서 내려서 상대 자동차로 달려갔는데, 조수석에 앉은 여자를 보고 깜짝 놀랐지. 왜 놀랐을까, 알겠어?"

"혹시 후카미즈 에리코 씨였습니까?"

"정답. 그리고 운전석을 보고 그 이상으로 기겁했지. 도도 선생님이 창백한 얼굴로 핸들을 쥐고 있었어."

고다이는 커다란 한숨을 토해 냈다. "그건…… 상당히 껄끄러웠겠군요."

"껄끄러운 정도가 아니지. 상대에게는 최악의 상황이야. 물론 나도 말이 나오지 않았어. 아무것도 모르는 아버지 혼자 열심히 도도 선생님한테 이러쿵저러쿵 변명했지. 선생님은 거의 대답도 하지 않고 그대로 차를 몰았어. 물론 후카미즈 에리코도 끝까지 입을 다물고 있었고. 아버지는 천만다행이라고 태평한 소리를 했지만, 내 심장은 터지기 직전이었어. 봐서는 안 될 것을 보았다고나 할까."

"그 후로 두 사람과는?"

"이튿날인 일요일, 후카미즈 에리코가 전화를 했어. 만나서 얘기 좀 하자고. 뜻밖이었지. 연락한다면 도도 선생님이 할 줄 알았거든."

"그래서 만나셨군요."

"새로 생긴 패밀리 레스토랑에서 만났어. 이상한 이야기지만 내가 더 긴장했던 것 같아." 야마오는 쓴웃음을 짓더니 천천히 이야기하기 시작했다.

가게 안은 붐볐다. 대기 손님이 몇 팀 있었다. 야마오가 멀뚱히 서 있자 종업원이 계산대 옆에 있는 대기자 명단에 이름을 쓰라고 했다.

어쩔 수 없이 볼펜을 집었는데 옆에서 누가 이름을 불렀다. 화들짝 놀라 쳐다보니 후카미즈 에리코가 서 있었다.

따라오라며 걸음을 떼는 것으로 보아 일찍 와서 이미 자리를 잡아 둔 것 같았다.

야마오는 창가 테이블을 사이에 두고 후카미즈 에리코와 마주 앉았다. 나가마 가즈히코와 사귀는 건 알았지만 제대로 이야기를 나눠 본 적은 한 번도 없었다.

에리코가 메뉴를 내밀었다. "뭐든 먹고 싶은 거 시켜. 내가 살게."

야마오는 음료 메뉴 페이지를 펼치고 커피라고 말했다. 다른 음료는 딱히 떠오르지 않았다.

"그런 걸로 돼? 스테이크나 햄버그 세트도 있어."

"이 상황에서 밥이 넘어가겠어?"

에리코가 웃었다. "아하하, 하긴."

에리코는 종업원을 불러 커피와 레모네이드를 주문했다. 그러고는 테이블 구석에 있던 재떨이를 끌어당겨 파우치에서 담배와 성냥을 꺼냈다. 몹시 자연스러운 움직임이었지만 야마오의 시선을 느꼈는지 손을 멈췄다.

"앗, 담배가 불편하면 말해."

"아니, 상관은 없는데."

"넌 안 피워?"

"응, 난 됐어."

에리코는 익숙한 손놀림으로 담배에 불을 붙이더니 고개를 돌려 연기를 토했다. 야마오의 친구 중에도 담배를 피우는 사람은 몇 명 있다. 그래서 딱히 놀라지는 않았지만 후카미즈 에리코가 담배를 피운다는 건 의외였다.

"나가마하고 있을 때도 피워?"

야마오가 묻자 에리코는 재떨이에 재를 털며 살짝 고개를 저었다.

"참아. 뭐라고 하지는 않겠지만 분명 싫어할 테니까. 걔는 성실하잖아."

도도 선생님과 함께 있을 때는 어떤지 묻고 싶었다. 그때 에리코가 먼저 말을 꺼냈다.

"어제, 깜짝 놀랐지?"

"뭐, 전혀 몰랐으니까." 야마오는 그렇게 대답했다.

"그렇겠지."

종업원이 음료수를 가져왔다. 에리코는 포장지에서 빨대를 꺼내 유리잔에 꽂고는 레모네이드를 마셨다. 야마오는 커피에 크림을 넣었다.

"다른 사람한테 말했어?" 에리코가 물었다.

"아니. 그러고 나서 아직 아무도 안 만나기도 했고."

"그래, 다행이네." 에리코는 두 손을 내리더니 야마오를 똑바로 쳐다보았다. "솔직하게 말할게. 어제 본 건 아무에게도 말하지 않았으면 해. 물론 나가마한테도."

야마오는 커피를 한 모금 마시고 손등으로 입가를 닦았다.

"도도 선생님이 시켰어? 내 입막음을 해 달라고?"

"선생님은 자기가 설명하겠다고 했어. 하지만 내가 부탁하는 게 나을 거라고 했어. 잘못한 건 나니까."

"잘못?"

"너는 나가마의 둘도 없는 친구고, 나가마하고 사귀고 있는 내가 도도 선생님하고 그런 사이니까. 절친이 배신당했다고 생각하는 것 아니야?"

야마오는 심호흡을 되풀이하며 머릿속을 정리하려 했다. 에리코 말이 맞는데, 설명을 들을 때까지 그런 생각은 못 했다. 도도와 에리코의 관계를 알고 놀랐다. 그뿐이었다. 학생들에게는 인연이 없는 장소에서 마주쳤기 때문이리라. 영화관이나 카페에서 데이트하는 모습을 봤다면 다른 느낌이었을지도 모른다. 요컨대 똑같은 교제라고 해도, 고등학생들의 그것과는 차원이 다른 무엇을 목격한 기분이었다.

"도도 선생님하고는 언제부터?"

에리코는 고개를 갸웃거렸다. "1년쯤 됐을까."

"그럼 어째서 나가마와 사귀었어?"

"그건…… 나가마가 사귀자고 했으니까."

"하지만."

"무슨 말을 하고 싶은지는 알아. 양다리는 나쁘지. 그런데 나로서는 양다리가 아니야. 두 사람에 대한 마음이 완전히 다른걸. 나가마는 좋은 친구. 함께 있으면 즐겁고, 그 애랑 사귀는 건 내게 도움이 돼. 하지만 섹스는 하지 않아. 할 생각도 없어. 요구한다면 거절할 거야."

섹스라는 말이 주위에 들렸을까 봐 걱정했지만 에리코는 누가 들어도 상관없다는 듯 당당했다.

"도도 선생님은?"

"좋아해." 에리코는 한 치의 망설임도 없이 말했다. "조금 더 거침없이 말하자면 사랑한달까. 쑥스럽지만 네가 이해하기 쉽게 말하는 거야."

당당한 그 말에 야마오는 어떻게 반응해야 할지 몰랐다. 영화나 텔레비전에서 배우들 대사로나 들었지, 직접 듣기는 처음이다.

"하지만 양다리는 그만둘게." 에리코가 말을 이었다. "나가마와는 그만 사귈 거야. 입시 준비도 해야 하고, 걔한테도 그게 나아."

정말 자기중심적인 발언이다. 어차피 나가마 가즈히코에 대한 호의는 그 정도였다는 뜻인가.

"나가마한테 뭐라고 말하려고?"

도도 선생님과의 관계를 털어놓을 셈이냐는 뜻으로 물은 것이었다.

"그건 알아서 잘할 거야."

"알아서 잘한다고?"

"그 애를 상처 입히지 않도록 조심할 거야. 나가마는 자존심이 세니까 먼저 말하지 않을까?"

"먼저 뭘?"

"어쨌거나 괜찮아." 에리코는 재떨이에 담뱃불을 비벼 끄더니 유리잔을 당겨서 레모네이드를 마셨다. 이어서 한숨을 후 쉬더니 야마오를 다시 쳐다보았다. "아까 한 부탁, 들어줄 거야?" 그 눈빛에 정체 모를 매력이 감돌고 있어 야마오는 괜히 가슴이 뛰었다.

"부탁이라니, 뭐였지……."

"어제 본 건 비밀로 해 줘. 아무에게도 말하지 않는다면 걸맞은 보답은 할게."

"보답이라니……. 돈 말이야?"

야마오가 묻자 에리코는 의아하다는 표정으로 눈을 깜빡거렸다.

"야마오는 돈이 필요한 거야? 그럼 그걸로 마련해도 되고."

"그런 뜻이 아니야. 보답이라고 하니까 돈 이야기인가 했을 뿐이지."

에리코는 빨대로 컵 안의 얼음을 달각달각 젓다가 손길

을 멈추고 야마오를 의미심장하게 바라보았다.

"있지, 만약 어제 일을 잠자코 있어 주는 조건으로 하루 동안 내가 야마오의 연인이 되어 주겠다면 어쩔 거야?"

"어……?"

뜻밖의 제안에 마음이 흐트러졌다. 말뜻을 이해하는 데 약간 시간이 걸렸고, 이해한 다음에도 의문이 남았다.

"연인이라니, 무슨 소리야?"

"말 그대로야. 나를 연인으로 대해도 된다는 뜻. 그날만큼은 나도 야마오의 연인으로 행동할게. 그것도 순종적인 연인. 무슨 말이건 들어줄게." 에리코의 눈빛은 진지했다. 그 눈에서 뿜어져 나오는 강한 빛에 야마오는 조금 움츠러들었다.

"지금 무슨 말을 하는지 알고는 있어?"

"당연히 알지. 어린애도 아닌데." 에리코는 강렬한 눈빛으로 그렇게 말하더니 생긋 웃었다. "물론 야마오한테도 선택할 권리는 있지. 너 같은 애는 하루도 연인으로 삼을 생각이 없다고 하면 난 할 말이 없어. 그때는 다른 조건을 고민해 봐야지. 돈이 필요하면 선생님하고 의논해 볼게."

"돈은 필요 없어."

"그럼 뭐가 좋아?" 에리코가 몸을 내밀어 얼굴을 바싹 들이댔다. "말해 봐."

38

 40년 가까이 지난 옛날 일을 떠올리고 있었는지, 야마오가 아득한 눈빛으로 말하다가 갑자기 슬그머니 미소를 지었다. 다식은 일본 차를 한 모금 마시고는 찻잔을 내려놓았다.

 "정말이지, 무서운 여자야. 도저히 같은 나이라고 생각할 수 없었어. 약점을 쥐고 있는 건 난데, 처음부터 끝까지 그쪽 기세에 눌렸어. 나가마도 그렇고, 다들 용케도 이런 여자와 사귄다 싶었지. 뭐, 결국 전부 그 여자 손바닥 위에서 농락당했을 뿐이지만."

 야마오의 이야기를 들은 고다이도 똑같은 감상이었다. 학창 시절에는 대개 남자보다 여자가 조숙하고, 실제로 정신연령도 높지만 후카미즈 에리코는 차원이 달랐다.

 "그래서 야마오 씨는 뭐라고 대답했습니까?"

 "두 사람 관계는 아무한테도 떠벌리지 않을 테니 걱정 말라고 했어."

 "그랬더니 에리코 씨는 뭐라고?"

 "계약 성립으로 해석해도 되느냐고 묻더군. 마음대로 하라고 했어."

 "그리고?"

 "그날 대화는 거기서 끝났어. 그 후 한동안 안 만났지. 학교에서 마주쳐도 서로 모르는 척했어."

"도도 씨는?"

"그 사람도 대단했어. 나를 대하는 태도가 전과 똑같았어. 이제 동아리에서 만날 일이 없기도 했고. 변화가 있었던 건 나가마였지. 얼마 지나지 않아 후카미즈 에리코와 헤어졌다는 말을 들었어."

"어떻게 헤어졌습니까?"

"그걸 잘 모르겠어. 나가마는 자세히 말해 주지 않았어. 입시 공부에 전념해야 하니 합의해서 헤어졌다고 하더군. 말투로 볼 때 후카미즈 에리코가 일방적으로 이별을 요구한 것 같지는 않았어. 아마 나가마가 먼저 이별을 제안하도록 알아서 잘 유도했겠지. 정말, 무서운 여자야."

"하지만 그 무서운 여자와 당신의 관계는 끝나지 않았을 테지요?" 고다이는 야마오의 얼굴을 바라보며 물었다. "오히려 본론은 이제부터 같은데요."

야마오는 콧등을 찡그리며 손끝으로 관자놀이를 긁적였다. "역시 고다이 형사는 예리하군. 아니면 호기심으로 하는 말인가?"

"그건 부정하지 못하겠군요."

야마오가 메마른 웃음을 터뜨렸다.

"하하하, 솔직해서 좋군. 그래, 본론은 지금부터야. 그렇게 몇 달이 지나고 우리도 졸업할 때가 됐지. 졸업식 날 밤, 한 통의 전화를 받았어. 누가 걸었을 것 같아?"

"후카미즈 에리코 씨."

"정답." 야마오는 진지한 표정으로 돌아가 고개를 끄덕였다. "약속을 지키고 싶다……, 그러더군."

"야마오는 약속을 지켜 줬어. 고마워. 이번에는 내가 약속을 지킬 차례야. 언제가 좋아? 네게 맞출게."

갑작스러운 일이라 당황했다. 뭐라고 대답해야 할지 몰라 수화기를 움켜쥐었다.

에리코가 덧붙였다. "물론 싫으면 다른 보답을 생각해 볼게."

"아니, 그런 건 아니지만……."

"일단 만나는 게 어때? 만나서 생각해 보는 걸로."

"어, 그래."

야마오의 사고회로는 완전히 정지 상태였다. 에리코의 속도를 따라가지 못해 맞장구치는 게 고작이었다.

실제로 만났을 때는 더 심했다. 어쨌거나 야마오는 본격적인 데이트 자체가 처음이었다. 한편 에리코는 그럴 줄 알았다는 듯 데이트 계획을 몇 개나 준비해 왔다. 그중에서 취향에 맞는 계획을 고르라는 것이었다.

"난 아무거나 괜찮아."

"그럼 A 코스로 가자." 그렇게 말하며 걸음을 뗀 에리코가 야마오의 손을 잡았다. 일단 만나서 생각해 보기로 했지만 에리코는 이미 일일 연인을 연기하기 시작한 것이었다. 야마오는 전혀 저항하지 못했다.

처음 간 곳은 영화관이었다. 재개봉관으로《백 투 더 퓨처》를 하고 있었다. 이미 본 영화였지만 오히려 다행이었다. 상영 내내 에리코가 신경 쓰여 영화를 즐길 겨를이 없었다. 일단 그녀가 계속 손을 잡고 있었기 때문이다.

영화관 다음으로 피자 가게에 갔다. 메뉴를 봐도 모르는 이름뿐이다. 당연하다는 듯 에리코가 메뉴를 정했다.

"나가마와 사귈 때도 네가 메뉴를 정했어?"

야마오의 질문에 에리코는 고개를 갸웃거렸다.

"굳이 따지면 나가마가 고를 때가 많았던 것 같아. 걔, 자존심이 셌으니까."

"그랬구나……."

역시 후카미즈 에리코에게 나가마 가즈히코는 그냥 다루기 쉬운 친구에 지나지 않았다는 사실을 재인식했다.

도도 선생님과 식사할 때는 누가 메뉴를 정했을까……. 굳이 묻지는 않았다.

피자 가게에서 나오니 에리코가 "조금 걷자"라고 하며 바짝 들러붙었다. 그뿐만 아니라 팔짱까지 꼈다. 야마오는 허둥거리느라 시키는 대로 따르기 바빴다.

"어디 가는데?"

"비밀."

이윽고 목적지에 도착했다. 눈앞의 건물을 올려다본 야마오는 숨을 삼켰다. 요란한 간판 글자가 천박하게 빛나고 있었다. 제정신이냐고 중얼거리자 에리코가 말했다.

"그야 연인이잖아. 역시 마지막은 여기지."

야마오는 말이 나오지 않았다. 거친 호흡만 되풀이했다.

"일단 들어가자. 누가 보면 귀찮아져."

에리코가 팔을 잡아끌어 야마오도 걸음을 뗐다.

에리코가 익숙한 손놀림으로 고른 객실에는 커다란 침대와 응접세트가 있었다. 하지만 야마오가 망상했던 것처럼 사방에 거울이 있지도 않았고, 회전침대도 없었다.

에리코는 허리에 두 손을 짚고 서서 야마오를 보았다.
"자, 어쩔래?"

야마오는 심호흡을 하고 에리코를 바라보았다. "정말 괜찮아?"

에리코가 후후 웃었다. "이제 와서 무슨 소리야?"

"난 약속한 기억 없는데."

"알아. 나하고 선생님의 비밀을 지켜 준 건 의리 때문이겠지. 그런 면이 마음에 들었어. 하지만 일방적으로 도움만 받는 건 내가 싫어. 빚지기 싫어. 앞으로도 비밀을 지켜 주길 바라고."

"그렇게 선생님과의 관계를 들키는 게 싫어?"

"들키면 곤란해. 발목을 잡긴 싫어."

"발목?"

"도도 선생님은 언제까지고 고등학교 교사를 할 사람이 아니야. 언젠가 정치인이 되어서 큰일을 할 사람이야. 그러니까 교직에 몸담고 있을 때 학생과 관계를 가졌다는 건 절대 있어서는 안 될 일이지. 들키면 큰일 나."

도도가 대대로 내려오는 정치인 집안 핏줄이라는 건 야마오도 알고 있었다.

"그건 선생님이 자초한 일이잖아."

"아니야, 내가 나빠. 내가 고백해서 사귀어 달라고 했어. 절대 우리 관계가 탄로 나지 않도록 조심하겠다고 선생님을 설득했어. 실제로 학교 애들은 살짝 위장하니까 쉽게 속아 넘어갔고."

"위장?" 그제야 감이 왔다. "혹시 남자애들과 사귄 건 그래서? 나가마와도……."

"갖고 논 건 아니야. 전에도 말했잖아. 다들 좋은 친구였어. 다만 선생님을 향한 마음과 전혀 달랐을 뿐이지."

"섹스는 하지 않았다고 했지. 나가마와도."

"응, 안 했어."

"나하고 하는 건 괜찮은 거야?"

"괜찮아. 그건 약속이니까. 선생님을 지키기 위해서라면 무슨 짓이든 할 거야. 대신 만약 네가 약속을 어긴다면 가만두지 않을 거야. 그때도 무슨 짓이든 할 거야. 아니, 무슨 짓을 할지 모르니 각오 단단히 해." 에리코의 눈이 요사스럽게 빛났다.

무서운 여자다. 야마오는 압도당했다. 나가마가 어떻게 할 수 있는 사람이 아니었다.

동시에 강렬하게 마음이 끌렸다.

39

"설마 그날 일을 남에게 말할 날이 올 줄은 몰랐어. 더군다나 취조실에서." 야마오는 뺨을 괸 채로 말했다. "거창하게 말하면 그 하루가 내 인생을 바꾼 거야. 그래서 여기서 이렇게 얘기하고 있는 거지."

"확실히 드라마틱하군요. 그 후로 에리코 씨와의 관계는 어떻게 되었습니까?"

"어쩌고 자시고도 없어. 그걸로 끝이었어."

고다이는 팔짱을 끼고 야마오의 얼굴을 바라보았다. 이마니시 미사키의 진술을 들은 직후에는 단숨에 노쇠한 듯했는데, 지금은 조금 생기를 되찾은 것처럼 보이는 까닭은 극적인 청춘의 한 페이지를 들추어 봤기 때문일까?

"보통 그런 일이 있으면 계속 관계를 이어 나가고 싶어지는 법일 텐데요. 특히 그때까지 경험이 없었던 남자 쪽이."

야마오는 소리 없는 웃음과 함께 몸을 떨었다.

"일단 말해 두겠는데 그게 처음은 아니었어. 하지만 당신이 무슨 소리를 하고 싶은지는 알아. 맞는 말이야, 나도 후카미즈 에리코와 접점을 유지하고 싶었어. 그래서 진학 때문에 고향을 떠났는데도 주말에는 부모님 집으로 돌아왔어. 또 만날 기회가 없을까 궁리하면서. 흑심이지. 그러다 뜻하지 않은 일들이 줄줄이 생겨서 그건 뒷전으로 밀렸어."

"혹시 나가마 가즈히코 씨 때문에?"

야마오가 무거운 표정으로 고개를 깊이 끄덕였다.

"그래. 나가마는 교내에서 손꼽는 수재라 다들 당연히 도쿄대에 합격할 줄 알았어. 설마 떨어질 줄은 몰랐지. 본인도 침울해하는 것 같아서 기운을 북돋워 주려고 만나러 갔어. 충격이 크겠지만 그래 봤자 대학 입시다, 열심히 공부해서 내년에 합격하면 그만이라고 말해 줄 요량으로. 막상 만나 보니 걱정할 정도는 아니었어. 수험 결과도 다 털어 낸 것 같았어. 본인 말로는 시험 당일 컨디션이 최악이었다더군. 육체적이 아니라 정신적 컨디션이."

"정신적 컨디션이라면……."

"후카미즈 에리코. 역시 녀석은 잊지 못했던 거야. 아니, 입시 때문에 일단 헤어졌을 뿐 서로의 진로가 결정되면 다시 교제를 시작할 수 있다고 기대했던 모양이야. 그래서 시험을 앞두고 격려해 주면 좋겠다는 편지를 썼다더군. 후카미즈 에리코에게 답장을 받으면 그걸 부적 삼아 시험장에 들고 갈 생각이었다고. 눈물겨운 순정이지?"

"그런데 답장을 받지 못했다?"

"아니, 답장은 왔어. 다만 나가마가 원하는 내용이 아니었지. 시험공부 힘내, 나는 그만 잊어, 이상. 그래서야 도저히 부적으로 쓸 수 없어. 뭐, 후카미즈 에리코의 사정을 아는 나는 그러려니 했지. 고등학교를 졸업하면 더는 위장할 필요가 없어. 나가마와 사귈 이유가 없는 거지."

"그래서 정신적으로 충격을?"

"시험에 얼마나 영향을 받았는지는 몰라. 본인이 핑계를 대는 것뿐일지도. 하지만 충격을 떨쳐 내지 못한 건 사실이었어. 후카미즈 에리코에게 미련이 남아 잊지 못했지. 그 후에도 몇 번 나가마를 만났지만 언제까지고 그 모양이라, 보는 내가 다 짜증이 나더군. 그래서 생각했지. 차라리 현실을 알려 주는 게 녀석에게 도움이 될지도 모른다고."

"현실이라는 건 곧……."

"후카미즈 에리코에게 진심으로 사랑하는 남자가 있다는 사실을." 그렇게 말하고 야마오는 천장을 올려다보며 말을 이었다. "정말이지, 경솔했어……."

어느새 5월도 끝나 가고 있었다. 수요일 저녁, 야마오는 오토바이 뒤에 나가마를 태우고 다치카와로 향했다. 가게 배달용 오토바이로, 고등학교 2학년 때 면허를 땄다.

도착한 곳은 다치카와역에서 걸어서 몇 분 거리에 있는 유료 주차장 앞이었다. 길가에 오토바이를 세우고 주차장 구석에 서 있는 박스카 그늘에 숨었다.

"이런 데까지 와서 뭘 보여 주겠다는 거야?" 나가마가 불만스럽게 말했다. 불만스러운 심정도 이해는 간다. 야마오는 보여 주고 싶은 게 있으니 따라오라는 말밖에 하지 않았다.

"금방 알게 될 테니 조금만 기다려." 야마오는 손목시계를 보았다. 곧 오후 6시 10분이었다.

평소와 같은 패턴이라면 첫 번째 인물이 금방 나타날 것이다. 박스카 그늘에서 고개를 내밀어 멀리 큰길 쪽을 보았다. 교차점이 있고 그 바로 앞에 새로 지은 다갈색 아파트가 있다.

이윽고 교차점 모퉁이에서 양복 차림의 남자가 나타났다. 발걸음이 경쾌해 보이는 건 오늘이 수요일이라서일까? 동아리 활동이 없어 학교에서 빨리 퇴근할 수 있다.

나가마가 옆에서 엇, 하고 놀랐다. "도도 선생님이네? 어째서 이런 곳에?"

"쉿." 야마오는 도로로 나가려는 나가마의 팔을 붙들었다. "숨어 있어."

도도는 두 사람을 보지 못한 듯했다. 가벼운 걸음 그대로 다갈색 아파트로 들어갔다. 그 모습을 지켜본 야마오는 나가마의 팔을 놓아주었다.

"선생님, 이사 왔나?" 나가마가 물었다. 둘이서 예전에 살던 아파트에 몇 번 찾아간 적이 있었다.

"지난달에 이사 온 것 같아."

"흠, 몰랐네. 선생님이 연락했어?"

"그건 아니지만……." 야마오는 말끝을 흐렸다. 어째서 알고 있는지 설명하기 어려웠다.

"그건 됐고, 왜 여기 숨어 있어야 해? 선생님이 이사 온 게 왜? 우리랑은 상관없잖아."

"그냥 조금만 더 기다려 봐. 곧 알게 될 거야."

"그러니까 뭘?"

"그건…… 기다리면 알아."

"무슨 소리를 하는 거야?" 나가마가 답답하다는 듯 몸을 흔들었다.

야마오는 점퍼 주머니에서 담배와 라이터를 꺼냈다. "피울래?" 일단 물어보았지만 나가마는 말없이 고개를 가로저었다.

야마오는 담배에 불을 붙였다. 대학에 들어간 후로 담배가 습관이 되었다. 피울 때마다 후카미즈 에리코의 모습을 떠올린다. 성냥으로 불을 붙이는 몸짓은 10대로 볼 수 없을 정도로 요염했다.

나가마가 물었다. "대학은 어때? 재미있는 일은 있어?"

"딱히 없어. 산악 등반 훈련으로 여전히 건물 벽을 타고 있어."

등산부에 들어갔다는 이야기는 전에 나가마에게도 했다.

"미팅은?"

"요즘엔 전혀." 야마오는 담배를 길에 버리고 스니커즈로 짓이겼다. "남자들뿐이야."

대꾸가 없길래 나가마를 쳐다보니 얼굴이 잔뜩 굳어 있었다. 눈은 먼 곳을 바라보고 있다. 흠칫 놀라 시선을 따라가니 교차점에서 흰 재킷을 입은 젊은 여자, 후카미즈 에리코가 걸어오는 참이었다.

도도와 마찬가지로 에리코도 그들의 존재를 눈치채지 못하고 아파트 안으로 사라졌다. 그동안 나가마는 얼어붙은 것처럼 꼼짝도 하지 않았다. 야마오는 나가마에게 차마 말을 걸지 못했다.

나가마가 힘없이 벌어져 있던 입술을 부르르 떨며 겨우 목소리를 짜냈다. "어째서…… 어째서 에리코가 온 거야?" 초점을 잃은 눈으로 야마오를 쳐다보았다. "이게 어떻게 된 일이야?"

야마오는 침을 꿀꺽 삼키고 두 손으로 나가마의 어깨를 붙잡았다.

"진정하고 들어. 저 두 사람은 사귀는 사이야. 오래전부터 연인이었어."

나가마가 단정한 얼굴을 일그러뜨리며 눈을 부릅떴다.

거짓말, 이라고 신음하듯 중얼거렸다.

"유감이지만 사실이야. 얼마 전에 가게 일손을 도우러 이 근처에 왔다가 우연히 두 사람이 함께 아파트로 들어가는 걸 봤어. 그래서 아파트 관리인에게 물어봤더니 알려 주더라. 도도 씨는 지난달에 이사 왔는데, 그 후로 매주 수요일이면 그 여자가 찾아온다고."

"거짓말이야……."

"거짓말이 아니야. 내가 왜 그런 거짓말을 해?" 야마오는 단호하게 말했다.

솔직히 사실은 아니었다. 우연히 두 사람을 발견한 게 아니다. 관리인이 알려 준 것도 아니다. 야마오는 고향에 돌아올 때마다 후카미즈 에리코의 집을 기웃거리면서 그녀가 외출할 때 미행했다. 단 하루의 데이트 이후로 그녀를 잊지 못하고, 어떻게든 붙들 방법이 없을까 모색한 끝에 저지른 어리석은 행동이었다. 에리코가 도도의 아파트에 출입한다는 것을 알고 겨우 체념할 수 있었다. 실상은 그랬다.

나가마는 떼쓰는 아이처럼 도리질을 쳤다. "믿을 수 없어."

"네 눈으로 봤잖아? 아니면 두 사람이 각자 다른 집에 들어갔다는 거야?"

"에리코가 선생님하고……. 언제부터?"

"오래됐어. 아마 너하고 사귀기 전부터. 너는 두 사람 사이를 위장하기 위해 이용당했을 뿐이야."

나가마의 입술이 '위장'이라는 글자를 따라 움직였다. 하지만 목소리는 나오지 않았다.

"나가마, 이제 알겠지? 저런 여자는 잊어버려. 다 잊고 내년 입시만 생각해." 야마오는 나가마의 눈을 보며 말했다.

하지만 나가마의 귀에는 친구 목소리가 들리지 않는 듯했다. 어깨에서 야마오의 손을 치우더니 천천히 걸음을 뗐다. 뒤에서 이름을 불렀지만 반응은 없었다.

나가마는 도도와 에리코가 있는 아파트 앞에서 멈춰 섰다. 혹시 집에 쳐들어갈 생각인가 싶었지만 건물만 올려다보다가 다시 바로 걸음을 뗐다. 그 뒷모습이 아지랑이처럼 연약하고 위태로워 보였다.

그날 밤, 야마오는 자취방으로 돌아갔지만 나가마가 마음에 걸려 좀처럼 잠이 오지 않았다. 사실을 알면 충격받을 줄은 알았지만, 결과는 예상 이상이었다. 알려 주지 말았어야 했나? 하지만 언젠가는 알아야 할 일이니 나가마로서도 일찍 아는 편이 낫다. 그렇게 스스로를 정당화했다.

하룻밤이 지나자 마음이 조금 가벼워졌다. 실연은 누구나 겪는 일이다. 지금쯤 나가마도 털어 내지 않았을까? 조금 시간을 두고 연락해 보자. 아니면 오늘 밤에 먼저 전화할지도 모른다. 걱정 끼쳐서 미안해, 그렇게 활기찬 목소리를 들을 수 있기를 기대했다.

유감스럽게도 밤이 되어도 나가마에게서 연락은 오지 않

았다. 마음이 정리될 때까지 아직 시간이 필요한가? 야마오는 가볍게 생각했다.

그것이 큰 착각이었음을 알게 된 건 이튿날 오전 10시경이었다. 대학 수업에는 오후에 나갈 요량으로 집에서 패미컴으로 게임을 하고 있었다. 본가에서 전화가 와서 흐름이 끊겼다. 아침부터 무슨 일이냐고 짜증스럽게 묻는 아들에게 어머니는 침울한 목소리로 말했다. 나가마가 죽었다고.

정신을 차리고 보니 오우메선 열차를 타고 있었다. 어머니와 나눈 대화는 잘 기억나지 않았다. 뛰어내렸다는 말만 머릿속에 남아 있었다.

고향 집에 도착해 부모에게 인사할 겨를도 없이 전화로 산악부 친구들과 연락했다. 아직 정보가 다 전해지지는 않았는지 소식을 모르는 사람도 많았다. 야마오는 오토바이로 나가마의 아파트에 가 보았다. 아파트 주변에는 경찰차가 서 있었고 주차장에 출입금지 표시가 있었다. 근처 카페에 들어가 넌지시 점원에게 물어보았지만 쌀쌀맞은 태도로 잘 모른다고 했다.

결국 그날은 별 수확이 없었다. 아는 정보는 나가마가 집에서 주차장으로 뛰어내렸다는 것뿐이다. 시신이 발견된 건 늦은 밤이었다고 한다.

이튿날인 토요일, 형사 두 명이 야마오의 집을 찾아왔다.

"나가마 가즈히코 군과 가장 친한 친구였다면서?" 연배 높은 형사가 말했다. "상황으로 봐서 자살 가능성이 높은데 뭔가 아는 게 있니?"

경찰이 물을 줄 예상했던 질문이다. 어떻게 대답해야 할지 어제부터 고민하고 있었다.

"굳이 찾는다면 대학 입시……일까요?" 야마오는 힘없이 말했다. "도쿄대에 떨어진 게 큰 충격이었던 것 같았어요."

"그랬나 보더구나. 하지만 어머님 말씀으로는 최근에는 극복한 것 같았는데, 사망 전날 갑자기 태도가 이상해졌다는 거야. 수요일이었나. 그날 어디에 외출한 것 같은데 아는 것 없니?"

야마오는 고개를 갸웃거렸다. "글쎄요, 모르겠습니다. 요즘은 만나지 못해서."

"그러니. 그렇다면 어쩔 수 없지."

형사들은 딱히 의심하는 기색도 없이 떠났다.

야마오는 마음이 무거워졌다. 사실대로 말할 수 있을 턱이 없었다. 나가마를 그런 곳에 데려가지만 않았어도 자살할 일도 없었다. 후카미즈 에리코를 향한 마음 때문에 계속 끙끙 앓았을지 모르지만 죽지는 않았을 것이다.

내가 나가마를 몰아세웠다.

그렇게 침울해하는데 일요일 낮에 예상치 못한 인물이 전화했다. 도도였다. 나가마 일로 할 이야기가 있는데 만날 수 있느냐는 연락이었다.

후카미즈 에리코와 처음으로 단둘이 만났던 패밀리 레스토랑에서 도도를 만났다. 야마오가 제안한 장소였다. 도도도 잘 아는 장소라고 생각했기 때문이다. 하지만 예상과 달리 도도는 가게 위치를 몰랐다. 생각해 보면 누가 볼지 모르는데 두 사람이 외식할 리가 없었다.

그날 에리코가 그랬듯 야마오는 약속 시간보다 조금 빨리 가게로 가서 자리를 맡아 놓으려 했다. 막상 가 보니 도도가 이미 와 있었다. 야마오를 보고 손을 살짝 흔들었다.

"오랜만이구나."

"자주 연락 못 드려 죄송합니다." 야마오는 고개를 숙이고 자리에 앉았다.

종업원이 다가왔다. 도도는 커피를, 야마오는 레모네이드를 주문했다.

"경찰이 너도 찾아갔니?" 도도가 작은 목소리로 물었다.

"어제 왔어요."

"뭘 물었지?"

"나가마가 자살한 원인에 대해 아는 게 없느냐고."

"역시. 그래서 뭐라고 대답했어?"

"대학에 떨어져서 그랬을지도 모른다고······." 야마오는 말꼬리를 흐렸다.

도도는 옛날 제자의 눈을 물끄러미 바라보다가 그러니, 라고 말했다.

"내 쪽에는 어제 찾아왔어. 똑같은 질문을 하더구나. 3학년은 여름방학 때까지만 동아리 활동을 해서 최근에는 어떻게 지냈는지 모른다고 답했다."

"예……."

음료수가 나왔다. 도도는 커피에 아무것도 타지 않고 그대로 마시더니 진지한 표정으로 야마오를 바라보았다.

"너를 믿으니까 하고 싶은 말이 있어. 단, 절대 비밀이야. 약속할 수 있겠니?"

그 강한 눈빛에 야마오는 저도 모르게 살짝 몸을 뒤로 뺐다. 심각한 내용이 분명했다. 이야기를 들으면 뭔가 책임지게 되겠지. 하지만 달아날 수도 없었다.

야마오는 대답했다. "예, 약속할게요."

도도는 작게 끄덕거리더니 주위를 한 바퀴 둘러보고 테이블 위로 몸을 내밀었다.

"목요일 밤, 아파트에 돌아갔더니 집 앞에 나가마가 있었다." 낮은 목소리로 털어놓았다.

야마오는 깜짝 놀라 눈을 휘둥그레 떴다. "그 녀석이……?"

"무슨 일이냐고 물었어. 그러자 나가마가 무서운 얼굴로 노려보더니 자기를 속였냐고 묻는 거야. 무슨 소리냐고 하니까 '에리코'라고 하더구나. 그래서 바로 눈치챘지. 나와 후카미즈의 관계를 알았다는 걸. 눈에 핏발도 서 있고 이성을 잃은 눈치였어. 어쨌거나 일단 진정시켜야겠다 싶어 안에서 차분히 이야기하자고 문을 열었다. 그때 묘한 기척이 나서 뒤돌아봤더니 나가마가 달려들었어. 반사적으로 피했지만 뭔가가 왼팔을 치는 감촉이 나더구나. 보니까 상의 소매가 찢어져 있었어. 그때는 통증을 느끼지 못했지만, 나가마가 나이프를 쥐고 있는 것을 보고 칼에 찔릴 뻔했다는 걸 알았다."

억양 없이 단조롭게 털어놓는 내용에 야마오는 몹시 동요했다. 평소 침착하고 다정한 나가마가 그런 행동을 하다니, 전혀 상상도 하지 못했다.

"그대로 눈씨름을 하고 있었는데 갑자기 나가마가 내 왼팔을 보더구나. 나도 따라서 봤더니 소매가 피로 새빨갛게 물들어 있었어. 출혈이 상당히 심해서 손목에서 피가 뚝뚝 떨어질 정도였어. 그걸 보고 겁이 났는지, 아니면 정신을 차린 건지는 모르지만 나가마는 나이프를 쥔 채로 줄행랑쳤다. 따라가야 하나 망설였지만 어쨌거나 이대로는 안 되겠다 싶어 집으로 들어갔어. 상처가 생각보다 깊어서 어깻죽지를 세게 압박해서 겨우 출혈을 막았지."

"병원에는 가셨어요?" 야마오는 도도의 왼팔을 보았다.

"상처를 보면 누가 나이프로 찔렀다는 걸 바로 들켜. 섣불리 보통 의사에게 보이면 경찰에 신고할 테지. 아는 사람 중에 말이 통하는 의사가 있어 치료받았다."

역시 정치인 집안이라 그런 인맥도 있는 모양이다.

"당연한 소리지만 경찰에는 이야기하지 않았어. 네게만 하는 거다. 후카미즈에게도 하지 않았어."

"어째서 제게?"

"상황을 제대로 파악해 두고 싶으니까. 나가마가 그런 짓을 한 이유, 너라면 알고 있을 테지?"

야마오는 얼굴이 후끈 달아올랐다. 전부 꿰뚫어 보고 있는 듯했다.

도도가 굳은 얼굴을 살짝 풀었다.

"너를 탓할 마음은 없어. 사실대로 말해 주면 된다. 자, 레모네이드라도 마시면서 긴장 풀어."

야마오는 예, 하고 고개를 움츠리고 빨대를 레모네이드 잔에 꽂았다.

새콤달콤한 액체로 입안을 적신 뒤에 야마오는 도도와 에리코의 관계를 나가마에게 말했다고 털어놓았다. 다만 수요일에 아파트 근처에서 훔쳐본 이야기는 숨겼다. 두 사람이 수요일마다 나누는 밀회를 야마오가 어떻게 알고 있었는지 물으면 곤란했기 때문이다.

"나가마는 계속 후카미즈를 잊지 못해서, 이대로는 안 되겠다 싶어 알려 주었어요. 죄송합니다."

"네가 사과할 필요는 없어." 도도가 힘겨운 표정으로 말했다. "잘못이 있다면, 내 탓이지."

"선생님도 딱히 잘못은 없다고 생각하는데……."

본심이었다. 도도는 아무 잘못 없다. 교사가 학생을 좋아하게 되는 경우도 있기야 하겠지.

"그날 있었던 일, 기억하지?" 도도가 말했다. "네 아버님 경트럭하고 내 차가 부딪친 날 말이야."

야마오는 끄덕거렸다. "예, 물론 기억하죠."

"간이 철렁했어. 사표를 써야 할지도 모른다고 생각했지."

"제가 떠벌리고 다닐 줄 알았나요?"

"너는 그런 사람이 아닐지도 모르지만 누구 한 사람에게라도 얘기하면, 거기서 소문이 퍼질 수도 있잖니. 각오할 필요는 있었지. 하지만 넌 끝까지 잠자코 있어 주었어."

"말해 봤자 아무 이득도 없으니까요."

"그러니? 덕분에 살았어. 이제 와서 이러는 것도 이상하지만, 고맙다."

도도는 두 손으로 테이블을 짚고 고맙다며 고개 숙였다.

후카미즈 에리코에게 아무 말도 못 들은 거구나. 생각해 보면 당연한 일이다. 어떻게 입막음했는지, 당연히 말 못 할 것이다.

"그 후로도 후카미즈하고는 계속 사귀셨어요?"

"아니, 고등학교를 졸업할 때까지는 만나지 않기로 했지. 자숙이랄까. 그대로 자연히 끝날 줄 알았는데 4월이 되니 그 애가 먼저 연락해 와서 다시 만나고 싶다고 하더구나."

도도의 이야기를 들은 야마오는 허탈하면서도 동시에 후

런한 기분이었다. 후카미즈 에리코의 마음은 단 한순간도 도도에게서 멀어진 적이 없었다. 그것도 모르고 환상을 좇았던 자신의 어리석음을 통감했다.

도도는 커피를 마시고 한숨을 쉬더니 입을 열었다.

"자, 다시 본론으로 돌아갈까. 결국 이렇게 된 건가. 나가마는 네게 우리 관계를 듣고 배신당했다, 속았다는 생각에 나를 나이프로 공격했다. 죽일 셈이었는지도 모르지. 하지만 미수로 그쳤고, 절망해서 스스로 목숨을 끊었다……."

"선생님의 피를 보고 정신이 들었을지도 모르죠." 야마오는 그렇게 말했다. "이대로는 살인미수로 체포당한다. 내 인생은 끝났다. 그 녀석이라면 그렇게 생각했을 겁니다."

도도는 나직한 신음을 흘리더니 고개를 깊이 떨구었다. 한동안 그러고 있다가 고개를 들어 충혈된 눈으로 야마오를 쳐다보았다.

"한 가지 제안하고 싶구나. 아니, 강한 소망이라고 해야 할지도 몰라."

"뭔데요?"

"이 일은 우리만의 비밀로 하자꾸나. 털어놔 봤자 누구에게도 득이 되지 않아. 나가마에게도. 후카미즈와는 헤어지마."

야마오는 크게 심호흡을 하고 은사의 진지한 눈을 마주 보았다.

"알겠습니다."

40

진술 조서는 상당히 길어질 것 같았다. 옆에서 노트북 키보드를 두드리는 기록 담당 형사가 안쓰러워졌다. 고다이가 기다리고 있으니 그때까지 나온 이야기를 겨우 다 입력했는지 젊은 형사가 작게 고갯짓을 했다.

"당신과 도도 씨 사이에 특수한 약속이 있었다는 건 알겠습니다." 고다이는 야마오에게 말했다. "그 후 계속 연락을 이어 갔던 겁니까?"

"아니, 계속 그랬던 건 아니야. 일단 그걸로 끝이었지." 야마오는 고개를 가로저었다. "패밀리 레스토랑에서 만난 게 마지막이었어. 그 후로 몇십 년이나 소원했어. 다만 두 사람이 어떻게 지내는지 알 기회는 있었지. 후타바 에리코의 데뷔 사실을 알았을 때는 '역시나' 하고 생각했어. 처음부터 사는 세계가 다른 사람이었다는 걸 다시금 깨달았지. 도도 선생님이 정치인이 되었다는 소식을 들었을 때도 똑같은 마음이었어. 둘 다 대단해."

"그 두 사람이 결혼했을 때는 역시 놀라셨습니까?"

"놀랐지만, 그 이상으로 탄복했지. 두 사람의 마음은 진짜였다는 걸 알았어. 어떤 역경을 만나도 결국엔 맺어지니까. 나중에 알았지만 나가마가 자살한 뒤에 실제로 선생님은 후카미즈 에리코와 헤어졌어. 몇 년 뒤에 재회한 건 정말 우연이었다고 하더군. 인연이란 그런 건가 봐."

"하지만 당신과 그들을 연결하는 인연도 끊어지지 않았던 거군요?"

"인연이라……. 그런 셈이 되나." 야마오는 어깨를 움츠렸다. "생활안전부 보안과에 있을 때, 도의원 연구회로부터 불법 카지노에 대해 강의해 달라는 요청을 받았어. 그때 좌장을 맡았던 게 도도 선생님이었지. 20년 만의 재회, 아니 더 됐나? 그날 밤 오랜만에 둘이서 만났어. 패밀리 레스토랑 같은 데가 아니라 긴자의 고급 술집에서. 서로 근황을 주고받았는데, 선생님은 아주 기분이 좋아 보였어. 교사는 현직이든 전직이든, 제자가 경찰관이 되면 기쁜 모양이야. 그 후로 선생님이 불러 줘서 가끔 만났지."

"에리코 부인과는 만났습니까?"

"몇 번 만났어. 한 번은 집에도 초대받았지. 저택이 어찌나 크던지, 깜짝 놀랐어."

"단둘이 만난 적은?"

"없어. 있을 리가 있나." 질문이 떨어지기가 무섭게 대답했다. 고다이는 거짓말은 아닐 거라고 직감했다.

"현재 경찰서로 이동한 건 도도 씨가 작업한 결과라는 게 사실입니까?"

"선생님이 자기 동네에서 근무해 주면 든든하겠다고 말한 건 사실이야. 나도 이견은 없었고."

"실제로 뭔가 편의를?"

"편의라고 부를 만한 건 아니었어. 선생님 거주지 주변 방범에 신경을 쓴 정도지. 생활안전과가 원래 해야 할 임무의 일환이야."

"경찰관이라는 입장을 이용해 도도 씨가 개인적으로 부탁을 한 적은 없습니까?" 고다이는 상대의 눈을 바라보면서 물었다. 드디어 핵심으로 들어간다.

야마오는 고개를 돌리고 목덜미를 주물렀다. 말해야 할지 망설이는 것이다.

"야마오 씨……."

"벌써 7년, 아니, 8년쯤 됐나?" 야마오가 불쑥 입을 열었다. "평소처럼 불러내길래 식사를 하러 갔는데 선생님 태도가 조금 이상했어. 드물게 표정이 딱딱했지. 무슨 일이라도 있는지 물었더니 선생님이 사진 한 장을 꺼내더군."

그 사진에는 두 사람이 찍혀 있었다. 한 사람은 에리코, 또 한 사람은 젊은 여성이었다. 에리코와는 다른 타입이지만 이쪽도 미인이었다.

도도는 그 여성을 조사해 달라고 했다.

"에리코가 아끼는 백화점 셀러인데, 조금 마음에 걸리는 일이 있어서."

여성의 이름은 이마니시 미사키라고 했다.

"마음에 걸리는 일이라면, 트러블이라도?"

"아니, 그런 건 아니야. 이 사람은 하루노미 학원 출신인데, 에리코가 특별히 신경 쓰는 것 같아. 셀러라고 했지만 원래는 다른 부서였어. 그런데 에리코가 VIP 전담팀으로 이동하고 싶어 하는 것 같으니 어떻게 좀 해 달라고 부탁해서, 내가 손썼지. 그 백화점 임원하고는 오래 알고 지내서."

"역시 대단하시군요. 그런데 그게 문제라도?"

"음, 문제냐고 묻는다면 콕 집어 말하기 어려운데……." 도도는 컷이 아름다운 크리스털 글라스에 든 차가운 술을 비웠다. "아무리 마음에 든다고 해도 너무 챙기는 것 같아서. 원래 에리코는 내 영향력을 이용하는 걸 싫어해. 그런 일자리 청탁은 처음이야. 그래서 무슨 사정이 있나 싶어 신경 쓰여서."

그렇군요, 하고 맞장구치면서 야마오는 도도의 글라스에 술을 따랐다.

"에리코 씨에게 물어볼 생각은 없으신 거군요."

"묻는다고 쉽게 대답해 줄 거라면 처음부터 내게 말했겠지. 말하지 않는 건 그만한 이유가 있기 때문이야. 누구에게나 감추고 싶은 비밀은 있어. 특별히 심각한 사정이 아니라면 내버려 둘 생각이네."

"알겠습니다. 그럼 염두에 두고 조금 알아보겠습니다."

야마오는 사진을 유심히 보았다. 이 여성은 누구일까? 설사 도도가 부탁하지 않았어도 궁금했을 것이다.

일단 이마니시 미사키의 경력을 조사하기로 했다. 도도가 말한 백화점 본사 인사부로 찾아간 야마오는 수사를 구실로 복사나 촬영은 하지 않는다는 조건으로 VIP 전담팀 직원들의 이력서를 열람했다.

이마니시 미사키에게 특별히 눈길을 끄는 이력은 없었다. 8세 때 도야마현 초등학교로 전학 갔고, 고등학교까지 그곳에서 자란 뒤, 대학 입학을 계기로 도쿄로 상경한 것 같았다. 에리코와의 접점이 될 만한 정보는 보이지 않았다. 생년월일은 1986년 12월 15일이었다.

혹시 몰라 경찰 데이터베이스를 검색했다. 범죄 경력은 없고, 경미한 교통위반만 있었다.

이마니시 미사키의 호적등본을 입수했다. 거기서 '민법 817조 2항'이라는 문구를 보았다. 특별양자결연제도가 적용되었다는 뜻이다.

더 조사해 보니 모친 요시코는 도야마현에 사는 사카이라는 남성과 결혼했다. 하지만 이마니시 미사키는 사카이의 호적에 들어가 있지 않은 것 같았다.

야마오는 직감했다. 에리코와 이마니시 미사키 사이에 접점이 있다면, 여기에 비밀이 있지 않을까? 게다가…….

생년월일, 1986년 12월 15일…….

산부인과에 문의했다. 이날에 출산했을 경우, 관계를 가진 건 언제쯤이었을지. 대답은 같은 해 3월 전후라고 했다. 그 말을 듣는 순간, 몸이 후끈 달아올랐다.

도야마로 가 볼까. 하지만 사카이와 요시코를 다그친들 이마니시 미사키의 친모가 누군지 알려 준다는 보장은 없다. 오히려 처음부터 몰랐을 가능성도 있다.

그래서 생각을 바꾸었다. 야마오는 에리코의 양모를 만나기로 했다. 양모 후카미즈 히데코는 하이지마역 옆에 있는 릴리 가든 아키시마라는 요양원에서 지내는 것 같았다.

요양원에 도착한 야마오는 안내 데스크에 명함을 내밀고 후카미즈 히데코를 면회하고 싶다고 했다. 명함에 인쇄된 정보는 가짜로, 직함은 잡지사 편집장으로 해 두었다.

안내 데스크 여성이 본인에게 연락하니 방에서라면 만나겠다고 했다.

야마오가 방으로 찾아가자 후카미즈 히데코가 침대에 앉아 기다리고 있었다. 편안한 운동복 차림이었지만 옅게 화장을 하고 있었다.

야마오는 다시 자기소개를 하고 용건을 말했다. "불쑥 죄송합니다. 확인하고 싶은 게 있어 찾아뵈었습니다. 따님 도도 에리코 씨에 관한 내용입니다."

노부인은 불안한 표정으로 물었다. "뭐가 궁금한가요?"

"며칠 전 편집부에 익명으로 묘한 투서가 왔습니다. 도도 에리코가 고등학교 때 임신, 출산한 적이 있다는 내용이었습니다."

후카미즈 히데코의 표정이 사납게 변했다. "거짓말입니다." 반응이 빨랐다.

"사실무근이라는 뜻입니까?"

"그래요."

"그렇다면 제 쪽에서 물을 필요는 없습니까?"

"물어요?"

야마오의 말뜻을 이해하지 못했는지 후카미즈 히데코가 어리둥절한 표정으로 눈썹을 찌푸렸다.

야마오가 말을 이었다.

"사실은 이 정보의 진위를 확인해 보자고 하는 기자가 있습니다. 제가 허가하면 조사를 시작하겠죠. 다만 저로서는 그다지 내키지 않는군요. 사실 도도 의원께는 여러모로 신세를 져서, 이런 형태로 그분의 경력에 흠을 내는 일은 피하고 싶거든요. 덧붙이자면 배우 후타바 에리코 씨 팬이기도 했습니다. 그래서 만약 문서 내용이 사실이라면 제 쪽에서 묻어 버릴까 했지요. 반대로 완전히 잘못 짚은 허위 사실이라면 내버려둬도 된다는 생각입니다. 어떻습니까. 사실대로 말씀해 주시겠습니까?"

후카미즈 히데코의 얼굴에 망설임과 두려움이 감돌았다. 야마오의 말을 의심하는 눈치는 조금도 없었다. 노인을 속이는 건 마음이 무거웠지만 진실을 알기 위해서는 어쩔 수 없었다.

노부인이 갈라진 목소리로 말했다.

"어째서, 어째서 그런 짓을 하죠? 그렇게 오래된 일을 파헤치다니."

"독자가 원하니까요. 다들 타인의 비밀을 알고 싶어 합니다."

"말세군요······."

"사실이 아니라고 하셨으니, 아무리 파헤친들 괜찮은 것 아닙니까?"

후카미즈 히데코가 고통스러운 듯 입가를 일그러뜨렸다. 얼굴 주름이 복잡한 곡선을 그렸다.

"그런 기사는······ 내지 말아 주세요."

"그렇다면 투서 내용이 사실이라는 겁니까?"

"조금 달라요."

"조금 다르다면?"

"에리코는 고등학생 때 아이를 낳은 게 아니에요. 졸업하고 한참 지나서예요."

"언제쯤이죠?"

"연말이었습니다. 12월이요."

피가 역류하는 기분이었다. 마구 소리 지르고 싶은 걸 겨우 참았다. 태연한 척 감정을 억누른 목소리로 고맙습니다, 라고 말했다.

"잘 알겠습니다. 그 일은 기사로 쓰지 않겠습니다. 약속드립니다. 다만 제가 만나러 와서 이런 대화를 나누었다는 말씀은 누구에게도 하지 마십시오. 도도 에리코 씨에게도요. 이야기가 돌고 돌아 만일 회사 직원 귀에 들어가기라도 하면 저는 경질감입니다."

"알겠습니다. 약속드릴 테니 제발 기사는 내지 말아 주세요." 후카미즈 히데코는 그렇게 말하며 깊숙이 고개를 숙였다. 다시 고개를 들었을 때는 뺨이 눈물로 젖어 있었다. 노부인에게도 괴로운 기억이었을지 모른다.

요양원에서 돌아오는 길에 야마오의 머릿속은 온통 한 가지 가설뿐이었다. 그것은 확신이라 해도 좋았다.

이마니시 미사키는 에리코의 아이다. 틀림없다. 문제는 아버지가 누구인가 하는 점이다.

도도는 야마오에게 목격당한 것을 계기로 에리코와 만나지 않았고, 4월에야 관계가 회복되었다고 했다. 출산일로 역산하면 관계를 가진 건 3월이어야 한다.

야마오는 생각했다. 이마니시 미사키는 내 아이다.

그로부터 사흘 뒤, 야마오 쪽에서 연락해 도도와 만났다.

"이것저것 조사해 본 결과, 이마니시 미사키는 에리코 씨가 젊었을 때 낳은 아이일 가능성이 높습니다." 선언하듯 도도에게 고했다. 그리고 그렇게 추측한 경위를 있는 그대로 설명했다. 다만 마지막에 한 가지 거짓말을 덧붙였다. "후카미즈 히데코 씨의 말로는 조산이었다고 합니다. 출산 예정일은 1월 말이었다고."

"1월 말······." 도도는 눈썹을 찌푸렸다.

"아버지인 남성과 관계한 것은 1986년 4월 말에서 5월 초일 거라고 했습니다."

"4월이나 5월······ 그런가." 야마오의 눈에는 도도가 알아들은 것처럼 보였다. "설마, 나하고 헤어진 뒤에 아이를 낳았을 줄이야."

"선생님께 누를 끼칠 수 없다는 생각에 아버지 이름을 말하지 않은 거겠지요."

"그랬겠지. 지금 와서 말할 수도 없어서 몰래 만나는 건가."

"에리코 씨에게 확인하실 생각입니까?"

"설마. 그런 짓은 안 해." 도도는 쓴웃음을 지으며 손을 저었다. "사정은 알았네. 일단 에리코 마음이 풀릴 때까지 만나게 둬야지. 다만 앞으로도 자네가 고생 좀 해 줘야 할지 몰라."

계속해서 이마니시 미사키를 조사하라는 뜻으로 해석했다. 말씀만 하십시오, 하고 대답했다.

그 후로 도도가 따로 말하지 않아도 시간만 나면 이마니시 미사키의 신변을 조사했다. 딸 이름이 마나미라는 것도 파악했다. 야마오에게는 손녀다. 둘이서 공원에 있을 때, 미사키가 한눈판 틈에 마나미의 모습을 카메라로 찍었다. 귀중한 보물이다.

두 사람은 하타가야에 살았다. 되도록 가까이 있고 싶어 사사즈카로 이사했다. 그것만으로도 가족이 생긴 기분이었다.

도도와는 가끔 만났다. 이마니시 미사키와 마나미의 근황 보고뿐 아니라 경찰 내부 정보를 알려 줄 때도 있었다. 사기나 직권남용, 선거위반 같은 수사 상황을 이야기하면 도도는 술을 마시던 손길을 멈추고 열심히 귀담아들었다.

어느 날 도도가 타인 명의의 스마트폰을 마련해 줄 수 없느냐고 의논했다.

"내 스마트폰에 기록을 남기고 싶지 않은 상대가 몇 명 있어. 스마트폰을 처분해도 통신사에 문의하면 다 알잖아?"

"통화기록 같은 건 남지요."

"그렇지? 떳떳하지 못한 일에 쓸 예정은 없지만, 그런 게 한 대 있으면 편리할 것 같아서. 어때, 어떻게 안 되겠나?"

"알겠습니다. 마련해 보겠습니다."

뒷돈 거래에 필요한 거라고 생각했다. 요즘 스마트폰은 경찰과 검찰에게도 최고의 증거품이다.

내연녀와 연락할 때도 사용할지 모른다. 롯폰기 고급 클럽에서 일하는 호스티스다. 그 가게에는 도도를 따라 딱 한 번 가 보았다.

마침 명의 위조 휴대전화나 스마트폰을 취급하는 사람을 알고 있었다. 귀중한 정보원이라 적발하지 않고 눈감아 주고 있다.

며칠 뒤, 도도에게 스마트폰을 전달했다. 도도는 감촉을 확인하듯 만져 보다가 물었다. "요금은 어떻게 하면 되나?"

"걱정하지 마십시오. 제 계좌에서 빠져나가도록 해 두었습니다."

"그럼 미안한데."

"아니, 그렇게 하지 않으면 의미가 없습니다. 신경 쓰지 마십시오."

"그럼 가급적 국제전화는 쓰지 말아야겠네."

"그래 주시면 감사하지요."

"여러모로 고맙네. 자, 오늘 밤은 마셔." 도도는 기분 좋게 야마오의 잔에 맥주를 따랐다.

야마오가 우려스러운 문제를 알게 된 것은 약 1년 전이었다. 대마초를 소지한 불량 그룹을 체포했는데 그중 한 사람의 연락처에 이마니시 마나미의 이름이 있었다.

바로 도도에게 연락해 아자부주반에 있는 요정에서 만났다.

"같은 이름일 수도 있다고 생각했습니다만, 본인이 맞았습니다. 이웃들에게 확인해 보니 질이 안 좋은 친구들과 어울리는 것 같더군요. 그게 원인 같은데 모녀 사이에 싸움도 잦다고."

"그런가." 도도의 표정이 어두워졌다.

"에리코 씨에게 이마니시 씨와의 관계를 알고 있다는 말쏨은 아직 하지 않으셨지요?"

"안 했어. 에리코가 말해 주지 않는 한 내 쪽에서 할 생각은 없네."

"그럼 이마니시 씨 가정 문제에 선생님이 참견하는 건 이상하겠군요."

"그렇지. 일단 상황을 지켜보는 수밖에. 만일 무슨 일이 생기면 알려 주게."

"알겠습니다. 주시하고 있겠습니다."

41

야마오의 이마에 땀이 맺혔다. 팔로 땀을 닦더니 후우 하고 길게 한숨을 쉬었다.

"내가 도도 선생님을 만난 건 그게 마지막이었어."

"하지만 전화로는 대화를 나누셨죠." 고다이가 물었다. "아까 직접 말씀하셨습니다."

"10월 14일 밤이었어. 날짜는 바뀌었을지도 몰라. 그 비밀 폰으로 전화했더군. 보통 일이 아니라고 생각했지."

"도도 씨는 뭐라고?"

"부탁할 일이 있다고 했어. 곧 큰 사건이 알려질 텐데, 무슨 일이 있어도 진실을 숨겨야 하니 도와 달라고. 어떤 사건인지 물었지만 알려 주지 않았어. 곧 알게 된다, 자네 앞으로 소포를 보낼 건데 사정을 적은 편지도 넣어 두겠다, 그러시더군."

"그게 전부였습니까?"

"그게 전부였어. 전화는 그대로 끊겼지. 다시 걸어 봤지만 연결되지 않았어."

"수사를 시작한 건 10월 15일이었습니다. 그때까지는 당신도 진상을 몰랐던 겁니까?"

"몰랐어. 하지만 예상은 했지. 선생님이 원하는 바도 알았어."

"도도 씨 사인이 자살이라는 걸 바로 알았군요."

야마오는 고개를 끄덕였다. "그건 아마 클로브 히치 매듭일 거야."

"클로브 히치?"

"로프 매듭법의 일종이지. 단단히 조여서 풀리지 않아. 감아매기 매듭이라고도 해. 주위에 불을 지르고 등유에 흠뻑 적신 헝겊을 꼬아서 자기 목을 졸랐을 거야. 헝겊이 젖어 있으니 잘 풀리지도 않고, 불에 타면 흔적도 분간하기 어려우니까."

산악부에서 익힌 기술인 듯했다. 지도교사도 부원도 그런 용도로 쓰게 될 줄은 몰랐으리라.

"에리코 부인의 죽음에 대해서는 어떻게 생각했습니까?"

"도도 선생님이 살해했을 리 없어. 하지만 선생님은 범인을 알고 있고, 그 사람을 감싸려 한 거라고 생각했어. 그렇게 되면 누구일지는 어렴풋이 감이 오지. 선생님에게 소중한 사람. 그렇지만 가오리 씨일 리는 없어. 그렇게 되면 남는 건 오직 한 사람."

"소포는 왔습니까?"

"16일 아침, 얄팍한 짐이 왔더군. 내게 전화하고 우체통에 넣었겠지. 태블릿과 비밀 폰, 그리고 편지가 있었어. 선생님은 에리코 부인의 시체를 발견하고 바로 방범 카메라 영상을 확인했나 봐. 미사키가 찾아온 순간이 명확하게 찍혀 있었다더군. 테이블에는 찻잔이 두 개 나와 있었고, 실내에는 다툰 흔적이 있었어. 두 사람 사이에 무슨 일이 있었는지 생각할 필요도 없지. 선생님은 어중간한 위장 공작으로는 경찰의 눈을 속일 수 없다고 각오를 다진 거야. 자신을 희생해서라도 가공의 범인을 만들어 내야 한다고 생각한 거지. 처음에는 아내를 죽이고 자살한 걸로 위장할 생각도 했지만 가오리 씨가 선거에 나갈 때를 고려하면 세간의 인상이 나빠지는 건 피하고 싶었어. 그런 면에서 누군가에게 살해당했다면 오히려 동정표를 기대할 수 있지. 정치인이란 대단하지? 그런 상황에서도 선거 걱정이 드나 봐."

"욕실에 부인의 시신을 매단 것은 그런 노림수였군요. 단순히 혼자 죽어서는 부인을 살해하고 뒤따라 자살한 것으로 보일 우려가 있었던 거죠. 하지만 노골적으로 위장 공작을 해 두면 반대로 경찰은 강제 동반자살이 아니라고 결론 내릴 테니까요."

"바로 그거야. 역시 선생님은 보통 인물이 아니었어."

고다이는 움푹 들어간 야마오의 눈을 바라보았다.

"당신은 그 의지를 이어받으려 한 거군요."

"뭐, 그런 셈이지. 나도 미사키와 마나미를 지켜 주고 싶었어. 선생님이 그렇게까지 했어. 나도 각오를 굳히는 수밖에 없다고 생각했지."

"경찰서 안에서 태블릿 전원을 켠 이유는 뭡니까?"

"물론 의심의 눈을 내게로 끌기 위해서야. 당신들 실력을 보고 이대로는 위험하다 싶었어. 아까도 말했듯이 고등학교 시절은 조사당할 줄 각오하고 있었어. 하지만 에리코 부인과 미사키의 관계를 들키면 끝장이야. 그걸 막을 가장 유효한 수단은 내가 체포되는 거라고 판단했지."

"아무 짓도 하지 않았다면 경찰은 당신을 주목할 수도 없었을 텐데요."

"그래. 그러려면 동일범에 의한 다른 범죄를 꾸며 낼 필요가 있었지. 그래서 협박장을 보내기로 했어. 그렇지만 나는 직접 움직일 수 없었지. 그래서 사건을 일으킨 장본인에게 도움을 받기로 했어." 야마오가 갑자기 피식 웃었다. "하지만 그 전에 연락을 취해야 했지. 미사키에게 아군이 있음을 알려 주고 싶었어."

"그래서 이 메일을 보냈군요." 고다이는 아까 보여 준 서류를 들었다. "버디 X가 보내는 메일 말입니다. 그래서 그 후에는?"

"협박장과 태블릿을 미사키 집 우편함에 넣었어. 협박장은 도도 사무소 앞으로 3억 엔을 요구하는 내용이었지. 그걸 아무 데나 멀리 가서 우체통에 넣으라고 메일로 지시했어. 미사키가 나라현까지 간 걸 알고는 조금 놀랐지. 덕분에 내 알리바이는 완벽해졌어. 나중에 체포되더라도 검찰이 기소를 망설일 이유가 되리라 생각했지."

그래서 첫 번째 협박장은 우편으로 왔던 건가. 이중 삼중으로 덫을 친 것이다.

"다음 협박장은 가오리 씨 앞으로 메일로 보냈지요. 요구액을 3천만 엔으로 갑자기 낮춘 이유는 뭡니까?"

"도도 선생님 태블릿으로 메일을 보내서 태블릿이 범인 손안에 있다는 걸 알리고 싶었어. 그 전에 미사키에게는 만약 경찰이 뭔가 물으면 선생님은 애용하는 태블릿이 있었다고 넌지시 말하라고 미리 지시해 놓았지. 당신하고 둘이서 혼조 마사미 씨를 만나러 갔을 때, 미사키가 태블릿용 가방에 대해 말한 걸 기억하나?"

"기억합니다. 그것도 당신 지시였습니까?"

"수사진에게 현장에서 사라진 태블릿이 중요한 단서라는 인상을 주려고 했지."

"대단하군요."

비아냥이 아니라 진심이었다.

"금액을 낮춘 건 3천만 엔이라면 에나미 부부가 지불할 거라 판단했기 때문이야. 여차하면 니시다를 이용해 ATM에서 인출할 생각이었으니, 일단은 입금을 받아야 했지."

"니시다에게 돈을 인출시킨 건 제가 아키시마에서 당신 동창들을 찾아다닌다는 걸 알았기 때문이었죠."

"그래. 당신은 차근차근 에리코의 비밀에 다가서고 있었어. 미사키의 정체를 알아내는 건 시간문제라고 생각했지. 저지하려면 다른 용의자를 만드는 게 최선이야. 그것도 현직 경찰관이라면 상층부는 조바심을 내겠지. 증거가 부족해도 체포에 나설 거라고 봤어. 니시다가 움직이면 체포되는 건 시간문제야. 니시다가 나를 제대로 기억하고 있을지, 그것만 걱정이었지. 잊었다면 익명으로 제보 전화를 걸 생각이었는데 잘 기억해 냈더군."

고다이는 사사즈카역 근처에서 야마오를 불러냈을 때를 떠올렸다.

"당신에게 임의동행을 요구하는 건 괴로웠는데, 전부 계획했던 거군요."

"유치장에 들어가기는 싫었지만 다른 방법이 없었어. 당신 전화를 받고 집에서 나가기 직전까지 증거를 인멸하느라 바빴지. 비밀 폰도 부수고."

"상당히 아슬아슬한 도박이었습니다. 자칫하면 감옥으로 갈 수도 있다는 생각은 안 했습니까? 아니, 극형을 받을 위험도 있었어요."

야마오는 눈을 가늘게 뜨고 고개를 저었다.

"유죄는 안 될 거라고 생각했어. 그 전에 기소도 못 할 줄 예상했지. 최근 여기저기서 무고죄를 의심받는 경우가 연달아 있어서 검찰도 몸을 사릴 테니까. 물증도 없고, 내 진술 내용은 무엇 하나 검증하지 못해. 만약 재판에서 내가 진술을 번복하면 어떻게 될까? 자백이 만능이었던 옛날과는 달라."

"그렇게 시간을 벌어 미제 사건으로 만들어 버린다. 그게 당신 목적이었군요."

"검찰에게 감정 유치 얘기를 들었을 때는 승리를 확신했어. 이걸로 미사키는 용의선상에서 벗어날 수 있다고 믿었는데." 야마오는 고개를 기울이며 입술을 깨물었다.

"저희가 마나미의 사진을 발견하지 못했다면 계획은 성공했을 겁니다. 당신 스마트폰에 저장되어 있던 사진 말입니다."

야마오는 얼굴을 잔뜩 찌푸렸다. "그거 말이군. 너무 귀여워서 무심코 찍고 말았어. 역시 어울리지 않는 짓은 하는 게 아니었는데."

"찍고 싶었던 심정은 이해합니다. 정말 좋은 표정이었어요."

"그렇지? 삭제하기는 아까웠어."

고다이는 고개를 끄덕이고 손목시계를 보았다.

"오늘은 이 정도로 하지요. 당신은 이미 도의원 부부 살해 및 방화 사건 피의자가 아닙니다. 감정 유치는 곧 해제되겠지요. 다만 중요 참고인이라는 점은 변함없으니 조금 더 협조를 부탁드립니다. 앞으로 다른 사람이 조사를 맡을 겁니다. 제가 당신과 이렇게 직접 이야기하는 건 오늘이 마지막일 겁니다."

"그래. 그건 아쉽군."

고다이는 자세를 가다듬고 야마오를 차분히 바라보았다.

"당신에게 전할 말이 있습니다. 이마니시 미사키의 의향에 대해서."

"미사키의 의향?" 야마오는 이해가 가지 않는다는 듯 눈썹을 찌푸렸다.

"이번 사건의 진상에는 이마니시 미사키에 대한 도도 야스유키 씨와 당신의 감정이 크게 얽혀 있습니다. 둘 다 이마니시 미사키를 특별한 존재로 인식하고 있었지요. 당연한 사실이지만 생물학적 연결 고리가 있다 해도, 해당되는 건 둘 중 한 사람뿐입니다."

"연결 고리가 있다 해도……." 야마오는 뺨을 긁적거렸다. "고약한 말을 하는군."

"과학적으로 말씀드린 것뿐입니다. 이마니시 미사키에게

DNA 친자 감정을 원하는지 확인했습니다."

야마오가 침을 꿀꺽 삼켰다. "그래서?"

"원하지 않는다고 대답했습니다. 검찰도 굳이 밝힐 필요는 없다고 판단하는 모양입니다."

"······그런가." 야마오는 안도한 듯 온화한 미소를 지었다. "오늘, 처음으로 당신에게 고마운 이야기를 들었군. 덕분에 계속 짝사랑을 간직할 수 있겠어."

"짝사랑······ 그렇군요." 고다이는 고개를 끄덕이며 서류철을 덮었다.

42

새해가 밝고 2주가 지났을 무렵, 고다이는 아키시마의 서니 아파트를 찾았다. 세 번째 방문이다.

정면 현관으로 들어가니 관리인과 눈이 마주쳤다.

"아이구, 안녕하십니까. 새해 복 많이 받으십시오." 관리인은 살갑게 인사하고 고개를 갸웃거렸다. "······형사님한테 이런 말을 해도 되나?"

"문제없습니다. 새해 복 많이 받으십시오."

올해도 잘 부탁드린다는 말은 필요 없겠지. 이곳에 올 일은 더 없을 것이다.

인터폰으로 503호를 누르자 바로 대답이 있었다. 미리 전화로 연락해 두었다. 나가마 다마요의 목소리에 긴장감은 없었다.

집을 찾아가자 동그란 얼굴의 노부인이 따스한 미소로 맞이해 주었다. 새해 인사를 나누고, 늘 그랬듯이 식탁 앞에 앉았다.

고다이는 가져온 종이봉투를 내밀었다. "입에 맞으실지 모르지만……."

"어머나, 이렇게 신경 쓸 필요 없는데." 나가마 다마요는 봉투에서 상자를 꺼내 보고 얼굴을 빛냈다. "바움쿠헨이군요. 니혼바시에 있는 미쓰코시 백화점에서 파는."

"잘 아시는군요."

"선물로 산 적이 있어요. 고마워요. 오늘은 조카딸이 올 거라 좋아하겠네요."

나가마 다마요가 주방으로 가서 차를 준비했다.

고다이는 실내를 둘러보았다. 기분 탓인지 휑해 보였다. 벽 쪽에 네 개쯤 되는 박스가 쌓여 있다. 그 위에서 연갈색 고양이가 자고 있었다.

"다음 달에 이사하기로 했어요." 고다이의 시선을 알아차렸는지 나가마 다마요가 말했다. "마침 좋은 요양원이 있어서."

"이 집은 어쩌시고요?"

"조카딸 내외가 살기로 했어요. 그 전에 리모델링은 한다는데."

"그거 잘됐군요."

"일단은 안심이죠."

나가마 다마요가 쟁반을 들고 주방에서 나와 고다이 앞에 찻잔 하나를 내려놓았다. "드세요."

고다이는 감사합니다, 하고 고개를 숙이고 발밑에 내려놓았던 가방을 무릎 위로 끌어올렸다.

"전화로 말씀드렸지만 오늘은 빌렸던 물건을 돌려드리려 왔습니다." 가방에서 비닐봉지를 꺼내 테이블에 내려놓았다. 봉지 안에 들어 있는 것은 그 나이프였다.

"이제 필요 없나요?" 나가마 다마요가 물었다.

"이번 사건과 직접적인 관계도 없고, 재판에서 증거품으로 채택될 전망도 없다고 합니다. 감사했습니다."

노부인은 주름이 자글자글한 눈을 깜빡거리며 애달픈 눈빛으로 나이프를 바라보았지만 손을 뻗으려 하지는 않았다.

"직접적인 관계가 없다⋯⋯. 그렇다는 말은, 전혀 상관이 없지는 않다는 뜻인가요?"

대답하기 어려운 질문이었다. 둘러댈 수는 있지만 여기 오는 길에 고다이는 결심을 굳혔다. 예, 하고 고개를 끄덕였다.

"어떤 식으로 얽혀 있었는지 알려 줄 수 있나요?" 노부인은 답을 바라는 눈빛으로 물었다.

"재판 전이라 모든 것을 다 아는 건 아닙니다. 다만 나이프에 대한 부분만이라면 말씀드릴 수 있습니다."

"예, 그거면 됩니다." 나가마 다마요는 자세를 가다듬었다.

고다이는 일본 차를 한 모금 마시고 양손을 무릎에 얹었다.

"나가마 가즈히코 씨가 이 나이프로 공격한 상대는 도도 야스유키 씨였습니다. 도도 씨와 후카미즈 에리코 씨의 교제 사실을 알고 흥분한 끝에 저지른 행동으로 보입니다." 노부인의 표정이 얼어붙은 것을 보면서 뒷말을 이었다. "도도 씨는 경상이었지만 일을 저지른 뒤 가즈히코 씨는 죄의 무게를 깨닫고 스스로 목숨을 끊었을 가능성이 높습니다."

나가마 다마요는 고개를 떨구었다. 몸이 앞뒤로 작게 떨렸다. 거칠어지려는 호흡을 애써 참고 있는 게 보였다.

"그랬……나요." 가녀린 목소리로 쥐어짜듯 말했다. "우리 아이는 역시 후카미즈 씨를 잊지 못했군요. 그랬나요. 도도 선생님을……."

"가즈히코 씨가 진심으로 따랐던 인물이었으니 배신감이 더 컸을 겁니다."

"그럴지도 모르겠군요." 나가마 다마요는 고개를 들었다. "가즈히코는 어떻게 도도 선생님과 후카미즈 씨의 관계를 알아차렸을까요? 누구에게 무슨 말이라도 들었던 건가요?"

"그 점은…… 알 수 없다고 답변드리겠습니다."

나가마 다마요는 고다이의 얼굴을 지그시 바라보았다. 그 눈빛이 뜻밖에도 차분해서, 괜히 가슴이 덜컥했다.

"뭐, 그렇다고 해 두죠." 나가마 다마요가 힘없이 말했다.

"짐작은 가니까요." 찻잔에 손을 뻗어 입가로 가져간다.

고다이도 차를 마셨다. 슬슬 물러날 타이밍이다.

"그러고 보니 그 사람, 아니었더군요."

"그 사람?"

"야마오 요스케 군이요. 신문으로 봤어요. 진범은 여성이었다면서요."

고다이는 끄덕거렸다. "그렇습니다."

"하지만 기사를 봐도 잘 모르겠더군요. 야마오 군은 범인을 감쌌던 것 같던데, 그 여성과 특별한 관계는 아닌 것처럼 적혀 있었어요."

"조금 복잡한 사정이 있습니다. 상세한 설명은 드릴 수 없지만 굳이 말한다면……." 고다이는 머릿속으로 표현을 골라내서 말했다. "짝사랑이었습니다. 그것도 미련 없는 짝사랑."

어머나, 나가마 다마요가 입을 동그랗게 벌렸다. "멋지네요."

"멋지다고요?" 뜻밖의 감상에 놀랐다.

"멋지지 않나요? 경솔하게 사랑을 주고받으니까 잃게 되는 거예요. 짝사랑이라면 상처 입는 일도, 상처 주는 일도 없잖아요."

"하기야."

노부인은 그리움과 연민에 찬 눈으로 나이프를 바라보았다.

"옛날로 돌아갈 수만 있다면 그 아이에게 말해 주고 싶군요. 짝사랑이 행복한 경우도 있다고."

벽 쪽에서 소리가 들렸다. 박스에서 뛰어내린 고양이가 기지개를 켜며 크게 하품했다.

옮긴이의 글

고다이 쓰토무가 활약하는
히가시노 게이고의 새 시리즈

『가공범』은 한국에서 대중적으로 가장 사랑받는 일본작가인 히가시노 게이고의 『백조와 박쥐』에 등장했던 '고다이 쓰토무'라는 형사가 활약하는 새로운 시리즈입니다. 한차례 등장했음에도 불구하고 히가시노 게이고는 『가공범』을 '고다이 쓰토무가 활약하는 새 시리즈'라고 이야기합니다. 두 작품을 다 읽어 보면 그 이유를 이해할 수 있습니다. 『백조와 박쥐』에서 고다이는 능력과 매력을 충분히 발휘하지 못하는 '새장 속의 새'와 마찬가지였습니다. 인간적인 매력은 충분히 보여 주었지만, 사건 가해자와 피해자 가족을 중심으로 전개되는 『백조와 박쥐』를 읽은 독자들에게 고다이 쓰토무는 잠시 등장해 경찰 조직과 사건 관계자들을 연결해 주는 인물 정도로 인식되었을 것입니다.

추리소설에서 사건을 해결하는 탐정 역할의 인물들은 사건을 해결한다는 점에서는 분명 뛰어난 두뇌를 가졌지만,

그렇다고 아무런 제약 없이 원하는 대로 수사나 조사를 하고 사건 해결에 이르는 것은 아닙니다. 언뜻 사립탐정보다 더 큰 권한을 갖고 조직적인 지원을 받을 수 있는 것처럼 보이는 경찰 역시 예외는 아닙니다. 상부에서 사건을 종결시키면 아무리 결론에 승복하지 못한다 해도 말단 형사는 독자적으로 재수사를 할 권한이 없습니다. 그런 이유로 전작에서는 상부의 결정에 가로막혀 움직임이 둔했던 고다이 쓰토무가 드디어 제 실력을 발휘할 무대를 얻었으니, 그것이 바로 이 작품『가공범』입니다.

히가시노 게이고가 창조한 대표적인 탐정이라고 하면 곧바로 차가운 천재 타입의 유카와 마나부와, 뛰어난 관찰력의 소유자 가가 형사가 떠오릅니다. 이 두 캐릭터를 활용하면 어떠한 소재도 소설로 풀어 나가는 데 불편함이 없어 보입니다. 그런데 끊임없이 베스트셀러를 발표하고 2025년 데뷔 40주년을 맞이한 대작가가 고다이 쓰토무라는 천재형이 아닌 탐정 캐릭터를 새로 내세운 이유가 무엇일까 궁금하지 않을 수 없습니다.

한 작가의 작품을 오랫동안 읽다 보면 재미있는 발견을 할 때가 있습니다. 입지를 다지기 전에는 명확하게 독자들을 사로잡을 수 있는 소재와 트릭을 쓰는 경우가 많지만, 그렇게 오랜 세월이 지나 어느 경지에 이르면 '아, 지금이기 때문에 쓸 수 있는 스타일이구나'라고밖에 생각할 수 없는, 충격적인 소재나 롤러코스터처럼 자극적인 전개가 없어도 치밀하면서도 묵직한 묘사만으로도 독자를 사로잡는 힘을 보여 주는 작품을 만나게 되는 것입니다. 『가공범』이 바로 그런 작품입니다. 형사로서의 소임을 다할 뿐이라는 듯이 묵묵하게 발품을 팔고 사건 조사 중에 보고 듣는 정보를 하나라도 놓치지 않으려고 성심성의껏 관찰하는 고다이의 태도를 보면, 40년이라는 긴 세월 동안 묵묵히 미스터리에 헌신해 온 히가시노 게이고라는 거장의 일면이 소설 속에 그대로 녹아 있는 것만 같습니다.

한의사로 일하며 60여 년간 조용히 선행을 베풀어 온 김장하 선생님을 다룬 다큐멘터리《어른, 김장하》에서 선생님은 "우리 사회는 평범한 사람들이 지탱하고 있는 거다"라는 말씀을 하셨습니다. 고다이 쓰토무야말로 사회를 지탱하는 평범한 사람들을 대표하는 인물이라고 할 수 있습니다. 작중에서는 계속 타인의 입을 빌려 '고다이 쓰토무는 유능하다'라고 하지만, 고다이도 말하듯 그것은 우연히 큰 사건을 맡아 우여곡절 끝에 뜻밖의 진상을 파헤치게 되면서 얻은 명성일 뿐, 처음부터 그가 자신의 능력을 드러내기 위해 혼자 활약한 결과가 아닙니다. 그런 의미에서 고다이라는 캐릭터야말로 가장 평범한 것이 가장 특별한 것임을 보여 준다고 할 수 있습니다.

고다이의 업무 태도를 보면 '유능함'보다는 결코 성급하게 굴지 않고 차곡차곡 한 걸음씩 나아가는 조직 구성원으로서의 '성실함'과 '신중함'이 더욱 두드러집니다. 여기에 히가시노 게이고가 가가라는 형사 캐릭터가 이미 있음에도 같은 직업의 캐릭터를 새로 만들어 낸 이유가 있다고 봅니다. 천재 물리학자 유카와 마나부나, 외모와 신체적 능력에 대한 묘사가 많은 가가 교이치로에 비해 고다이 쓰토무에 대한 묘사는 어딘지 모르게 다소 피로한 회사원처럼 느껴집니다. 전철에 빈자리가 있으면 앉고 싶으면서도 주변에 노약자가 없는지 먼저 살피고, 바쁜 업무 스케줄에도 끼니는 거르지 않으려 하는 모습 등. 형사라는 것만 뺀다면 고다이 쓰토무의 모습은 일상을 살아가는 선량한 서민의 모습 그 자체입니다. 더군다나 그는 '정의'를 굳이 의식하지 않고도 이 사회에서 생활하는 보통 사람이라면 으레 그래야 하는 것처럼 상식적인 태도로 사건에 접근합니다. 사건 관계자들의 이야기를 듣기 위해 굽실거리면서도 결코 개인적인 감정을 개입시키지 않고 경찰을 적대하거나 호기심을 드러내는 상대의 마음을 당연하다는 듯 헤아리는 관대한 마음은 형사로서, 인간으로서 고다이가 갖는 가장 큰 장점입니다.

한편으로 『가공범』이 세상의 빛을 볼 수 있게 된 데에는 『백조와 박쥐』의 성공도 빼놓을 수 없을 것입니다. 미레이와 가즈마를 통해 특출한 능력이 없어도 관심과 끈기와 행동력으로 사건의 진상에 접근할 수 있음을 보여 주었고, 그런 지난한 과정을 지켜보고 받아들여 주는 독자들의 존재를 검증해 내는 데 성공했습니다. 『가공범』이 고다이 시리즈의 시작을 알리는 작품이라면, 『백조와 박쥐』는 그를 세상에 탄생시키기 위한 인큐베이터라 할 수 있을 것입니다.

원작을 출간한 일본 겐토샤에서 공개 중인 『가공범』 특설 페이지에는 "이 소재를 작품으로 쓸 날은 오지 않을 거라고 생각했습니다"라는 작가의 메시지와 함께 "누구에게나 청춘이 있었다. 피해자에게도, 범인에게도, 그리고 형사에게도"라는 캐치프레이즈가 실려 있습니다. 사건의 실마리가 되는 1985년을 실시간으로 살았을 작가로서는 그 시대의 감각과 가치관을 '소설의 재미'를 잃지 않고 현재의 독자들에게 전달하기 위한 균형점을 찾는 것이 어렵다고 판단했을 것 같습니다. 특히나 최근의 출판 시장은 자극적인 소재에 대한 수요 증가와 더불어 분량이 긴 작품을 선호하지 않는 경향이 있어 작가로서도, 출판사로서도 고민하지 않을 수 없었을 것입니다.

그러나 인생에는 '보편성'이 존재합니다. 그 시절을 살았던 사람에게도, 지금을 살아가는 우리에게도, 청춘의 땀과 눈물이, 쓰라린 고뇌가, 찬란한 행복이 존재합니다. 그런 보편성에 40년간 한 우물을 판 작가의 원숙한 필력이 어우러져 독자들은 수십 년의 세월을 뛰어넘어 그 시절을 살았을 등장인물들의 청춘과 갈등을 이해하게 되는 것입니다. 동시에 히가시노 게이고는 단순히 향수에 젖는 것이 아니라 이런 세월의 변천 속에 우리가 잊어서는 안 될 문제가 있다는 것을 고다이의 독백을 통해 상기시킵니다.

"존재하는 세계의 차원이 다르겠지. 또래에게만 관심이 있고 나이 차이가 나는 사람과 정보를 공유하는 건 상상할 수 없는 일이다. (중략) 왕따나 학대, 가정폭력은 오래전부터 있었다. 겉으로 드러나지 않은 것은 어른들이 아이들에게 시선을 주지 않았기 때문이다. (중략) 청소년들의 마음속에 있는 어둠도 시대와 함께 업데이트되는 것이다."

그렇다면 그런 어둠을 몰아내기 위한 노력도 시대와 함께 업데이트되어야 하지 않을까요? 꼭 특별한 재능을 가진 탐정이 아니더라도, 맡은 바 소임을 성실하게 다하는 형사가 동분서주해 주는 세상이라면 조금 더 믿고 살아 볼 만할 것 같습니다.

앞으로 어떤 사건을 맡게 되든지 아무리 작은 단서라도 그것을 찾기 위해 열심히 두 발로 뛰어다녀 줄 믿음직한 형사, 고다이의 활약을 기대해 봅니다.

옮긴이 김선영

다양한 매체에서 전문 번역가로 활동했으며 특히 일본 미스터리 문학에서 왕성한 활동을 하고 있다. 옮긴 책으로는 요네자와 호노부 '고전부 시리즈', '소시민 시리즈', 『흑뢰성』, 미나토 가나에 『고백』, 야마시로 아사코 『엠브리오 기담』, 아리스가와 아리스 『쌍두의 악마』, 야마구치 마사야 『살아 있는 시체의 죽음』, 사사키 조 『경관의 피』, 오구리 무시타로 『흑사관 살인사건』 등이 있다.

가공범

초판 1쇄 발행 2025년 7월 21일
초판 31쇄 발행 2025년 12월 24일

지은이 히가시노 게이고
옮긴이 김선영

펴낸이 허정도
편집장 박윤희
책임편집 이경주 디자인 박지은
마케팅 신대섭 김수연 배태욱 김하은 이영조 제작 조화연

펴낸곳 주식회사 교보문고
등록 제406-2008-000090호(2008년 12월 5일)
주소 경기도 파주시 문발로 249 (10881)
전화 대표전화 1544-1900 주문 02)3156-3665 팩스 0502)987-5725

ISBN 979-11-7061-275-9 03830

· 책값은 표지에 있습니다.
· 이 책의 내용에 대한 재사용은 저작권자와 교보문고의 서면 동의를 받아야 가능합니다.
· 잘못된 책은 구입하신 곳에서 바꾸어 드립니다.
· '북다'는 문학을 기반으로 다양하게 변주된 책들을 만드는 종합 출판 브랜드입니다.